AF139049

DAGMAR **FELDMANN**

HEXENTANZ IM HIMMELBETT

Eine fantastische Liebesgeschichte

novum pro

Dieses Buch ist auch als
e-book
erhältlich.

www.novumverlag.com

Bibliografische Information
der Deutschen Nationalbibliothek:

Die Deutsche Nationalbibliothek
verzeichnet diese Publikation in
der Deutschen Nationalbibliografie.
Detaillierte bibliografische Daten
sind im Internet über
http://www.d-nb.de abrufbar.

Gedruckt in der Europäischen Union
auf umweltfreundlichem, chlor- und
säurefrei gebleichtem Papier.

© 2024 novum Verlag

ISBN 978-3-99146-713-7
Lektorat: Dr. Angelika Moser
Umschlagabbildungen:
Yufa12379, Dwnld777,
Madhourse I Dreamstime.com
Umschlaggestaltung, Layout & Satz:
novum Verlag
Autorenfoto: Foto-Santos, Lörrach

www.novumverlag.com

When you love you should not think you can direct the course
of love, for love, if it finds you worthy, directs your course.

Khalil Gibran

1

Laufen. Immer geradeaus.

Was ist das?

Eine Sackgasse, verdammt.

Besser umkehren?

Oder durchmogeln?

Egal. Einfach weiter.

Über die eigenen Füße stolpern. Taumeln.

Peng, hingefallen. Wie peinlich.

Hat's einer gesehen? Schnell umgucken.

Offenbar niemand.

Wenigstens etwas.

Vorsichtig aufstehen. Wunden lecken.

Einmal schütteln, wieder losmarschieren ... und leben.

Immer weiter und weiter.

Leben.

Und das Wichtigste dabei nicht vergessen. Das i.

An der richtigen Stelle versteht sich.

2

Die Schicksalsfäden, die ihre knalligen Farben in mein Leben woben, verhedderten sich hoffnungslos in der kakofonischen Etüde, die nur ein wahrhaft wahnsinniger Komponist dirigieren konnte. Ebendieser schien sich darin zu gefallen, meinen fröhlich bummelnden Lebenszug in einen ICE zu verwandeln, um ihn bei Tempo dreihundert *fortissimo* entgleisen zu lassen. Der liebe Gott, oder wie sich der geheime Kapellmeister nannte, hatte wohl Spaß daran, auf meinen vibrierenden Nerven Geige zu spielen.

Wie ein Gezeitenstrom, beharrlich und unerbittlich, brandete das Drama an die Küsten meines Seins. Es riss mich in nachtschwarze Tiefen hinab, schleuderte mich wieder empor. Mein

Leben, wie ein Schiff auf stürmischer See, verlor zuweilen den Kurs, um ihn auf wundersame Weise wiederzufinden, gefangen im ewigen Spiel um Liebe und Schmerz.

Durch das unendliche Labyrinth meiner Tage irrend, feierte ich rauschende Feste für meine Triumphe – die Niederlagen erduldete ich in Stille und Einsamkeit. Kam es ganz dicke, dann tröstete mich der Gedanke, dass auch ein Kontrollverlust seine Vorteile hatte. Die sich meist viel später erst zeigten, wenn aus Verlust Gewinn und aus Schmerz pure Freude geworden war. Denn nur die Retrospektive enthüllte die Relativität meiner Tragödien um Leidenschaft und Leid, Euphorie und Verzweiflung – kurz, um das Spektrum meiner Emotionen im Ausnahmezustand.

Diese Erkenntnis war unbedingt wertvoll, trotzdem konnte ich nichts, aber auch gar nichts tun, um den Höllenexpress aufzuhalten, wenn die Büchse der Pandora sich öffnete.

Sicher war es nicht hilfreich, die Tür sperrangelweit aufzureißen, sobald das Chaos von Weitem grüßte. Doch so sehr ich versuchte, es beim nächsten Mal besser zu machen, schien ich stets einem höheren Plan zu folgen, der mich nicht nur die Fehler der Vergangenheit wiederholen, sondern auch eifrig neue machen ließ. Irgendwann gewöhnte ich mich daran, dass ich längst knietief im Mist stand, bevor ich begriff, was geschah.

Natürlich war der Inhalt der Büchse immer der gleiche.

Männer ...

Ob groß oder klein, blond gelockt oder kahl, schon in jungen Jahren fühlte ich mich von ihnen angezogen. Und sie sich von mir. Vielleicht war es das Versprechen von Sinnlichkeit, das mein naturrotes Haar und meine grünbraunen Augen gaben. Vielleicht das ehrliche Interesse, das ich ihnen entgegenbrachte.

Wie auch immer, das Letzte, was ich mir auf dem Sterbebett vorwerfen wollte, war, meinen Becher nicht zur Gänze geleert zu haben.

Zumindest darüber musste ich, Mariella Ewald, kinderlos und ledig, mir gegen Ende meines vierzigsten Lebensjahres keine Sorgen machen. Schließlich hatte ich keine Gelegenheit ausgelassen, den Mann meiner Träume zu finden und meine Irrfahrten etwas lädiert, aber erhobenen Hauptes gemeistert.

3

Beim Anblick der flammenden, über den Horizont kippenden Sonnenscheibe verspürte ich einen Anflug von Melancholie. Vor zwei Stunden hatte ich meinen Fensterplatz über dem gewaltigen Flügel einer Boeing 767 eingenommen, um nach dreimonatiger Beziehungsmisere in meinen Münchener Esoterikladen zurückzukehren. Natürlich ohne den Mann, mit dem ich den Rest meines Lebens verbringen wollte. Der launische Lebensrest hatte sich wieder als Rohrkrepierer erwiesen und nur ein halbes Jahr durchgehalten. Dann war ihm die Luft ausgegangen. Obwohl alles so schön begonnen hatte, damals, als Andy und ich im Schlepptau meiner Schwester auf ein Rockkonzert in Basel gestolpert waren. Berauscht von der Inkonsistenz unserer Lebensentwürfe hatten wir uns aufeinander gestürzt, um am Bollwerk unserer enormen Erwartungen zu zerschellen.

Inzwischen hatte der Rauch sich verzogen, das Trümmerfeld war sondiert und wir befanden uns in der Aufräumphase. Sprich, wir klaubten unsere Einzelteile zusammen und trugen sie dahin, wohin sie gehörten: der smarte Andy seine in den vornehmen Millionärsclub an der amerikanischen Ostküste und ich die meinen ins heimische Oberbayern.

Plötzlich tauchte in der Sitztasche vor mir ein knollennasiges Gesicht unter grünem Spitzhut auf. Der lästige Kobold des Liebeskummers. Das hatte noch gefehlt.

„Ich hasse es, wenn du mir auflauerst!", raunte ich ihm zu.

„Und ich hasse es, wenn du meinst, mir durch dein hektisches Agieren entwischen zu können." Das grüngewandete Männchen stemmte sich über den Rand der Sitztasche und klammerte sich an das obere Ende des Bordmagazins. „Klapp mal den Tisch runter, damit ich mich hinsetzen kann!"

Ich legte keinen Wert auf die Gesellschaft des selbstherrlichen Wichts und schüttelte entschieden den Kopf. „Und wenn ich mich weigere?"

„Dann kneife ich dich so fest in den Arm, dass du schreist, und alle Welt denkt, du hast sie nicht alle. Sie werden dich bei der Ankunft in Frankfurt direkt in die Klapse stecken. Willst du das?" Der Erdgeist grinste boshaft.

Erschrocken sah ich mich um. Das Irrenhaus wollte ich lieber nicht von innen sehen. Das bedeutete, ich musste mich hier irgendwie durchlavieren.

Bisher schien niemand das ungewöhnliche Zwiegespräch bemerkt zu haben. Mein dickbäuchiger Sitznachbar schnarchte weiter geräuschvoll, während die bärbeißige Matrone neben ihm in einer Illustrierten blätterte. Sie beachtete mich nicht.

Ich atmete auf und klappte das Bordtischchen nach unten, um den Kummergnom nicht weiter zu reizen.

„Bist du jetzt zufrieden?", zischte ich.

„Vorerst." Er setzte sich auf den Klapptisch und ließ seine Beine, die in tannengrünen Leggings steckten, hin und her baumeln. Mit der Spitze seines wildledernen Stulpenstiefels tippte er an meinen Arm. „Sprich nicht so laut, sonst landest du noch ohne mein Zutun in der Zelle. Rede in Gedanken mit mir. Du weißt, dass die anderen mich nicht sehen können."

Ich fragte mich ohnehin, warum ich den Plagegeist sah. Und das, obwohl ich absolut keinen Wert darauf legte. Eines war klar: Meine Schwester Linda würde, wenn sie es denn wüsste, die getunten Kekse dafür verantwortlich machen. Und was Mutter dazu meinte, wollte ich lieber nicht wissen.

„Mit den Haschdingern hat das gar nichts zu tun", funkte Liebeskummer in meine Gedanken. „Du hast uns gesehen, lange bevor du sie das erste Mal gekostet hast."

Aber nicht freiwillig, dachte ich zurück. „Du und deinesgleichen, ihr habt mir schon als Kind nichts als Ärger gemacht. In der Grundschule haben mich meine Mitschüler gehänselt und die alte Pannefeld hat mir eine Ohrfeige verpasst, weil sie dachte, ich würde mich über sie lustig machen."

„Was dazu führte, dass Mama Elise für einen Riesenskandal gesorgt hat und die Pannefeld vorzeitig in Rente gehen musste." Liebeskummer lachte schadenfroh. „Das Abschaffen der Prügelstrafe wird sowieso überbewertet."

„Und genau deshalb will niemand mit euch zu tun haben", setzte ich zu einem Seitenhieb an, „weil ihr nichts als eine Meute übellauniger, niederträchtiger und Zwietracht säender Tagediebe seid!"

„Rosenfee auch?", konterte der Kobold spitz.

„Nein, die natürlich nicht. Und Lillyveilchen auch nicht. Und …"

„… die übrigen nutzlosen Blumenhocker. Aber wir gehören nun einmal zusammen, wie du inzwischen wissen solltest. Siehst du den einen, kriegst du sie alle. Wenn du die Pflanzenbande willst, musst du auch mit mir und Nachtalb rechnen."

Und mit Sorgenkobold, Neidgeist und Streitelfe, dachte ich resigniert. Liebeskummer nickte zufrieden.

„Nachdem das geklärt wäre – zum, lass mich nachrechnen", er feixte böswillig, „48. Mal –, kommen wir endlich zum Grund meines Besuches."

Andy, dachte ich düster.

„Andy. Richtig. Wollen wir uns deine letzte, und, herrje, schon wieder verflossene Beziehung einmal ansehen."

„Muss das unbedingt jetzt sein?" Widerwillig musterte ich das Beine baumelnde Männlein.

„Natürlich jetzt. Hier kannst du nicht abhauen. Sind wir erst in Frankfurt gelandet, findest du wieder tausend Wege, mir zu entwischen und unser Plauderstündchen zu vertagen."

Ich ergab mich in mein Schicksal „Also gut. Was willst du wissen?"

„Das liegt doch auf der Hand: Warum hat es mit euch nicht geklappt?"

Ich seufzte. „Wahrscheinlich, weil Andy nicht der Richtige war. So einfach ist das."

Der Kobold schüttelte den Kopf. „Nein, so einfach ist das ganz und gar nicht! Im Unterschied zu seinen vier Vorgängern hatte der Ami einen ganz entscheidenden Pluspunkt: Er hat dich geliebt."

Die Sonne war restlos verschwunden und der Himmel leuchtete in sattem Rot und Indigoblau. Bedrückt betrachtete ich das überirdische Schauspiel. Der Gnom hatte recht: Andy hatte mich geliebt. Und ich ihn. Warum hatte unsere Beziehung trotzdem nicht funktioniert? Ratlos blickte ich den Grünling an.

„Vielleicht sind wir einfach zu verschieden. Insbesondere was unsere Meinung über den Freizeitwert von Antiquitätenmessen und Golfevents angeht. Wir leben in unvereinbaren Wertesystemen: Andy strebt nach ständiger Gewinnmaximierung, während für mich nur die Schönheit des Augenblicks zählt: das Gedicht, das mich inspiriert, das lustige Gurgeln des Baches, der Zitronenfalter, der sich so niedlich die Fühler reibt. Geld hat mich nie interessiert. Ihn dagegen ... ach, was soll's!"

„Ich dachte, Gegensätze ziehen sich an?", polterte es höhnisch in meinem Kopf.

„Deine Plattitüden kannst du dir sparen!", entgegnete ich scharf, „Fakt ist, dass sich unsere Liebe im Alltag nicht bewährt hat. Die Villa mit ihren Biedermeiermöbeln und Ölschinken, oh Gott, ich bin wie ein Geist durch das Museum seiner Sammelwut gewandert. Und erst die Gesellschaften, die ich als Hausherrin geben musste ..." Ich schüttelte mich beim Gedanken an die diamantschweren Hände, die ich gedrückt und die endlosen, auf jung getrimmten Gesichter, in die ich geblickt hatte. „Das konnte nicht gut gehen. Vielleicht hätten wir irgendwo auf der Welt neu anfangen sollen. Ohne Ostküstenseilschaft und die Mumien, die seinen Erfolg protegieren. Doch das hat Andy strikt abgelehnt. Und so wie er kann und will ich nicht leben. Am Ende hatten wir uns nichts mehr zu sagen, lagen nebeneinander im Bett, Welten voneinander entfernt. Ob du es glaubst oder nicht: Ich war selten so erleichtert wie gestern, als ich die Entscheidung getroffen hatte, meine Koffer zu packen."

Liebeskummer hatte mir aufmerksam zugehört. Nun neigte er sein Köpfchen zur Seite und sah mich forschend an. „Und du bist sicher, dass du nicht als Trauerkloß endest und diesen Schritt irgendwann bereust?"

„Kann ich hellsehen?" Ich warf einen raschen Blick auf die Stewardess, die ihren Getränkewagen energisch durch den Gang bugsierte. Einen Augenblick später war sie vorbeigezogen und ich fuhr fort: „Immerhin habe ich es nicht bereut, den Kunststudenten für jemanden aufzugeben, der den Dreck am Stecken nicht wert war. Auch dem Zirkusdirektor habe ich nach einer bombastischen Saison als Elefantensouffleuse nicht nachgeweint. Ich habe nie einen meiner Schritte bereut, selbst wenn er schmerzhaft war. Andy und ich hatten eine wundervolle Zeit, die im Alltag ihren Glanz verlor. Deshalb habe ich die Konsequenzen gezogen und bin gegangen. Siehst du: Es ist eben doch so einfach!"

Triumphierend hatte ich die letzten Worte gedacht und freute mich darauf, die Niederlage im Gesicht des Kobolds zu sehen. Doch er war verschwunden.

„Du hast dich also verkrümelt. Das zeigt mir, dass Andy tatsächlich Geschichte ist." Vergnügt klappte ich den Tisch hoch und drehte mich zur Seite. Draußen war es inzwischen dunkel geworden und die Kabinenbeleuchtung wurde gedimmt. Das schummrige Licht entlockte mir ein herzhaftes Gähnen.

Als die Stewardess zurückkehrte, um nach meinem Getränkewunsch zu fragen, war ich eingeschlafen.

*

Nichts als Ärger.

Der ging schon los, als Peter Maria Althoff am Morgen aufwachte und mit einer fahrigen Handbewegung das Glas neben seinem Bett umstieß. In einem Schwall ergoss sich das abgestandene Wasser über den frisch unterzeichneten Kaufvertrag für die Gewerbeimmobilie an der Commonwealth Avenue.

„Das kommt davon, wenn man seine Arbeit ins Bett mitnimmt", brummte er und versuchte, das Dokument mit dem Bezug seines Kopfkissens trocken zu tupfen, ohne die Tinte der Unterschriften zu verwischen.

Der Tag ging so unerfreulich weiter, wie er begonnen hatte: Die Dusche spuckte nur eiskaltes Wasser, das Frühstücksei war so hart, dass er die kläffende Töle am Nebentisch damit hätte erschlagen können, und bei der Abrechnung seines Hotelzimmers streikte der Computer. Zu allem Überfluss blieb das Taxi im Bostoner Verkehrschaos stecken. Beinahe hätte er seinen Flieger nach Frankfurt verpasst.

Mit wehendem Trenchcoat und rasendem Puls war er schließlich durch sämtliche VIP-Schleusen gestürmt, um sich wie die Königin von Saba in einem privaten Shuttlebus über das Flugfeld chauffieren zu lassen.

Am ganzen Körper schwitzend, sank er in den komfortablen Sitz der Boeing 767, um direkt in die Horizontale abzutauchen. Er war restlos bedient und würde für die kulinarischen Privilegien der Business Class nicht zur Verfügung stehen.

Entschlossen setzte er seine Schlafbrille auf und wickelte sich, soweit seine sportlichen Einsneunzig es zuließen, in die frisch gereinigte Borddecke. Nichts sollte ihm jetzt den Schlaf rauben, denn morgen war ein wichtiger Tag. Endlich würde er seinen potenziellen Investor für das geplante Einkaufszentrum in Frankfurt Bockenheim treffen. Lange genug hatte er auf diese Chance gewartet. Dem Geschäftspartner in spe gedachte er sich topfit und auf Augenhöhe zu präsentieren.

4

Die Glastüren jenseits der Zollabfertigung glitten mit einem leisen Schleifen hinter mir zu. Frankfurt empfing mich mit einem Stoßtrupp aus Leibern und Gesichtern. Schilder wurden gereckt, Namen gerufen. Jauchzende Kinder warfen sich einer müde blickenden, kofferbestückten Gestalt entgegen.

Ich sah mich um. Irgendwo fernab des Gewusels musste der Bahnhof sein. Noch dreieinhalb Stunden im ICE bis zu meiner Endstation. Immerhin durfte ich in München auch auf ein freudig gerötetes Gesicht hoffen, das mir am Bahnsteig entgegenstrahlte.

Vor meinem Abflug in Boston hatte ich meiner Freundin Maja eine SMS geschickt. Obwohl sie nicht geantwortet hatte, war das kein Grund zur Sorge, denn die Funktionalitäten ihres Handys waren ihr noch immer ein Rätsel. Im Grunde genügte es ihr, meine Nachrichten lesen zu können.

Ich beschloss, ihr eine weitere Mitteilung mit meiner Ankunftszeit am Münchener Hauptbahnhof zukommen zu lassen, sobald ich im Zug saß. Die Vorstellung, dass meine unverhoffte Rückkehr ein Leuchten in ihr Gesicht zaubern würde, ließ mich lächeln.

An einem trüben Novembertag war ich Maja das erste Mal begegnet. Auf dem Münchener Ostfriedhof, dessen Stille ich suchte, wenn meine Gefühle aus dem Ruder liefen und das Gedankenkarussell auf Kollision schaltete. Was ich an jenem Tag Martin, dem triebhaften Schamanen, mit dem ich kurzzeitig liiert war, zu verdanken hatte.

Plötzlich war ich im Nebel über eine dunkel gewandete Gestalt gestolpert, die vor einem mit Herbstzeitlosen bepflanzten Grab kauerte. Im Zwielicht hatten wir uns aufgerichtet und stumm gemustert.

„Meine Schuld, bitte verzeihen Sie …", hatte ich schließlich gemurmelt.

„Da gibt es nichts zu verzeihen", erwiderte mein Gegenüber sanft, „wenn mich jemand um Vergebung bitten muss, dann der da oben. Er hat mir alles genommen, was ich geliebt habe."

Majas schlichte Worte erzeugten ein Gefühl spontaner Verbundenheit in mir. Erst viel später erfuhr ich ihre traurige Lebensgeschichte. Ihren Sohn hatte sie im Grundschulalter an die Gelbsucht verloren, ihr geliebter Mann war nach fünfundvierzig Ehejahren einer Lungenembolie zum Opfer gefallen und ihre beiden Schwestern hatte der Krebs dahingerafft.

Der Ostfriedhof barg all ihre Erinnerungen und Maja kam regelmäßig, um Zwiesprache mit ihren Lieben zu halten.

„Wollen wir gemeinsam ein Stück durch den Nebel gehen?",
hatte ich vorsichtig gefragt.

Sekundenlang studierte Maja mein Gesicht. Schließlich klopfte
sie die Erde von ihrem zeitlosen, etwas zu langen Lodenmantel und
straffte energisch die zierlichen Schultern, was mich unwillkürlich
an Napoleon im Anblick der preußischen Heeresmacht denken ließ.

„Ja, ich würde gerne ein Stück meines Weges mit Ihnen gehen", sagte sie mit fester Stimme und zwinkerte schelmisch.

Von dem Moment an verband uns eine geheimnisvolle Freundschaft.

Kaum zu glauben, dass jener Novembertag erst neun Monate zurücklag.

Schnell hatten wir herausgefunden, dass Maja nur zwei Straßen von meinem Laden entfernt wohnte und uns in den folgen-
den Wochen beinahe täglich getroffen. Sie liebte meinen kleinen
Esoterikhandel und sprang bereitwillig ein, wenn ich anderweitig zu tun hatte. Was aufgrund meines unsteten Lebenswandels
ziemlich häufig der Fall war.

Vor meiner Abreise nach Boston hatte sie das Zepter im Laden ganz übernommen und vergaß nie, die Einnahmen wöchent-
lich auf mein Konto zu überweisen. Eine Gegenleistung für ihre
Mühen wollte sie nicht.

„Die Arbeit mach ich gern und lerne dabei noch interessante Leute kennen. Geld brauche ich nicht. Mein Heinz, Gott hab'
ihn selig, hat schließlich gut für mich gesorgt und mir eine or-
dentliche Rente hinterlassen", schmetterte sie jeden Versuch,
sie am Gewinn zu beteiligen, ab.

„Und was machen wir, wenn ich bei Andy in Boston bleibe
und nicht nach München zurückkehre?" Die Angst, ihre Hilfs-
bereitschaft auszunutzen, machte mir ernsthaft zu schaffen.

Maja schenkte mir ihr unergründliches Lächeln. „Wenn es
so sein soll, werden wir eine Lösung finden. Und wenn nicht",
ihre Mundwinkel zuckten amüsiert, „dann kommst du zurück
in das Nest, das ich für dich warmhalte."

Schneller als gedacht, würde ich nun in den Kobel zurückflattern.

Der Gedanke, dass ich schon wieder eine Beziehung in den Sand gesetzt hatte und mein Versagen in den nächsten Tagen Linda und Mutter beibringen musste, behagte mir gar nicht. Ich seufzte und suchte die Umgebung nach Hinweisschildern mit dem ICE-Icon ab, da packte mich jemand von hinten an der Schulter.

„Ella!"

Erschrocken fuhr ich herum. „Was zur Hölle!", rief ich und riss erstaunt die Augen auf, als ich mein Gegenüber erkannte.

„Linda? Du ... hier?"

Meine Schwester hielt mir lachend eine verbeulte Rose vors Gesicht.

„Die ist für dich. Mensch, wie ich mich freue, dich zu sehen!" Stürmisch fiel sie mir um den Hals.

Zögernd erwiderte ich die Umarmung. „Das ist ja eine Überraschung! Was führt dich denn hierher?"

„Reiner musste nach Kapstadt. Ich hab' ihn vor zwei Tagen hier abgeliefert und die Gelegenheit genutzt, mich mit Bettina zu treffen. Gestern Abend hab' ich erfahren, dass du auf dem Weg in die Heimat bist." Sie lachte übermütig. „Die Gelegenheit, dir hier aufzulauern, konnte ich mir schlicht nicht entgehen lassen!"

„Na, das ist wirklich ein Ding ..." Ich freute mich ehrlich, sie wiederzusehen.

„Dann hast du mit Maja gesprochen?"

Sie nickte. „Bettina interessiert sich für die Energetisierung von Lebensmitteln. Deshalb hab' ich im Laden angerufen, weil ich hoffte, von Maja ein paar Infos darüber zu kriegen." Unvermittelt wurde sie ernst. „Sie hat mir erzählt, dass du ihr eine Nachricht geschickt hast und auf dem Weg nach Frankfurt bist." Forschend sah sie mir in die Augen. „Heißt das, die Sache mit Andy und dir ...?"

Ich zuckte die Schultern. „Ist beendet. Ja, das heißt es wohl."

„Das tut mir leid." Mitfühlend legte sie ihren Arm um mich.

„Hey, das muss es nicht." Freundschaftlich knuffte ich sie in die Seite. „Jetzt guck nicht so traurig!"

„Also kein Katzenjammer à la Schamanenmartin?"

Ich schüttelte den Kopf. „Nee, diesmal nicht. Im Gegensatz zu dem Knall, mit dem Martin sich aus meinem Leben katapultiert hat, ist das Ende mit Andy eher schleichend gekommen."

„Und war damit weniger schmerzhaft. Verstehe." Sie griff nach meiner am Boden stehenden Reisetasche. „Was hältst du davon, erst mal mit mir zu Tini zu gehen?"

Wenn ich ehrlich war, gar nichts. Die spröde Brokerin, Lindas frühere Kommilitonin, war mir schon damals ein Gräuel gewesen. Unentschlossen wiegte ich den Kopf.

„Hm. Eigentlich würde ich lieber in den nächsten Zug nach München steigen …"

Linda zog einen Flunsch. „Ach, komm schon! Ich weiß, dass du Tini nicht leiden kannst, aber wir würden nur einen Tag bei ihr bleiben und morgen in die Schweiz weiterfahren."

Entgeistert starrte ich sie an. „Du denkst aber schon daran, dass ich langsam nach Hause muss?"

„Musst du gar nicht. Wenn du noch drei Monate in Amerika geblieben wärst, hätte auch kein Hahn danach gekräht. Maja ist superhappy mit dem Laden und wird ihn problemlos weiterschaukeln. Außerdem halte ich es nicht für angesagt, dich nach der Amerika-Episode direkt der Einsamkeit deines Appartements zu überlassen."

„Aber es geht mir gut!", protestierte ich.

„Und es wird dir noch besser gehen, wenn du morgen mit mir nach Basel fährst." Bittend sah sie mich an. „Wir haben so viel zu bequatschen. Außerdem musst du unbedingt meinen Feng-Shui-Garten sehen! Ich kann dir sagen: Der ist ein energetisches Feuerwerk, das beste Heilmittel gegen Herzschmerz."

Die asiatische Wundertüte wollte ich mir ungern entgehen lassen und wer weiß, ob sich in diesem Sommer noch einmal die Gelegenheit für einen Abstecher in die Schweiz bot. Das Argument zog und ich gab nach.

„Okay, dann lass uns heute die Börse rocken und morgen früh die Reise nach Süden antreten."

Linda klatschte begeistert in die Hände und hatte mich, ehe ich mich versah, mitsamt meinen Rollkoffern in die S-Bahn Richtung Frankfurter City geschoben.

Das Loft der potenten Aktienverkäuferin war atemberaubend. „Was für eine Aussicht", murmelte ich und ließ meinen Blick über die Tempel der Hochfinanz schweifen.

„Das ist noch gar nichts", wiegelte die top gestylte Bettina, mondän in Chanel gekleidet, ab. „Da müsstest du mal mein Office an der Wall Street sehen – *that's really fabulous!*"

„Tini hat ihr Büro ganz oben", sagte Linda ehrfürchtig, „wer da sitzt, hat es geschafft." Ihre Freundin lächelte huldvoll, ohne dabei eine Miene zu verziehen. Botox und Hyaluron sei Dank.

„Wer hoch fliegt, wird tief fallen", stellte ich lakonisch fest. Die arrogante Brokerin ging mir mit ihrem affektierten Gehabe auf die Nerven. Ich fragte mich, wie ich die nächsten Stunden in ihrer Gesellschaft überstehen sollte, ohne mich gründlich mit ihr zu verkrachen.

Obwohl ich nicht müde war, erwog ich, mich in den Jetlag zu flüchten und für den Rest des Tages im Gästezimmer zu verschanzen. Da war der Ausblick weniger spektakulär, aber die Gesellschaft in Form einiger Miss-Lanvin-Figurinen, die Bettina auf einem Glasregal gekonnt in Szene gesetzt hatte, ungleich besser.

Ich ließ ein lautes Gähnen ertönen und streckte mich ausgiebig, um meinen Rückzug einzuleiten.

„Vielleicht sollten wir eine Kleinigkeit essen gehen. Ella hat nach der langen Reise sicher mächtig Kohldampf", funkte Linda in meine Fluchtpläne.

Mein Magen knurrte tatsächlich. Doch bei der Vorstellung, die borniert Bettina mit spitzen Fingern an einem Cheeseburger mit Pommes fieseln zu sehen, verging mir der Appetit.

„Wenn ich in Frankfurt bin, esse ich mittags immer ein Häppchen im *Bull + Bear*, die haben ausgezeichnete Hors d'oeuvre. Von dort aus können wir zu Fuß ins Städel gehen, das sind höchstens zwei Kilometer."

„Jawohl, so machen wir das", schloss Linda sich an.

Ich verstand nur Bahnhof. „Bullen im Städel? Nee, ohne mich. Ich wollte mich sowieso gerade auf die Couch legen ..."

„Nix da, du kommst mit! Tini hat extra drei Karten für die Ausstellung besorgt." Linda setzte ihr Oberlehrergesicht auf. Jeder Versuch, ihr zu widersprechen, würde eine Endlosdiskussion provozieren. Ich seufzte ergeben.

„Dann gehen wir halt ins Museum. Ich ziehe mir nur schnell bequemere Schuhe an." Schon durchwühlte ich meine Reisetasche. „Ah, da sind sie ja."

Im Augenwinkel sah ich, wie Bettina meine zerfledderten Chucks musterte. Als Antwort darauf starrte ich demonstrativ auf ihre Manolo Blahniks. Sollten ihr in den endlosen Gängen der Kunstgalerie doch die Zehen abfallen! Immerhin war zu hoffen, dass ich sie auf unserem kulturellen Durchmarsch abhängen konnte. Der Gedanke gefiel mir.

Während sie in der Gästetoilette verschwand, um ihrer Maskerade den letzten Schliff zu verpassen, betrachtete ich mein Outfit im deckenhohen Kristallspiegel: skinny Jeans, darüber ein schwarzer Hoody und Turnschuhe. Für mein Alter hatte ich mich ganz gut gehalten. Allerdings trug ich die Sachen nun schon seit meiner Abreise aus Boston, es wurde definitiv Zeit für einen Wechsel.

Leider hatte unsere Gastgeberin für Banalitäten wie einen Duschgang keinen Zeitslot vergeben. Verdrossen blickte ich mich nach Linda um und registrierte, dass sie sich die Lippen nachzog. Das tat sie sonst nie. Überhaupt hielt sie jede Art von Make-up allenfalls dafür geeignet, ihren im Monatsrhythmus wiederkehrenden Kinnpickel zu kaschieren.

„Was gucken wir eigentlich an?", fragte ich gleichgültig.

„Schwarze Romantik", nuschelte der rote Lippenstift.

„Ein wirkliches Highlight in dieser Saison. Muss man gesehen haben", ergänzte Madame Börsenfly aus dem Off.

„Klingt irgendwie gruselig." Linda hatte ihr Werk beendet und trat neben mich, um das Gesamtkonstrukt ihrerseits im Spiegel zu prüfen. Zufrieden nickte sie mir zu. Rein optisch gingen wir als Zwillinge durch.

„Die Exponate sind nicht gruseliger als dein Musikgeschmack",
tönte es hochnäsig aus der Toilette, wo Bettina noch immer an
ihrer Frisur zuppelte.

Ich suchte den Blick meiner Schwester im Spiegel und verdrehte die Augen.

„Nichts ist gruseliger als Manhattan bei Nacht. Besonders
im Umkreis der NYSE", stichelte ich.

„These streets glitter in the dark", begann Linda zu singen.

„Aber sonst geht's euch gut, oder?" Säuerlich schnippte sich
Wallstreet-Tini die Ponyfransen aus der Stirn.

„Don't sleep, red eyes sunken and stark ...", fuhr Linda ungerührt fort.

„Welche gruselige Band war das noch mal?" Lachend hakte
ich mich bei ihr unter.

„Savatage. Heavy Metal at its best", gurrte sie und schob ver-
schmitzt hinterher: „Pfui, wie asozial."

„Ob die wohl was von Aktien verstehen?", setzte ich streit-
lustig noch einen drauf.

Linda griente. „Zumindest haben sie noch keine globale Fi-
nanzkrise ausgelöst."

In schwesterlicher Eintracht verließen wir die Wohnung. Die
Manolos tippelten beleidigt hinter uns her und zeigten schon
am Startblock Probleme, mit den vier Turnschuhen Schritt zu
halten. Ich dachte an den bevorstehenden Marsch zum Städel
und konnte mir ein Grinsen nicht verkneifen.

Am Lift holte Bettina uns ein. Selten nachdenklich. Offenbar schwante ihr, dass der Nachmittag ihre Zehen töten würde.

„Na dann, Mädels, einmal Romantik und zurück", sagte ich
süffisant und drückte den Abwärtsknopf.

„Ausstellungen sind so ..." Mit qualmenden Füßen ließ ich mich
auf eine Sitzbank vor einen Alptraum in Öl fallen.

„Öde?" Erschöpft sank Linda neben mir nieder.

„Genau das wollte ich sagen." Suchend sah ich mich um. „Wo
ist denn deine Stöckelschuhfreundin geblieben?"

Linda wies in die Richtung, aus der wir gekommen waren.

„Die haben wir am *Floß der Medusa* verloren.“

„Wie passend. Vermutlich treibt sie inzwischen der *Hölle* des Hieronymus Bosch entgegen.“

Linda knuffte mich in die Seite. „Sei nicht so fies!“

„Wenn's aber stimmt.“ Ich war gerade dabei, den rechten Schuh abzustreifen, um meine schmerzenden Zehen zu massieren, da tauchte Bettinas leicht ramponierte Gestalt in der Ferne auf.

„Achtung, Medusa von hinten.“

Der Hieb, der mich traf, fiel ungleich stärker aus als der letzte.

„Aua! Das hat wehgetan ...“

„Sollte es auch. Du könntest wenigstens versuchen, dir deine Abneigung nicht anmerken zu lassen.“

Ich rümpfte die Nase. „Etwa so, wie du damals in Bern? Als du meinen Studenten in Grund und Boden geätzt hast?“ So leicht würde Linda mir nicht davonkommen.

Sie begann unbehaglich auf unserer Bank hin und her zu rutschen.

„Ach, der ... Aber das kann man doch nicht vergleichen! Dein Maximilian Oberschnösel war schließlich nur eine winzige Episode, eine Sternschnuppe am Firmament deiner Sinneslust.“

„Soso – und mit Bettina verbindet dich eine innige Freundschaft, oder was?“

„Das vielleicht nicht, aber wir kennen uns eben schon ewig ...“

„Was die Sache nicht besser macht“, knurrte ich.

Inzwischen war unser Zankapfel bis auf wenige Meter herangerollt.

„Da seid ihr ja“, rief er uns entgegen, „ich jage euch schon durch drei Ausstellungsräume nach!“

Unschuldig sah ich sie an. „Echt? Wir haben gedacht, du hast dich der Schlangenfrau angeschlossen.“

„Welcher Frau?“ Bettinas Blick schweifte ratlos von mir zu Linda.

„Vergiss es.“ Linda winkte ab und bemühte sich, das Thema zu wechseln. „Scheint, als ob wir fast durch wären.“

„Nee, das geht da hinten noch weiter. Das Beste kommt erst. *Die weiße Frau* von Gabriel von Max.“ Manolina musste Zehen aus Stahl haben. Und hatte ich da schon wieder den Namen Max gehört? Wenn das kein Zeichen war, die Aktion hier und jetzt abzubrechen.

„Ich habe genug Weltenbrände gesehen und brauche einen Kaffee. Ihr könnt ohne mich mit der Dame in Weiß plaudern. Wir sehen uns in der Lobby." Damit stand ich auf und wandte mich zum Gehen.

„Ella, warte!" Überrascht stellte ich fest, dass Bettina mich am Ärmel meines Jumpers festhielt. „Weißt du, wer hier ist?", raunte sie verschwörerisch.

Ich schüttelte den Kopf.

„Der Wulf", flüsterte sie.

Musste ich den kennen? „Na und?" Gelangweilt zuckte ich die Achseln.

„Ist das nicht irre? Wir drei unter einem Dach mit dem Bundespräsidenten."

„Mit dem Ex-Bundespräsidenten", verbesserte Linda. „Trotzdem toll."

„Nicht wahr? Und wisst ihr, was das Tollste daran ist?" Bettina kicherte wie ein Backfisch. „Mit meiner Namensvetterin soll wieder mal Schluss sein." Sie straffte die Schultern. „Also Mädels: ran an den Speck!"

„Welchen Speck? An dem Typen ist doch nix dran", meckerte Linda.

„Was dich ja nicht kümmern muss, da du seit Urzeiten unter der Haube bist. Aber umso besser: Dann erhöhen sich unsere Chancen, stimmt's, Ella?"

„Nee, lass' mal. Ausgemusterte Präsidenten passen nicht in mein Beuteschema."

„Ach", mischte Linda sich wieder ein, „ich wusste gar nicht, dass du so was wie ein Beuteschema hast."

„Was willst du denn damit sagen?", plusterte ich mich auf.

„Nur dass man nie wissen kann, welche Ausprägung männlichen Irrsinns als Nächstes mit dir um die Ecke kommt."

Während unserer Unterhaltung waren wir langsam weitergeschlendert und fanden uns unversehens vor dem Bildnis der weißen Frau wieder.

„Mein Gott, das ist wirklich ..." Ergriffen legte ich Linda meinen Arm um die Schultern. Unser Geplänkel war schlagartig vergessen.

„Unfassbar", hauchte sie.

„Geheimnisvoll und ätherisch", konstatierte Bettina. Mir fehlten die Worte im Angesicht einer solch geisterhaften Schönheit.

„Sie sieht aus, als würde sie gleich aus dem Rahmen treten. So lebendig ...", flüsterte Linda.

Andächtig bestaunten wir das Meisterwerk und merkten nicht, wie sich hinter uns eine immer größere Menge von stillen Bewunderern sammelte.

Ein ehemaliger Bundespräsident war, soweit ich das beurteilen konnte, nicht unter ihnen.

*

Althoff hatte ein Zimmer im Frankfurter Hof gebucht. Eigentlich mochte er diese Art überladener Eleganz nicht, aber zum einen war Messe und er konnte froh sein, nicht nach Hofheim ausweichen zu müssen, und zum anderen war das feudale Fünfsternehotel für seine nachmittägliche Konferenz ausgewählt worden. Quasi als Verbeugung gegenüber dem erlauchten Teilnehmerkreis.

Gerade hatte er seine Schlüsselkarte an der Rezeption in Empfang genommen, da klingelte sein Handy. Ein kurzer Blick auf das Display sagte ihm, dass er das Gespräch besser annahm.

„Du hast versprochen, dich zu melden, sobald du gelandet bist." Jules Stimme klang vorwurfsvoll. Wie immer.

„Hallo, Schatz! Das ist ja witzig, ich wollte dich just in diesem Moment anrufen." Die Notlüge kam beängstigend leicht über seine Lippen.

„Du bist jetzt erst gelandet? Wie konnte es denn zu so einer krassen Verspätung kommen?", bohrte sie nach.

Ihr Verhör schrie nach einer weiteren Lüge.

„Wir hatten reichlich Gegenwind." Das lag immerhin im Bereich des Möglichen. „Außerdem war mein Koffer auf dem Laufband nebenan gelandet und ich habe über eine halbe Stunde gebraucht, ihn zu finden." Den Bären hätte er niemandem außer Jule aufgebunden. Manchmal reizte ihn ihre Naivität dazu, die absurdesten Behauptungen aufzustellen, nur um zu sehen, ob sie ihm den Unsinn abkaufte.

„Wann kommst du endlich nach Hause? Ich vermisse dich", nörgelte sie, ohne auf seine Erklärungen einzugehen.

„Das habe ich dir doch gestern gesagt, Hase."

Hase? Wie bin ich denn auf den Quatsch gekommen, fragte er sich amüsiert.

Jule stutzte. „Seit wann nennst du mich Hase?"

„Ich dachte ... weil du ... so niedlich bist ...", sagte er lahm. Er beschloss, sich besser zu konzentrieren, um Jule nicht zu verärgern. Sonst würde sie ihn die nächsten zwei Stunden nicht vom Haken lassen.

„Hase gefällt mir gar nicht. Das klingt, als könnte ich nicht bis drei zählen."

„In Ordnung, Schatz. Wird nicht wieder vorkommen."

„... und das, wo ich gerade so erfolgreich die Abendschule besuche", nölte sie weiter.

„Was du ganz großartig machst", bestätigte er halbherzig. Tatsächlich konnte er nicht verstehen, warum es nötig war, mit dreiundzwanzig den Realschulabschluss nachzuholen. Ihm hatte sie als Unterwäschemodel mit Hauptschule auch genügt. Ungeduldig warf er einen Blick auf seine Breitling Avenger.

„Hör zu, Schatz, ich melde mich später noch mal. Um halb drei habe ich einen wichtigen Termin und muss mich vorher noch umziehen."

„Deine blöden Termine sind immer wichtiger als ich! Jetzt bist du schon zehn Tage lang weg, obwohl du weißt, dass ich mich in diesem Kasten zu Tode fürchte. Wann kommst du endlich nach Hause?"

Jules Stimme hatte von kindlich auf eindringlich geschaltet. Das nächtliche Knarzen der Holzdecken und die wandelnden Schatten der Grünwalder Gründerzeitvilla jagten ihr eine Heidenangst ein.

„Wie gesagt: nächsten Mittwoch. Übermorgen fahre ich in die Schweiz, danach zu dir. Schau, nur noch viermal schlafen und ich bin wieder da. Und weißt du, was das Beste ist?", sein Ton wurde schmeichelnd, „ich hab' dir was Schönes mitgebracht!" „Echt?" Verflogen war die Panik in ihrer Stimme. „Was ist es denn? Ein neues Parfüm? Ohrringe? Eine Gucci-Tasche vielleicht?" „Lass dich überraschen. Ich muss jetzt wirklich weiter. Bis später, Süße." Althoff ließ das Handy mitsamt ihrem aufgeregten Geplapper in seine Jackentasche gleiten.

Er hatte schon fast die Halle durchquert, als ihm ein orientalisch aussehender Mann den Weg zum Aufzug abschnitt. „Sie sind Peter Althoff, ist das richtig?", sprach dieser ihn an. „Jawohl, der bin ich." Neugierig betrachtete Althoff den gepflegten, in eine weiße Dischdascha gekleideten Araber.

„Mein Name ist Alim Abu Salama", sagte der junge Mann in akzentfreiem Deutsch und streckte ihm lächelnd die Hand entgegen, „ich bin der Privatsekretär – und wenn nötig auch Übersetzer – von Scheich Djamal bin Aziz."

Er machte eine kurze Pause, um seinem Gegenüber die Gelegenheit einer Erwiderung zu geben. Da dieser stumm blieb, fuhr er fort: „Schön, dass ich Sie hier treffe!"

Althoff schwante nichts Gutes. Sein potenzieller Investor würde kaum den Adlatus schicken, um ihn im Nobelhotel willkommen zu heißen. Wenn der Scheich den Geschäftstermin jetzt platzen ließ, konnte er seinen Grünwalder Kamin mit den Plänen für das Bockenheim Center anfeuern und Zehntausende Euros in Rauch aufgehen lassen.

Mit den nächsten Worten des Arabers schienen sich seine Befürchtungen zu bestätigen.

„Unser Meeting war für 14.30 Uhr im Roten Salon angesetzt", er seufzte, als wäre ihm die Tragweite seiner Ausführungen bewusst, „allerdings hat seine Exzellenz umdisponiert und wird den Bauherren der Stadt Frankfurt nun bei einem Rundgang durch die Ausstellung im Städel Museum zur Verfügung stehen."

Perplex blickte Althoff in das glattrasierte, jungenhafte Gesicht. „Aber wir haben extra das Modell des geplanten Einkaufszentrums in den Konferenzraum bringen lassen! Die Präsentation mit sämtlichen Unterlagen ist auf eine entsprechende Infrastruktur ausgerichtet, wenn Sie verstehen, was ich meine ...“

Abu Salama nickte bedächtig. „Ich verstehe Ihren Einwand sehr gut. Gleichwohl steht der Ablauf des Nachmittags fest: Wir werden um Punkt 14.30 Uhr gemeinsam das Hotel verlassen und mit einem Bus zum Museum fahren. Dort haben Sie eine Stunde lang Zeit, die Gemälde zu bewundern und seine Exzellenz über Ihr Projekt zu informieren.“

Althoff versuchte, sich seinen Ärger über die geänderte Tagesordnung nicht anmerken zu lassen. „Und die Grundrisspläne?“, fragte er zögernd.

„Die dürfen Sie mir geben. Ich werde sie Scheich Djamal bin Aziz gern auf unserem Flug nach London vorlegen.“

Gegen die Entscheidung seiner Exzellenz war offensichtlich kein Kraut gewachsen. Althoff fluchte innerlich, denn es ging hier nicht nur um eine Investition im zweistelligen Millionenbereich, deren Präsentation er akribisch vorbereitet hatte, sondern auch um seine Geschäftspartner, die mit dem Projekt verflochten waren. Die Entschädigung für die unzähligen Überstunden des Planungsbüros sah er bereits davonschwimmen. Im Fahrwasser seiner eigenen Felle.

Mühsam bemühte er sich, die Haltung zu wahren.

„Ich werde mich pünktlich zur Abfahrt in der Lobby einfinden.“

Damit nickte er Abu Salama zu, griff nach seiner Notebooktasche und beeilte sich, zum Aufzug zu kommen.

Die Schauerromantik hatte Scheich Djamal bin Aziz fest im Griff. Seit einer halben Stunde versuchte Althoff vergeblich, die Aufmerksamkeit seiner Exzellenz auf das Bockenheim Center zu lenken.

Leicht gereizt ließ er die arabischen Begeisterungsstürme über Dalis *Dream Caused by the Flight of a Bee Around a Pomegranate a Second Before Awakening* und Füsslis *Nachtmahr* an sich vorüberziehen. Um möglichst unauffällig nach einem Gemälde zu suchen, das ihm als Überleitung zum Thema Shoppingparadies dienen konnte.

Mütter, die ihre Kinder kochen, fliegende Hexen, Tod und Verderben überall – wie in aller Welt soll ich da den Bogen zu Opulenz und Konsumfreude kriegen, dachte er genervt. Weit und breit war kein geeignetes Objekt in Sicht.

Zu allem Überfluss verschwand der Scheich jetzt auch noch hinter einem dicken Vorhang, um sich Tod Brownings *Dracula* anzusehen.

Nomen est omen, dachte Althoff grätig und überlegte, ob er sich die Filmsequenz aus den 1930er Jahren ebenfalls antun sollte. Um weiter darauf hoffen zu dürfen, den schwerreichen Wüstensohn am Ende um ein paar seiner Millionen erleichtern zu können.

Er entschied sich dagegen. Frustriert schlenderte er weiter von Bild zu Bild, scheinbar in die schaurigen Motive versunken. In Wahrheit drangen weder Tod noch Teufel zu ihm durch. Suchend blickte er sich um. Wenigstens an Abu Salama sollte er dranbleiben, um die Grundrisspläne und Hochglanzprospekte an den Mann zu bringen. Sein letzter Strohhalm für einen glücklichen Projektverlauf.

Der Privatsekretär konnte dem blutsaugendem Bela Lugosi ebenfalls nichts abgewinnen und war weitergezogen. Wie auch die übrigen Tagungsteilnehmer, die inzwischen in alle Winde zerstreut waren.

„Das perfekte Businessmeeting", murmelte Althoff, „jeder kocht sein eigenes Süppchen und keinen schert, was der andere denkt."

Im angrenzenden Ausstellungsraum sah er, wie sich eine Menschentraube um ein Gemälde bildete. Aus der Ferne meinte er zu erkennen, dass Abu Salama nicht unter den Bewunderern war. Seufzend ging er weiter.

Vor Oehmes *Prozession im Nebel* wurde er schließlich fündig. Schweigend stellte er sich neben den Araber.

„Balsam für die Seele", meinte dieser nach einer Weile. „Nach zig Teufelsfratzen und Höllenexzessen kann ich mich hieran kaum sattsehen."

Althoff nickte nachdenklich. „Eine beruhigende Szene, in der Tat. Die Mönche auf ihrem Weg durch den Dunst. Das mutet bei all dem Wahnsinn fast meditativ an."

Abu Salama lächelte. „Vielleicht haben die Verantwortlichen gemeint, sie können uns nicht ohne einen Schimmer von Hoffnung in die Realität entlassen."

Hoffnungsschimmer, das war sein Stichwort. Althoff sah die Chance gekommen, endlich sein Anliegen vorzubringen.

„Seine Exzellenz hat, in diesem Rahmen durchaus verständlich, kein Interesse signalisiert, über Geschäftliches zu reden. Darf ich Ihnen nach unserer Rückkehr kurz mein Immobilienprojekt erläutern?"

Der Privatsekretär nickte, noch immer verbindlich lächelnd.

„Wie schon erwähnt: Ich werde Ihre Prospekte gerne entgegennehmen und sie dem Scheich bei nächster Gelegenheit vorlegen. Bitte entschuldigen Sie mich jetzt, die Zeit drängt und ich muss meine Schäfchen zusammentreiben. In fünfzehn Minuten fährt unser Bus zurück zum Hotel, bitte finden Sie sich rechtzeitig am Ausgang ein." Damit drehte er sich um und ging raschen Schrittes in Richtung Videowand davon.

Konsterniert blickte Althoff ihm nach.

Nie zuvor hatte ihn jemand derartig auflaufen lassen. Die Wut kroch immer schneller durch seine Adern und er würde ein Ventil brauchen, um nicht zu platzen.

Zwei Jahre war es her, da hatte er seine letzte Zigarette geraucht. Eine einzige war als Mahnmal in einem kunstvoll verzierten Jugendstiletui, das er in der Brusttasche seines Jacketts immer mit sich trug, zurückgeblieben. Für den Fall, dass er in eine ganz eklige Lage geriet und dringend mentale Unterstützung brauchte.

Er fand, nun war es so weit. Auf dem kürzesten Weg verließ er die Ausstellung, zog den Notnagel aus seiner Tasche und zündete ihn an.

5

Die Fahrt nach Basel verging wie im Flug.

Männer, Kinder, Schule, Garten. Ein Thema zu finden, war für Linda und mich nie ein Problem. Wir hatten Karlsruhe gerade passiert, da waren wir mit Andy durch. Bis Baden-Baden war Reiner dran. Der hatte seine Sturm-und-Drang-Zeit offenbar hinter sich und sorgte als braver Familienvater und Ehemann nur kurz für Gesprächsstoff. Ganz anders die Kinder.

„Lukas steckt endgültig in der Pubertät und schraubt anstatt am PC lieber an seinen Klassenkameradinnen rum", stöhnte meine Schwester.

Ich wusste nicht, was daran so schlimm sein sollte.

„Das ist doch super! Stell dir mal vor, dein Sohnemann würde sich nicht für die Damen interessieren. Dich möchte ich sehen!"

Linda stieg auf die Bremse, um einen LKW vor sich einscheren zu lassen. Was ihr den prompten Protest des aufgemotzten BMWs, der hinten an ihrer Stoßstange klebte, einbrachte.

„Blödmann", zischte sie und stieg mutwillig noch einmal kräftig auf die Bremse. Ein wütendes Hupkonzert folgte.

„Wo waren wir stehengeblieben?", meinte sie etwas zerstreut beim Blick in den Rückspiegel, „ach ja, der lüsterne Lukas. Und du findest, mit 16 muss man wirklich jede Gelegenheit nutzen, die sich bietet?"

Ich biss herzhaft in meinen Apfel, den ich mir vor unserer Abfahrt an einem Frankfurter Obststand geholt hatte. „Ja, das finde ich", sagte ich schmatzend, „das hätte dein Reiner auch besser getan. Dann wäre dir mancher Kummer erspart geblieben."

Linda schien zu überlegen. „Hm. Damit magst du recht haben. Das bedeutet aber, dass ich die Kartoffeln für meine Schwiegertochter in spe aus dem Feuer holen soll. Oder nicht?"

„Lass die Kartoffeln mal Lukas' Sorge sein", kicherte ich, „der wird sein Feld auch ohne deine Hilfe bestellen."

„Dann wollen wir hoffen, dass der junge Bauer sein Handwerk versteht und die Kartoffeln keine ungewollten Triebe produzieren, die wir im nächsten Frühjahr dann ernten dürfen."

„Och, ich hab' Vertrauen zu meinem Patenkind. Der hat das im Griff. Und wenn nicht – du weißt, ich bin ein erfahrener Ernthelfer. Anruf genügt."

Wir sahen uns an und gackerten albern.

„Guck mal, da vorne ist der Europapark." Linda hatte sich wieder eingekriegt und wischte sich die Lachtränen von der Backe. „Da wollte Mutter in meiner Abwesenheit mit Erich und Amélie hin. Bin mal gespannt, was die drei uns gleich über ihren Ausflug berichten."

Erstaunt riss ich die Augen auf. „Ach, Erich ist auch in Basel? Das hast du mir gar nicht erzählt."

Mutter war vor einigen Monaten ins Tessin gefahren, um Erich, ihre attraktive Internetbekanntschaft, in seinem Ferienhaus zu besuchen. Seitdem waren sie und der pensionierte Bauingenieur mit Hauptwohnsitz Hamburg unzertrennlich.

„Was glaubst du denn? Die beiden gibt's nur noch im Doppelpack. Willst du die eine, musst du den anderen auch nehmen ..."

Gedankenvoll betrachtete ich die Silhouette der riesigen Achterbahn in der Ferne. „Das ist doch irgendwie schön, oder? Ich meine, wer hätte gedacht, dass Mutter nach Papas Tod noch einmal das große Beziehungslos ziehen würde?"

Linda hielt ihren Blick auf die Straße gerichtet. „Ach, Schwesterlein, ich wünschte, so ein Hauptgewinn wäre dir auch endlich beschieden", sagte sie leichthin.

Auf einmal hatte ich einen Kloß im Hals. „Tja, wer weiß? Vielleicht stehe ich bei der nächsten Beziehungslotterie auf der Gewinnerseite ..."

Schweigend ließen wir die Ausfahrten nach Freiburg an uns vorüberziehen und wandten uns erfreulicheren Themen zu. Insbesondere den Fortschritten in Lindas Feng-Shui-Garten. Ich war wirklich gespannt auf ihr botanisches Meisterwerk.

„Meine zwei Mädels, wie ich mich freue!", jauchzte Mutter und eilte uns schon am Parkplatz mit fliegenden Rockschößen entgegen. Stürmisch riss sie erst Linda, dann mich an ihren wogenden Busen. „Mariella, mein Herz, ist das schön, dich zu sehen!" Gerührt verdrückte sie ein Tränchen.

„Einfach herrlich", murmelte ich. Mein flüchtiges Liebesglück hatte mir nachhaltig die Stimmung verhagelt.

Linda machte sich bereits am Kofferraum zu schaffen und drückte mir unsere Reisetaschen in die Hand. Geschäftig griff Mutter nach ein paar Tüten, um uns beim Abtransport behilflich zu sein.

„Hier war wieder was los, sag ich euch. Linda, deine Bande bringt mich ins Grab!"

„Nun lass uns doch erst mal ankommen, Muddie", erwiderte die Gescholtene.

Wie gewöhnlich dachte Mutter gar nicht daran, sich ausbremsen zu lassen. „Das geht wirklich auf keine Kuhhaut! Amélie hat nicht ein einziges Mal mit uns gegessen und Lukas ist nach der Schule erst gar nicht nach Hause gekommen. Fips ist jeden Tag über die neue Katzentreppe in den Garten der Denglers gewetzt, um sein Häufchen in ihre Astern zu setzen. Du kannst dir vorstellen, wie begeistert die sind! Dann ist uns noch der Hamster entwischt, als Amélie den Käfig sauber gemacht hat ..." Mutter schnaufte die steinerne Außentreppe hoch und brauchte die Luft für ihre Lungen. Für einen Moment herrschte Ruhe.

„Warst du wirklich nur vier Tage weg? Das klingt, als wären in der Zeit sämtliche Katastrophen des Monats hier eingeschlagen", raunte ich Linda zu.

„Der ganz normale Wahnsinn", wisperte sie zurück und schloss, als Erste oben angekommen, die Wohnungstür auf, „Muddie ist nicht daran gewöhnt und rastet jedes Mal aus."

Etwas lauter fuhr sie fort: „Ich hoffe doch, ihr habt den Hamster wiedergefunden!"

„Nee, haben wir nicht." Keuchend stellte Mutter ihre Taschen im Flur ab.

„Wie bitte?" Linda riss entsetzt die Augen auf. „Heißt das, wir müssen jetzt hinter sämtliche Schränke kriechen, um ihn zu suchen?"

„Das haben wir bereits getan. Erich meint, dass Fips ihn gefressen hat." Etwas verlegen machte Mutter sich in der Küche zu schaffen. Linda schnappte nach Luft.

„Wo ist denn dein Erich?", versuchte ich, die Lage zu entschärfen. Für den Nager kam ohnehin jede Hilfe zu spät.

„Der ist abgereist."

„Wegen der Hamsterpanne?" Da Linda der Nachrichtenfrust zu überwältigen schien, nahm ich das Gespräch in die Hand.

„Nein, natürlich nicht." Mutter hatte sich vom Treppensteigen erholt und riss scheppernd drei tiefe Teller aus dem Schrank. Überraschend flink verschwand sie damit im Esszimmer.

„Mum, jetzt bleib doch mal stehen und sag uns endlich, was los ist!" Ich sauste hinter ihr her und verstellte ihr den Rückweg.

„Wir brauchen noch Löffel", bemerkte sie trocken.

„Nix da. Erst den Lagebericht, dann essen."

Mutter seufzte. „Erich musste weg, weil seine Tochter ihren Ehemann vor die Tür gesetzt hat und jetzt mit Kind und Kegel vor den Trümmern ihrer Existenz steht."

„Au Backe." Mehr fiel mir dazu nicht ein.

„Das kannst du laut sagen. Darf ich jetzt die Suppe servieren?"

„Hat die nicht gerade ihr zweites Kind bekommen?", mischte Linda sich ein. Den Verlust des Hamsters hatte sie offensichtlich verwunden.

„Die Henne in meiner Suppe? Wer weiß das schon ...", brummte Mutter und drängte sich an uns vorbei in die Küche.

Linda ließ sich nicht abschütteln. „Quatsch, die Tochter natürlich. Wie hieß die noch gleich?"

Mutter hielt kurz inne. „Bärbel."

„Wieso hat sie ihren Mann denn rausgeschmissen?", fragte ich neugierig.

„Weil sie doof ist." Energisch griff Mutter nach der Suppenkelle und nahm den Topf vom Herd. „Hat vor zwei Monaten entbunden und meint, alles alleine schaukeln zu können: das Baby, ihren zweijährigen Sohn, den Lebensunterhalt für sich und die Kinder. Und drei Mal darfst du raten, wer jetzt die Feuerwehr spielt ..."

„Erich", vermutete ich.

„Richtig, der Papa soll's richten. Vorbei das süße Rentnerleben. Nix mehr Ibiza und Lugano, Kinderhüten in Freising ist angesagt." Mutter schnaubte und begann schwungvoll, die Suppe auf unsere Teller zu verteilen.

„Immerhin liegt das in der Nähe von München", warf ich ein, „da können wir uns demnächst zum Familienpicknick treffen."

„Das kannst du vergessen. Die Madame hat bereits angekündigt, das Haus zu verkaufen und zum Papa nach Hamburg zu ziehen."

„Der sich wahrscheinlich nicht einkriegt vor Freude, dass er die Kleinen dann ganz bei sich hat", bemerkte Linda und pustete in die dampfende Suppe auf ihrem Löffel.

„Das meinst auch nur du", entgegnete Mutter düster, „weil die böse Stiefoma das nämlich verhindern wird."

Aus Erfahrung wusste ich, dass Bärbel sich angesichts dieser Drohung besser warm anziehen sollte. Sehr warm. „Und was genau willst du dagegen unternehmen?"

„Na, was wohl? Ich werde mich in Freising einquartieren und den Laden dreimal am Tag kräftig durchwischen."

„Ich kann dir meinen Hexenbesen borgen, der reinigt besonders gründlich!" Linda hatte ihre gute Laune wiedergefunden.

„Danke, ich habe selbst zwei im Schrank", konterte Mutter.

„Was hat der Typ denn ausgefressen, dass Bärbel den Fehdehandschuh wirft?"

„Wahrscheinlich ist er fremdwischen gegangen", vermutete ich.

„Aber so was von", grinste Mutter, „er hat mindestens vier Besen während ihrer Schwangerschaft verschlissen."

Linda pfiff durch die Zähne. „Das nenne ich mal einen echten ..."

„Putzteufel?", ergänzte ich.

„Powerreiniger wollte ich sagen ...", prustete sie.

Ausgelassen löffelten wir Mutters köstliche Hühnersuppe und bemerkten dabei nicht, wie Lukas sich mit seiner neuen Flamme an uns vorbei in sein Zimmer stahl und Kater Fips sich auf den Weg zu Nachbars prächtiger Blumenrabatte machte.

Linda hatte nicht übertrieben: Ihr kleiner Garten war ein Hort purer Lebensfreude. Am Eingang begrüßte uns ein leise plätschernder Brunnen, der bestimmt auch als Vogeltränke gut ankam. Große Kleckse aus Dahlien, Anemonen und Bechermalven riefen nach krabbelnder Kundschaft. Im knallbunten Potpourri ließen sich dennoch Strukturen erkennen, die meine Schwester – wie ich vermutete – der chinesischen Farbenlehre entnommen hatte. Den Insekten schien's zu gefallen. Es flatterte, summte und brummte an allen Ecken und Enden.

Eine Weile beobachtete ich die von Segelfaltern umschwärmten Lavendelblüten. Bis der Jetlag mich niederstreckte und ich in die Polster einer wuchtigen Holzliege unter eine kleine Zierkirsche sank. Da das Bäumchen nur wenig Schatten spendete, raffte ich mich noch einmal auf und zog mich bis auf die Unterwäsche aus, um die Hitze besser ertragen zu können.

Rasch verteilte ich die Sonnencreme, die Linda mir vor ihrem Aufbruch in die Basler City gegeben hatte. Schließlich wollte ich nicht als Brathähnchen enden, sollte der Schlaf mich übermannen.

Am ganzen Körper wie eine Weihnachtskugel glänzend, ließ ich meine Gedanken schweifen. Mutter war am Morgen in den Zug nach München gestiegen, um ihrer Antagonistin den Krieg zu erklären. Ich fragte mich, was Bärbel angesichts der nahenden Stiefhexe empfand. Große Freude wohl nicht. Aber wie meine Schwester schon sagte: Wer Elise wollte, musste auch Erich nehmen, was umgekehrt ebenso galt. Klar war, dass Mutter ihren Besen auf Hochglanz poliert hatte. Im Gegenzug würde das Bärbelkind alle Register ziehen, um sich Papas Unterstützung zu sichern. Kurzum, der Stoff, aus dem Familiendramen gemacht sind.

Gerade hatte ich beschlossen, den Freisinger Hexenkessel großräumig zu meiden und das Thema erst mal ad acta zu legen, als das Liebesspiel zweier Kohlweißlinge, die sich neckend in luftige Höhen schraubten, meine Aufmerksamkeit erregte. Träge folgten meine Augen dem lustigen Flug der Falter.

Da wehte, scheinbar aus der Ferne, eine leise Stimme zu mir herüber.

„Ma-ri-ella ..."

Verwirrt richtete ich mich auf und lauschte angestrengt. Nichts.

Muss wohl der Wind gewesen sein, dachte ich.

„Der Wind ... so ein Unsinn!" Da war die Stimme wieder. Laut und deutlich diesmal.

Erschreckt blickte ich mich um.

„Hier bin ich."

„Wo ist hier?", fragte ich in die Richtung, in der ich den Sprecher vermutete.

„Na, hinter dir, in den Rosen."

Ich kniff die Augen zusammen, um im Schatten der Sträucher etwas erkennen zu können. Tatsächlich, da saß sie.

„Die Rosenfee, ich fass' es nicht!" Zögernd stand ich auf, um mich dem zierlichen Wesen zu nähern. „Meine Güte, das ist eine Ewigkeit her!"

Das glockenhelle Lachen plätscherte wie Regen in meine Ohren.

„Was ihr Menschen so Ewigkeit nennt ... Aber ich gebe zu: Du hast dich etwas verändert seit unserem letzten Treffen."

„*Etwas* verändert?" Ich schüttelte den Kopf über die schamlose Untertreibung. „Damals war ich zehn." Nachdenklich betrachtete ich die ätherische Erscheinung. „*Du* hast dich jedenfalls nicht verändert." Noch immer winzig, mit braunem Kurzhaar, rot schimmerndem Kleidchen und frechem Spitzbubengesicht, dachte ich.

„Hey, das hab' ich gehört!", schimpfte die Elfe und schlug gereizt mit ihren Flügeln.

„Ich weiß, aber ich konnte den Gedanken nicht aufhalten, er ist mir, schwupps, einfach durchgerutscht. Bitte entschuldige."

„Entschuldigung angenommen." Rosenfee nickte gnädig und ließ sich auf einer Blüte mir gegenüber nieder.

Eine Weile sahen wir uns stumm an. Ich versuchte, mein Gehirn zu leeren und keine unbedachten Gedanken mehr aufsteigen zu lassen.

„Was verschafft mir die Ehre?", wagte ich schließlich zu fragen.

„Das würdest du gerne wissen", neckte sie mich, „und soll ich dir was sagen?", sie grinste entwaffnend, „ich werde es dir verraten."

Der drollige Anblick brachte mich zum Lachen. „Na dann bitte, ich höre."

Flink erhob sich die kleine Gestalt und ihre Flügel begannen, schnell wie bei einem Kolibri, zu sirren. Einen Wimpernschlag später flitzte sie in atemberaubender Geschwindigkeit durch die Luft. Fasziniert verfolgte ich ihren Zickzackkurs.

„Die letzte Krise hast du gut gemeistert", lobte sie mich, mit flirrenden Flügeln vor meiner Nase schwebend.

„Was meinst du mit Krise?", antwortete ich zögerlich. Mir schwante, dass der zauberhafte Moment auf ein jähes Ende zusteuerte.

„Deine Ostküstenepisode, was sonst."

„Oje, wir sind also wieder bei Andy", ich verdrehte die Augen, „ich dachte, das hatten wir geklärt!"

„*Wir* hatten gar nichts geklärt", erwiderte sie streng. „Aber darum geht es jetzt nicht."

„Worum geht es dann?" Ich widerstand dem Drang, sie von meiner Nase zu schnipsen, wo sie sich, etwas provokant, inzwischen niedergelassen hatte.

„Um das, was nun kommt."

Mir verschlug es die Sprache. Mit Rosenfee und ihren Genossen hatte ich einiges erlebt. Daran, dass sie auch wahrsagen konnten, erinnerte ich mich nur ungern.

„Hör mir genau zu", sie stieß sich von meinem Nasenrücken ab und flog ein Stück höher, um mir in die Augen zu blicken. „Die nächste Aufgabe wird ungleich schwerer als die vergangene. Also wappne dich."

Ich brauchte einen Moment, um ihre Worte sacken zu lassen. Langsam dämmerte mir, dass sie gekommen war, um mich zu warnen.

Das war ja unerhört! Ich wusste nicht, ob ich lachen oder schimpfen sollte.

Ich entschied mich für Letzteres. „Warum sagst du mir das? Um mir das Leben zu vergällen?", bollerte ich sie an. Entgegen ihrer aufbrausenden Natur lächelte Rosenfee milde. „Ich bin nicht hier, um dir das Herz schwer zu machen. Ganz im Gegenteil."

„Das hat gerade aber ganz anders geklungen", motzte ich.

Eindringlich sprach sie ihre nächsten Worte: „Ich möchte, dass du eines niemals vergisst: Wenn die Nacht am dunkelsten scheint, ist der Tag nicht mehr weit."

Schon wandte sie mir den Rücken zu, um zu ihrer Rose zurückzukehren.

„Warte!" Ich versuchte, sie nicht aus den Augen zu verlieren, und rief ihr hinterher: „Was kann ich tun, um das Unheil abzuwenden?"

Wie gemein, mich nach so einer Durchsage einfach stehen zu lassen!

Die Fee kümmerte mein Unmut nicht. Sie hatte den Blumenstock erreicht und drehte sich ein letztes Mal um.

„Gar nichts. Ihr Menschen müsst euer Schicksal erfüllen und lernen. Dafür seid ihr hier. Aber du darfst nicht verzagen. Denk immer daran!" Einen Flügelschlag später war sie mit den Blättern der Rose verschmolzen.

Ich rieb mir die Augen.

War das gerade wirklich geschehen?

Verwirrt kehrte ich zu meiner Liege zurück. Vermutlich bin ich einem Tagtraum aufgesessen, dachte ich. Oder mein müder Kopf war zu lange der Sonne ausgesetzt. Energisch packte ich die Liege und zog sie in den Schatten.

Ja, die Sonne musste schuld sein, war mein letzter Gedanke. Dann schlief ich ein.

„Ella", rief es in meinem Traum, „wach auf!" Unwillig versuchte ich, vor dem Quälgeist zu fliehen, und rannte los.

„Ella! Bist du okay?" Das klang besorgt. Die leichtherzige Rosenfee konnte es also nicht sein. Ich grub mich tiefer in mein Traumgewebe. Warum konnten die mich nicht in Ruhe lassen?

Ein plötzliches Erdbeben stoppte meinen Lauf. Ich taumelte.

„Ella!" Das war keine Bitte, sondern ein Befehl.

Ich öffnete die Augen.

Um mich herum alles grün. Verdattert richtete ich mich auf. „Wo ...?"

„In meinem Garten." Eindeutig Linda. „Seit fünf Minuten sitze ich hier und gucke dir beim Schlafen zu. Und frage mich, warum du es mit dem Gesicht im Rasen tust, anstatt auf dem gemütlichen Polster."

Was immerhin erklärte, warum meine Glieder so schmerzten.

Ich gähnte herzhaft. „Ich hatte einen wirklich merkwürdigen Traum."

Linda erhob sich. „Ach ja? Lass mich raten: Es ging um flatterhafte Elfen und freche Kobolde."

Unsicher sah ich sie an. „Na ja, so ähnlich. Aber woher weißt du das?"

Sie grinste breit. „So selig auf deinem Wiesenbett liegend, hast du mich sehr an die Mariella unserer Kindheit erinnert. Die lag auch lieber auf dem Boden als in ihrem Bett." Vertraulich beugte sie sich zu mir herunter und senkte die Stimme. „Weil sie das Lachen der Zwerge in ihren Erdhöhlen hören wollte."

„Und das Musizieren der Elfen in der großen Buche vor unserem Kinderzimmer, ich weiß", seufzte ich. Linda war eine von denen gewesen, die sich ständig über mein Faible für die Anderswelt lustig gemacht hatten.

Deshalb würde ich die elfenhafte Begegnung lieber für mich behalten. Zumal ich selbst an meiner Wahrnehmung zweifelte und nicht ausschließen konnte, dass ich zum Zeitpunkt der überirdischen Unterredung bereits eingeschlafen war.

„Und, konntest du alles erledigen?", versuchte ich, das Thema zu wechseln.

Suchend blickte ich mich nach meinem Trägerkleid um. Wo hatte ich es nur fallen lassen? Ach, natürlich, unter der Sonnenliege. Ich ließ mich in die Polster sinken und tastete kopfüber nach dem Kleidungsstück.

„Alles und noch mehr." Aufgekratzt setzte Linda sich neben mich. „Stell dir vor, ich hab' die Lena Sennhauser getroffen." Nach einem Blick in mein ratloses Gesicht fuhr sie fort: „Die kennst du nicht. Ist auch egal. Na, jedenfalls hatte sie zwei Karten für ein Konzert in Winterthur heute Abend und kann nicht hingehen, weil sich ihre Tochter gestern das Bein gebrochen hat und gleich im Unispital operiert wird." Erwartungsvoll sah sie mich an.

Ich zuckte die Schultern. Keine Ahnung, was Linda mir damit sagen wollte.

„Volbeat! Ist das nicht super?" Sie strahlte.

Endlich war der Groschen gefallen. Die gute Lena und ihre bedauernswerte Tochter hatten Linda ihre Konzerttickets vermacht. Ich war nicht begeistert.

„Ach nö ..."

Linda zog eine Schnute. „Komm schon, Ella, das wird ein Riesenspaß! Ich bin seit vier Monaten auf keinem Konzert gewesen."

Was angesichts ihres Musikgeschmacks kein Nachteil sein musste, dachte ich.

Vor einiger Zeit hatte ich sie als angehende Musikjournalistin in den Heavy-Metal-Zirkus getrieben, konnte dem Radau aber selbst wenig abgewinnen.

„Dann geh doch mit Lukas hin! Der findet die Idee sicher toll."

„Nee, findet er nicht, weil er heute unbedingt grillen muss."

Inzwischen hatte ich mein Sommerkleid übergestreift und guckte mich nach den Sandalen um.

„Wenn du deine Schuhe suchst, die sind in den Gladiolen."

Mit langem Gesicht machte Linda sich daran, die Sitzpolster der Gartenstühle in ihrem kleinen Blockhaus zu verstauen.

Derweil sammelte auch ich meine Siebensachen ein, um sie in den Rucksack zu stopfen. Nach Beendigung unserer Aufräumaktion wirkte Linda ernsthaft geknickt.

Ich gab mir einen Ruck. „Okay, Sista L, ich fahre mit dir nach Winterthur."

Ein unsicheres Lächeln huschte über ihr Gesicht. „Ehrlich? Ich will dich zu nichts zwingen ...“

„Tust du nicht. Ich gehe freiwillig mit dir aufs Konzert und nehme danach den nächsten Zug nach München.“

Gemeinsam durchquerten wir den Garten in Richtung Ausgang. Zögernd öffnete Linda das Törchen. „Du willst nicht lieber hierbleiben und morgen gemütlich den Heimweg antreten?“ Lachend schüttelte ich den Kopf. „Nee, überhaupt nicht. Diese Band – wie heißt sie noch? – Volbeat, wollte ich schon immer mal sehen. Also: ab in die Ostschweiz!“

Zurück in der Wohnung suchten wir meine verstreuten Klamotten zusammen. Ich verabschiedete mich rasch von Fips und den Kids, bevor wir uns auf den Weg nach Winterthur machten.

Linda war voller Vorfreude. „Für die hundert Kilometer brauchen wir gut eine Stunde. Da ist reichlich Luft, bis die Show beginnt.“

Damit irrte sie sich gewaltig, denn in Dietikon ging nichts mehr. Die Autobahn hatte sich in einen gigantischen Parkplatz verwandelt.

„Hier tut sich gar nichts. Verflixt und zugenäht!“ Nach vierzigminütigem Stillstand wurde Linda sichtlich nervös.

„Vermutlich ein scheußlicher Unfall“, murmelte ich träge. Die Hitze im Wagen machte mir langsam zu schaffen. „Kannst du den Motor anlassen und die Klimaanlage anwerfen?“

„Hatte ich gerade vor.“ Linda reckte den Hals. „Schau mal, da vorne bewegt sich was! Die leiten uns über den Wirtschaftsweg aus.“

Zentimeterweise schoben wir uns der Behelfsausfahrt entgegen, um kurze Zeit später in einem Pulk von Autos auf einem Feldweg zu landen.

Im Schritttempo ging es über Stock und Stein, bis der holländische Volvo vor uns abrupt stehen blieb. Aus seinem Inneren krabbelte eine vierköpfige Familie und verschwand im Weizenfeld.

„Kreuzkruzifix, können die ihren Pieselstopp nicht woanders machen?", schimpfte Linda und versuchte, sich an der Limousine vorbei zu quetschen.

„Seit wann fluchst du auf Bayerisch?", fragte ich verwundert.

„Seitdem die Holländer in der Schweiz mit ihren schwedischen Autos die Fahrspur verstopfen!"

Nur Millimeter trennten die beiden Außenspiegel voneinander. Konzentriert kniff Linda die Augen zusammen. „Kannst du das Ding einklappen? Dann schaffe ich es vielleicht."

Es funktionierte und der Volvo lag hinter uns. Eine Weile schlängelten wir uns vorbei an Feldern und Wiesen. Endlich erreichten wir eine Straße, die das GPS als solche erkannte.

„Halleluja." Linda wischte sich den Schweiß von der Stirn.

„Jetzt wäre es schön zu wissen, an welcher Stelle die Autobahn wieder befahrbar ist ..."

Was allerdings nicht von Belang war, da das Navi längst beschlossen hatte, uns durch die Botanik um Zürich herum zu lotsen.

„Wenigstens brauchen wir uns über die Qualität der Vorgruppe keine Gedanken mehr machen", murrte Linda, „die ist durch, bis wir in Winterthur sind."

„Ist doch nicht schlimm", versuchte ich sie zu trösten, „Hauptsache, wir kommen überhaupt an."

Das taten wir. Fast zwei Stunden später als geplant.

„Ja, ist das denn zu glauben?" Wütend schlug Linda auf ihr Lenkrad ein. „Jetzt sind auch noch alle Parkplätze voll!"

„Wirklich nicht zu fassen ..." pflichtete ich ihr, etwas halbherzig, bei. Insgeheim hoffte ich längst, dass der Konzertkelch an mir vorüberging, und ich auf dem direkten Weg in den nächsten IC nach München steigen konnte.

„Dort drüben fährt einer raus!", schrie Linda auf einmal und legte eine Vollbremsung hin.

„Aber da ist eine durchgezogene Linie ...", wagte ich einzuwenden.

„Ist mir doch egal", schnauzte sie und nahm die Parklücke am gegenüberliegenden Straßenrand ins Visier.

Das auf der Gegenspur heranrasende Taxi hatte sie offenbar übersehen.

*

Renitentes Gebimmel riss Althoff aus alkoholschweren Träumen. „Verdammt, wo steckt das Mistding?" Mit schmerzendem Kopf tastete er nach dem Handy, das er als Quelle der Störung ausmachte.

Hinter dem Hauch von einem Slip, der seine Nachtkonsole zierte, wurde er fündig. Einen erleichterten Seufzer ausstoßend, versuchte er den Weckruf zu deaktivieren, und wollte gerade in nebulöse Gefilde zurücksinken, als seine sich verengende Pupille einen absurden Informationsfetzen an sein Gehirn funkte.

Schlagartig öffneten sich seine Augen wieder und starrten auf den Spitzentanga, der seltsam vertraut neben seinen Boxershorts lag.

Bevor er der Herkunft des Fundstücks auf den Grund gehen konnte, stellte er fest, dass das Klingeln nicht der Weckfunktion seines Smartphones, sondern einem eingehenden Anruf entsprang.

Ein Blick auf das Display ließ den Schmerz in seinem Kopf explodieren.

Widerwillig zwang er sich, das Gespräch anzunehmen.

„Corinna ... Schatz."

„Peter, sag mal, wo steckst du?" Das klang ziemlich unfreundlich.

Dennoch eine berechtigte Frage. Er ließ den Blick durch das Zimmer schweifen, um an einem blonden Haarschopf auf dem Kopfkissen neben sich hängen zu bleiben. Unvermittelt kam die Erinnerung zurück, wenn auch etwas lückenhaft.

Immerhin stand außer Frage, dass er das Steigenberger seit seiner Rückkehr von der schauderhaft unergiebigen Ausstellung nicht verlassen hatte.

„In Frankfurt", sagte er knapp.

„Du hast versprochen, mit mir zu Mutters Galadiner zu gehen", antwortete Corinna schnippisch.

Hatte er das?

Im Erinnerungsnebel scrollte er durch seinen Terminkalender und fand nichts als ein klaffendes Loch. Was er besser für sich behielt.

„Natürlich komme ich mit, wie könnte ich das vergessen!", gab er den Entrüsteten. Irgendwie würde er das blöde Bankett in seinen Tagesplan einbauen.

„Dann bin ich beruhigt." Corinna, ausgeschlafen und schmerzfrei, ging in einen unverbindlichen Plauderton über. „Hast du daran gedacht, mir meine Creme aus Boston mitzubringen?"

Hatte er nicht. Fieberhaft überlegte er, welches Wahnsinnsprodukt das wohl sein mochte. Vermutlich der neuste Schrei auf dem Gebiet der Faltenbekämpfung. Seit Corinna ihren Dreißigsten gefeiert hatte, gab es kaum ein anderes Thema für sie.

„Natürlich", log er und sah im Augenwinkel, dass sich der Haarschopf neben ihm bewegte. „Aber ich habe mich im Prudential Center beraten lassen. Dort hat man mir eine andere Marke empfohlen."

Nervös verfolgte er, wie sich die blonde Walküre aus den Bettlaken schälte.

„Wirklich?" Corinna schien wenig überzeugt. „Wie heißt die denn?"

Der Blondschopf gähnte herzhaft. Althoff warf ihr einen tadelnden Blick zu.

Gleichgültig zuckte sie die Schultern und schickte sich an, ihre im Zimmer verstreuten Kleidungsstücke einzusammeln.

„Liebling, keine Ahnung. Du wirst es ja nachher sehen." In Gedanken ergänzte er seine Agenda um einen weiteren Punkt: Parfümerie am Bahnhof, Antifaltenserum kaufen.

„Du, ich muss Schluss machen." Und die Fahrt in die Schweiz organisieren, fügte er in Gedanken hinzu. Laut sagte er: „Die Araber wollen noch mal reden." Die waren längst über alle Berge, aber wenn sie schon als Investoren ein Totalausfall waren, konnten sie zumindest als Alibi dienen.

„Ist gut, Peetie." Althoff hasste es, wenn sie ihn so nannte.

„Dann sehen wir uns später in Winterthur. Kommst du mit dem Zug?", gurrte es in seinem Ohr.

„Ja. Ich weiß aber nicht genau, wann." Die große Blonde suchte immer noch. Fast wie an Ostern, dachte er flüchtig. Da dämmerte ihm, welches Schoko-Ei ihr noch fehlte. Er griff nach dem Tanga auf seiner Konsole und warf ihr den Stofffetzen zu.

„Wenn du mir rechtzeitig Bescheid gibst, dann komme ich zum Bahnhof und hole dich ab. Nur mit einem Trenchcoat über den neuen La-Perla-Dessous. Wenn du verstehst, was ich meine."

Er verstand genau, was sie meinte, und hätte sich für den Gedanken an ihre perfekten Kurven, in einen Hauch italienischer Spitze gehüllt, durchaus erwärmen können, wäre der halb nackte Fleischberg vor seinen Augen nicht gewesen. Der quetschte sich gerade in einen viel zu engen BH und zerschoss die reizvolle Vision.

„Mach dir keinen Stress, Schatz. Ich hab' keine Ahnung, wie lange das hier noch dauert …" Was, wie ihm auffiel, der erste wahre Satz an diesem Morgen war. „Am besten treffen wir uns in der Villa, dann musst du deine Tagesplanung nicht nach mir richten. Wahrscheinlich werden Unmengen wichtiger Leute an deiner Mutter kleben und wir können uns unauffällig davonmachen, um deine Unterwäsche zu feiern."

Bei seinen letzten Worten hatte er einen skeptischen Blick auf seine Schlafgenossin geworfen. Die konnte ihn noch immer in ernsthafte Schwierigkeiten bringen. Ein fröhlich gezwitschertes „Schön war's, ich bin dann mal weg" würde schon reichen, um Corinnas Misstrauen zu schüren. Doch die Blonde schwieg. Allerdings verhieß ihr bohrender Blick nichts Gutes. Höchste Zeit, das Gespräch zu beenden, bevor sie dem Telefonat eine unerfreuliche Wendung gab.

„Ja, so machen wir's", säuselte Corinna gerade. „Ich hoffe, du hast reichlich Zeit für mich eingeplant. Anders als bei deinen letzten Besuchen."

Das lag im Auge des Betrachters. Er persönlich fand, dass achtundvierzig Stunden mit der Schweizer Senatorentochter durchaus reichten. Danach würde er sämtliche Neuheiten auf dem Gebiet der Leibwäsche abgearbeitet und seine Kontakte zur eidgenössischen Hochfinanz gepflegt haben.

„Ich habe zwei Tage nur für dich reserviert, bevor ich wieder nach München muss", schmeichelte er.

„Dann sehen wir uns beim Essen." Corinna schien zufrieden und er atmete auf.

„Ich freu' mich auf dich, mein Häschen." Althoff stutzte. Schon wieder der Hase? Bevor Corinna sich über seine Anleihe bei Meister Lampe beschweren konnte, beendete er das Gespräch. Stöhnend ließ er sich in sein zerknautschtes Federkissen zurücksinken. „Gerade noch mal gut gegangen ..."

„Das freut mich zu hören." Die Blonde, inzwischen angezogen, war scheinbar nicht amüsiert.

Er betrachtete sie von Kopf bis Fuß und versuchte, sich daran zu erinnern, in welcher Phase seines Deliriums er sie gestern aufgepickt hatte. Es musste irgendwo zwischen Caipirinha Nummer acht und Bloody Mary fünf gewesen sein.

„Wie war mein Name doch gleich?", ätzte sie gerade.

Woher sollte er das wissen? Mary VI. vielleicht?

Sein Schweigen deutete sie richtig. „Du weißt ihn nicht. War klar. Aber ich kann dich beruhigen: Ich weiß deinen auch nicht."

Dann war ja alles in Ordnung und er konnte zur Tagesordnung übergehen.

„Na dann: alles Gute weiterhin!" Althoff zwinkerte ihr jovial zu, schleuderte seine Bettdecke weg und schlurfte in Richtung Badezimmer.

Blondie rührte sich nicht.

„Ist noch was?" Die Dusche war zum Greifen nahe und wie er fand dringend nötig. Für weitere Interaktionen würde er nicht zur Verfügung stehen. Schon gar nicht angesichts der ungewohnten Proportionen seiner Eroberung. Er fragte sich, wie betrunken er gewesen sein musste, um darüber hinweg zu sehen. Allein, ihr Schweigen hatte etwas Beunruhigendes.

Endlich machte sie einen Schritt nach vorne und zeigte anklagend mit dem Finger auf ihn. „Du hast gesagt, du bist nicht verheiratet!"

Verblüfft starrte er sie an. Was sollte das denn jetzt? War er Corinnas Strafgericht entkommen, um von einem unbekannten Blaustrumpf in die Mangel genommen zu werden? Für eine Nacht, an die er sich nicht erinnerte? Das musste ein Witz sein.

„Ich *bin* nicht verheiratet." Pikiert betrachtete er ihre Füße. Die waren ja riesig. Wenn er etwas nicht leiden konnte, dann Frauen, die größere Schuhe trugen als er.

„Wer war das dann am Telefon? Deine Chefin vielleicht?", meckerte der Großfuß weiter.

Die war ja noch schlimmer als Birte! Und die konnte weiß Gott penetrant sein.

„Das war meine Freundin, wenn du es genau wissen willst." Und wenn du es noch genauer wissen möchtest, könnte ich dir jetzt sagen, dass Corinna derzeit exakt 25 Prozent meines Gesamtfreundinnenvolumens ausmacht. Aber das geht dich nichts an, törichter Blondschopf, dachte er wütend.

„Die du kalt lächelnd mit einer Frau betrogen hast, deren Namen du nicht kennst. Sehr sympathisch, muss ich sagen." Sie drängte sich an ihm vorbei Richtung Tür. „Aber damit du nicht dumm stirbst – ich heiße Ulrike. Und dass wir uns richtig verstehen: Meine Telefonnummer kriegst du nicht!"

Damit öffnete sie die Zimmertür und ließ sie schwungvoll hinter sich zufallen.

Althoff schüttelte den Kopf und stieg erleichtert in die Dusche. Das Letzte, wonach er sich sehnte, war, die ungehobelte Amazone wiederzusehen.

Er beschloss, sich in Zukunft – wenn es denn sein musste – auf seinem Zimmer und nicht an der Bar zu betrinken. Neben einer fremden Frau aufzuwachen, war grundsätzlich nicht verkehrt. Aber neben einer fremden, unattraktiven Frau? Das ging gar nicht. Und war in dieser Form auch noch nie vorgekommen.

„Muss wohl daran liegen, dass ich selten so besoffen war",
murmelte er und drehte die Mischbatterie auf kalt.
Spätestens, als ihn der eisige Wasserstrahl traf, war er hellwach.

Nach einem minimalistischen Frühstück auf seinem Zimmer,
bestehend aus zwei Tassen Kaffee und einem Keks, machte er
sich daran, die Lage zu sondieren.
Die Araber sind weg, wir brauchen eine Alternative, sonst
ist Bockenheim futsch, dachte er und durchforstete seine Ge-
schäftskontakte. Spontan fand er keine Lösung für das Dilemma. Dann also erst mal nach Winterthur, überlegte er weiter.
Die Einladung hatte er zwar vergessen, aber eigentlich passte
sie gut ins Konzept, da er morgen sowieso zum Businessbrunch
in die Züricher Handelskammer musste. Vielleicht brachte ihm
das Bankett bei Senators sogar einen neuen Kontakt für sein
Einkaufszentrum. Außerdem konnte er dadurch den Corinna-
Abstecher für nächste Woche streichen und stattdessen Birte be-
glücken. Die saß seit Monaten in Rumänien und wartete auf ihn.
Im Grunde musste Corinna nur den morgigen Ausflug nach
Zürich absegnen, dann war alles paletti.
„Kommt Zeit, kommt Rat", murmelte er und fing an, seinen
Koffer zu packen. Er hatte das Bahnticket im Internet gebucht
und würde nach fünfstündiger Fahrt gegen sieben in Winter-
thur ankommen. Überpünktlich zum Galadiner.
Ein fröhliches Lied auf den Lippen ging Althoff zur Rezeption, um auszuchecken. Es blieb reichlich Zeit, um einen auf-
wendig verpackten Cremetopf gegen Corinnas Falten zu besorgen und sich in der DB-Lounge bei einer weiteren Tasse Kaffee
der Frankfurter Allgemeinen zu widmen.
Fehlte nur ein Investor, dann war sein Leben perfekt!

Lange hielt sein Frohsinn nicht an, denn ein Stellwerkschaden
blockierte den Intercity und brachte Althoff eine saftige Verspätung ein, die dazu führte, dass er erst gegen neun Uhr in
Winterthur ankam.

Genervt verließ er den Bahnsteig, um sich dem nächstbesten Taxi entgegenzuwerfen.

„Nach Talacker. Bitte rasch, ich hab's eilig!"

Hastig öffnete Althoff den Kofferraum, um sein Gepäck zu verstauen.

Missmutig verfolgte der Fahrer sein Treiben. „Want si möglicherwis no salbst fahre?", schnauzte er in seine Richtung. Althoff ignorierte den Affront und ließ sich auf den Beifahrersitz fallen. Ein übellauniger Fahrer bereitete ihm weniger Kopfzerbrechen als der Eindruck, den er hinterließ, wenn er nicht nur zu spät, sondern verschwitzt und mit Rollkoffer in der Hand bei Senator Heidegger und Gattin zum Dinner erschien.

„Los jetzt, ich müsste schon seit einer Stunde vor Ort sein! Wenn Sie sich beeilen, zahle ich Ihnen eine anständige Prämie."

„Nöt mieni Schueld", moserte der Fahrer auf Schwyzerdütsch, ließ der Belohnung zuliebe aber den Motor an und nahm zügig Fahrt auf.

Konzentriert fixierte er die Straße und verzichtete darauf, einen Smalltalk mit seinem Gast anzuzetteln. Althoff nahm es dankbar zur Kenntnis und dachte gerade, dass glücklicherweise wenig Verkehr herrschte, als auf der Gegenfahrbahn ein Wagen ausscherte und auf sie zuschoss.

Der Chauffeur schrie etwas von „Gopferdammi" und „Löli" und riss das Steuer herum. Mit quietschenden Reifen schleuderte das Taxi am plötzlichen Hindernis vorbei und kam nach einer 180-Grad-Drehung in der Gegenrichtung zum Stehen.

Für einen Moment herrschte Stille. Dann ließ der Fahrer sein Fenster herunter und begann wüst zu schimpfen.

Althoff stieß einen Seufzer der Erleichterung aus. Angesichts der Katastrophe, die sich beinahe ereignet hätte, war seine Verspätung ein Klacks.

Soweit er erkennen konnte, handelte es sich bei der gerügten Partei um eine Frau. „Lassen Sie's gut sein", versuchte er den Fahrer zu beschwichtigen, nachdem die Dame keine Anstalten machte, ihren Wagen zu verlassen oder eine Entschuldigung vorzubringen. „Es ist ja nichts passiert. Und ich hab's immer noch eilig."

Der Schweizer ließ von seinem Opfer ab und startete den Motor. Er warf der Falschfahrerin, die ihren Audi mittlerweile in eine Parklücke gesetzt hatte, einen vernichtenden Blick zu. Dann fuhr er los.

6

Wir hatten den Schreck über unseren Beinaheunfall schnell verdaut.

„Wer hätte gedacht, dass wir nach dem Zirkus noch rechtzeitig einlaufen", freute sich Linda, während sie durch die Menge zum Bühnenrand pflügte. Ich stakste hinter ihr her, obwohl ich mich im Gedränge reichlich unwohl fühlte, was unter anderem daran lag, dass meine Cola im randvollen Pappbecher gefährlich hin und her schwappte.

Vorsichtig schob ich mich aus dem Zentrum des Gewühls in Richtung der lichteren Randbereiche. Plötzlich kam Bewegung in die Masse, die Hallenlichter erloschen und das Chaos brach los.

Den kräftigen Stoß in meinen Rücken konnte ich nicht abfangen. Unvermeidlich, die Coladusche für meinen Vordermann.

Entsetzt betrachtete ich den riesigen Fleck, der die Rückansicht des weißen Shirts vor meiner Nase zierte. Noch bevor ich mich aus dem Staub machen konnte, fuhr sein Besitzer herum.

„Sag mal, spinnst du?", schrie er mich an.

„Tut mir leid", brüllte ich zurück.

Der Typ musterte mich verärgert. Hilflos zuckte ich die Schultern.

„Darf ich dir ein Bier spendieren?", schrie ich in sein Ohr.

Das Fleckenshirt nickte, während seine Lippen ein „Okay" formten.

Etwas unbehaglich schlängelte ich mich zum Hallenausgang. Die Band hatte ihren Opener beendet und frenetischer

Jubel brandete auf. Der Gedanke, dass ich diesen Veitstanz noch zwei Stunden aushalten musste, ließ meine Laune in den Keller sacken.

Im Eingangsbereich drehte ich mich um, leise hoffend, mein Colaopfer im Gewühl verloren zu haben. Der Wunsch war vergebens, der Begossene klebte wie Pattex an meinem Absatz. Ich lächelte schief. „Da vorne ist die Bar. Ich hoffe, du bist nicht böse, dass ich dir die Show vermasselt habe." Immerhin konnte man sich hier in Zimmerlautstärke unterhalten.

„I wo. Die Jungs kann ich mir jederzeit wieder ansehen." Erst jetzt bemerkte ich den Backstage-Pass um seinen Hals. Inzwischen hatten wir die Bar erreicht.

„Gehörst du zur Crew?"

„Was kann ich euch bringen?" Die junge Frau hinter der Theke lächelte nett. Wahrscheinlich eine Studentin.

„Ein Bier und eine Cola bitte." Ich reichte ihr meinen leeren Becher.

Der Colafleck lehnte sich lässig gegen den Tresen. Nicht unattraktiv, wie ich fand: schulterlange braune Haare und schlank, warme Haselnussaugen in einem kantigen, blassen Gesicht. Für meinen Geschmack etwas zu klein geraten. Einssiebzig, höchstens.

„Nee. Ich bin mit dem Gitarristen befreundet." Er musterte mich. Offenbar fiel auch sein Resümee positiv aus und seine Gesichtszüge hellten sich auf.

„Lenni." Er streckte mir seine Hand entgegen. Ich schüttelte sie folgsam.

„Mariella."

„Schöner Name."

Ich nickte. „Und Lenni ist die Abkürzung für ...? Leonhard?"

Er schüttelte den Kopf. „Einfach nur Lenni. Zu mehr hat's nicht gereicht."

„Müssen witzige Leute sein, deine Eltern."

„Geht so. Vater Finne, Mutter Rumänin. Lenni ist ein weitverbreiteter finnischer Vorname."

„Ach so. Dann bist du in Finnland aufgewachsen?"

„Nö, ich bin in München groß geworden." Das erklärte sein akzentfreies Deutsch. Lenni nahm einen kräftigen Schluck aus seinem Becher.

„Tatsächlich? Wo denn genau?"

„In der Peripherie. Der Stadtteil heißt Haar."

„Das ist ja ein Ding! Ich wohne in Trudering."

Die Welt war wirklich ein Topflappen.

Mein Gegenüber riss die Augen auf. „Echt? Komisch, dass wir uns nie über den Weg gelaufen sind." Vertraulich senkte er seine Stimme. „Eine so schöne Frau wäre mir aufgefallen."

Geschmeichelt prostete ich ihm zu. „Na, was nicht ist, kann ja noch werden. Falls du nicht umgezogen bist, meine ich."

„Nope, ich bin noch immer am Jagdfeldring."

Ich kramte in meinem Gedächtnis. „Jagdfeldring? Kommt mir irgendwie bekannt vor." Plötzlich fiel es mir ein. Die hässlichen Hochhäuser. Stadtrandghetto. Meine Schulfreundin Annette Hiersel hatte dort vor zehn Jahren eingeheiratet. Um ihrem nichtsnutzigen Ehemann nach dreiwöchiger Ehe eine Bratpfanne über den Kopf zu ziehen und sich für sehr lange Zeit in den Knast zu verabschieden.

Lenni kam ins Plaudern. „Wenn das kein Wink des Schicksals ist! Da fahren wir dreihundert Kilometer über Land, damit du mir deine Cola überkippst und ich dich kennenlerne. Ist das nicht fantastisch?"

Ob es das war, würde sich noch herausstellen. Im Moment war ich geneigt, ihm zuzustimmen.

„Wir können für die nächsten Konzerte eine Fahrgemeinschaft bilden und uns die Benzinkosten teilen", plapperte Lenni weiter.

Ich winkte ab. „Nee, lass mal. Diese Art Musik ist nicht so mein Ding."

„Und was tust du dann hier?" Misstrauisch sah er sich um. „Bist du mit deinem Freund hergekommen?"

„Mit meiner Schwester, um genau zu sein. Sie ist als Metalhead immer ganz vorn mit dabei."

Lenni wirkte erleichtert. „Cool. Dann fahrt ihr zusammen nach München zurück?"

Ich schüttelte den Kopf. „Nee, Linda wohnt in Basel. Ich fahre mit der Bahn nach Hause."

Er hatte sein Bier geleert und stellte den Becher auf den Tresen zurück.

„Noch eins!"

Das Barmädchen eilte herbei. „Und du eine Cola?", wandte sie sich an mich.

„Danke, nein." Ich lächelte ihr zu.

„Wenn du mir noch ein Bier zahlst, nehme ich dich im Auto mit nach München", sagte Lenni gönnerhaft.

Ich fragte mich, wie viele Becher er heute schon intus hatte und lehnte dankend ab.

„Bekomme ich wenigstens deine Telefonnummer?" Treuherzig sah er mich an. „Als Entschädigung für das versaute Shirt?"

„Hast du dafür nicht gerade ein Bier gekriegt?", neckte ich ihn. „Aber klar, warum nicht ..." Ich kramte in meinem Rucksack nach einer krumpeligen Visitenkarte und reichte sie ihm feierlich.

Mit ernster Miene studierte Lenni ihren Aufdruck einige Sekunden lang. Dann pfiff er anerkennend durch die Zähne.

„Das letzte Einhorn? Hast du in Trudering ein Depot für Fabelwesen?"

„Eher eine Sammelstelle für Dinge, die nicht alltäglich sind." Ich schmunzelte. Die Reaktion auf meinen Laden war stets aufschlussreich. Da trennte sich früh die Spreu vom Weizen. Der sympathische Halbfinne hatte diese erste Hürde jedenfalls souverän genommen.

„Dann darf ich dich in deinem Sammelsalon besuchen?"

„Sicher. Meine Öffnungszeiten stehen auf der Rückseite." Ich zwinkerte ihm zu.

Etwas unentschlossen drehte Lenni die Karte in seinen Händen und ließ sie schließlich in der Hosentasche verschwinden.

„Wollen wir uns die Show ansehen?" Er grinste jungenhaft.

Wollte ich das? Eher nicht. Aber bevor der letzte Akkord verstummt war, würde Linda ohnehin nicht auftauchen.

„Klar. Dafür sind wir hier." Ich lächelte schief und folgte dem inzwischen getrockneten Fleck in die Halle.

„Das kann doch nicht wahr sein! Du hast schon wieder einen kennengelernt?" Linda lenkte, vom Kampfgetümmel gerupft, ihren Wagen zum Hauptbahnhof.

„Ist aber nicht von Belang", wiegelte ich ab.

Die Lenni-Episode stieß bei meiner Schwester auf unverhohlene Ablehnung. Wobei mir nicht klar war, weshalb. Schließlich war ich weder in seinem Auto noch mit ihm im Bett gelandet.

Linda starrte auf die regennasse Fahrbahn. Während der Show war ein kräftiges Gewitter niedergegangen.

„Sag mal, kann es sein, dass du es keine Woche lang ohne Mann aushältst?"

Ihre Feindseligkeit überraschte mich. „Ich verstehe nicht ganz. Was meinst du damit? Ich habe Lenni meine Cola übergekippt und mich dann eine Weile mit ihm unterhalten. Was ist denn dabei?"

„Bei jedem anderen würde ich sagen: nichts. Aber bei dir muss man leider damit rechnen, den nächsten Heiratskandidaten präsentiert zu kriegen."

„Und wenn's so wäre?" Langsam wurde ich wütend. Was ging Linda mein Liebesleben an?

„Kannst du dir nicht vorstellen, dass es für dein Umfeld irre anstrengend ist, sich ständig auf einen neuen Mann an deiner Seite einstellen zu müssen?"

„Nein, kann ich nicht. Weil ich nämlich von niemandem verlange, sich auf meine Eroberungen einzustellen."

Linda lachte triumphierend. „Das stimmt nicht! Den Studenten hast du mir als Redakteur aufgedrängt und bei deinem Schamanen musste ich zur Regression antreten. Von Andy ganz zu schweigen. Und jetzt dieser – wie heißt er? – Lenni ... Schon wieder lachst du dir auf einem Konzert einen Typen an. Würd' mich nicht wundern, wenn der uns im Nachhinein nichts als Ärger bereitet!"

Ärger würde es tatsächlich geben. Und zwar gewaltig, wenn Linda sich weiter in meine Angelegenheiten mischte. Ich überlegte, wie ich mich gegen ihre Attacke zur Wehr setzen konnte, da kam der Bahnhof in Sicht.

„Wann fährt dein Zug?", gurrte sie plötzlich versöhnlich. Offensichtlich wollte sie nicht im Streit auseinandergehen.

„22 Uhr 58", antwortete ich knapp.

„Dann kommst du mitten in der Nacht in München an."

Wird sich wohl nicht vermeiden lassen. „Ja."

Inzwischen hatte Linda den Wagen angehalten. Diesmal ohne einem Taxi die Vorfahrt zu nehmen.

Ich stieg aus und schnappte mir mein Gepäck: Rollkoffer, Reisetasche, Rucksack. Endlich ging's nach Hause.

„Lass dich umarmen, Schwesterherz." Linda war ebenfalls ausgestiegen, um mir einen feuchten Kuss auf die Backe zu drücken. „Und mach mir keinen Kummer."

„Nein."

Besorgt verfolgte sie, wie ich meinen Rucksack schulterte.

„Bist du jetzt sauer auf mich?"

Und ob ich das war. „Nein."

„Soll ich dich ans Gleis begleiten?" Langsam schien sich ihr Gewissen zu regen.

„Nein, danke."

Sie seufzte. „Ach komm schon, Ella. Ich hab' das nicht böse gemeint."

Böse hin oder her, meine Männer gingen sie nichts an.

„Ich muss zum Zug." Abrupt wandte ich mich um und marschierte los. In meinem Rücken spürte ich, wie sie mir nachsah.

„Okay – ich entschuldige mich bei dir!", rief sie.

Ich drehte mich um.

„Und du hältst dich in Zukunft aus meinen Angelegenheiten raus?", rief ich zurück.

Sie nickte eifrig. „Versprochen."

„Na dann ..." Ich stellte mein Gepäck ab und eilte noch einmal zurück. „Lass dich drücken!"

Schon lagen wir uns in den Armen.

„Du sagst mir aber trotzdem, wie's weitergeht ... ich meine, mit Lenni und so ..." Sie konnte es einfach nicht lassen.

„Nur wenn du deine Meinung für dich behältst. Und gesetzt den Fall, dass es *überhaupt* weitergeht." Ich grinste.

„Ehrenwort."

„In Ordnung. Also dann ... Ich muss los, sonst ist mein Zug weg und ich hänge die nächsten sechs Stunden hier fest."

„Alles klar. Komm gut heim und grüß Maja von mir."

„Mach' ich. Bis bald!"

Ich stiefelte wieder los und griff eilig nach meinen Gepäckstücken.

Bevor ich aus ihrem Sichtfeld verschwand, drehte ich mich noch einmal um und winkte ihr mit der freien Hand zu. Linda war bereits am Auto und winkte stürmisch zurück.

In ihrer Rockerkluft wirkte sie jung und gelöst. Wenn sie mir mit ihrer spröden Art manchmal auch auf die Nerven ging, liebte ich meine Schwester doch von ganzem Herzen. Ich warf ihr eine letzte Kusshand zu und hastete weiter.

Der Nachtzug nach München stand bereits in den Startlöchern. Nur wenige Plätze waren besetzt und ich hatte ein Abteil für mich ganz allein. Müde klappte ich sämtliche Armlehnen auf meiner Seite hoch und legte mich hin. Bald würde ich zu Hause sein. Voller Vorfreude nickte ich ein.

„Dass du wieder da bist, ich kann es kaum glauben!" Aufgedreht tanzte Maja durch unseren kleinen Laden.

Es war früher Nachmittag, als ich mich endlich aus dem Bett gequält und ins Geschäft geschleppt hatte.

„Ich bin auch froh, wieder bei dir zu sein." Ungestüm fiel ich meiner Freundin um den Hals. Und fegte dabei die Nebelschale aus ihrer Halterung.

Krachend ging sie zu Boden.

„Ei, nicht so wild, mein Herz, sonst liegt hier gleich alles in Scherben." Maja hielt mich auf Armeslänge von sich und sah mir prüfend in die Augen. „Du siehst müde aus", stellte sie fest, „müde, aber nicht unglücklich. Scheinst die Enttäuschung gut verkraftet zu haben." Ich lachte. „Dir macht keiner was vor. Stimmt's, Mama Maja? Aber du hast recht: Ich bin tatsächlich etwas erschöpft von der Reise, ansonsten geht's mir gut."

Verwundert sah ich mich um. Erst jetzt fiel mir auf, dass das Schaufenster umgestaltet war und eine Armada neuer Dekoartikel die Holzregale zierte.

Maja war meinen Blicken gefolgt.

„Da staunst du, gell? Du magst es glauben oder nicht: Der Laden hat in den letzten acht Wochen so viel abgeworfen wie im gesamten ersten Halbjahr. Besonders über den Online-Shop machen wir gute Umsätze. Wenn das so weitergeht, wirst du demnächst zur Verstärkung eine Halbtagskraft brauchen. Ich kann die Bestellungen kaum noch bewältigen." In ihrer Stimme schwang eine gehörige Portion Stolz mit. „Hast du in letzter Zeit auf dein Konto geguckt?"

Ich schüttelte den Kopf. Meine Bank hatte mich nie interessiert, solange für Miete und Essen gesorgt war.

„Dann solltest du das tun. Und sei es nur, um mir damit eine Freude zu machen."

Ich versprach es und griff nach einem filigranen Gebilde, das mich entfernt an ein Pendel erinnerte. „Was sind denn das für komische Dinger?"

„Edelsteine in Glasphiolen zur Energetisierung des Trinkwassers. Der allerneuste Schrei."

Ratlos schüttelte ich den Kopf. Da war man wochenlang weg und der Laden lief wie geschmiert. Scheinbar war meine Anwesenheit hier überflüssig.

„Arme Maja, du musst Tag und Nacht gearbeitet haben. Das ist mir gar nicht recht!" Wo ich mich in Amerika doch so inbrünstig um mich selbst gedreht habe … Wie konnte ich das je wieder gutmachen? „Ich werde gleich morgen eine Anzeige schalten, um eine Aushilfe für dich zu suchen."

Maja ließ ihr silberhelles Lachen erklingen. „Mein liebes Kind, nun bist du ja da. Zu zweit schaffen wir das spielend."

„Aber eines müssen wir dringend klarstellen", kam ich ohne Umschweife zu meinem wunden Punkt, „dass du endlich eine Gewinnbeteiligung annimmst." Ernst griff Maja nach meinen Händen. „Du weißt doch, welche Freude es mir macht, dir helfen zu dürfen. Und was es für mich nach dem Tod meiner Lieben bedeutet, wieder eine Aufgabe zu haben. Das kann kein Geld der Welt aufwiegen." Still sah sie mir in die Augen.

Ich kämpfte auf verlorenem Posten. Vielleicht hatte der Himmel einen Engel geschickt, um mir den Weg durch das irdische Labyrinth zu weisen. Vielleicht musste ich das einfach akzeptieren. Was in einer Welt, in der alles nach Ausgleich strebt, nicht einfach ist.

„Magst du dir wenigstens eine von diesen Phiolen mitnehmen oder ein Dutzend Halbedelsteine?", wagte ich noch einen Vorstoß.

Wieder lachte sie herzhaft. „Wenn du dann Ruhe gibst, werde ich das tun. Bist du nun zufrieden?"

Ich nickte erleichtert. Zumindest ein Etappensieg.

„Übrigens hat heute Morgen jemand nach dir gefragt." Sie zwinkerte mir zu.

„Ach ja?" Ich inspizierte gerade das prall gefüllte Bücherregal. *Die Frequenz der Ekstase, Reinkarnationstherapie, Unterwegs in die nächste Dimension* ... Maja hatte ganze Arbeit geleistet.

„Willst du nicht wissen, wer es war?"

Gleichgültig zuckte ich die Achseln. „Wer war es denn?"

„Dein Kunststudent, glaub' ich."

Überrascht hielt ich inne. „Der Max? Echt?"

Maja kratzte sich am Kinn. „Nee, Max hieß der nicht."

„Wie sah er denn aus? Groß, blond und blauäugig?"

„Eher das Gegenteil: relativ klein, braune Augen, dunkle Haare."

Ich legte das *Handbuch für neue Hexen* beiseite.

„Lenni?" Der hatte wirklich keine Zeit verloren.

Neugierig studierte Maja mein Gesicht. „Gibt es etwas, das ich wissen sollte?"

„Och, da gibt es nicht viel zu wissen."

Betont gleichmütig griff ich nach dem nächstbesten Roman und stellte irritiert fest, dass mein Herz bei dem Gedanken, meine Konzertbekanntschaft wiederzusehen, schneller schlug. Maja versuchte, die Antwort auf ihre Frage in meiner Miene zu lesen.

„So, so." Offensichtlich hatte sie sich eine Meinung gebildet.

„Ich hab' ihn auf einem Rockkonzert kennengelernt." Das klang reichlich trotzig.

„Hm." Majas Assoziation stand ihr ins Gesicht geschrieben. Andy.

Ich stellte das Buch achtlos an seinen Platz zurück und verschränkte die Arme vor meiner Brust. „Ich weiß, was du denkst."

„Tatsächlich? Was denke ich denn?"

„Das Gleiche wie Linda: dass ich ohne Mann nicht lebensfähig bin. Und dass ich wahllos von einem zum anderen hüpfe."

Maja setzte sich an den runden Bistrotisch, den wir für unsere Kunden aufgestellt hatten. Wie immer standen dort für jeden, der einen Moment verweilen wollte, eine Kanne mit frischem Kaffee und Plätzchen bereit.

„Auch ein Tässchen?", fragte sie.

Ich setzte mich zu ihr. „Gerne."

„Nein, ich bin ganz und gar nicht Lindas Meinung", nahm sie den Faden wieder auf, „ich glaube vielmehr, dass diese Männer kommen und gehen, um deine Seele wachsen zu lassen."

Unvermittelt stiegen Tränen in mir auf. Die herzensgute Maja. Wie hatte ich nur an ihrer Loyalität zweifeln können?

„Dann hältst du mich nicht für eine männermordende Sirene?"

Maja lachte leise. „Unsinn. Wozu sind wir hier, wenn nicht, um zu lernen und uns so lange an anderen zu reiben, bis wir den Stein in unserem Inneren zu einem Diamanten geschliffen haben?"

Nachdenklich sah ich zu, wie der Kaffee in meiner Tasse hin und her schwappte.

„Dann scheint mein Diamant eine ziemlich dicke Schale zu haben. Ich meine, guck dir meine Schwester an: Die musste sich kaum mühen, ihn freizulegen. Sie hat ihren Reiner im Studium kennengelernt, nach ihrem Diplom geheiratet und fertig. Oder du und dein Heinz. Habt ihr nicht schon zusammen im Sandkasten gesessen? Warum ist es für mich bloß so schwer, den Richtigen zu finden?"

„Letztlich ist es nicht wichtig, an wem wir uns reiben. Ich habe auch ein Leben lang an mir gearbeitet. Mit meinem Heinz. So wie Linda mit ihrem Reiner oder Frau Krause mit ihrem Albert. Bei dir ist es eben nicht ein und derselbe Mann, sondern es sind verschiedene Partner, an denen du wächst. Aber soll ich dir etwas sagen, mein Herz?" Sie beugte sich zu mir und nahm mein Gesicht in ihre Hände. „Eines weiß ich genau: Dein Diamant wird am Ende umso heller strahlen."

Lenni ließ sich an diesem Nachmittag nicht mehr blicken.

Dafür stand er am nächsten Morgen, noch bevor ich den Laden aufgeschlossen hatte, in seiner Motorradkluft vor der Tür.

„Hallo, Mariella." Verlegen trat er von einem Bein aufs andere.

„Hi! Wartest du schon lange? Musst du nicht zur Arbeit?", fragte ich etwas atemlos und schaltete die Ladenbeleuchtung ein. Um meine Aufregung über sein Erscheinen etwas zu dämpfen, griff ich blindlings nach der gestrigen Lieferung und eilte damit ins Lager. Lenni folgte mir zögernd.

„Ich hoffe, ich störe dich nicht. Du siehst sehr beschäftigt aus."

„Äh nein. Ich muss das nur schnell wegräumen", beeilte ich mich klarzustellen und rang mir ein Lächeln ab.

„Die Antwort ist übrigens zweimal nein."

Verwirrt blieb ich auf meinem Weg durch den Verkaufsraum vor ihm stehen. Dann fiel der Groschen. Er hatte also nicht lange gewartet und musste auch nicht zur Arbeit.

„Cool. Dann hast du Urlaub?", fragte ich, um das Gespräch am Laufen zu halten.

„Na ja, wie man's nimmt."

Also arbeitslos, dachte ich. Das hatte in meiner Menagerie noch gefehlt.

Inzwischen war ich in die Küche weitergezogen und warf schweigend die Kaffeemaschine an. Lenni inspizierte derweil die Auslage.

„Jetzt hältst du mich wahrscheinlich für einen Faulenzer", frotzelte er und zwinkerte mir über die Schulter zu.

„Nö", antwortete ich kurz.

„Was denkst du dann?"

„Dass du schon deine Gründe haben wirst." Die ich wirklich gern wüsste.

„Du meinst dafür, dass ich nicht in der Arbeit bin?"

Zögerlich stellte er die Porzellanfee, die er gerade unter die Lupe genommen hatte, ins Regal zurück.

„Eher dafür, dass du scheinbar gar keine Arbeit hast." Der Kaffee war fast durchgelaufen und ich polierte hingebungsvoll den blitzsauberen Bistrotisch.

Arbeitslos oder nicht, er gefiel mir trotzdem. Ich musste mich in Acht nehmen.

„Wer hat denn gesagt, dass ich keine Arbeit habe?"

Perplex hielt ich in meiner Wischaktion inne. „Aber hast du nicht gesagt, dass du nicht im Urlaub bist?"

„Nicht direkt ..."

Das Gespräch machte mich irgendwie konfus. „Was denn jetzt, arbeitest du oder nicht?"

„Ich arbeite schon, aber anders, als du vielleicht denkst", antwortete er kryptisch.

Ich wusste inzwischen selbst nicht mehr, was ich dachte.

„Dann bist du vermutlich selbstständig."

„Bingo." Ich wartete auf weitere Erklärungen, doch Lenni tauchte in einem Prospekt über ganzheitliche Energiesysteme unter.

„Funktioniert das wirklich?" Skeptisch hielt er mir eine aufgeschlagene Seite entgegen.

„Du meinst die Sache mit den Triggermedaillons?"

Er nickte.

„Keine Ahnung." Die magnetischen Kettenanhänger interessierten mich nicht die Bohne. „Also sag schon, was machst du?"

Der Prospekt flog ins Regal zurück. „Eigentlich bin ich Musiker."

Auch das noch. „Und uneigentlich?"

„Arbeite ich als Kellner oder schraube an Autos herum. Was halt so anliegt."

„Demnach liegt heute nichts an?"

„Heute muss ich die wunderschöne Frau treffen, die mir mein Lieblingsshirt ruiniert hat. Später gehe ich in die Werkstatt." Ich ignorierte das Kompliment.

„Und wann machst du Musik?"

„Drei Mal pro Woche mit meiner Band in Harlaching. Im Moment arbeiten wir an unserem neuen Album."

Hört, hört. „Dann habt ihr schon was veröffentlicht?"

„Natürlich", plusterte er sich auf.

„Was ist das denn für Musik?"

„Heavy Metal."

Ich hatte es befürchtet. Wenigstens Linda würde sich freuen.

Zweifelnd sah er mich an. „Du sagst gar nichts dazu."

Was sollte ich sagen? Dass ich auf den Lärm lieber verzichtete?

„Äh, ja. Sehr schön." Ich räusperte mich. „Jedenfalls wünsche ich dir ganz viel Erfolg damit."

Er lachte. „Danke! Aber im Moment wäre es mir wichtiger, dich heute Abend zum Essen auszuführen."

Seine Charmeoffensive zeigte Wirkung. Mühsam versuchte ich, die Schmetterlinge, die sich in meinem Bauch zu regen begannen, zurückzudrängen.

„Tut mir leid, ich bin schon verabredet." Das war glatt gelogen.

Lenni schien enttäuscht. „Dann vielleicht morgen?"

Ich überlegte angestrengt. Natürlich hatte ich auch morgen nichts vor.

„Da wollte ich mit meiner Freundin ins Kino ..."

Lennis Gesicht wurde länger.

„Aber das ließe sich vielleicht verschieben", schob ich eilig hinterher.

Ein Hoffnungsschimmer erhellte seine Züge. „Ehrlich? Das wäre toll!"

Das fanden meine Schmetterlinge auch und formierten sich zum Tanz.

„Soll ich dir später Bescheid geben? Ich meine, wenn ich mit meiner Freundin gesprochen habe?"

Er nickte eifrig und zog einen Kuli aus der Tasche seiner Motorradjacke.

„Ich schreibe dir meine Telefonnummer auf. Hast du einen Zettel für mich?"

Hatte ich. „In Ordnung, ich melde mich gegen Nachmittag bei dir."

Er grinste selig. „Super. Ich hoffe, wir sehen uns morgen!"

Und ob wir uns sehen würden. Einen brotlosen Künstler brauchte ich unbedingt in meiner Sammlung.

„Ich denke schon. Danke für die Einladung."

Er sah mir tief in die Augen und nahm meine Hand. „Dafür nicht."

Glücklicherweise kam in diesem Moment eine Kundin herein und bewahrte mich davor, sämtliche Vorsätze sausen zu lassen.

*

„Da bist du ja endlich!" Mit einem Freudenschrei stürzte Jule sich auf ihn.

Am Mittag war Althoff in Zürich gestartet, um nach knapp einstündiger Flugzeit in München zu landen. Jetzt freute er sich darauf, ein paar Tage auszuspannen. Mit seiner Jule. Der reinste Spaziergang nach zwei Tagen Corinna.

In Winterthur hatte er ernsthaft erwogen, der exaltierten Senatorentochter den Laufpass zu geben. Doch ihre Beziehungen zu höchsten Wirtschaftskreisen hatten ihn, wie schon so oft, davon abgehalten, seinen Plan in die Tat umzusetzen.

Als einziges Kind schwerreicher Eltern war Corinna daran gewöhnt, immer die erste Geige zu spielen. Dass ihr Liebster zwischen La Perla und Kaviar ein dreistündiges Meeting besuchen wollte, kränkte sie zutiefst. Hatte er nicht versprochen, zwei Tage lang nur für sie da zu sein? Und hatte sie ihm beim

Galadiner trotz der unverzeihlichen Verspätung nicht die Türen zu möglichen Investoren geöffnet? Was wollte er dann von der Handelskammer?

Um seine Nerven zu schonen, hatte Althoff den Businessbrunch sausen lassen. Immerhin hatte sich der Umweg über die Schweiz schon durch die neuen Kontakte ausgezahlt. Auch die Stunden in Corinnas französischem Designerbett waren nicht verkehrt gewesen.

Am Ende hatte er es sogar geschafft, ihr, ohne eine geharnischte Krise auszulösen, eine dreiwöchige Beziehungspause zu verklickern.

„Also kann ich in der letzten Septemberwoche mit dir rechnen?", hatte sie nur gefragt und sich zwei Tonic getränkte Wattepatts auf die Augen gelegt.

„Hm." Er hatte eifrig genickt, was sie unter der Schönheitsmaske vermutlich nicht mitbekam.

„Ich bin in der Zeit sowieso in St. Moritz, um Charlène bei der Vorbereitung ihrer Charity-Gala zu unterstützen. Wenn du willst, können wir danach ein paar Tage im Chalet verbringen."

Nein, das wollte er ganz und gar nicht. Fernab jeder Zivilisation war er Corinna auf Gedeih und Verderb ausgeliefert. Das letzte Mal hatte ihm der Ausflug ins Engadin einen saftigen Hexenschuss eingebrockt, den die fürsorgliche Sandrine im wahrsten Sinne des Wortes ausbaden musste.

„Das können wir noch besprechen", sagte er vage, um Corinnas Geltungsdrang nicht zu wecken. „Machen wir es vom Wetter abhängig."

Damit hatte sie sich zufriedengegeben. Und er konnte darauf hoffen, dass Graubünden in einem frühen Wintereinbruch versank.

Aber jetzt erst mal Jule. Ihre ehrliche Freude über sein Erscheinen rührte ihn.

Etwas verhalten erwiderte er ihre stürmische Umarmung.

Wann immer sie eine Zeit lang getrennt gewesen waren, hatte er im ersten Moment ein Problem damit, dass sie so blutjung war. Obwohl er sich als Mitglied der Generation X gut gehalten hatte, hätte sie doch seine Tochter sein können.

Vorsichtig wand er sich aus ihrem Klammergriff und kramte umständlich in seinen Taschen, um sich seine Verlegenheit nicht anmerken zu lassen. „Weil du gar so tapfer warst, bekommst du jetzt dein Geschenk."

Endlich zog er aus der Innentasche seines Jacketts ein mit Smaragden und Diamanten bestücktes Armband hervor.

Jule ließ von ihm ab und starrte auf das Schmuckstück in seiner Hand. „Das ist ja ... Wahnsinn ..."

Althoff lächelte. „Ich dachte, es passt gut zu deinen Katzenaugen."

„Das muss ziemlich teuer gewesen sein."

Ziemlich war gar kein Ausdruck. Aber es war ihm die Sache wert. Zumal ihn seit ihrem Einzug in seine Villa bisweilen das schlechte Gewissen plagte.

Jule rührte sich nicht.

„Gefällt es dir?"

„Oh ja ... sehr sogar", wisperte sie.

„Dann lass mal gucken, ob es dir steht." Vorsichtig legte er ihr den Schmuck um.

Andächtig strich Jule über die wertvollen Steine.

Wie ein Kind am Weihnachtsabend, dachte Althoff.

„So etwas Schönes hab' ich noch nie gesehen." In ihren Augen glitzerten Tränen.

„Jetzt aber nicht weinen!", protestierte er.

„Nee. Sicher nicht." Sie fiel ihm um den Hals. „Danke viel tausend Mal!"

„Gerne, Prinzessin." Damit war die Sache für ihn erledigt und sie konnten zur Tagesordnung übergehen. „Hast du schon gegessen?"

„Nicht wirklich." Sie schlang ihre langen Arme, diesmal von hinten, um ihn und schob ihn in Richtung Treppe. „Aber jetzt will ich kuscheln. Essen können wir später."

Er hatte in den letzten Tagen wahrlich genug gekuschelt und wäre lieber direkt ins Restaurant gefahren. Da allerdings zu befürchten war, dass er sich mit dem Vorschlag verdächtig machte, gab er nach.

Schon hatten sie das Schlafzimmer erreicht und in Windeseile kniete Jule, nur noch mit ihrem Armband bekleidet, vor ihm und nestelte an seinem Hosenschlitz. Flüchtig fragte er sich, ob er für vier Frauen +x nicht langsam zu alt wurde.

„Hab' ich einen Hunger!" Schwungvoll hüpfte Jule aus dem zerwühlten Bett.

Althoff fühlte sich wie gerädert und hätte das drohende 3-Gänge-Menü gern gegen eine Mütze voll Schlaf getauscht. Er beschloss, künftig nicht mehr direkt von Corinna nach Hause zu fahren, sondern einen Zwischenstopp bei Sandrine einzulegen. Die war in seinem Alter und etwas entspannter unterwegs. Verglichen mit seinen zwei jugendlichen Sportskanonen die reinste Erholung.

„Ich hab' im Übrigen auch ein Geschenk für dich", schnurrte Jule gerade und zog ihre Seidenstrümpfe aufreizend langsam über ihre perfekt geformten Beine.

„So? Da bin ich aber gespannt."

Amüsiert verfolgte er, wie sie barbusig zu ihrer Kommode ans andere Ende des Zimmers huschte. Nicht schon wieder La Perla, schoss es ihm durch den Kopf. Fürs Erste hatte er genug von Betthasen in Luxuswäsche.

Erleichtert stellte er fest, dass das mit Hochglanzpapier umwickelte Päckchen, das sie aus der Schublade zog, nicht im Entferntesten an Edeldessous erinnerte.

„Für dich, mein Schatz." Strahlend hielt sie ihm ihr Präsent unter die Nase.

„Wie lieb von dir", murmelte er. Er war nicht daran gewöhnt, beschenkt zu werden, und fühlte sich immer etwas unbehaglich dabei.

Schnell entfernte er die Verpackung.

„Ein Buch ... wie nett ..." Sie hatte sich offensichtlich Gedanken gemacht. Schließlich verschenkt man Bücher nicht einfach so.

Neugierig las er den Titel.

„Maskenball der Seele?" Was sollte das denn bedeuten?

Gespannt beobachtete Jule seine Reaktion.

Aufmerksam las er den Covertext.

Viele Menschen sind davon überzeugt, immer wieder geboren zu werden, also zahlreiche Leben zu leben ... Hier geht es nicht um Glaubensfragen, sondern einzig und allein um eigene Erfahrung und darum, die immer gleichen Muster der Seele auf der vergrößerten Projektionsfläche vergangener Inkarnationen zu erkennen.

Was für ein Unsinn. Er bevorzugte Klassiker. Oder Krimis, am liebsten Simon Beckett. Myriaden von Maden, die sich durch moderne Leichenteile fraßen.

Jule hing an seinen Lippen. „Und? Spannend, oder?"

Wahnsinnig spannend. „Äh, ja ..."

„Ich hab' in Trudering ein kleines Geschäft gefunden, die haben Dutzende solcher Bücher. Das musst du dir ansehen."

Alles, bloß das nicht. „Machen wir, aber jetzt erst mal essen." Und danach ein gepflegtes Schläfchen.

Achtlos warf Althoff das Buch in seinen geöffneten Koffer. „Das werde ich lesen, wenn ich unterwegs bin." Oder auch nicht.

Jule schmiegte sich an ihn. „An deine Abreise will ich gar nicht denken."

Er auch nicht. Zumal er Birte noch nicht erreicht hatte. Von ihr hing ab, ob er nächste Woche einen Abstecher nach Wien machen würde. Um seinen Freund Josef, den Baulöwen, zu treffen. Der war immer für einen Rat gut, wenn ein Immobilienprojekt ins Stocken geriet. Die Reise in die Donaumetropole ließ sich perfekt mit einem Stelldichein in Budapest verbinden. Vorausgesetzt, Birte wäre bereit, sich mit ihm auf halber Strecke zwischen München und Sibiu zu treffen.

Sobald Jule im Bett war, würde er es noch einmal bei der ältesten seiner vier festen Freundinnen versuchen. Die lag wegen ihrer Kribbelfüße sowieso die halbe Nacht wach. Was ihm, die Verbindung mit ihr zu halten, enorm erleichterte.

7

Lenni hatte sich in Schale geworfen: Das dunkle Billabong-Shirt machte sich tadellos über seiner steingrauen Jeans, die Bikerboots hatte er gegen brandneue Sneaker ersetzt. Etwas deplatziert wirkte die abgewetzte Motorradjacke, die er neben sich auf die Holzbank gelegt hatte.

Belustigt registrierte ich die Verwandlung. Nicht zuletzt, weil ich meinerseits auf die geliebte Latzhose verzichtet hatte, um in knallengem Stretch Eindruck zu schinden. Mein bauchfreies Top war für kühle Spätsommerabende wenig geeignet, dafür setzte es meine Figur grandios in Szene. Für den Heimweg hatte ich dennoch meine verbeulte Strickjacke in den Rucksack gepackt.

Der geflunkerte Kinobesuch war natürlich „vertagt" und nach einer angemessenen Wartezeit hatte ich Lenni die frohe Botschaft verkündet und einem gemeinsamen Abendessen zugestimmt.

Seit Stunden saßen wir in einem Grünwalder Biergarten unter einem ausladenden Kastanienbaum. Bunte Glühbirnen beleuchteten Hunderte reifender Fruchtbecher, die Zeuge unserer mühelos dahinfließenden Unterhaltung wurden. Wir sprangen von Thema zu Thema und sprachen über seine Hoffnung, als Musiker Karriere zu machen; dann über meine Schwester, die im Journalismus nach ihrer Bestimmung suchte; über meine Ambitionen, irgendwann ganz nach Thailand zu gehen, und schließlich über seine Mutter, die das Heimweh nach Rumänien getrieben hatte.

„Und was ist mit deinem Vater? Ist er auch in die Karpaten gezogen?", fragte ich, während ich mich durch einen Berg von Wurstsalat arbeitete.

Lennis Miene verdüsterte sich. „Mein Vater ist tot."

„Das tut mir leid." Ich schlug die Augen nieder und sagte leise: „Meiner lebt auch nicht mehr."

„Ehrlich? Wie ist er gestorben?"

„Er ist abgestürzt. In den Alpen. Seine Leiche wurde nie gefunden."

Lenni hielt beim Verzehr seiner Weißwurst inne, die Gabel verharrte wie eine schockgefrostete Libelle vor seinen Lippen. „Das ist wirklich erstaunlich. Mein Vater ist auch bei einem Unfall ums Leben gekommen."

„Tatsächlich? In den Bergen?"

„Nein, im Flugzeug. Seine Cessna ist auf dem Weg von Savonlinna nach Helsinki in ein Waldstück gestürzt." Betrübt hingen wir einen Moment unseren Gedanken nach, dann nahm ich das Gespräch wieder auf.

„Hat er Verwandte in Finnland besucht?"

„Nicht direkt. Er hat in der finnischen Provinz gelebt. Gemeinsam mit meiner Zwillingsschwester."

Irritiert ließ ich meinerseits die frisch beladene Gabel sinken. „Ich dachte, du bist in München aufgewachsen?"

„Das bin ich auch. Meine Eltern haben sich getrennt, als Vivi und ich fünf Jahre alt waren. Mein Vater ist nach der Scheidung in seine Heimat zurückgekehrt, meine Mutter ist mit uns in Haar geblieben. Am Jagdfeldring, wo ich immer noch lebe."

Nachdenklich formte ich die Brotkrumen, die unseren Biertisch zierten, zu kleinen Teigkugeln. „Wann ist deine Schwester nach Finnland gegangen?"

Mechanisch schnipste Lenni meine Kugelsammlung vom Tisch. Die Brösel flogen an mir vorbei ins Kiesbett. „Zwei Jahre nachdem unser Vater sich verabschiedet hatte. Vivien hing sehr an ihm und ist ihm unheimlich ähnlich. So melancholisch und zart, ein bisschen weltfremd. In seinen Ferien haben wir ihn immer besucht und zur Einschulung ist sie einfach bei ihm geblieben."

„Dann bist du allein nach Hause zurückgefahren. Muss hart gewesen sein."

„Oh ja, das war es, und ich leide noch immer unter der Trennung. Aber", ein schiefes Grinsen stahl sich in sein Gesicht, „ich bin das genaue Gegenteil von ihr: lebenshungrig und heißblütig, das Ebenbild unserer Mutter. Deshalb ist es so, wie es war, wahrscheinlich am besten gewesen." Er verdrehte die Augen.

„Das kommt davon, wenn zwei völlig gegensätzliche Menschen meinen, Kinder produzieren zu müssen."
Die Geschichte von seiner verlorenen Schwester ging mir sehr nahe. Ohne Linda aufzuwachsen, wäre für mich undenkbar gewesen. Selbst jetzt, wo sie Hunderte Kilometer entfernt lebte, pflegten wir unser enges Verhältnis.
„Wie oft hast du Vivien nach ihrem Weggang gesehen?"
„In den Ferien eigentlich immer. Die haben wir entweder zusammen bei meinem Vater verbracht oder wir waren bei unserer Mutter in München."
„Die irgendwann auch die Segel gestrichen hat."
Er lachte freudlos. „Um nach Rumänien zu gehen, richtig. Aber da waren wir schon erwachsen."
„Siehst du sie manchmal?"
„Wen? Vivi?"
Ich nickte.
„Klar, regelmäßig. Mindestens zwei Mal im Jahr fahre ich nach Finnland und die Weihnachtstage verbringen wir immer gemeinsam in München."
„Hat sie denn keine Familie? Ich meine, ihre biologische Uhr müsste doch auch langsam ticken ..."
Er feixte. „Stimmt, unsere Uhren sind nicht zu überhören. Aber im Gegensatz zu mir hat Vivi nie Kinder gewollt. Sie ist ... anders als andere."
Waren wir das nicht alle irgendwie? „Was meinst du mit anders?"
„Anders eben. Introvertiert, selbst für finnische Verhältnisse. Sie hat in der Schule schon wenig Freunde gehabt und seit sie als Übersetzerin arbeitet, hat sie sich ganz von der Welt abgewandt."
Bei seinen Worten wurde mir das Herz schwer. Obwohl ich sie nicht kannte, fühlte ich mit der Frau, die scheinbar allein in der finnischen Wildnis lebte.
„Sie muss furchtbar einsam sein."
Lenni schüttelte den Kopf und lächelte. „Oh nein, das ist sie ganz und gar nicht."

„Dann hat sie ein Haustier?"

Sein Lächeln wurde breiter. „Das auch, sogar mehrere: einen Husky, zwei fette Katzen und eine Ziege. Aber die meine ich nicht."

„Was meinst du dann?" Gespannt blickte ich von meinem Teller auf.

Lenni schwieg. Er schien sich nicht sicher zu sein, ob er sein Wissen mit mir teilen sollte, und entschied sich dagegen. „Ich hol' mir noch rasch ein Bier. Soll ich dir was mitbringen?"

„Nein, danke." Enttäuscht über sein mangelndes Vertrauen winkte ich ab und machte mich über meine Wurstreste her.

„Weißt du, das ist nämlich so ...", begann er, nachdem er sich, mit frischem Weißbier versorgt, wieder auf seine Bank gesetzt hatte. Um Zeit zu gewinnen, nahm er einen tiefen Schluck aus seinem Glas.

Schweigend wartete ich auf weitere Erklärungen.

„Also ...", sekundenlang hing der unvollendete Satz in der Luft.

Langsam wurde ich ungeduldig.

„Es ist nämlich so ...", er räusperte sich.

„Das sagtest du bereits."

„Okay, sie ist nicht allein in ihrer Hütte am See."

„Ach, tatsächlich?" Ich zog die Augenbrauen hoch.

„Sie bekommt oft Besuch."

„Von ihren Nachbarn?"

Er schüttelte den Kopf und senkte die Stimme. „Aus der Anderswelt."

Ein Schauder lief über meinen Rücken. Ich konnte mir vorstellen, was nun kam.

„Wahrscheinlich hältst du mich für total bekloppt."

Wenn er wüsste, wie wenig bekloppt das in meinen Ohren klang! Aber ich dachte nicht daran, mich jetzt schon als Anderweltspezialistin zu outen.

Nach einem kurzen Blick auf die Damenriege am Nebentisch wurde ich ebenfalls leiser. „Was sind das für Wesen? Kobolde? Feen?"

Er nickte. „Ich hatte gehofft, dass du es verstehst ... als ich deine Visitenkarte sah. Und erst recht später, im Laden, wegen der Feenfiguren und so." Forschend sah er mir in die Augen. „Kannst du sie auch sehen?"

Ich ignorierte die Frage. „Und Vivien redet mit ihnen?"

„Sie sagt, es sei so eine Art Gedankenaustausch. Sie hört die Stimmen in ihrem Kopf."

„Und du glaubst ihr das?"

Lenni schien verunsichert. „Doch, ich glaube ihr. Aber damit bin ich der Einzige weit und breit." Das konnte ich mir vorstellen. Gedankenverloren sammelte ich die Bierdeckel um mich herum ein und baute daraus ein Haus. Lenni sah mir schweigend zu.

„Das sind Elementargeister", sagte ich, als meine Konstruktion fertig war.

„Also kennst du dich damit aus", flüsterte er.

Und ob ich mich damit auskannte. Ich wiegte den Kopf. „Ein bisschen."

„Ihr müsst euch unbedingt kennenlernen! Sie kann doch mit niemandem über ihre Erlebnisse reden ..." Lenni war ganz aufgeregt.

Um ehrlich zu sein, hätte ich nichts lieber getan, als mich auf der Stelle ins Auto zu setzen und nach Finnland zu fahren. Endlich ein Mensch, der mich verstehen würde! Was war ich verspottet worden ... Im Gegensatz zu mir hatte Vivien sich der allgemeinen Vernunft offenbar nicht gebeugt und war in die Einöde geflohen.

„Ich werde sie gerne mit dir besuchen... Wenn wir zwei uns erst besser kennen."

Plötzlich fühlte ich mich befangen. Wir hatten den ganzen Abend intime Details aus unserem Leben preisgegeben, jetzt wurde mir klar, wie wenig wir voneinander wussten. Und so kopflos wie die letzten Male, wollte ich keinesfalls in die nächste Beziehung rennen. Das hatte ich mir fest vorgenommen.

„Dann gibst du mir die Chance, dich besser kennenzulernen?" Vorsichtig griff Lenni nach meiner Hand. „Ich wünsche mir das wirklich sehr. Mehr als jemals zuvor."

Die Schmetterlinge sammelten sich in Scharen und begannen meine Wahrnehmung zu trüben. Zum Teufel mit den Vorsätzen!

„Ja, ich möchte dich näher kennenlernen", hauchte ich.

Keine zwei Stunden später landeten wir im Schein zweier Palmwachskerzen auf meiner verbeulten Matratze.

*

Mutters Tatendrang lieferte Linda und mir regelmäßig Gesprächsstoff für unsere Telefonsitzungen.

Vor zehn Tagen hatte sie das Regiment in Freising übernommen und, wie man hörte, inzwischen nicht nur den stolzen Opa, sondern auch die zwei Kleinkinder fest im Griff. Nur Bärbel probte den Aufstand gegen ihren rigiden Führungsstil. Was Linda schwer amüsierte.

„Kannst du dir vorstellen, dass Mutter versucht hat, die Stillintervalle festzulegen?" Oh ja, das konnte ich. „Lass mich raten", ich schraubte meine Stimmlage eine Oktave tiefer, „das Kind ist alt genug, um durchzuschlafen. Und das wird es nie tun, wenn du es nachts fütterst!" So ähnlich hatte sie vor Jahren auch Lindas Stillphase torpediert. Was damals zum Bruch mit meiner Schwester geführt hatte, weil die über ihre Milch unbedingt selbst bestimmen wollte.

„Meinst du, sie macht das absichtlich? Um einen Streit mit Bärbel zu provozieren?"

„Damit sie Erich aus Freising loseisen kann? Es ist ihr immerhin zuzutrauen."

Zerstreut betrachtete ich das Tohuwabohu um mich herum. Die letzten Tage hatte Lenni in meinem Appartement genächtigt. Jetzt waren seine Klamotten überall verstreut: die ölverschmierte Jeans auf dem Sitzkissen neben mir, sein Schlafshirt auf meiner Matratze, seine schmutzigen Unterhosen und Socken kreuz und quer auf dem Fußboden. Mittendrin halb leere Colaflaschen, Tassen mit angetrockneten Kaffeeresten und dreckige Teller. Ich schüttelte mich.

„Ella, bist du noch da?" Linda hatte meine geistige Abwesenheit bemerkt.

„Entschuldige, was hast du gesagt?"

„Ob du am Sonntag nicht Lust hättest, in Freising nach dem Rechten zu sehen. Um zu verhindern, dass Mutter mit ihrem Hexenbesen am Ende Erich aus ihrem Leben fegt."

Vor allem musste ich *meine* Wohnung fegen. So konnte kein Mensch leben.

„Ella?"

Ich hatte schon wieder nicht aufgepasst. Vage meinte ich, irgendwas von einem Kontrollbesuch in Freising vernommen zu haben ...

„Keine schlechte Idee." Das war offensichtlich die richtige Antwort.

Linda atmete auf. „Es wäre doch schade, wenn das Seniorenmärchen ein abruptes Ende fände, nur weil das Bärbelkind seinen Ehemann nicht zu lenken versteht."

„Ach komm, Linda! Du hast deinen Reiner auch nicht immer erfolgreich gelenkt."

„Aber derartig bunt hat er's nie getrieben."

Ich wusste nicht, was es für einen Unterschied machte, ob man nun zwei oder zehn Mal betrogen wurde. Verrat blieb Verrat. Was ich allerdings für mich zu behalten gedachte, um keinen Knatsch mit Linda vom Zaun zu brechen.

„Gut, ich werde die Lage sondieren."

„Und mir danach brühwarm berichten."

„Natürlich." An dieser Stelle hätte ich das Gespräch gern beendet, um die Hausarbeit zu erledigen, bevor ich um zwei in den Laden musste.

Lenni war heute kellnern und würde danach direkt nach Haar fahren, um sich umzuziehen. Am Abend hatte er Bandprobe. Was mir die Gelegenheit bot, in Ruhe den Rausch der vergangenen Tage zu überdenken.

Ich machte mir gerade einen Plan, wie ich am schnellsten Ordnung ins Chaos bringen konnte, da funkte Linda in meine Putzvision.

„Sag mal, was ist eigentlich aus dem Typen geworden, den du in Winterthur aufgerissen hast?"

Och, mit dem werde ich demnächst ein Reihenhaus kaufen und rechtzeitig vor den Wechseljahren noch drei Kinder in die Welt setzen.

„Wir sehen uns ab und zu." Ich versuchte, möglichst gleichgültig zu klingen.

„Echt? Dann läuft da was zwischen euch?"

Linda hatte Lunte gerochen. Wie unangenehm. Ich hatte gehofft, die Botschaft vom neuen Beziehungsstatus erst mal für mich behalten zu können.

„Wie man's nimmt ..."

„Was denn jetzt? Affäre, Bratkartoffelverhältnis, Heiratspläne? Oder nichts von all dem?"

Das hätte ich selbst gern gewusst. „Von allem ein bisschen."

„Wie soll ich das denn verstehen?"

„Ganz einfach: Im Moment haben wir eine lockere Affäre, ab und an essen wir Bratkartoffeln, spätere Heirat nicht ausgeschlossen."

Stille am anderen Ende.

„Linda? Hat dir jemand den Stecker gezogen?"

„Ich bin noch dabei, dein Kartoffelgericht zu verdauen. Um es auf den Punkt zu bringen: Dieser Rocker hat tatsächlich dein Herz erobert?"

„Scheint so."

„Und du glaubst, dass er der Mann deines Lebens ist?"

„Kann sein."

„Das haben wir bei Andy auch gedacht. Und bei Martin."

Und bei Christian, Michael, Thomas, Günther und Max. Na und?

„Neues Spiel, neues Glück. Die Hoffnung stirbt zuletzt."

Sie seufzte. „Dann hoffen wir mal, dass *diese* Hoffnung nicht so bald stirbt."

Warum musste sie mir immer ihren Standpunkt reindrücken? Als ob ich ihre Meinung über mein Liebesleben nicht kennen würde!

„Hattest du nicht versprochen, dich rauszuhalten?"

„Hatte ich", das klang etwas kleinlaut, „aber ich wollte nur ... ach, vergiss es."

Nichts lieber als das. „Ich werde also versuchen, in Freising den Kessel zu kühlen. Bin gespannt, wie heiß die Lage dort ist." Plötzlich explodierte Linda. „Ihr seid doch alle gestört! Bin ich froh, dass ich in Basel lebe und mit dem Zirkus, den ihr veranstaltet, nichts zu tun habe."

Was war denn in die gefahren? *Uns* nannte sie verrückt – da fragte man sich, was ihr journalistischer Heavy-Metal-Selbstfindungstrip darstellen sollte. Eine entgleiste Tupperparty? Um die Stimmung nicht weiter anzuheizen, behielt ich meine Gedanken für mich.

„Alles klar, Linda. Ich denke, wir haben für heute alles besprochen. Ich melde mich, wenn es Neuigkeiten gibt." Aber nur, wenn ich Lust habe.

„In Ordnung. Bis dann!" Damit legte sie auf.

Verblüfft starrte ich auf den Hörer in meiner Hand. „Hat die noch alle Fransen am Schirm?" Höchste Zeit, dass Reiner sich mehr um sie kümmert, dachte ich. Sonst würden wir uns künftig mit dem Inbegriff einer Xanthippe herumschlagen.

War ich froh, dass ich *nicht* in Basel lebte!

„Ich dachte, du wolltest zum Essen kommen!" Mutters Blick bohrte sich durch den minimalistisch bepflanzten Vorgarten des Freisinger Einfamilienhauses in meinen Bauch. Erstaunt blieb ich stehen und betrachtete den imposanten Betonklotz, dessen metallisch glänzende Eingangstür von Elises nicht weniger imposanter Gestalt verdeckt wurde.

„Tut mir leid. Die A9 war dicht und ich konnte nicht anrufen, weil mein Akku leer ist." Eilig quetschte ich mich an ihr vorbei ins Trockene, um mich meiner tropfnassen Sportjacke zu entledigen. Seit ich Trudering verlassen hatte, regnete es in Strömen.

„Häng das triefende Ding an den Haken in der Toilette da drüben, sonst machst du unsere Sachen noch nass", sagte Mutter und verschwand in der Küche.

Ich tat wie befohlen.

Zurück im weitläufigen Eingangsbereich sah ich mich um. Das Ambiente vermittelte einen Hauch intuitiver Eleganz. Einfachheit und klare Linien als Statement gegen Protz und Konsum. Bärbel hatte ein Zeichen gesetzt, das mir auf Anhieb gefiel.

Rechts neben der schlichten Haustür steckte in einer konisch geformten Bodenvase ein dekorativer, frisch arrangierter Blumenstrauß. Ein kleines Schild mit der Aufschrift „Willkommen" baumelte, etwas willkürlich platziert, zwischen den Blättern einer langstieligen Sonnenblume.

Unter einer ausladenden Garderobe in gebürstetem Edelstahl tummelte sich die typische Familienschuhsammlung: Miniaturgummistiefel, kleine Laufschuhe, ein Paar abgetragene Damensandalen, hochhackige Stiefeletten und graue Filzlatschen in allen Größen. Alles säuberlich aufgereiht, was zweifellos Mutters Werk war.

Ich überlegte kurz, ob ich meine nassen Chucks gegen die Gästepantoffeln tauschen sollte, entschied mich aber dagegen. Elises bourgeoise Tyrannei konnte mich kreuzweise.

Da Mutter noch immer in der Küche hantierte, bemerkte sie die kleine Rebellion nicht und ich konnte meine Besichtigungstour fortsetzen.

Bewundernd strich ich über das fein gemaserte, angenehm kühle Treppengeländer, das im Dunkel des Obergeschosses verschwand. Mein gemurmelter Kommentar „vornehm geht die Welt zugrunde" wurde diskret von einem guten Dutzend massiver Mahagonistufen geschluckt.

Eine gewaltige gläserne Schiebetür markierte den Übergang ins Wohnzimmer, wo hinter der makellos sauberen Scheibe eines frei stehenden Kaminofens drei fröhlich brennende Kerzen dem düsteren Regentag trotzten. Rund herum war alles picobello und aufgeräumt.

Um die einladende Atmosphäre gebührend zu würdigen, wäre ich am liebsten in den dicken Polstern einer u-förmig angeordneten Sitzlandschaft versunken.

Kurz überlegte ich, wo wohl der Rest der Familie war, und ob ich erst zu Mutter in die Küche gehen sollte, da fiel mein Blick durch die gigantische Fensterfront in einen sorgsam gepflegten Garten. Der englische Rasen, umsäumt von Begonien, Rittersporn, Sonnenbraut und Jasmin, musste eine Heidenarbeit machen.

Anerkennend pfiff ich durch die Zähne. „Was für eine Pracht!"

„Das könntest du auch haben, wenn du deine Männer nicht immer in die Flucht schlagen würdest." Mutter war plötzlich hinter mir aufgetaucht und strebte in Richtung der großen Terrassentür. „Erich ist mit Bärbel und den Kindern in die Konditorei gefahren, um Kuchen zu holen, und ich will eine rauchen. Kommst du mit raus?"

Aha, deshalb war es so ruhig. Eine gute Gelegenheit, um sich dem Lockruf der Couch zu ergeben. „Im Regen?", maulte ich deshalb, „wollen wir nicht lieber drin bleiben? Es ist so gemütlich hier."

„Nee, im Haus ist Rauchen verboten. Wir setzen uns unters Vordach, da bleiben wir trocken. Ist ja nicht kalt."

Widerstrebend setzte ich mich in Bewegung. „Das mit den Männern will ich nicht gehört haben!"

Mutter schnaubte. „Wenn's aber stimmt. Wie war das mit der Villa in Boston? Dagegen ist das hier vermutlich 'ne Hundehütte."

„Eher ein Mauseloch", antwortete ich wahrheitsgemäß.

Zielstrebig balancierten wir über die hellen Steinplatten entlang der Hauswand und erreichten trockenen Fußes die schwere Teakholz-Garnitur unter einem lang gezogenen gläsernen Vordach. Mutter ließ sich seufzend in den erstbesten Sessel fallen und zündete ihre Zigarette an.

„Der Kaffee ist vorbereitet. Soll ich dir vor dem Kuchen noch einen Teller Suppe warm machen?"

„Lieb von dir, aber nein. Ich habe fürstlich gefrühstückt." Mit Lenni.

Mutters Augenbraue schnellte nach oben. „Seit wann gibt es bei dir Frühstück?"

Seitdem ich in festen Händen bin. „In letzter Zeit regelmäßig." Ich grinste.

Dicke Marlboroschwaden mischten sich unter die feinen Tropfen des Nieselregens. „Du wirst auf deine alten Tage doch nicht vernünftig werden?"

Die Sorge hielt ich für unbegründet. „Wahrscheinlich ist es Majas mäßigender Einfluss."

Eine vorwitzige Elster landete im Maulbeerbaum neben der Terrasse und beäugte uns misstrauisch, während an der Begrenzungsmauer zum Nachbarn ein schwarzer Katzenkopf zwischen den Blättern einer üppig blühenden Hortensie auftauchte und den ahnungslosen Vogel fixierte. Ich sog das Idyll in mich ein.

„Wirklich schön hier."

Gleichgültig warf Mutter einen Blick in die Runde.

„Gefällt es dir nicht?"

„Hm." Weißer Rauch suchte sich seinen Weg durch gut geteerte Lungenflügel.

„Wegen Bärbel?" Eindringlich sah ich sie an.

Sie seufzte. „Wegen Bärbel. Und Erich. Und überhaupt."

Ich wartete auf weitere Erklärungen.

„Es ist schwieriger, als ich dachte", sagte sie schließlich. „Bärbel ist eigentlich ganz patent, aber sie pocht auf ihr Recht, in der Not den väterlichen Beistand für sich zu reklamieren. Verstehst du?"

„Nicht wirklich. Meinst du damit ihren Umzug nach Hamburg?"

„Auch. Aber das geht noch viel weiter: Erich begnügt sich nicht mit seinem Status als Märchenopa. Nein, er schlüpft in die Rolle des Vaters. Und fühlt sich dabei wie der Gockel im Gerstenfeld."

„Das heißt, er hütet die Kinder? Ich dachte, genau dafür seid ihr hier."

„Er hütet, füttert, badet, wickelt, tröstet, schaukelt, wippt, sitzt im Sandkasten, watet durchs Planschbecken. Soll ich weitermachen? Wir haben kein gemeinsames Leben mehr. Alles dreht sich nur um die Kinder – und um Bärbel."

Ich nickte nachdenklich. „Und was ist deine Rolle in dieser Farce?"

Missmutig zündete sie sich an der Glut der alten eine neue Zigarette an.

„Die der Putzfrau und Köchin."

„Scheiße."

„Am Anfang habe ich gedacht, wenn ich hier das Putzmonster spiele, hat die kleine Bärbel schnell genug von der väterlichen Unterstützung und schickt uns dahin, wo der Pfeffer wächst. Aber weit gefehlt: Die freut sich, dass alles so blitzt. Und wenn ich zehn Mal am Tag den Staubwedel hole und die Putzlumpen schwinge ... *Ach Elise*, flötet sie dann", Mutters Stimme wurde ein paar Nuancen heller, *„du bist wirklich eine Perle!"*

„Eine Perle? Nennt man so nicht seine Hausangestellten?" Ich war empört. Elise war eine Nervensäge, aber das ging wirklich zu weit.

„Volltreffer."

„Das ist ein starkes Stück. Was sagt Erich dazu?"

„Der ist selig, dass wir uns alle so gut verstehen. Noch Fragen?"

Ich schüttelte den Kopf. Es war weit schlimmer als befürchtet. „Und natürlich willst du ihm die Tour nicht vermasseln."

„Was heißt, die Tour nicht vermasseln? Wenn ich den Aufstand probe, wird er mir vorschlagen, nach Kassel zurückzugehen, während er hier weiter den Superdad spielt."

„Was für ein Mist. Was willst du jetzt machen?" Gespannt beugte ich mich vor.

Sie zuckte die Achseln. „Keine Ahnung. Darauf warten, dass irgendwas passiert. Ich hatte schon überlegt, mit Bärbels Ex Kontakt aufzunehmen, um zu versuchen, sie wieder zusammenzubringen. Aber so, wie es im Moment aussieht, hat die Gute gar keinen Grund, den notgeilen Heini zurückzunehmen. Schließlich ist sie rundum versorgt: finanziell keine Not, weil Papa von der Hypothek bis zum Spinatgläschen alles bezahlt, die Kinder betreut, das Haus geputzt. Würdest du eine solche Option gegen das Leben mit einem notorischen Fremdgänger tauschen? Um den ganzen Tag Hausfrau zu spielen, anstatt dich mit deinen Freunden zu treffen? Also ich würde dankend ablehnen."

„Aber irgendwann wird Erich nicht mehr mitspielen, immerhin habt ihr zwei noch ein eigenes Leben."

„Darauf kannst du lange warten! Der geht vollkommen in seiner Vaterrolle auf."

„Das bedeutet: Entweder du fügst dich oder du riskierst die Beziehung."

„So ist es." Deprimiert drückte Mutter ihre Zigarette aus. Diesmal zündete sie sich keine neue an.

Ich überlegte fieberhaft. Im Grunde gab es nur einen Ausweg aus dem Dilemma. „Als Paar ist das eure erste Bewährungsprobe. Wäre doch zu schade, wenn alles den Bach runterginge. Weißt du, was ich jetzt tun würde?"

Ratlos schüttelte sie den Kopf.

„Gute Miene zum Bärbelspiel machen und nach Kassel zurückfahren. Du wirst sehen, wie schnell die zwei Turteltäubchen ihre Vater-Mutter-Kind-Posse leid sind, wenn die Hausarbeit wieder an ihnen hängt."

Mutters Gesichtszüge hellten sich auf. „Stimmt! Wenn ich daran denke, wie es hier aussah, als ich ankam ... Und Erich kann Unordnung nicht ausstehen, während das Bärbelkind gerne mal fünfe gerade sein lässt. Da ist der Zank vorprogrammiert."

Ich kicherte und spitzte die Lippen. „Bärbel, räum die Küche auf und sei pünktlich zurück! Sonst verpasse ich meine Sportschau."

„Und putz das Bad, ich kann in dem Dreck meinen Rasierpinsel nicht von der Zahnbürste unterscheiden!", japste Mutter. „Die Vorstellung ist einfach zu schön."

„Und noch schöner ist, dass du in dem Fall nicht die böse Stiefhexe, sondern die liebe Elise bist, zu der man mit wehenden Fahnen überlaufen kann."

Ich stimmte in ihr Lachen ein und freute mich diebisch über unser Komplott.

„Pst ..." Mutter hatte sich wieder beruhigt und lauschte. „Ich glaube, ich habe Stimmen im Haus gehört."

Sie täuschte sich nicht. Schon tauchten hinter gekonnt balancierten Kuchenbergen, gefolgt von durchdringendem Kindergeschrei Erich und Bärbel auf der Terrasse auf.

„Dann spielen wir mal das freundliche Tantchen", sagte ich fröhlich und ging den beiden mit ausgestreckten Armen entgegen.

*

Endlich war Jule am Schlafen.

Nach einem üppigen Abendessen im Schlosshotel war Althoff mit ihr in die Villa zurückgekehrt und vor dem riesigen OLED-Bildschirm kleben geblieben. Inspector Barnaby hatte sich auf ZDFneo durch einen besonders öden Fall gearbeitet und Althoff waren nach zwanzig Minuten die Augen zugefallen. Im Gegensatz zu Jule: Die hatte noch die nächste Runde des spröden Kommissars ausgesessen.

Gegen halb zwölf war sie schließlich ins Bett gekrabbelt und er hatte sich artig neben sie gelegt und gewartet, bis ihr regelmäßiges, tiefes Atmen zu hören war. Dann schlich er ins Wohnzimmer zurück und tippte Birtes Nummer in sein Handy.

Seine dienstälteste Freundin war vor einer Weile von Hannover nach Rumänien umgezogen, um für ihren Arbeitgeber am Fuße der Karpaten die Erforschung und Entwicklung von Autoreifen zu managen. Für Althoff bedeutete das einen schmerzlichen Verlust, denn Birte hatte er immer angesteuert, wenn er ehrlichen Zuspruch oder eine Schulter zum Ausheulen brauchte.

Es hatte eine Zeit gegeben, in der er hoffte, sie zur Hochzeit bewegen zu können. Doch Birte hatte, als die Sprache darauf kam, energisch abgewinkt.

„Heiraten ist was für Spießer! Außerdem wissen wir beide, dass du nicht treu sein kannst und ich niemals einen Ehemann dulden würde, der mich betrügt. Deshalb lass uns die Zeit genießen und nicht darüber nachdenken, wie lange unsere Liaison anhält."

Die hielt inzwischen erstaunlich lange. Nämlich genau einundzwanzig Jahre.

Dass ihr Verhältnis gleich am Anfang auf eine von Birte definierte Basis gestellt worden war, hatte den Vorteil, dass er sein Lotterleben weiterführen und trotzdem – so lange sie es für gut befand – bei ihr unterkriechen konnte. Was er vornehmlich dann tat, wenn seine Amouren ihn überforderten.

Birte selbst hatte nach ihrem Studium eine respektable Karriere hingelegt und phasenweise nur wenig Zeit für ihn. Dass er die Auszeit für andere Frauen nutzte, störte sie nicht. Im Gegenteil: Es schien sie sogar zu erheitern.

Als Einzige war sie über das Ausmaß seiner Abenteuer im Bilde. Auch darüber, dass Jule vor einigen Monaten bei ihm eingezogen war.

„Du wirst der Kleinen das Herz brechen. Kannst du das wirklich verantworten?", hatte sie nur gefragt, um dann zur Tagesordnung überzugehen.

Mehrmals hatte Althoff zu ergründen versucht, was sie so trieb, wenn er anderweitig beschäftigt war. Aber Birte hatte jeden Vorstoß im Keim erstickt und irgendwann akzeptierte er ihre Geheimniskrämerei.

Wenn er es sich recht überlegte, konnte er auf die Beziehung mit Birte am wenigsten verzichten. Nein, diese freiheitsliebende, intelligente und höchst patente Powerfrau wollte er in seinem Leben nicht missen!

Umso mehr freute er sich, dass er sie endlich erreichte.

„Wo hast du gesteckt? Ich habe die ganze Woche vergeblich versucht, dich zu erreichen."

Sein vorwurfsvoller Ton schien sie zu amüsieren. „Sag bloß ... Wer hat dir denn diesmal das Kraut ausgeschüttet? Die liebe Corinna?"

Im Grunde wusste er es selbst nicht so recht. Aber Corinna machte sich als Sündenbock immer gut.

„Stimmt. Die ist mir die Tage gewaltig auf die Nerven gegangen."

„Und jetzt musst du dich von ihr erholen." Der ironische Ton gehörte zu Birte wie ihre struppige Kurzhaarfrisur und die eleganten, etwas männlich anmutenden dunklen Hosenanzüge. „Dann konnte Jule dein Leid nicht lindern?"

Er seufzte. „Eher nicht. Obwohl sie sich – das muss man ihr lassen – redlich bemüht."

„Das bedeutet, wir haben eine handfeste Krise."

„Wie immer haarscharf kombiniert, Sherlock."

„Also willst du mich treffen."

„Unbedingt."

„Und dafür würdest du nach Siebenbürgen kommen?"

„Ich hatte da eigentlich an ein Date auf halber Strecke gedacht."

„Lass mich raten: in Wien, damit du mit deinem Freund Josef nebenbei noch ein paar Geschäftchen tätigen kannst. Vergiss es!" Das war unmissverständlich.

„Eigentlich wollte ich Budapest vorschlagen", sagte er etwas kleinlaut. So ganz auf dem Holzweg war Birte ja nicht und der Versuch, ihr etwas vorzumachen, war schon öfter in die Hose gegangen.

„Das ist natürlich etwas grundlegend anderes", spöttelte sie.

„Also gut. Dann treffen wir uns in Bukarest." Sollte Birte ihren Willen doch haben.

„Sibiu."

„Meinetwegen auch das."

„Schön – dann sagen wir", er hörte, wie es am anderen Ende der Leitung raschelte, „Dienstag übernächster Woche?"

Althoff ging in Gedanken seinen Terminkalender durch. „Da kann ich nicht." Ausgerechnet an dem Tag feierte Sandrine ihren Geburtstag und er hatte versprochen, ihr bei der Vorbereitung der Party zu helfen. Aber das musste Birte nun wirklich nicht wissen, auch wenn er sonst kaum Geheimnisse vor ihr hatte.

„Hm. Die Woche drauf?"

„Das ist ja noch ewig hin! Ich will dich jetzt sehen. Gestern. Wie sieht es denn am kommenden Montag aus?"

„Schlecht. Da muss ich nach Helsinki. Außerdem hätten wir uns längst treffen können, wenn du nicht immer so furchtbar beschäftigt wärst." Das klang ziemlich streng. Und er musste zugeben, dass der Vorwurf nicht unberechtigt war.

„Dann komme ich nach Helsinki." Auch wenn dort kein Josef saß, der seine Reise rechtfertigte.

„Echt? Nur für mich? Die Not muss wirklich groß sein." Der spöttische Tonfall nahm eine mildere Klangfarbe an.

„Das ist sie, glaub mir. Weniger physisch als emotional."

„Tatsächlich? Darauf wäre ich nicht gekommen." Der schwache Moment war vorüber und Birte wieder ganz die alte.

„Also: Helsinki?" Er war nicht willens, jetzt nachzugeben.

„Ich müsste lügen, würde ich behaupten, nicht geschmeichelt zu sein, dass du nur für *mich* quer durch Europa reisen willst. Klar, Helsinki passt."

„Am Montag gegen Abend?"

Wieder hörte er Papier rascheln. „Montag bis Mittwoch haben sie uns mit Veranstaltungen bis in die Puppen zugepflastert, Donnerstag wäre besser."

„Wann fliegst du zurück nach Rumänien?"

„Samstagmorgen."

„Dann komme ich Donnerstag und versuche, mir für Samstagvormittag eine Maschine nach München zu buchen." Oder noch besser nach Wien.

„Okay, machen wir so."

„Klasse! Dann bis nächste Woche ... du weißt ja, ich hab' dich immer noch lieb."

Sie lachte. „Ja, ich weiß. Ich dich auch – irgendwie." Weg war sie.

Bester Dinge schaltete Althoff sein Handy aus und gähnte herzhaft. Zeit, sich an Jules aparte Hülle zu kuscheln. Er war ein glücklicher Mann, keine Frage. Aber auch ein Organisationstalent vor dem Herrn. Nicht jeder wäre in der Lage, vier derartige Geschosse zu handeln. Mit einem selbstzufriedenen Grinsen schlich er zurück ins Schlafzimmer. Es war wirklich brillant, wie er sein Damenquartett dirigierte. Einfach brillant.

8

Ob die Bandprobe besonders gut gelaufen oder eher das Gegenteil der Fall gewesen war, ließ sich nicht eruieren, als Lenni morgens um vier durch die Tür getorkelt kam. „Musi schlafe ... wo is ... Bed", lallte er und plumpste in voller Montur, inklusive Biker-Boots und Motorradjacke, bäuchlings und breitbeinig, auf meine Matratze.

Damit war die Nacht für mich vorüber. Nicht nur, weil er mir in seinem komatösen Zustand allenfalls eine zehn Zentimeter breite Schneise zwischen Zimmerwand und seinem ausgestreckten Körper als Schlafplatz zugestand, sondern vor allem, weil ein unerträgliches Schnarchkonzert einsetzte, sobald sein Kopf in mein Federkissen gekippt war.

„Lenni, verdammt", pflaumte ich ihn an, „dreh dich um!" Vergeblich versuchte ich, die Bierleiche in eine stabile Seitenlage zu bringen, um dem Gesäge ein Ende zu machen. Die willenlose Hülle schnalzte in ihre Ausgangsposition zurück, sobald ich sie losließ. Schließlich gab ich es auf und tappte zum Herd, um Teewasser aufzusetzen.

Missmutig blickte ich auf die reglose, aber kein bisschen leise Gestalt auf meinem Fußboden und goss eine Kanne Hagebuttentee auf. Um dem Getöse zu entfliehen, griff ich nach den AirPods und steckte sie mir in die Ohren.

Dann kuschelte ich mich, in eine dicke Decke gehüllt, in meinen alten Polstersessel am Fenster und nahm einen vorsichtigen Schluck aus meiner Lieblingstasse. Die sanften Klänge Kitaros trugen mich zurück an den Strand in Thailand, wo ich so glücklich gewesen war, bevor der Tsunami herangerauscht kam und mir neue Wege aufgezwungen hatte. Verzweifelt und mittellos war ich damals nach Deutschland zurückgekehrt und hatte mich in München niedergelassen, um einen Laden für esoterischen Schnickschnack zu eröffnen. Der inzwischen – Maja sei Dank – reichlich Profit abwarf.

Zum ersten Mal seit Jahren hatte ich keine Geldsorgen und konnte aus den Vollen schöpfen. Eine neue Jeans oder auch zwei?

Kein Problem. Ein Paar Schuhe für hundertfünfzig Euro? Gerne! Ein bisher nicht gekanntes Gefühl, diese wohltuende Kombination aus Sicherheit und Freiheit, erfüllte mich. Ich konnte sogar nach Thailand zurückkehren, wenn ich es wollte. Zumindest für ein paar Wochen.

Versonnen betrachtete ich meinen schnarchenden Gefährten. Ich fragte mich, wo sein Platz in meinem Lebensplan war, und ob er das Etikett *Gefährte* überhaupt verdiente. Was erwartete ich von ihm?

Dass er sich um mich bemühte, was natürlich auch umgekehrt galt.

Tat er das? Und wie war es mit mir – bemühte ich mich um ihn? Ich fand schon ... mehr oder weniger. Reichte das für eine Partnerschaft? Oder welchen Status hatte er sonst? Den eines Freundes? Einer Affäre?

Unschlüssig wiegte ich den Kopf. Ein One-Night-Stand war er jedenfalls nicht.

Meine Überlegungen schienen Lenni nicht zu tangieren, er sägte weiter Löcher in meine Matratze.

Konnte ich so einen Mann lieben? Ich schloss die Augen und forschte nach den Schmetterlingen, die ihm die Tür zu meinem Appartement geöffnet hatten.

„Irgendwas flattert da noch, allerdings recht verhalten", konstatierte ich leise. Und das nach nicht einmal drei Wochen Beziehung.

Etwas früh, um auf dem Boden der Tatsachen aufzuschlagen, fand ich. Allerdings hatte sich die Phase der Verliebtheit schon öfter als tückisch erwiesen. War es da nicht besser, direkt den Alltag zu proben?

Nein, entschied ich: ohne Verliebtheit keine Liebe. Und ohne Liebe keine Beziehung. So hatte ich es immer gehalten.

Aber von wirklich tiefen Gefühlen waren Lenni und ich noch meilenweit entfernt, das war klar. Die Frage blieb, ob es sich lohnte, mit ihm an einer Partnerschaft zu arbeiten. Und falls die Antwort negativ ausfiel – was wäre der nächste logische Schritt? Das Ganze beenden?

Wollte ich das?

Nein, das wollte ich nicht.

Unsere Verbindung war alles andere als in Zucker gegossen, doch wir hatten bereits einen Zustand erreicht, zu dem ich in früheren Beziehungen überhaupt nicht vorgedrungen war. Eine Art intimer Vertrautheit. Schon jetzt benahmen wir uns wie ein altes Ehepaar: Lenni garnierte meine Wohnung mit seinen schmutzigen Socken und ich schnauzte ihn an, nicht betrunken nach Hause zu kommen. Was er bei genauerem Hinsehen an vier von fünf Abenden trotzdem tat: Entweder er soff nach getaner Arbeit mit seinen Pizzaiolos oder er probte mit Bandkollegen den Absturz. Wie heute wieder geschehen.

Nicht selten fuhr er in diesem Zustand noch Auto. Was eines Tages vermutlich dazu führen würde, dass er den Führerschein abgeben musste. Im besten Fall, ohne sich vorher um einen Baum gewickelt oder jemanden überfahren zu haben.

Doch es war nicht nur der Alkohol, der mich nachdenklich stimmte. Auch mit Geld konnte Lenni nicht umgehen. Jeden Euro, den er verdiente, schien er fast zwanghaft auszugeben. Was dazu führte, dass es für die profanen Dinge des Lebens nicht immer reichte. Letzte Woche hatten ihm die Stadtwerke den Strom abgedreht, die Leitung seines Festnetzanschlusses war seit Monaten gekappt und ich argwöhnte, dass er in seinem verbeulten Citroën ohne Versicherungsschutz unterwegs war.

Stattdessen hatte er sich eine neue Gitarre gekauft. Die sechste, wenn ich mich nicht täuschte. Die musste ebenso dringend sein wie das Kondensatormikrofon, das Mischpult oder sein Bühnenoutfit. Für eine Show, die irgendwann vielleicht stattfinden würde.

Mehrmals hatte er versucht, mich zu überreden, in seine Unternehmungen zu investieren. „Wenn du mir zweitausend Euro für den Mercedes gibst, repariere ich den Unfallschaden. Der Wagen wird in Rumänien einen satten Gewinn abwerfen!"

„Und wie kommt er dahin?", hatte ich gefragt.

„Na, wir fahren ihn rüber."

„Wird da kein Einfuhrzoll erhoben?"

„Wir passieren die grüne Grenze, verticken die Karre und kommen mit dem Zug zurück. Da kräht kein Hahn nach." Ich war nicht überzeugt und hielt meine Geldbörse geschlossen.

Was Lenni sichtlich irritierte. „Ich habe mit meinen Freundinnen immer gemeinsame Kasse gemacht. Mein Geld war unser Geld. Du tust so, als wollte ich dich betrügen. Das ist ziemlich verletzend."

„Ich denke doch gar nicht, dass du mich bescheißen willst! Ich habe nur kein Geld übrig, um deine Geschäfte zu sponsern: die Mieten für das Appartement und den Laden, die Nebenkosten, die Lohnkosten für Maja ...", flunkerte ich.

Er hatte die Ausrede geschluckt. „Na gut, daran lässt sich nichts ändern. Vielleicht ergibt sich demnächst eine neue Gelegenheit, etwas Gemeinsames auf die Beine zu stellen."

Möglicherweise. Aber im Moment wollte ich seine Aktivitäten lieber aus der Ferne verfolgen. „Klar. Warum nicht? Sag mal, wie hieß noch der Song, den ihr neulich geschrieben habt?", beeilte ich mich, das Thema zu wechseln, „du weißt schon, der mit dem tollen Refrain ..."

All das ging mir durch den Kopf, wie ich da in meinem Armsessel saß und darauf wartete, dass die Morgendämmerung endlich heraufzog und ich mich in den Alltag stürzen konnte.

Inzwischen war es fünf Uhr und der Himmel immer noch zappenduster. Ich nahm einen großen Schluck aus meiner Teetasse und setzte Kitaro noch einmal auf Anfang. In die sanften Klänge von *Panorama* mischte sich Lennis dissonantes Schnarchen. Missmutig drehte ich den Lautstärkepegel hoch und versuchte, mich im matten Schein der Straßenlaterne in das Strandposter, das über meiner Matratze hing, zu versenken.

Zäh verstrichen die Minuten. Wenn ich wenigstens ein paar Haschkekse hätte, dachte ich. Mein Blick wanderte zu der abgewetzten Dose, die ich im Zwielicht, etwas verloren auf dem Küchenregal stehend, ausmachte. Sie war immer gut gefüllt gewesen. Bis Lenni sich bei mir breitgemacht hatte. Im wahrsten Sinne des Wortes.

Ihr Inhalt war ihm nicht lange verborgen geblieben und egal, wie viel ich buk, in der Dose herrschte Ebbe. Ich hatte es aufgegeben, gegen seine Leidenschaft für meine Plätzchen anzubacken.

Unvermittelt entfuhr mir ein Seufzen. Lenni rührte sich nicht. Das würde er frühestens gegen Mittag tun, wenn ich nach Hause kam, um meine Pause für eine verspätete Brotzeit zu nutzen.

Bei der Gelegenheit würde ich ihn ernsthaft ins Gebet nehmen. Mit der Sauferei musste Schluss sein, ansonsten durfte er ab sofort in seiner stromlosen Bude am Jagdfeldring nächtigen. An unserer jungen Beziehung wollte ich festhalten. Aber es musste sich einiges ändern. So ging es nicht weiter.

Schwungvoll warf ich die Decke zur Seite, räumte mein Teegeschirr in die Spüle und schlurfte ins Badezimmer, um meine Entschlossenheit durch ein Vollbad in Zitrus-Essenzen zu festigen.

„Haben Sie etwas über Engel?", fragte die Kundin und schritt langsam das lange Bücherbord ab. Ich taxierte die auffällige, ganz in Weiß gekleidete Erscheinung und war mir sicher, sie noch nie in meinem Laden gesehen zu haben.

Ob ich etwas über Engel hatte? Was für eine Frage! Von der Decodierung des kosmischen Codes bis zum Ende des Maja-Kalenders hatte ich alles im Sortiment.

Mit sicherem Griff zog ich zwei Bücher aus der endlosen Reihe und drückte sie der Dame mittleren Alters in die Hand.

Sie warf einen kurzen Blick auf die Titel.

„*Engel werfen keine Schatten* – das hab' ich schon. Aber dieses hier würde ich mir gerne ansehen."

Ich bot ihr einen Platz an unserem Bistrotisch an und schenkte ihr eine Tasse Kaffee ein. Die Dame nickte mir freundlich zu und vertiefte sich in die *Heilkraft der Engel*.

Ich hatte mich gerade der morgendlichen Materiallieferung zugewandt, da rauschte Lenni durch die Tür. Mit verknittertem T-Shirt und zerzausten Haaren.

„Was machst du denn hier?" Überrascht legte ich die Großpackung Weihrauch in den Karton zurück. Es war halb zehn und für die Alkoholleichen dieser Welt noch finstere Nacht.

„Ich muss mit dir reden." Das wäre eigentlich mein Text gewesen.

Ich zog die Augenbrauen hoch. „Ach ..."

„Vivien hat angerufen. Sie braucht Hilfe."

Das klang irgendwie beunruhigend und warf mich aus meinem Schatz-wir-müssen-uns-unterhalten-Konzept.

„Hat sie Depressionen?"

„Die hat sie immer, mehr oder weniger. Deshalb würde sie nicht anrufen. Nein, es ist ihr neuer Nachbar. Er macht Probleme."

Darunter konnte ich mir rein gar nichts vorstellen. „Beschimpft er sie?"

„Wenn es nur das wäre! Letzte Woche hat er Nägel in ihre Auffahrt geschmissen und als sie ihn zur Rede stellen wollte, hat er auf sie geschossen. Dann ist ihr Husky verschwunden. Gestern Abend hat sie ihn im Wald gefunden: vergiftet."

„Oh Gott!" Entsetzt rang ich die Hände.

Im Augenwinkel bemerkte ich, wie meine Kundin das Gespräch verfolgte. Das Buch lag zugeklappt vor ihr auf dem Tisch.

Finster stierte Lenni vor sich hin. „Ich muss nach Finnland. Sofort."

In meinem Kopf ging alles durcheinander. Wenn Vivien den Irren nicht im Zaum halten konnte – was sollte Lenni dann tun? Ihn bedrohen? Um sich von ihm erschießen zu lassen?

Unbemerkt war die Frau in Weiß zu uns getreten. Erst jetzt nahm ich die feinen goldenen Ornamente auf ihrer Stirn wahr. Ihr ebenmäßiges, vollkommen glattes Gesicht strahlte eine zeitlose Schönheit aus.

„Seien Sie vorsichtig. Mit solchen Leuten ist nicht zu spaßen." Sie machte keinen Hehl daraus, unser Gespräch belauscht zu haben. „Sie müssen sich schützen – hiermit." Wie durch Zauberei erschienen zwei an Lederbändern befestigte Amulette in ihrer Hand. Eines reichte sie mir, eines Lenni. „Legen Sie das an und es wird Ihnen nichts geschehen."

Verwirrt nahm ich den Talisman entgegen. „Warum tun Sie das?"

Sie lächelte undurchsichtig. „Bewirke das Gute und es wird zu dir zurückkehren. Das ist mein Lebensmotto. Ich bin stets darauf vorbereitet, Menschen in Not zu helfen. Und ich spüre, dass Sie diese Hilfe jetzt brauchen."

Aus einem Fach ihrer schmucklosen Jutetasche zog sie eine schlicht gestaltete Visitenkarte hervor und reichte sie mir.

„India Fortune", las ich halblaut, „Hellseherin." Im Kleingedruckten stand etwas von Lebensberatung, Karrierecoaching und Krisenbewältigung.

Entgeistert blickte ich auf Lenni, der noch immer das Amulett in seiner Hand anstarrte.

„Rufen Sie mich an, wenn die Dinge aus dem Ruder laufen oder sich Phänomene zeigen, denen Sie nicht gewachsen sind. Ich werde Ihnen beistehen."

Bevor ich mich bei ihr bedanken oder überhaupt auf ihre sonderbaren Worte reagieren konnte, war sie verschwunden.

„Was war das denn?" Ich erwachte aus meiner Erstarrung und ging zum Fenster, um den Anhänger genauer zu betrachten. „Yin und Yang", murmelte ich, „das Prinzip der korrelierenden Gegensätze. Ein Zeichen für Begrenzung und Wandlung. Soll uns das irgendwas sagen?"

Fragend blickte ich zu Lenni, der neben mich getreten war und seinerseits der Symbolik des Amulettes auf den Grund zu gehen versuchte.

„Da sind irgendwelche Linien eingearbeitet", er beugte sich tiefer über das Schmuckstück, „sieht aus, als wären es ..."

„Flügel!", ergänzte ich verblüfft. „Tatsächlich. Es sind Flügel. Und sie gehören den beiden Engeln hier." Ich deutete auf die Pole des Talismans.

„Stimmt: Zwei schlafende Engel. Ist ja kurios."

Seltsam berührt fuhr ich die Linien mit dem Finger nach. Ich spürte, wie eine Gänsehaut über meinen Körper rauselte. Geschwind legte ich das Amulett um. „Kannst du die Öse schließen?"

Ungeschickt frickelte Lenni an meinem Nacken herum. Der Restalkohol ließ grüßen.

„Du glaubst aber nicht an den Unsinn, den diese Schwarzseherin verzapft hat, oder? Sie spürt, dass wir *Hilfe brauchen*. Dass ich nicht lache! Der Einzige, der hier Hilfe braucht, ist vermutlich ihr Geldbeutel."

„Aber sie hat uns die Amulette geschenkt", gab ich zu bedenken. Und ja – natürlich glaubte ich an den Unsinn.

„Neukundengewinnung nennt man so was. Die kleine Investition wird sich auszahlen, wenn die Dummköpfe anbeißen. Kristallkugel hier, Tarot-Karten da ... Was glaubst du, wie schnell du bei der Lady ein paar Hundert Euro los bist."

Achtlos warf er den Anhänger in einen Korb mit Schmucksteinen. „Den kannst du verkaufen, dann ist er zumindest zu irgendwas nütze."

Ich ärgerte mich über sein zynisches Gehabe.

„Und was ist, wenn sie recht hat? Ich meine, wenn wir wirklich in Gefahr sind? Die Sache in Finnland klingt nicht unbedingt harmlos."

Unwirsch winkte er ab. „Und genau da hat sie ihre Chance gewittert, uns zu packen: Sie musste das Gespräch mitanhören und wusste, dass wir ein Problem haben. Dafür braucht man kein Hellseher zu sein. Außerdem glaube ich kaum, dass uns diese Dinger", er machte eine wegwerfende Handbewegung in Richtung des Anhängers, „davor schützen, von Nachbars Schrot durchsiebt zu werden. Hätte die Dame anstelle der Maskottchen zwei kugelsichere Westen aus ihrer Tasche gezogen, wäre ich vielleicht beeindruckt. Aber so ..."

Ich hatte keine Lust, mich mit Lenni zu streiten. Er würde auf seiner Sicht der Dinge beharren, ich auf meiner. Sollte er doch auf seinen Talisman verzichten! Mir gefiel der kunstvolle Anhänger und wenn er am Ende noch eine Schutzfunktion hatte – umso besser. Und wenn nicht, auch egal. Mein Gefühl sagte mir allerdings, dass die weiße Frau mehr war als eine x-beliebige Kaffeesatzleserin.

Mit klopfendem Herzen umfasste ich das Amulett. Eigentlich, so dachte ich, gab es keinen Grund zur Aufregung: Der verrückte Nachbar würde mit seiner Schrotflinte kaum kreuz und quer durch Europa fahren, um in meinem Laden wild um sich zu schießen. Und Lenni würde im fernen Finnland schon mit ihm fertig werden. Mit oder ohne Glücksbringer.

Somit war eigentlich alles paletti.

„Können wir uns jetzt unserem Problem zuwenden?", platzte Lenni in meine Überlegungen.

„Sicher."

Vivi tat mir leid, aber ich wusste nicht, wie ich ihr von hier aus beistehen konnte.

„Wie gesagt: Ich muss nach Finnland. Sofort."

Das sah ich ein. „Natürlich. Fahr nur."

Die Klärung unserer persönlichen Angelegenheiten konnte warten.

Ich hatte wieder begonnen, meinen Karton auszupacken, und wickelte zwei auf einer Glaskugel tanzende Elfen aus ihrer Luftpolsterfolie. Schweigend sah Lenni mir dabei zu.

„Is' noch was?", fragte ich nach einer Weile. Lenni stand reglos vor meinem Kassentisch.

„Ich kann nicht nach Finnland fahren." Das war es also. Er hatte kein Geld.

Warum überraschte mich das nicht?

„Und jetzt erwartest du, dass ich dir helfe." Das war weniger Frage als eine Feststellung. Ungerührt nahm ich die nächste Elfe aus dem Karton, um sie nach Transportschäden zu untersuchen.

Eindringlich sah Lenni mich an. „Ich erwarte gar nichts. Ich bitte dich darum, mit mir zu kommen. Hast du nicht gesagt, du würdest Vivien gerne kennenlernen? Das wäre eine gute Gelegenheit, dein Vorhaben in die Tat umzusetzen."

Das sah ich grundlegend anders. „Eine Begegnung mit deiner Schwester hatte ich mir unter erfreulicheren Umständen vorgestellt."

„Das Leben ist aber kein Wunschkonzert!" Lenni bemühte sich sichtlich, seinen Unmut zu zügeln. „Vivi braucht unsere

Hilfe. Jetzt. Auf ein Eideidei-wir-haben-uns-alle-so-lieb-Treffen in drei Monaten kann sie verzichten."

Gereizt kramte ich weiter in meiner Kiste. Ich musste Zeit gewinnen, um meine Gedanken zu ordnen.

Lenni wollte eine Antwort und in mir tobte das Chaos. Heute Morgen hatte ich die Eckpfeiler unserer Beziehung neu definiert und mich darauf eingestellt, ins Gefecht zu ziehen, um für meine amour fou zu kämpfen. Auf eine Reise ins Ungewisse war ich allerdings nicht vorbereitet. Und doch musste ich mitfahren. Oder ich würde Lenni verlieren. Eine Absage würde das Ende unserer Freundschaft einläuten. Und ich würde es sogar verstehen. Denn ginge es um meine Schwester, säße ich längst im Flugzeug, um ihr zur Hilfe zu eilen. Abgesehen davon hatte auch Vivi es nicht verdient, dass wir sie im Stich ließen.

Damit war die Entscheidung gefallen.

„In Ordnung, ich werde mitkommen."

Lennis Gesichtszüge glätteten sich. „Dann sollten wir keine Zeit verlieren und in den nächsten Flieger nach Helsinki steigen."

Eilfertig kam er um den Tresen herum, um mir den Karton abzunehmen. „Lass uns den Laden abschließen und packen."

Das passte mir gar nicht.

„So schnell schießen die Preußen nicht!" Ungewollt heftig riss ich ihm das Paket aus den Händen und stellte es auf den Tisch zurück.

„Die Preußen vielleicht nicht, die Finnen schon." Verärgert stemmte Lenni die Fäuste in die Hüfte.

„Trotzdem müssen wir erst überlegen, wie wir am besten dorthin kommen. Immerhin wohnt deine Schwester nicht um die Ecke. Wie weit war es bis zu ihrer Hütte am See? Zweitausend Kilometer?"

„Auf dem Landweg sind es zweitausenddreihundert."

Eine Weltreise mit der Ostsee als Hindernis. Das Auto zu nehmen, kam also nicht infrage. Die Bahn machte vermutlich auch keinen Sinn.

„Können wir zu ihr fliegen? Ich meine – in ihre Nähe?"

Lenni zwirbelte seinen Kinnbart. „Der nächste Flughafen ist Savonlinna. Da verkehren nur in der Saison ein paar kleinere Ferienflieger. Die einfachste Lösung wäre, in die Hauptstadt zu fliegen und von dort aus mit einem Mietwagen weiterzufahren. Das sind noch dreihundertfünfzig Kilometer."

Das klang vernünftig.

„Okay, dann lass uns folgendermaßen vorgehen: Du fährst nach Hause und buchst unsere Flüge. Ich telefoniere mit Maja und bitte sie, mich in den nächsten Tagen im Geschäft zu vertreten. Da wir heute ohnehin nicht mehr nach Helsinki kommen, kann ich bis Ladenschluss hierbleiben und am Abend meinen Koffer packen."

Lenni nickte erleichtert. „Würdest du mir das Geld für den Flug vorstrecken?"

Das ließ sich wohl nicht vermeiden.

„Ja, das mache ich. Hoffen wir, dass wir so kurzfristig keine Fantasiepreise für die Tickets bezahlen müssen."

„Und der Mietwagen?", schob er vorsichtig hinterher, „wirst du den auch übernehmen?"

„Den kannst du auf meinen Namen reservieren lassen. Aber in der einfachsten Ausführung, bitte!"

Stürmisch nahm er mich in die Arme. „Du bist ein Schatz, Ella. Wirklich."

Insgeheim gab ich ihm recht und hoffte, dass er durch den Vorfall lernte, künftig die nötigen Rücklagen zu bilden, um für die Eventualitäten des Lebens gerüstet zu sein.

Gefühlvoll begann er an meinem Hals zu knabbern und ließ seine Hände über meinen Körper wandern. Leidenschaftslos erwiderte ich die Liebkosung.

„Ich seh' schon, du bist mit deinen Gedanken woanders. Dann gehe ich jetzt meine Sachen erledigen und hole dich gegen sieben hier ab."

Er drückte mich noch einmal innig und sauste los. Flugreise buchen. Koffer packen. Vivi beruhigen. Wichtig sein.

Einigermaßen groggy schlurfte ich zur Kaffeemaschine, um mir eine Tasse zu genehmigen.

Was uns in Finnland wohl erwartete? Etwas verzagt griff ich nach der Visitenkarte in meiner Hosentasche und strich sie glatt. „India Fortune", sagte ich leise, „hoffen wir, dass dich das Gespür für die Not deiner Mitmenschen diesmal getrogen hat." Leider soufflierte mir *mein* Gespür, dass diese Hoffnung vergebens war.

Der Metalldetektor am Security-Check piepste.

„Ziehen Sie ihre Stiefel aus und versuchen Sie es noch einmal", sagte der Sicherheitsbeamte. Lenni tat wie befohlen und trat ohne Motorradjacke, Nietengürtel und Buffalos zum dritten Mal durch das Tor. Wieder ertönte das akustische Signal. Der Uniformierte schüttelte den Kopf und wies auf einen abgeschirmten Bereich jenseits der Handgepäckkontrolle. „Wenn Sie sich bitte zu meinem Kollegen begeben ..."

„Leibesvisitation", kicherte ich. Lenni verdrehte die Augen und verschwand mit einem Security-Mitarbeiter in der Kabine.

Ich konnte mir vorstellen, warum der Detektor so hartnäckig anschlug: das Piercing. An einer äußerst delikaten Körperstelle. Bei der Vorstellung, wie der Kontrollbeamte guckte, wenn er auf die Ursache des Warnzeichens stieß, musste ich grinsen.

Ich warf einen Blick auf die Uhr. Noch eineinhalb Stunden bis zum Abflug.

Endlich wurde der Vorhang zurückgezogen. Mit hochrotem Kopf wetzte Lenni zum Fließband und schnappte sich seine Sachen.

Offenbar war sein metallisches Geheimnis nicht unentdeckt geblieben.

„Bevor wir zum Gate gehen, will ich noch was trinken", grollte er, „diese Sicherheitsarie nervt. Jedes Mal das gleiche Theater."

„Dann wäre es schlau gewesen, das Piercing vorher herauszunehmen – wenn du schon weißt, was passiert." Ich hatte mir meinen Rucksack umgehängt und wartete darauf, dass Lenni wieder vollständig angezogen war.

„Das geht nicht, weil es dann zuwächst."

„Aber doch nicht in ein paar Stunden!"

„Doch, weil es recht neu ist."

Aha. Immerhin hatte ich ihn mit dem Ding kennengelernt.

„Ich weiß, was du jetzt denkst: dass es mindestens vier Wochen alt sein muss. Das ist rein gar nichts bei so einer Sache. Ich habe es vor fünf Monaten stechen lassen und damit ist es noch relativ frisch."

„Hat das eigentlich wehgetan?" Das interessierte mich wirklich brennend.

„Schon", er lächelte schief, „aber was tut man nicht alles?"

„Also ich könnte wunderbar ohne das Silberteil leben."

„Meine Ex-Freundin hat das anders gesehen."

„Und wegen der hast du dir das angetan?"

„Jap."

Ich schüttelte den Kopf. „Selbst schuld!"

„Wieso? Ihr Frauen versucht doch immer, uns euren Willen aufzudrücken. Und wir geben nach und tun, was von uns verlangt wird."

„Und wenn ich möchte, dass du dir einen Ring durch die Nase ziehst, damit ich dich an einer Kette spazieren führen kann – tust du das dann auch?"

„Wenn es dich glücklich macht."

„Nein, das würde es nicht." Unvermittelt blieb ich stehen. „Mich würde etwas ganz anderes glücklich machen."

„Das da wäre?" Lenni sah mich aufmerksam an. Dutzende Menschen liefen an uns vorbei, ihrem Gate entgegen. Ein selten dämlicher Ort für eine Grundsatzdiskussion, schoss es mir durch den Kopf. Aber der Stein war am Rollen und nicht mehr aufzuhalten.

„Es geht um deinen Alkoholkonsum. Es wäre gut, du würdest ihn etwas zurückfahren."

„Das ist ein Scherz, oder?"

„Ganz und gar nicht."

„Dann soll ich deiner Meinung nach Wasser trinken, wenn ich mit meinen Kumpels unterwegs bin?", fragte er gereizt.

„Ich denke, da gibt es mehr als nur eine Alternative. Außerdem geht es nicht darum, überhaupt keinen Alkohol mehr zu trinken, sondern allein darum, die Menge in einem erträglichen Rahmen zu halten."

„Und was ein erträglicher Rahmen ist, willst du mir vermutlich vorgeben." Auf seiner Stirn braute sich ein Orkantief zusammen. Wenn ich jetzt nicht zurückruderte, hätten wir in aller Öffentlichkeit unseren ersten handfesten Krach.

Schon streiften uns, noch etwas verdeckt, ein paar neugierige Blicke aus dem gut besetzten Bistrobereich.

„Du wolltest etwas trinken. Da vorne wäre ein Tisch frei", sagte ich, um Waffenruhe bemüht. „Bis zum Einsteigen haben wir noch massig Zeit."

Ich steuerte den Platz in der Nähe der Bar an. Wortlos kam Lenni hinter mir her.

„Für mich ein Bier!", rief er dem Barkeeper zu und sah mir dabei herausfordernd in die Augen. Womit er klargestellt hatte, zu welcher Art Zugeständnis er in einer Beziehung bereit war. Intim-Piercing? Jederzeit gerne. Teilabstinenz? Niemals.

Die Deutlichkeit, mit der er mein Anliegen abschmetterte, erschreckte mich: Entweder ich fügte mich dem Status quo oder es gab ernsthaften Ärger.

Für heute entschied ich, kein Öl mehr ins Feuer zu gießen.

Um mich abzulenken, kramte ich nach meinem Personalausweis.

„Ah, da ist er ja. Besser, du legst deinen auch dazu. Wir brauchen sie gleich beim Einsteigen."

Schweigend griff Lenni nach seiner Motorradjacke und durchsuchte die Innentaschen. Dann die Außentaschen. Dann seine Geldbörse. Dann wieder die Innentaschen.

„Kann es sein, dass mein Perso bei dir im Rucksack ist?" Nervös stand er auf und tastete seine Hosentaschen ab.

„Sicher nicht." Ich war noch reichlich verschnupft wegen der Alkoholsache und dachte gar nicht daran, ihn bei seiner Suche zu unterstützen.

„Aber zu Hause hatte ich ihn doch noch!" Langsam kam Panik in seine Stimme. Geschah ihm ganz recht.

Ungerührt sah ich ihm dabei zu, wie er zum dritten Mal seine Jacke filzte.

„Wo hast du ihn denn das letzte Mal gesehen?"

„Das war ... bei mir auf dem Küchentisch. Ich hab' meine Taschen geleert, um nur das Nötigste mit nach Finnland zu nehmen." Seine Augen weiteten sich vor Schreck. „Dann hat mein Handy geklingelt und ich bin los, ohne noch einmal in die Küche zu gehen. Oh nein ..."

„Das heißt, der Ausweis liegt noch immer auf deinem Tisch."

Oops. Das war nicht gut.

„Verdammter Mist! Was machen wir jetzt?"

„Hm. Zurückfahren und ihn holen geht nicht, dafür ist es zu spät."

Verzweifelt raufte Lenni sich die Haare. „Den Flieger können wir vergessen. Arme Vivi!"

Wäre es nach mir gegangen, hätte ich die Reise abgesagt. Aber um mich ging es hier nicht. „Wir kommen in einer Stunde nicht nach Haar und wieder zurück. Das ist klar." Lenni nickte trübsinnig.

„Gibt es jemanden, der einen Schlüssel für deine Wohnung hat?"

Seine Miene hellte sich auf. „Ja, natürlich! Mein Nachbar, der Alfons ..."

Eindringlich sah ich ihn an. „Siehst du eine Chance, ihn zu erreichen?"

Schon griff er nach seinem Handy. „Versuchen wir's. Er ist in Rente."

„Hat er ein Auto?" Ich konnte hören, wie das Freizeichen ertönte.

Lenni nickte.

„Leitner", drang es verschwommen an mein Ohr.

„Alf! Wie gut, dass du da bist ..." Aufgeregt schilderte Lenni seine Not.

Der rüstige Rentner hatte schnell begriffen, flitzte zum Schlüsselbord und setzte zu seinem Wettlauf gegen die Zeit an.

„Wir müssen zurück zur Sicherheitskontrolle und jemanden vom Bodenpersonal bitten, den Ausweis am Check-in entgegenzunehmen." Ich erhob mich.

„Ich mach das. Warte hier auf mich!" Noch während er das sagte, rannte er los.

„Was für ein Zirkus", seufzte ich und blickte ihm nach.

Als er um die Ecke gebogen und außer Sichtweite war, ließ ich mich auf den unbequemen Stuhl zurücksinken und zog mein Buch aus dem Rucksack.

In die Geheimnisse der Rhonda Byrne vergraben, flossen die Minuten dahin.

Als ich aufsah, um einen Blick auf die Zeitanzeige vor Gate 23 zu werfen, erschrak ich: Seit Lennis Abgang war genau eine Stunde vergangen. Schon leierte der erste Aufruf des Helsinki-Fluges durch den Wartebereich. Unruhig sah ich mich um. Geschäftiges Treiben allerorten. Zeitungen wurden zusammengefaltet und in Notebooktaschen versenkt, Smartphones ausgeschaltet, Taschen geschultert.

Schon begann sich eine Schlange vor dem Eingangsbereich der Fluggastbrücke zu bilden.

„Er schafft's nicht", sagte ich leise und machte mich ebenfalls daran, meine Sachen zu verstauen. Zögernd verließ ich den Bistrobereich und ging langsam in Richtung der Security-Zone.

Kein Lenni weit und breit.

Ich blickte zurück und sah, dass die Schlange am Gate kleiner wurde. Nervös trat ich von einen Fuß auf den anderen. Sollte ich allein nach Helsinki fliegen?

Noch fünf Leute ... drei ... zwei ... einer. Ende.

Gleich würde der persönliche Aufruf folgen. Schließlich hatten wir unsere Koffer aufgegeben und waren offiziell eingecheckt.

Wenn ich Lenni erreichte und er mir sagte, dass er auf dem Weg sei, konnte ich sie vielleicht hinhalten ... Hektisch kramte ich nach meinem Handy und wählte seine Nummer.

„The Person you've called is temporarily not available ..."

Ich verfluchte die Blechstimme und ging, ohne einen wirklichen Plan, zum Gate. Die beiden Damen des Bodenpersonals waren dazu übergegangen, ihre Fluggastlisten abzustimmen. Schon griff eine der beiden zum Mikrofon.

„Herr Peter Althoff, letzter Aufruf für Ihren Flug nach Helsinki. Herr Peter Althoff, bitte kommen Sie zu Gate Nummer 23!" Und das Ganze noch einmal auf Englisch. Inzwischen hatte ich den Schalter erreicht.

„Mariella Ewald, wir sind eingecheckt, aber mein Freund ...", begann ich etwas kurzatmig und warf einen Blick über die Schulter, „ah, da kommt er ja!" Strahlend beendete ich den Satz und reichte der hübschen Uniformierten meine Bordkarte.

„Frau Mariella Ewald und Herr Lenni Pokalainen: Letzter Aufruf für Ihren Flug nach Helsinki ..." schnarrte Uniformträgerin Nummer zwei gerade.

Keuchend warf Lenni seine Bordkarte samt Personalausweis auf den Tresen.

„'tschuldigung!"

Die Bodenstewardess nickte säuerlich. „Bitte beeilen Sie sich, Ihre Sitzplätze einzunehmen!"

Und wie wir uns beeilten. Ab durch die Mitte, dem Airbus entgegen.

„Mister Peter Althoff – this is your last call ...", hörte ich noch, bevor ich meinen Fuß, ziemlich erleichtert, in den Flieger setzte.

*

Wie hatte er sich bloß darauf einlassen können, mit Jule zusammenzuziehen? Oder besser gesagt: Welcher Wahnsinn hatte ihn geritten, seine heiligen Hallen für den epilierten Engel mit überdimensioniertem Schminkkoffer zu öffnen?

Die Frage stellte er sich regelmäßig, seit das sächsische Fotomodell in ihrem Mini Cooper durch seine Auffahrt gebraust war, dass die Kieselsteine in die Petunien spritzten.

Im Grunde wusste er genau, wie sich das Biest in seine Welt gemogelt hatte: Nach einer lauschigen Frühlingsnacht voll erbaulicher Wasserspiele im Wellnessbereich der Villa Kennedy hatte sie ihm ins Ohr geflüstert, dass sie demnächst bei dem Unterwäschehersteller Triumph unter Vertrag stehen würde. Mit Arbeitsplatz München versteht sich.

Im Rausche des Augenblicks hatte er sich dazu hinreißen lassen, ihr ein Quartier anzubieten. Inklusive Aufenthalt in seinem Indoor-Pool. Was durchaus Vorteile hatte, da sie so weiter der Freude spendenden Wassergymnastik frönen konnten.

Dass Jule seinen schwachen Moment zum Anlass nehmen würde, das Grünwalder Domizil zu ihrem Erstwohnsitz zu erklären, darauf wäre er im Traum nicht gekommen. Tatenlos hatte er zugesehen, wie sie die Villa in Beschlag nahm und als ihr neues Zuhause deklarierte.

Das war knapp vier Monate her und langsam gewöhnte er sich daran, über sein Reich nicht mehr alleine zu herrschen. Ja, bisweilen genoss er es sogar, nach seinem Zug durch diverse Hotel-Corinna-und-sonstwie-Betten unter die heimische, neuerdings vorgewärmte Decke zu kriechen.

Wenn Jule nur nicht dauernd versuchen würde, ihn an ihren Rockzipfel zu ketten! Und immer dieses Gejammer, wenn er auf Reisen ging … Dabei konnte sie sich doch vorstellen, dass ihr üppiger Lebensstil irgendwie verdient werden musste!

Auch diesmal standen die Zeichen auf Sturm, als die Sprache auf seinen bevorstehenden Aufbruch kam.

„Du bist doch gerade erst angekommen", jammerte sie, als sie gemeinsam am Frühstückstisch unter der großen grün-weiß gestreiften Markise saßen.

Die strahlende Herbstsonne hatte den verschwenderisch blühenden Alabaster-Rosen in Althoffs parkähnlicher Gartenanlage die Kraft für eine letzte, perfekte Inszenierung geliefert.

„Das war vor einer Woche." Er blickte von seiner Tageszeitung auf.

„Aber du hast doch gesagt, dass du erst einmal hierbleibst." Verdrossen nippte sie an ihrem Kaffee. Das Croissant, das Althoff ihr auf den Teller gelegt hatte, war unberührt. Ihr Taillenumfang erlaubte kein Gebäck. Auch nicht zum Frühstück. Mitleidig musterte er die hagere Gestalt, die ihm gegenübersaß. Das Modelgeschäft war gnadenlos. Kein Wunder, dass Jule oft missmutig war.

„Hase, du weißt doch, dass ich arbeiten muss." Milde lächelte er sie an.

„Nenn mich nicht Hase!"

„In Ordnung. Dann eben: Schatz, du weißt doch, dass ich arbeiten muss."

„Und warum kannst du das nicht wie Millionen andere Männer im Büro tun und abends zu mir nach Hause kommen?" Die ständige Diskussion um seinen Arbeitsrhythmus ermüdete ihn.

„Weil ich nun einmal nicht der Nine-to-five-Typ bin. Das hast du gewusst, als du mit deinem Köfferchen durch meine Haustür gestürmt bist." Seine Stimmlage hatte sich um einige Nuancen verschärft.

Jule registrierte es und sackte in sich zusammen. „Und wann kann ich wieder mit deiner Anwesenheit rechnen?", fragte sie bang.

Die Antwort kam prompt. „Freitag in einer Woche."

Sie schnappte nach Luft. „So lange bleibst du in Finnland?"

„Nein, in Helsinki habe ich nur bis Samstag zu tun. Danach fliege ich nach Wien wegen des Bockenheim Centers und zuletzt geht es weiter nach Frankreich. Du weißt doch, dass ich in der Dordogne ein Hotel baue. Da muss ich dringend nach dem Rechten sehen."

Unglücklich starrte Jule in die herrlichen Ahornbäume jenseits der großen Terrasse. Was nützte all die Pracht, wenn niemand da war, um sie zu genießen? Alleine fühlte sie sich in den Weiten der Anlage unendlich verloren. Da half es auch nichts, dass einmal am Tag die Zugehfrau kam, um Ordnung zu schaffen. Wo doch gar nichts in Unordnung war.

Plötzlich hatte sie eine Idee.

„Was hältst du davon, wenn ich dich nach Frankreich begleite? Dienstag habe ich ein Shooting für Sloggy, danach bin ich frei. Bis", sie dachte angestrengt nach, „Mitte des Monats."

Davon hielt Althoff, mit Verlaub, gar nichts. Schließlich war sein Hauptgrund, nach Frankreich zu fahren, nicht der Bau des Hotels – der lief dank des Einsatzes seines sehr fähigen Architekten auch ohne ihn wie geschmiert –, sondern Sandrines Geburtstag. Die Französin würde sich kaum über ihre Nebenbuhlerin als Mitbringsel freuen.

„Schatz, äh – lass uns das lieber verschieben. Ich habe x geschäftliche Termine, die mich total in Beschlag nehmen." Und einige weit wichtigere Verabredungen in Sandrines nach Lavendel duftender Bettwäsche. „Da würdest du dich nur langweilen." Und meine Kreise empfindlich stören, dachte er.

„Aber das macht mir nichts aus. Ehrlich! Ich könnte im Hotel auf dich warten und mir die Stadt ansehen ..." Jule wollte einfach nicht locker lassen. Er würde stärkere Geschütze auffahren müssen.

„Ja, Himmeldonnerwetter, verstehst du denn nicht, dass ich dich auf meiner Geschäftsreise nicht gebrauchen kann?", polterte er. „Da bin ich von morgens bis abends durchgetaktet. Und das Letzte, das ich mir wünsche, ist eine Freundin, die mir tagsüber damit in den Ohren liegt, shoppen zu wollen, um mich am Abend mit einem Candle-Light-Dinner in der Moulin de l'Abbaye zu überraschen!"

Jules Augen füllten sich mit Tränen.

„Dann bleibe ich eben hier und warte darauf, dass du zurückkommst."

Er stand auf und umrundete den verschwenderisch gedeckten Tisch.

„Gutes Mädchen!" Liebevoll hob er ihr Kinn an und blickte ihr in die Augen. „Weißt du, was wir tun werden? Wenn ich zurück bin, fahren wir für ein paar Tage ins Wallis. Wir zwei, ganz allein, in eine romantische Berghütte." Was mit Corinna in einem physischen Super-GAU endete, konnte mit Jule schließlich ganz nett sein. „Na, was meinst du?"

Tapfer versuchte sie, die in ihren Augenwinkeln glitzernden Tränen fortzulächeln. „Klingt toll", bekräftigte sie. „Ich wollte schon immer mal nach Österreich fahren."

Althoff seufzte. „Dann wollen wir hoffen, dass sich deine Begeisterung auch auf die Schweiz erstreckt." Damit war die Diskussion beendet.

Mit einem Ruck hob er das Fliegengewicht aus seinem Lehnstuhl und trug es auf direktem Wege ins Schlafzimmer.

Routiniert packte Althoff seinen Koffer. Jule hatte sich wieder beruhigt und seine Vorfreude, Birte am Abend zu treffen, war riesig.

Ein fröhliches Liedchen auf den Lippen drückte er seinen Kulturbeutel in die dafür geschaffene Kuhle: quer über den Schlafanzug neben die akkurat gefalteten Oberhemden. Die Außenränder polsterte er mit einem halben Dutzend schwarzer Socken, über allem thronte die frisch gereinigte Anzughose. Das dazu passende Jackett würde er anziehen.

Aus der Ferne konnte er hören, wie Jule in den Tiefen der Küche hantierte.

„Schatz, kannst du mir ein Taxi bestellen?", rief er nach unten und verschwand im Bad, um sich zu rasieren.

„Hä?" Das Geschirrgeklapper brach ab. Offensichtlich räumte Jule die Spülmaschine aus.

„Ein Taxi!", rief er etwas lauter, „ich brauche einen Transfer zum Flughafen. Jetzt gleich." Damit schloss er die Tür und seifte sich das Gesicht ein.

Zehn Minuten später stand er, geschniegelt und gestriegelt, mit seinem Samsonite in der Hand in der Küchentür. Jule säuberte gerade den Herd von den Überresten ihrer abendlichen Kochorgie. Tagliatelle al limone. Hatte nicht schlecht geschmeckt.

„Lass das Frau Wanninger machen! Dafür wird sie schließlich bezahlt. Ist das Taxi schon da?" Althoff warf einen Blick auf die Uhr. Höchste Zeit aufzubrechen.

Verdattert hielt Jule inne. „Was denn für ein Taxi?"

„Das habe ich dir doch aus dem Bad zugerufen!"

„Ich habe nicht verstanden, was du von mir wolltest."

„Und warum fragst du dann nicht nach?" Jule konnte einen in ihrer saftlosen Art wirklich um den Verstand bringen. Mühsam schluckte Althoff die Zurechtweisung, die ihm auf der Zunge lag, herunter. Eine ausgedehnte Debatte war das Letzte, was er jetzt gebrauchen konnte.

„Da wir offensichtlich keinen Chauffeur haben, wirst du mich ins Erdinger Moos bringen müssen."

„Aber ich wollte mich um zwölf mit Claudia treffen", meuterte sie.

„Dann wirst du das halt verschieben."

Jule pfefferte ihren Putzlappen in die Spüle und drückte sich an ihm vorbei. Leise schimpfend schnappte sie sich eine Jacke aus dem Garderobenschrank und baute sich vor ihm auf.

„Also gut: Gehen wir! Aber wir nehmen den Mini. Dein komisches Auto rühr' ich nicht an." Amüsiert zog er die Augenbrauen hoch.

„Na Hauptsache, du kommst in die Gänge. Ich muss in vierzig Minuten am Check-in sein."

Eilig verließen sie das Haus. Sekunden später hatte Althoff seinen Koffer und sich selbst in Jules Kleinwagen platziert.

„Los jetzt!"

„Immer mit der Ruhe." Umständlich machte sie es sich hinter dem Steuer bequem und schnallte sich an. Gefühlvoll drehte sie den Zündschlüssel um.

Ein widerwilliges Orgeln ertönte.

Beunruhigt wiederholte sie die Prozedur. Der Motor rumorte, dachte aber im Traum nicht daran, anzuspringen. Genervt schnellte Althoff aus dem Auto.

„Wir nehmen den Porsche. Keine Widerrede!" Raus mit dem Koffer, rein in den Carrera. Wie ein Schaf zur Schlachtbank kam Jule in die Garage geschlichen.

„Ich kann die blöde Karre nicht fahren", klagte sie.

„Das weißt du doch gar nicht. Bisher hast du es ja nie versucht." Althoff zog seinen Schlüssel aus der Tasche und reichte ihn ihr. „Auf geht's zur Probefahrt!"

Jule rührte sich nicht. „Fahr du zum Flughafen. Ich kriege die Kiste schon irgendwie wieder nach Hause."

„Das halte ich für keine gute Idee! Auf der Hinfahrt könnte ich dir nämlich ein paar wertvolle Tipps geben ..."

„Das kannst du auch, wenn ich neben dir sitze und zugucke. Wenn wir allerdings weiter hier herumstehen und quatschen, brauchen wir überhaupt nicht mehr fahren. Das wäre mir persönlich ohnehin am liebsten", bemerkte sie trocken und öffnete die Beifahrertür.

Althoff gab nach. Jule hatte recht: Entweder sie fuhren jetzt los oder er konnte sich sein Date mit Birte an den Hut stecken. Fünfundzwanzig Minuten später jagten sie in den Abflugbereich des Münchener Flughafens. Mit einer Vollbremsung brachte Althoff den Porsche zum Stehen. Zufrieden stellte er fest, dass noch genug Zeit blieb, um Jule die wichtigsten Funktionalitäten des Sportwagens zu erklären.

Etwas unsicher folgte sie seinen knapp gehaltenen Anweisungen.

„Also, Schatz – ich bin sicher, du packst das", sagte er zum Abschluss und drückte ihr den Zündschlüssel in die Hand. „In ein paar Tagen bin ich wieder bei dir. Genieß den Tag mit Claudia. Und lass die Kreditkarte anständig glühen!"

Eilends zerrte er seinen Koffer an der Rücklehne des Vordersitzes vorbei und gab ihr einen Abschiedskuss. Ehe Jule sich's versah, war Althoff im Gewühl der Abfertigungshalle verschwunden.

Das Gepäck war aufgegeben, die Security-Zone passiert. Jetzt konnte er zollfrei und in aller Ruhe nach einem Duft für Birte stöbern. Er testete hier, er schnüffelte da, um schließlich bei *Must de Cartier* zu enden.

„Wat mutt dat mutt", murmelte er und reihte sich in die Warteschlange an der Kasse ein. Da klingelte sein Handy.

„Herr Althoff?", fragte eine ihm unbekannte Stimme.

„Der bin ich." Gleichmütig beobachtete er, wie die Kassiererin mit einer Plastikkarte kämpfte, die offensichtlich nicht funktionierte.

„Ich muss Ihnen leider mitteilen, dass Ihre Freundin einen Unfall hatte." Althoff starrte auf das Szenario am anderen Ende der Schlange. Die Kassiererin stritt sich inzwischen erbittert mit ihrem Kunden, der einfach nicht einsehen wollte, dass er die Marlboro-Stangen zurücklassen musste, weil sein Zahlungsmittel defekt war.

„Herr Althoff? Haben Sie mich verstanden?"

„Ja." Jule sollte verunglückt sein. Was aber nicht stimmen konnte, da sie eben noch neben ihm gestanden hatte. Bevor sie in den Porsche gestiegen und nach Hause gefahren war.

Der Porsche. Oh Gott …

„Frau Weigand hat bei der Auffahrt auf die A99 die Kontrolle über ihren Wagen verloren." Das ist nicht ihr Wagen, sondern meiner, dachte Althoff dumpf.

„Dabei hat sie einen Lkw touchiert und ist von der Straße abgekommen." Die Stimme machte eine Pause, um dem Rezipienten eine Möglichkeit zu geben, die Informationen zu verarbeiten.

„Ist Jule … ich meine … ist Frau Weigand … schwer verletzt?", presste er mühsam hervor.

„Ihrer Freundin geht es den Umständen entsprechend gut. Ein paar Schürfwunden, möglicherweise ein Schleudertrauma. Das wäre medizinisch noch abzuklären. Nichts Gravierendes, soweit der Notarzt feststellen konnte. Wir haben sie ins Klinikum rechts der Isar zur Beobachtung geschickt. Dort können Sie sie später abholen. Frau Weigand steht unter Schock und darf keinesfalls alleine nach Hause zurückkehren."

Althoff atmete auf. „Und der Porsche?" Nachdem Jule so weit in Ordnung war, sollte die Frage erlaubt sein.

„Totalschaden. Der ist auf dem Weg in eine Freisinger Werkstatt, um dort auf den Gutachter zu warten." Der Neunelfer kaputt, sein Schäferstündchen mit Birte geplatzt, Jule hysterisch auf der Krankenstation. Der Tag stand wahrhaft unter keinem guten Stern.

„Lassen Sie meiner Freundin ausrichten, dass ich auf dem Weg in die Klinik bin." Damit beendete Althoff das Gespräch, stellte den Flakon ins Regal zurück und verließ den Laden. Anstatt, wie geplant, zu Gate 23 weiterzuziehen, strebte er dem Ausgang entgegen.

Die Frau mit den auffälligen roten Haaren, die nervös in ihren Turnschuhen auf- und abwippte und dabei wie zufällig in seine Richtung blickte, bemerkte er nicht.

Als der letzte Aufruf seines Fluges nach Helsinki erfolgte, saß er bereits im Taxi.

9

Am frühen Abend erreichten wir Savonlinna.

Nach dem etwas holprigen Reiseauftakt war alles wie am Schnürchen gelaufen: der Flug ohne Turbulenzen, Helsinki sonnig und warm, der Mietwagen klein, aber fein, das Navi funktionsfähig, der Verkehr erträglich.

Irgendwann war mir eingefallen, dass Vivien seit Jahren in Finnland lebte und die Verständigung womöglich schwierig werden könnte.

„Mach dir deswegen keine Sorgen", hatte Lenni meine Bedenken zerstreut, „meine Schwester ist ein Sprachgenie. Sie übersetzt dir alles: Französisch in Englisch, Englisch in Deutsch, Deutsch in Französisch. Wahlweise hat sie noch Spanisch, Suomi und Schwedisch im Angebot." Angesichts dieser geballten Intelligenz hatte ich mich ganz klein gefühlt. Meine Fremdsprachenkenntnisse erstreckten sich von merci und bon appétit über ein paar Brocken Thai bis in die Tiefen der englischen Speisekarte.

Nach diesem kurzen Austausch schien Lenni sich krampfhaft auf die Straße zu konzentrieren. Auch mir hing unsere Auseinandersetzung über seinen Alkoholkonsum nach. In Finnland hatten wir eine Mission zu erfüllen, aber sobald wir zu Hause waren, würden wir die Sache angehen müssen. Und Tacheles reden.

Kein Bierverzicht, keine Ella.

Das war die Devise. Ob es ihm gefiel oder nicht.

Tief in Gedanken versunken, schwiegen wir uns zwei weitere endlose Stunden an.

„Pikkuveli – kleiner Bruder!", rief es uns vom Eingang des Blockhauses entgegen. „Nur weil sie fünf Minuten älter ist", knurrte Lenni und schlug die Autotür zu. Mit ausgebreiteten Armen ging er der kleinen Person entgegen. „Schwesterchen!" Gerührt beobachtete ich die Begrüßungsszene. Vivi machte auf mich nicht den Eindruck der weltentrückten Einsiedlerin. Ihre schulterlangen aschblonden Haare umschmeichelten ein hübsches, stupsnasiges Gesicht. Zwei fröhliche Braunaugen lächelten mir offen zu, als sie den Bruder umarmte. Geblümte Leggins betonten ihre filigrane Gestalt, eine Tunika-Bluse aus transparentem Organza vollendete den atemberaubenden Anblick. Keine Frage: Die Halbfinnin war eine Schönheit, höchstens einen Meter sechzig groß, in sich perfekt proportioniert. Ich musste an Lennis Worte über ihre Vorliebe für das Fantastische denken und unvermittelt kamen mir Tolkiens anmutige Waldelben in den Sinn. Trotz dieser grazilen Erhabenheit war Vivien unglaublich sympathisch. Vom ersten Augenblick an hatte ich sie in mein Herz geschlossen.

„Dann bist du die sagenhafte Mariella", wandte sie sich an mich, „wir werden uns sicher verstehen!" Fröhlich nahm sie meine Hände in die ihren und zwinkerte mir zu. „Ich hoffe, ihr habt anständig Hunger! Ich habe Nudelauflauf und Apple Pie als Dessert vorbereitet."

Bereitwillig ging ich auf ihren Plauderton ein. „Ich könnte einen ganzen Apfelbaum vertilgen. Seit unserem Frühstück in München haben wir nichts mehr gegessen."

„Dann würde ich vorschlagen, dass ich mich sofort darum kümmere, und ihr die Gelegenheit nutzt, euch frisch zu machen. Lenni kennt sich ja aus. Ich habe die Couch im Gästezimmer für euch bezogen." Mit einem freundlichen Nicken schob sie mich ins Haus, um im Zwielicht ihrer geräumigen Küche zu verschwinden.

Neugierig blickte ich mich um. Im Eingangsbereich der dämmrigen Diele nahm ich als Erstes eine Milchkanne mit getrockneten Disteln wahr. Mindestens fünf Paar Schuhe lagen wild durcheinandergewürfelt vor einer antiken Holztruhe, auf der sich ein Sammelsurium aus Schlüsseln, Geldmünzen und achtlos hingeworfenen Briefen befand. Wie Leuchttürme ragten zwei hübsche Petroleumlampen aus dem Chaos.

Lenni war nirgends zu sehen. Zögerlich ging ich weiter in das kleine, quadratische Wohnzimmer.

Auch hier herrschte ein gepflegtes Durcheinander: Neben einer Couch, die ganz von einer Patchworkdecke verhüllt war, stand eine Klappbox mit frisch gewaschener Wäsche, auf der eine riesige rot getigerte Katze schlummerte.

„Hallo Garfield", begrüßte ich das Fellknäuel freundlich. Keine Reaktion.

Da meine Ankunft in kätzischen Augen keine Beachtung verdiente, wandte ich mich direkt dem prall gefüllten Bücherregal zu. Es erstreckte sich über zwei Wände vom Boden bis zur Decke und enthielt Unmengen an Lexika, Folianten, Ratgebern, Bildbänden und Taschenbüchern.

„Das müssen Hunderte sein", murmelte ich und versuchte, ein paar Buchrücken zu entziffern. Balzacs *Père Goriot* stand dort, Poes *Untergang des Hauses Usher*, Ciceros *de Oratore*. In Lennis Appartement hatte ich nur eine Auswahl an Comics gefunden, darüber hinaus schien er für das geschriebene Wort wenig übrig zu haben.

Wie unterschiedlich diese Zwillinge sind, dachte ich. Auch optisch hatten die beiden nicht viel gemein: er blass und schlaksig, die Nase zu lang, die Stirn etwas hoch, sie das genaue Gegenteil. Nur die Augenfarbe schien sie zu verbinden.

Ich schritt das Regal entlang und stieß an seinem Ende auf Katze Nummer zwei. Eingerollt auf der Fensterbank. Schneeweiß und mindestens ebenso dick wie ihr gestromtes Pendant.

Auch sie rührte sich nicht und ich setzte meine Entdeckungsreise fort. Auf einem Beistelltisch neben dem Fenster standen mehrere bunte Teelichthalter, daneben lagen aufgestapelt weitere Bücher. *Erlebnisse mit Elfen und Zwergen, Der Schatten des Windes* und *Die Kunst des klugen Handelns* las ich im Vorübergehen. Mit jedem Detail kam ich Vivi ein Stückchen näher. Was für eine interessante Frau! War es möglich, dass das Schicksal mich nur deshalb auf Lenni gestoßen hatte, damit ich ihre Bekanntschaft machte? Möglich wäre es ...

Ohne wirklich überrascht zu sein, stellte ich fest, dass wir dieselbe Vorliebe für Sitzkissen und niedrige Esstische teilten. Gedankenverloren ließ ich mich auf einem der Kissen nieder und betrachtete das Stillleben ringsum. Erstaunlicherweise fühlte ich mich pudelwohl: In einem Land, das mir völlig fremd war, sitzend in dieser Hütte, die ein verrückter Nachbar bedrohte, als Gast einer Frau, die ich noch nie im Leben gesehen hatte und der ich mich trotzdem verbunden fühlte.

Kurz fragte ich mich, wie Lenni in dieses Bild passte, und ich musste zugeben – gar nicht. Aber mit ihm würde ich mich an anderer Stelle befassen. Heute war Vivien an der Reihe. Und sie verdiente meine ganze Aufmerksamkeit.

„Willst du mir helfen, den Tisch zu decken?", rief sie gerade.

Rasch erhob ich mich und ging in die Küche. „Den Glastisch im Wohnzimmer?"

Sie nickte.

„Die Teller ...?"

„Sind da drüben im Schrank." Sie deutete auf das robuste Buffet, das wie eine stämmige Scharteke die Küche beherrschte.

Ich öffnete die geschnitzten Türen und entnahm drei Keramikteller. Unwillkürlich musste ich grinsen. Ikea. Ich hatte dasselbe solide Geschirr im Schrank.

„Hast du Lenni gesehen?"

„Der ist draußen und läuft die Grenzen des Grundstücks ab. Er will sich ein Bild der Lage machen." Forschend sah sie mir in die Augen. „Ich hoffe, du weißt, worauf du dich eingelassen hast."

„Hm", antwortete ich vage und fragte mich, ob sich ihre Hoffnung auf meine Beziehung zu ihrem Bruder oder auf unser Eingreifen in ihren Nachbarschaftsstreit bezog. Bevor ich der Sache auf den Grund gehen konnte, tauchte Lenni im Türrahmen auf.

„Wann gibt's was zu essen?"

„Jetzt gleich", sagte Vivi, „Ella deckt schon den Tisch."

„Dann geh' ich mal kurz ins Bad." So unkultiviert er in seiner Rockerkluft wirkte, auf eines verzichtete Lenni niemals: das Händewaschen vor dem Essen. Schnell waren Teller, Besteck, Servietten und das überbackene Nudelgericht aufgetragen.

„Ist das Bier kaltgestellt?", erkundigte sich Lenni, der nach seiner Badezimmervisite plötzlich neben mir stand.

„Klar, Brüderchen. Guck in den Kühlschrank. Dort findest du reichlich. Bring mir auch eine Flasche mit!" Vivi ließ sich auf eines der Sitzkissen fallen und warf mir einen fragenden Blick zu. Unschlüssig blieb ich im Raum stehen.

„Und für dich, Ella? Auch ein Bier? Setz' dich doch ..."

„Lieber Wasser", entgegnete ich und hockte mich neben sie an den Glastisch.

„Jetzt weiß ich, was fehlt", sagte sie und rief laut Richtung Küche: „Bring eine Karaffe mit Wasser und Gläser mit!"

„Bin ich ein Muli oder was?", maulte Lenni, stellte drei geöffnete Bierflaschen auf den Tisch und trottete folgsam noch einmal in die Küche, um die Karaffe und Gläser zu holen.

„Braver Junge", grinste Vivi und nahm einen kräftigen Schluck aus der Flasche. „Lebst du immer so abstinent?" Genüsslich leckte sie sich den Schaum von der Lippe.

„Meistens", murmelte ich.

„Immer!", schnaubte es in meinem Rücken. Demonstrativ schob Lenni das Wasserglas neben meinen Teller. Ich verzichtete auf ein Dementi.

„Hast du draußen etwas Verdächtiges bemerkt?", fragte ich stattdessen.

„Alles friedlich. Ich habe das verlotterte Holzhaus aus der Ferne beobachtet, aber keine Seele gesehen. Weder Mensch noch Tier."

Vivien war gerade dabei, Berge von Nudeln auf unsere Teller zu häufen, und hielt in ihrer Verteilaktion inne. „Da wirst du auch niemanden sehen. Ich habe den Kerl bis heute nicht zu Gesicht bekommen und keine Ahnung, wie er aussieht."

Lenni wiegte den Kopf. „Das ist ja merkwürdig! Wann ist er denn in die Bruchbude gezogen?"

„Das heißt, du würdest ihn nicht einmal erkennen, wenn du beim Einkaufen neben ihm an der Kasse stehst?", warf ich ein. Vivi reichte mir meinen Teller. „Das würde ich tatsächlich nicht." An ihren Bruder gewandt ergänzte sie: „Eingezogen ist er vor etwa vier Wochen."

„Und dann haben die Schikanen direkt begonnen?" Heißhungrig spießte ich ein paar Nudeln auf meine Gabel.

„Fast. Etwa zwei Wochen, nachdem ich bemerkte, dass Rauch aus dem Kamin aufsteigt, habe ich die Nägel in meiner Einfahrt gefunden."

„Kommt vielleicht auch jemand anders infrage, der sie dort abgeladen haben könnte?" Lenni hatte die erste Flasche Bier in zwei Zügen geleert. Voll Unbehagen registrierte ich, dass er bereits nach der nächsten griff.

Vivi schüttelte den Kopf. „Der nächste Nachbar ist meilenweit weg. Glaubst du im Ernst, dass jemand aus der Stadt so weit rausfährt, um seine Nägel zu entsorgen?"

„Wir müssen alles in Betracht ziehen." Im gleichen Tempo wie vorher das Bier wurden die Nudeln nun einverleibt. Ich versuchte, nicht hinzusehen. Beim Essen zeigt sich der Stand einer Beziehung, hatte Linda einmal gesagt. Wenn du an den Essmanieren deines Partners Anstoß zu nehmen beginnst, ist das der Anfang vom Ende ...

Ich zwang mich, meine Gedanken wieder auf das eigentliche Problem zu richten.

„Der Typ in der Hütte – hat den *irgendjemand* schon einmal gesehen?"

Vivi verneinte.

„Sehr seltsam, findet ihr nicht?" Ich ließ meine Blicke zwischen Vivien und Lenni hin und her schweifen.

„Fassen wir also zusammen", resümierte Lenni, „vor vier Wochen ist in den Bretterverschlag nebenan jemand eingezogen. Vermutlich ein Mann. Das wissen wir nur, weil bisweilen so etwas wie Rauch aufsteigt. Wir wissen nicht, ob dieser Mensch dir Nägel in die Auffahrt gelegt hat."

„Wissen wir, ob ihm die Hütte gehört?", fragte ich.

Vivi zuckte die Achseln. „Die Leute sagen es jedenfalls."

„Was genau sagen die Leute denn?"

„Dass das Grundstück im Wald, auf dem die Holzhütte steht, an einen Fremden verkauft wurde."

„Von wem?" Die zweite Flasche Bier näherte sich ihrem Ende und Lenni ging in die Küche, um Nachschub zu holen.

„Von irgendeiner Frau, die in Oulu lebt und selbst noch nicht hier gewesen ist. Sie hatte das Land vor einigen Jahren von einer entfernten Verwandten geerbt."

„Wir könnten versuchen, auf dem Grundbuchamt Näheres über den Eigentümer zu erfahren", schlug ich vor.

„Und was haben wir davon?", hielt Lenni dagegen, „dass wir den Verrückten mit Namen anreden können?"

„Das mit den Nägeln war nicht der einzige Vorfall", wandte sich Vivi an ihren Bruder, „schließlich hat er Tallulah auf dem Gewissen."

„Was wir aber auch nicht beweisen können", konterte er spitz.

Eine Weile herrschte Stille, dann meldete Lenni sich wieder zu Wort. „Wie war das eigentlich mit den Schüssen?"

Vivi kratzte die letzten Nudeln von ihrem Teller und nahm einen kräftigen Schluck aus der Flasche. „Als ich Talli im Wald liegen sah, war mir sofort klar, dass sie vergiftet wurde. Und wer konnte das getan haben außer dem Spinner nebenan?"

„Wäre es nicht möglich, dass sie draußen verdorbenes Fleisch gegessen hat?" Ich war kein Experte in Hundefragen, fand aber, dass in Bezug auf den toten Husky noch einiges ungeklärt war.

„Hunde essen Aas, so verdorben kann das gar nicht gewesen sein", belehrte mich Lenni. „Außerdem war Tallulah ein ausgesprochen großes und kräftiges Tier. Den Kadaver möchte ich sehen, der ihr den Garaus gemacht hätte!"

„Hast du sie von einem Tierarzt untersuchen lassen?", fragte ich Vivi. Überraschenderweise schüttelte sie den Kopf.

„Woher kannst du dann wissen, dass sie vergiftet wurde?"

„Weil ein fünfjähriger, kerngesunder Hund nicht einfach durch den Wald läuft und umfällt", sagte Lenni abfällig.

Beleidigt schluckte ich meine nächste Frage nach der Krankengeschichte des Tieres herunter. Sollten die beiden ihr Rätsel doch selber lösen, wenn jeder Klärungsversuch meinerseits mit einer blöden Bemerkung abgeschmettert wurde.

„Zurück zu den Schüssen ..." Lenni schien mein gekränktes Schweigen nicht zu bemerken.

Vivi räusperte sich. „Als ich dieses wunderbare Tier tot auf dem Waldboden sah, sind mir sämtliche Sicherungen durchgebrannt. Ich habe mir das Pfefferspray geschnappt und bin laut schreiend den Pfad zur Holzhütte hochgerannt. Erst habe ich gedacht, dass keiner zu Hause ist ... Dann sind mir plötzlich die Kugeln um die Ohren geflogen."

„Woraufhin du dich umgedreht und Fersengeld gegeben hast", ergänzte Lenni und löschte seine auflodernde Wut mit einem großen Schluck Bier.

„Stand ein Auto vor dem Haus?", schaltete ich mich wieder ein.

„Nein, ein Auto habe ich dort noch gar nicht gesehen."

Wie war der Verrückte dann an den abgelegenen Ort gekommen? Zu Fuß? Und wie versorgte er sich mit Lebensmitteln?

„Wahrscheinlich lebt er von allem, was der Wald so hergibt", vermutete Lenni.

In meinen Ohren klang das nach einem drittklassigen Horrorfilm: die verwitterte Hütte im Wald; ein Irrer, der sich darin einnistet; der tote Hund als Vorzeichen einer nahenden, weit größeren Katastrophe.

Beklommen sah ich mich um. Die heimelige Atmosphäre, die ich bei der ersten Erkundung des Zimmers empfunden hatte, war einer düsteren Ahnung gewichen. Ich spürte, wie sich die Härchen in meinem Nacken aufrichteten. Das Märchen von Hänsel und Gretel kam mir in den Sinn. Die böse Hexe mit ihrem Ofen.

„Oder sie", ergänzte ich dumpf.

Vivien blickte mich an und schwieg.

Deprimiert brüteten wir vor uns hin.

Inzwischen war auch Bierflasche Nummer drei geleert und Lenni erhob sich erneut, um Nummer vier und fünf aus der Küche zu holen.

Vivien stellte die Teller aufeinander und machte sich daran, den Tisch abzuräumen. „Wie lange werdet ihr in Savonlinna bleiben?", fragte sie beiläufig.

„Dienstag um zwei hebt unser Flieger in Helsinki ab." Ich schnappte mir die Auflaufform und folgte ihr in die Küche.

„In fünf Tagen also." Die Frage, was sie nach unserer Abreise tun sollte, blieb unausgesprochen.

„Die Dessertteller sind im Buffet ...", sagte sie leise und schnitt den Kuchen in mehrere gleichgroße Teile. „Vanillesoße?"

„Gern." Ich stellte die Teller auf die Arbeitsplatte. Skandinavische Schlichtheit, dachte ich müde.

Ich hatte keine Ahnung, was Lenni und ich hier ausrichten sollten. Die Gefahr war so abstrakt ... und dabei so greifbar. Vermutlich würde er der Nachbarhütte einen Besuch abstatten wollen.

Bei dem Gedanken fröstelte ich. Mein Instinkt sagte mir, dass es besser war, hier schleunigst zu verschwinden. Möglichst noch heute.

„Was hältst du davon, deinen Koffer zu packen und für eine Weile mit uns nach Deutschland zu kommen?"

Verständnislos sah sie mich an. „Und was soll ich dort tun?"

„Na, dasselbe, was du hier tust: im Zimmer sitzen und übersetzen."

„Das ist keine Lösung." Energisch griff sie nach den Tellern, um unsere Kuchenstücke in einer weißlichen Tütensoße zu ertränken.

„Warum denn nicht?" Ich fand die Idee brillant und dachte gar nicht daran, sie aufzugeben. Zuversichtlich warf ich einen Blick über die Schulter, um Lenni als Verbündeten zu gewinnen. Doch der war bereits ins Wohnzimmer geschlurft.

„Weil ich in München nicht leben kann. Die vielen Menschen, der Lärm, all die negative Energie ... Das ertrage ich nicht."

Ich konnte mir ungefähr vorstellen, was sie meinte.

Irgendwie verstand ich sie sogar. „Und wie wäre es, wenn du dir vorübergehend eine Wohnung in Savonlinna nimmst, bis sich die Lage hier beruhigt hat?"

„Und was soll ich mit meiner Ziege machen? Sie auf den Balkon stellen? Nein, das geht auch nicht."

Sie drückte mir einen Teller mit Nachtisch in die Hand. „Lass ihn dir schmecken!"

Brüsk drehte sie sich um und flitzte mit den übrigen Kuchenportionen davon. Die Diskussion war beendet.

Resigniert schüttelte ich den Kopf. Egal, was passierte: Sie würde hierbleiben. Und wir ebenfalls. Zumindest in den nächsten fünf Tagen.

Die Zweige der riesigen Tanne strichen wie klebrige Finger über das Fenster des Gästezimmers. Das stetige Kratzen und Knarzen, das ihre starren Nadeln auf der Glasscheibe erzeugte, weckte mich auf.

Die Nacht war wolkenlos, aber nur wenig Licht drang durch das dichte Gehölz. Schemenhaft zeichneten sich die Konturen von Lenni, der neben mir auf der Gästecouch schnarchte, in der Dunkelheit ab.

Ich tastete nach meinem Smartphone.

Ein Uhr. Auch wenn es in diesen Breitengraden früh hell wurde – was prinzipiell eine gute Nachricht war –, der Tag war noch weit.

Ich schloss die Augen, zog mir die Decke bis zum Kinn und versuchte zu schlafen.

Ob ich noch einmal eingenickt war, bevor ich den grünlichen Schimmer in der Ecke des Zimmers wahrnahm, konnte ich im Nachhinein nicht mehr sagen. Im ersten Moment dachte ich, dass es sich um Lennis Mobiltelefon handeln musste, das er auf der kleinen Kommode gegenüber dem Sofa abgelegt hatte.

„Ihr Menschen glaubt, alles mit diesem neumodischen Kram erklären zu können", sagte eine leise Stimme und ließ ein hämisches Kichern erklingen.

Mit einem Schlag war ich hellwach. „Wer ist da?", flüsterte ich und sah mich ängstlich in der Finsternis um.

Das grüne Leuchten in der Ecke wurde stärker.

„Ich bin's", krächzte es durch den Raum.

„Wer immer du bist – lass' mich in Frieden!" Energisch drehte ich mich auf die Seite und kniff die Augen zu.

„Du glaubst nicht wirklich, dass mich deine Ignoranz einfach verschwinden lässt, oder?", ätzte die Stimme, deutlich näher diesmal.

Vorsichtig öffnete ich ein Auge, um die Position des Sprechers auszumachen. Ich hatte mich nicht getäuscht, das Licht hatte sich verlagert und erstrahlte jetzt am Fußende meines Bettes. In seinem Zentrum saß, über alle Backen feixend, ein ausgesprochen hässlicher Gnom.

„Nachtalb", stellte ich wenig begeistert fest. „Was willst du?"

„Begrüßt man so einen alten Freund?" Das Gesicht des ganz mit Federn bedeckten Zwergs verzog sich zu einer Grimasse.

„Ich denke nicht, dass wir jemals Freunde waren", entgegnete ich verächtlich, „und ganz sicher habe ich dich nicht um deinen Besuch gebeten. Also verzieh dich!"

Der Kobold lächelte boshaft. „Jaja, die Geister, die ich rief ..."

Gereizt setzte ich mich auf. „Niemand hat dich gerufen."

„Und wie war das neulich im Garten deiner Schwester? Ein kleines tête-à-tête mit Rosenfee, wie? Und auf deinem Flug von Amerika ..."

„Ich weiß", ungeduldig schnitt ich ihm das Wort ab, „aber auch um ihre Gesellschaft hatte ich nicht gebeten."

Der Federgnom hatte sich vom Fußende in die Mitte des Bettes vorgearbeitet und sah mir aufmerksam ins Gesicht. „Und doch kannst du uns sehen. Ob es dir passt oder nicht."

Ich seufzte. „Sieht ganz so aus."

„Was habe ich dir getan, dass du mich so garstig empfängst?" Liebevoll strich er sein Federkleid glatt. „Dir persönlich ist nie ein Leid geschehen."

„Stimmt", antwortete ich barsch, „es hat immer nur die anderen getroffen."

Nachtalb kratzte sich am Kinn. „Ich fürchte, das liegt in der Natur der Sache."

„Dass du mit Tod und Verderben hausieren gehst? Und da wunderst du dich, dass ich dein Erscheinen nicht freudig begrüße?"

„Wundern? Nein – das wiederum liegt nicht in meiner Natur." Stumm sah er mir ins Gesicht. Ich hielt seinem Blick stand und schwieg. Gleich würde er damit rausrücken. Seine Miene sprach Bände. Ein Zerrbild aus Trauer und Seelenqual. Genauso hatte er mich angesehen, kurz bevor mein Vater in die Felsspalte stürzte und für immer verschwand. Und damals, als mein Jugendfreund nach einem Picknick im Wald über einen Ast stolperte, ein falscher Schritt, der ihn für den Rest seines Lebens an den Rollstuhl fesselte.

„Um deine Erinnerungen zu komplettieren", sagte er kühl, „auch die Ereignisse, die zur Einweisung deiner Freundin Susanne in die Nervenklinik führten, hatte ich dir gesteckt."

„Und – was hat es genützt?", brauste ich auf, „nichts von all dem konnte ich verhindern! Obwohl du mich so freundlich ins Bild gesetzt hattest."

Er schüttelte bedauernd den Kopf. „Nein, verhindern kannst du es nie. Was hätte es auch für einen Sinn, etwas anzukündigen, das am Ende nicht eintritt? Dadurch würde meine Offenbarung ja ad absurdum geführt."

„Womit sich mir spontan die Frage aufdrängt, warum du einen Blick in die Zukunft gewährst, wenn diese nichts als Kummer und Schrecken bereithält."

„Weil es meine Mission ist. C'est comme ça."

„C'est comme ça", äffte ich ihn nach. „Meinst du nicht, dass du dir das Ganze etwas zu einfach machst? Du spielst mit unseren Leben, als wären es Murmeln, die man mal eben über die Straße kickt, um sie im nächsten Gulli zu versenken. Hast du überhaupt eine Vorstellung davon, was deine Aktionen bei den Betroffenen auslösen?"

„Ad eins: Das Leben *ist* ein Spiel, aber seine Regeln habe ich nicht gemacht. Ad zwei: Meine Aktionen, wie du sie zu nennen beliebst, lösen rein gar nichts aus. Ich überbringe lediglich eine Nachricht, der Urheber ist ein anderer."

Langsam wurde das Gespräch interessant. „Tatsächlich? Wer könnte dieser geheimnisvolle Urheber wohl sein, von dem du da sprichst?"

Nachtalb lachte leise. „Ja, das wüsstest du gern! Leider bin ich nicht befugt, dir Auskunft über ihn zu erteilen. Wie gesagt: Ich bin nur der Überbringer der Botschaft. Nicht mehr und nicht weniger."

„Hermes, der Unglücksbote", spottete ich, „ein Gnom für die dunklen Stunden im Leben. So verkannt von den Menschen." Es stimmte, seine Ankündigungen hatten mich bisher nie direkt betroffen, erwischt hatte es am Ende immer jemanden in meinem Umfeld.

„Du sagst es." Das klang gelassen, doch seine schwarzen Augen blitzten bedrohlich. Ich hatte ihn beleidigt. Es stand zu befürchten, dass meine kurze Schonfrist damit vorüber war. Wie, um meine Ahnung zu bestätigen, entblößte der Kobold seine spitzen schneeweißen Zähne.

„Kommen wir also zum Grund meines Besuches. Hier ist meine Nachricht für dich." Er hielt inne, um sich an meiner bangen Erwartung zu ergötzen.

Unwillkürlich verkrampften sich meine Hände unter der Bettdecke. Ich wollte nicht hören, was er zu sagen hatte. Nicht heute, gefangen in dieser Hütte, im Dunstkreis eines gefährlichen Irren.

„Oh, ich sehe, du fürchtest dich ..." Mit einem maliziösen Grinsen plusterte er sein Gefieder auf. „Das tut mir wirklich *nicht* leid! Lass dir von diesem wertlosen Boten sagen: Das Unglück ist nah – und nicht alle werden es überleben."

Ich schloss die Augen angesichts dieser furchtbaren Prophezeiung. Mein Puls raste.

„Gibt es irgendetwas ...", begann ich zaghaft, um dem Gnom weitere Informationen zu entlocken. Doch der grünliche Schein mitsamt Kobold war verschwunden. Um mich herum nichts als Dunkelheit.

Minutenlang starrte ich ins Leere.

Plötzlich frischte der Wind auf und das Kratzen der Tanne am Fenster wurde heftiger. Ein unheilvolles Brausen ließ das Holzhaus erzittern. Aus dem Schatten des Waldes begannen sich gewaltige Umrisse zu lösen.

Baumgeister ...

Auf meiner Stirn bildeten sich Schweißperlen, während meine Füße zu Eiszapfen gefroren. Schlotternd zog ich die Decke über den Kopf und drückte mich enger an Lenni. Ich musste mich erden, um nicht überzuschnappen und wie Susanne in der Klapse zu enden.

Lenni nuschelte etwas von „lynchen den Drecksack", drehte sich auf die Seite und sägte inniglich weiter. Ich kuschelte mich an seinen Rücken und stellte fest, dass mir sein bierseliges Schnarchen zum ersten Mal ein leises Gefühl der Sicherheit gab. Es übertönte die Geräusche der Nacht und hielt die Geister in Schach. Wie lange ich so lag, konnte ich nicht sagen. Es mochten Minuten oder Stunden gewesen sein. Irgendwann legte sich, wie eine gläserne Kuppel, eine unwirkliche Stille über das Haus und mit dem beklemmenden Gedanken, dass uns am Ende nur der Tod wirklich sicher ist, fiel ich in einen unruhigen Schlaf.

„Was haltet ihr davon, einen Ausflug in die Umgebung zu unternehmen?", wandte Vivien sich mit einem strahlenden Lächeln an mich. Fröhlich plaudernd saß sie mit Lenni am Frühstückstisch, in der Hand eine dick mit Marmelade bestrichene Brotscheibe balancierend. Die stürmische Nacht hatte ihrer Bettruhe wohl nicht geschadet.

„Ja ...", antwortete ich diffus. Müde griff ich nach der Kaffeekanne. Vor wenigen Minuten war ich aus dem Bett gekrochen und fühlte mich vollkommen gerädert.

„Gute Idee", entgegnete Lenni aufgeräumt, „dann können wir unserer Schlafmütze zeigen, was Karelien außer Seegras und Birkenholz alles zu bieten hat."

Freundschaftlich knuffte er mich in die Seite.

Mürrisch tunkte ich ein labbriges Stück Weißbrot in meine Tasse mit Milchkaffee. Ich wollte gar nicht wissen, was Karelien zu bieten hatte. Ich wollte nach Hause. Am liebsten sofort.

„Und woran hattet ihr da gedacht?", fragte ich, meinen ketzerischen Überlegungen zum Trotz, bemüht heiter. Immerhin begannen Koffein und Zucker mich langsam versöhnlicher zu stimmen.

„Zumindest solltet ihr die Olavinlinna besuchen. Sie ist, wie jeder hier weiß, das Highlight unserer Tour Guides." Vivi schien, während ich mit Nachtalb konferiert hatte, in den Brunnen der Nimue gefallen zu sein: Ihr Antlitz erstrahlte in einer fast überirdischen Schönheit. Auch Lenni bemerkte die Veränderung. Auf seinem Weg in die Küche, um frischen Kaffee zu holen, blieb er neben seiner Schwester stehen und strich zärtlich eine Haarsträhne aus ihrem Gesicht. „Richtig. Die steht ganz oben auf meiner Liste."

„Was hat eure Olivia Linna denn Tolles zu bieten?" Die musste ja umwerfend sein, wenn sämtliche Fremdenführer auf sie standen!

Vivien kicherte. „Für die Leidenschaft unserer Tourismusexperten gibt es etliche Gründe: Die Dame ist von beeindruckender Größe und ihr Aussehen ist, vor allem angesichts ihres Alters, einfach grandios."

„Und das, obwohl sie seit fünfhundert Jahren auf ihrem Felsen im Fluss sitzt", rief Lenni aus der Küche. Die beiden hatten offensichtlich besser geschlafen als ich und waren bester Laune. Ihre Fröhlichkeit wirkte ansteckend.

Im sanften Licht der Herbstsonne, das durch filigranes Blattwerk ins Wohnzimmer fiel und ständig wechselnde Muster auf den Parkettboden zauberte, schienen meine nächtlichen Ängste absurd. Nichts Böses würde in Viviens Heim gelangen, dafür mochten ihre himmlischen Helfer schon sorgen. Und was meine Alpträume anging: Kein Wunder, dass nach der strapaziösen Reise und den Diskussionen um schießwütige Nachbarn und vergiftete Hunde dunkle Visionen aus meinem Unterbewusstsein aufstiegen.

„Schön", freute ich mich, „dann wollen wir der Dame mal einen Besuch abstatten." Ich sprang auf, um meine Tasse in die Küche zu tragen. „Seid ihr so weit?"

Vivi schüttelte den Kopf. „Ihr zwei müsst allein fahren. Ich habe zu arbeiten: Der Verlag macht mir die Hölle heiß wegen des Liebesromans, den ich bis Ende des Monats übersetzen soll."

„Können wir dir irgendwie helfen?"

„Unserer finnischen Autorin den Weg in schwedische Herzen zu weisen?" Wieder ertönte ihr helles Lachen. „Ich fürchte, das dürfte schwierig werden."

„Du siehst, wir können uns guten Gewissens davonmachen. Hier würden wir doch nur stören." Lenni hatte sich von hinten an mich herangeschlichen und drückte mir einen feuchten Kuss in den Nacken, bevor er die neu befüllte Kaffeekanne für Vivien auf den Tisch stellte.

„Wenn das so ist, dann auf zur Flusswächterin! Ich nehme an, es handelt sich dabei um ein Gebäude?" Fragend blickte ich von einem zum anderen.

Lenni nickte. „Richtig. Um eine mittelalterliche Festung, um genau zu sein. Ein wirkliches Prachtstück, du wirst es lieben."

Die Zwillinge hatten nicht übertrieben: Die Burg war ein architektonisches Juwel. Außergewöhnlich gut erhalten und spektakulär gelegen.

Gelöst schlenderte ich an Lennis Arm über den Steg, der das Festland mit der Felseninsel verband, auf der das wuchtige Kastell seit Jahrhunderten Feuer, Wind und Wellen trotzte.

„Fühlt sich fast wie Urlaub an ...", seufzte ich, als wir das Torgewölbe verließen und in den Innenhof der Anlage traten. Eine japanische Reisegruppe überholte uns schnatternd und strebte dem Glockenturm zu, um in die Kapelle einzufallen. Außer ihnen waren kaum Besucher zu sehen.

Andächtig ließ ich die Szenerie auf mich wirken.

„Hier findet einmal im Jahr ein gefeiertes Opernspektakel statt." Mit ausgestreckten Armen drehte Lenni sich um sich selbst.

„Muss ein irres Gefühl sein, vor einer solchen Kulisse zu singen." Ich schloss die Augen, um die Schwingung der wehrhaften Mauern aufzunehmen. An Stätten wie dieser streifte mich immer ein Hauch von Vergänglichkeit. Was war hier gekämpft, gelitten, geliebt worden. Am Ende war jeder Soldat, jeder Fürst, jedes Fräulein zu Staub zerfallen und machte Platz für neue Kurtisanen, Krieger und Könige, die für ihre Überzeugung und ihre Liebe kämpften.

Auch sie waren lange vergessen. Nur eine Ahnung ihrer Hingabe und Opferbereitschaft hatte tief in den Steinen, die ihre kurzen Leben umschlossen, überdauert.

„Ella?" Aus der Ferne drang Lennis Stimme zu mir. „Bist du okay? Du wirkst so ... abwesend."

„*Ab-wesen-d*, mag sein", entgegnete ich grüblerisch, „mein transzendentes Wesen hat gerade beschlossen, den Bezugsrahmen ‚Zeit' zu verlassen, um in das Beziehungsgeflecht der Jahrhunderte einzutauchen."

Verständnislos schüttelte Lenni den Kopf. „Manchmal redest du in Rätseln."

Nachdenklich blickte ich in den Himmel, der sich tiefblau über den Burgmauern spannte. „Manchmal bin ich mir selbst ein Rätsel. Das Dasein an sich ist ein Rätsel."

„Dann sollten wir uns dringend profaneren Themen widmen, bevor du komplett abhebst ... Wie wäre es zum Beispiel mit der Frage nach dem Mittagessen?"

Ein guter Zeitpunkt, um aus meinem philosophischen Exkurs aufzutauchen. Mir knurrte der Magen. „Dann antworte ich dir ganz profan: Fisch!"

Kopfschüttelnd hakte sich Lenni bei mir ein. „Dann sag ich doch einfach: okay!"

Gutgelaunt verließen wir das geschichtsträchtige Gemäuer und steuerten, mit einem Schlenker über die fantasievoll bepflanzte Grünanlage am Ufer des Kyrönsalmi, das nächste Restaurant an.

„Darf ich davon ausgehen, dass ihr alle touristischen Hotspots in preußischer Gründlichkeit abgearbeitet habt?", begrüßte Vivi uns fröhlich, als wir am späten Nachmittag in ihr Blockhaus zurückkehrten.

„Darfst du", sagte Lenni zufrieden, „mein Blut ist zwar weder preußisch noch deutsch, aber mit Ella an meiner Seite bin ich zu Hochform aufgelaufen: Wir hatten Kultur in der Olavin-

linna, Natur in Punkaharju und Holzkirchenpomp in Kerimä-
ki. Das volle Programm. Und du?" Aufmerksam blickte er in ihr
Gesicht. „Hast du dein Pensum geschafft oder gab es ...?"
„Nein, keine besonderen Vorkommnisse", antwortete sie
schnell, „hier ist alles friedlich geblieben. Und ja – ich bin mit
meiner Übersetzung ein gutes Stück weitergekommen."

Das war genau, was ich hören wollte. Erleichtert hängte ich
meine Jacke an einen Haken über die Truhe im Flur. Das Sammelsurium darauf hatte inzwischen Verstärkung bekommen:
Neben Briefen, Schlüsseln, Münzen und Petroleumlampen tum-
melten sich eine Haussocke, ein halb gegessener Apfel und ein
Beutel mit Wäscheklammern.

Flüchtig stellte ich fest, dass die Zwillinge neben der Augenfarbe offensichtlich auch ihren Hang zur Unordnung teilten.

„Wie wär's mit einem Tässchen Tee?", zwitscherte Vivi in
meinen Befund.

„Gerne." Ich folgte ihr in die Küche, wo noch immer die Spuren des Frühstücks zu sehen waren: Schmutzige Teller, Mar-
meladengläser, Kaffeetassen, leere Joghurtbecher und Milch-
tüten drängten sich auf der Arbeitsplatte. Vivi schien das nicht
zu stören. Geschäftig füllte sie den Wasserkocher, hängte drei
Teebeutel in eine Glaskanne und schichtete Plätzchen in eine
Kristallschale. Unterdessen ließ ich heißes Wasser ins Spülbe-
cken laufen, um mich des Geschirrs anzunehmen.

„Und – was hat dir am besten gefallen?", fragte sie leutselig.

Ich legte den Kopf schief und hielt in meiner Waschakti-
on inne. „Ich würde sagen: Die Festung. Obwohl ... Die Kirche war auch beeindruckend. Und die Landschaft erst! Wirklich schön."

„Womit ihr mit unseren Sehenswürdigkeiten dann durch
wärt", meinte sie trocken. „Was macht ihr nun die restliche Zeit?
Immerhin bleiben euch noch vier ganze Tage."

Drei, um genau zu sein. Am vierten würden wir morgens
nach Helsinki aufbrechen. Die nächsten zweiundsiebzig Stunden ließen sich schon irgendwie überstehen, überlegte ich. Mit
Vivis Bücherschrank sollte das kein Problem sein.

„Die werden wir mit ganz viel Lesen füllen", versicherte ich leichthin, „und Gesprächsthemen gibt es reichlich, davon bin ich überzeugt." Ich dachte an die *Erlebnisse mit Elfen und Zwergen* auf ihrem Beistelltisch und zwinkerte ihr zu. Sollte der mörderische Nachbar mitsamt meinen nächtlichen Hirngespinsten doch bleiben, wo der Pfeffer wächst!

Der nächste Tag begrüßte uns mit Regen. Heerscharen winziger Wassertropfen woben ihr dichtes Netz um das kleine Holzhaus. Die schweren Wolken hingen so tief, dass man meinte, sie berühren zu können.

„Brrr, ungemütlich." Mit nackten Füßen war ich ans Fenster getappt und hatte einen Blick auf die vormittägliche Tristesse geworfen.

Lenni blinzelte durch halb geschlossene Augenlider. „Ein guter Grund, weiter zu pennen", brummte er und drehte sich, ganz in seine Bettdecke gehüllt, zur Wand.

„Es ist halb elf, ich kann nicht mehr schlafen", protestierte ich und griff nach meinen Wollsocken.

„Dann steh doch auf". Undeutlich drang Lennis Genuschel durch bauschige Gänsefedern.

„Mach' ich auch", murmelte ich und zog meine Jogginghose an.

Im Wohnzimmer traf ich auf Vivien und ihren unvermeidlichen Milchkaffee.

„Gut geschlafen?" Munter lächelte sie mich über den Bildschirm des Notebooks, das vor ihr auf dem Tisch stand, an.

„Yes." Ich ließ mich aufs Sofa zwischen die zwei schlafenden Katzen fallen. Der fette Gary und die noch rundere Sally würdigten mich keines Blickes.

„Kaffee?" Vivi legte ihr Notebook beiseite.

„Gerne." Ich erhob mich und ging zum Glastisch. „Du bist schon am Arbeiten?"

„Schon lang." Sie goss das heiße Gebräu in eine riesige Tasse und füllte sie mit Milch auf. „Obwohl ich heute eher nachlässig war. Ich habe erst gegen acht Uhr angefangen. Normalerweise beginne ich um sieben."

„Jeden Tag?"

„Jeden Tag."

Überrascht nahm ich meine bis zum Rand gefüllte Tasse entgegen.

So viel Disziplin hatte ich ihr gar nicht zugetraut. „Dann musst du ja ein Heidengeld verdienen."

Sie lachte. „Wir Übersetzer sind ehrlich gesagt froh, wenn wir unsere Rechnungen zahlen können."

„Dann darf man nach deinem Stundenlohn wohl nicht fragen ..." Vivi schüttelte den Kopf. „Besser nicht. Aber darum geht es auch nicht. Das Übersetzen macht mir Spaß und so komme ich an Bücher, die ich ansonsten wahrscheinlich nie lesen würde. Im Grunde habe ich mein Hobby zum Beruf gemacht. Wer kann das schon von sich sagen?"

Ich musste ihr beipflichten. „Und du übersetzt wirklich alle Sprachen kreuz und quer?" Ehrfürchtig warf ich einen Blick auf das finnische Manuskript, das neben ihr auf dem Tisch lag.

„Na, alle Sprachen natürlich nicht", schmunzelte sie, „nur einige wenige."

„Trotzdem eine reife Leistung!"

„Jeder tut, was er kann", sagte sie bescheiden. „Meine Stärke liegt eben in der Linguistik."

„Ganz offensichtlich." Ich fragte mich, wo meine Stärke wohl lag. Irgendwie wollte mir darauf keine Antwort einfallen.

Eine Weile schlürften wir stumm unseren Kaffee.

„Was habt ihr denn heute vor? Bei diesem Wetter macht ein Ausflug in die Natur wenig Sinn", nahm sie unvermittelt das Gespräch wieder auf.

„Das sehe ich ähnlich." Ich grinste. „Bis Lenni hier auftaucht, ist der Tag sowieso rum. Ich werde mich also, wenn es dich nicht stört, zu deinen Katzen kuscheln und lesen."

„Das stört mich ganz und gar nicht. Im Gegenteil: Ich bin doch so froh, dass ihr hier seid! Ich darf gar nicht daran denken, wie traurig ich sein werde, wenn ihr wieder abreist ..."

Bei ihren warmherzigen Worten überkam mich das schlechte Gewissen. Schließlich konnte ich es kaum erwarten, in mein beschauliches Vorstadtleben zurückzukehren. Zudem wusste ich immer noch nicht, was wir über Vivis mentale Unterstützung hinaus hier bewirken konnten.

Dieselbe Frage schien auch Lenni zu beschäftigen, als er am Nachmittag in Pantoffeln und nur mit Unterhose bekleidet, ins Wohnzimmer geschlurft kam.

„Guten Morgen, die Damen", sagte er und gähnte, „was steht an?"

Ich sah von meinem Buch *Die Kunst des klugen Handelns* auf. Rolf Dobelli erläuterte gerade seinen *Was-mich-nicht-umbringt-Trugschluss*.

„Nix", antwortete ich zerstreut und widmete mich wieder der Frau, die auf der Sonnenseite des Lebens stand, bevor sie an Brustkrebs erkrankte, ihren Mann an eine andere und ihren Job aufgrund ihrer Krankheit verlor. So viel zum Thema „gestärkt aus einer Krise hervorgehen", schwadronierte Dobelli.

Irgendwas passte mir nicht an seiner Beweisführung. Zu oberflächlich, dachte ich. Wie konnte er wissen, dass diese Frau die furchtbaren Erfahrungen nicht machen musste, um ihr wahres Glück zu finden? Vielleicht brauchte sie genau diese Tragödien, um ihrer Bestimmung zu folgen. Vielleicht würde sie am Ende zurückblicken und erkennen, dass alles seine Richtigkeit hatte und die Verluste einem größeren Plan dienten.

Nachdenklich betrachtete ich Lenni, wie er in seinen Boxershorts auf Vivis Sitzkissen hockte und an einer Teetasse nippte. Konnte er etwas mit *meiner* Bestimmung zu tun haben? Von Tag zu Tag zweifelte ich mehr daran.

„Die Zeit vergeht und wir hängen hier tatenlos rum", ereiferte er sich plötzlich. „Durch Rumsitzen und Lesen wird sich die Lage nicht bessern. Wir sollten endlich was unternehmen!"

„Ich denke, dass du es in deinem Bettchen auch ganz gemütlich hattest", sagte ich schnippisch. Uns Passivität vorzuwerfen, während er zwölf Stunden durchschlief, war wirklich dreist.

„Und was sollen wir deiner Meinung nach tun? Zur morschen Hütte spazieren und den Typen auf ein Glas Sekt einladen?", schaltete Vivi sich ein. Sie schien von Lennis Tatendrang wenig begeistert. Friedlich nebeneinander auf der Couch sitzend, hatten wir den eigentlichen Grund unseres Beisammenseins erfolgreich verdrängt.

„Das sollte kein Vorwurf sein", ruderte Lenni zurück, „ich wollte damit nur sagen: Die Uhr tickt, übermorgen um diese Zeit sind wir bereits am Packen. Und ich finde, wir sollten wenigstens versuchen, zur Entspannung der Lage beizutragen. Sonst hat unsere Reise außer einer kurzen Verschnaufpause für Vivi gar nichts gebracht."

Womit er zweifellos recht hatte.

„Aber was sollen wir machen? Ich spreche kein Wort Finnisch. Und du", ich nickte mit dem Kopf in seine Richtung, „auch nur gebrochen." Unsicher blickte ich von einem zum anderen.

„Wir müssen Kontakt aufnehmen." Grimmig stierte Lenni in seine Tasse.

„Und wie stellst du dir das vor?" Vivi schüttelte den Kopf.

„Wir marschieren dahin, klopfen an die Tür und wenn er rauskommt, dann sage ich freundlich: Hallo Herr Nachbar, schön Sie kennenzulernen! Darf ich Ihnen meinen Bruder und seine Freundin vorstellen?"

„Was wäre daran so verkehrt?", fragte Lenni ruhig.

„Na, ich weiß nicht ..." Vivi wiegte unschlüssig den Kopf. „Das ist schon einmal schiefgegangen."

„Aber da war die Situation eine andere", gab ich zu bedenken. Ich fand, dass Lenni nicht unrecht hatte: Wenn sich die Lage hier bessern sollte, mussten wir, da ein klärendes Telefonat offensichtlich nicht möglich war, den Stier bei den Hörnern packen. „Du bist, wie du uns erzählt hast, laut schreiend seine Auffahrt hochgerannt", fuhr ich fort, „weiß der Geier, was der sich in dem Moment dachte."

„Wahrscheinlich hatte er Angst, für den Hundemord gerichtet zu werden, und hat deshalb Gegenmaßnahmen ergriffen", vermutete Lenni.

Das klang plausibel.

„Aber warum die Nägel? Und was hatte Tallulah ihm getan?", wandte Vivien leise ein. „Ich habe den Krieg nicht begonnen."

Lenni zuckte die Schultern. „Fragen wir ihn!", sagte er leichthin. „Aber erst wird gefrühstückt. Wenn die Sache schiefgeht, will ich wenigstens in dem Bewusstsein sterben, eine anständige Henkersmahlzeit genossen zu haben." Grinsend erhob er sich, um wippenden Schrittes Richtung Küche zu verschwinden.

Zwei Stunden später machten wir uns auf den Weg, schweigend und zu allem entschlossen. Obwohl es erst vier Uhr war, dämmerte es bereits. Aus dicken dunkelgrauen Wolken fiel noch immer ein unangenehmer Nieselregen.

Um im Zweifelsfall keine leuchtenden Zielscheiben abzugeben, hatten wir uns in dunkle Anoraks gehüllt und schwarze Mützen übergezogen.

Die Nässe des Waldbodens kroch durch meine dünnen Segeltuchschuhe bis in die Fußsohlen und langsam weiter, meine Beine hinauf. Ich fröstelte.

Beim Essen hatten wir entschieden, mit dem Auto direkt vor Nachbars Haustür zu fahren. Um Deckung zu haben und schneller fliehen zu können, sollte der Empfang ruppig werden.

„Wir nehmen Vivis Passat, der hat mehr Pep und wenn wir den auf der Waldpiste schrotten, ist das nicht so schlimm ...", hatte Lenni verkündet und sich damit einen Ellenbogencheck eingehandelt. Trotzdem hatte Vivien ihm den Autoschlüssel in die Hand gedrückt. „Wehe, wenn du mein Schätzchen zerlegst!"

Vorsichtig lavierte Lenni den roten Kombi über das holprige Terrain.

Das Wurzelwerk uralter Baumreihen hatte sich durch den Waldpfad gefressen und schickte eine Armada aus knotigen Klauen einem unsichtbaren Ziel entgegen.

Angesichts der vielen Hindernisse und Bodenwellen begann ich Lennis Sorge um unseren Mietwagen zu verstehen.

„Nicht nur, dass der Weg nicht befestigt ist, er ist durch den Regen auch sauglatt." Lenni presste die Lippen zusammen und starrte auf die dunkle Fahrspur, die sich im diffusen Licht des Waldes verlor.

Schaudernd sah ich mich um.

So weit das Auge reichte, säumten Sandbirken und Erlen die Zufahrt. Stumme Wächter in gesprenkelter Uniform, die uns argwöhnisch beäugten, während ihr helles Unterkleid den Lichtkegel des Passats reflektierte.

Der Wagen schaukelte wie eine Jolle im Herbststurm. Um nicht unsanft gegen die Innenverkleidung geworfen zu werden, klammerte ich mich mit beiden Händen an den Haltegriff der Beifahrertür.

Endlich beschrieb der Waldweg eine lang gezogene Kurve und unser Ziel kam in Sicht. Die Heimstatt der Hexe. Dunkel und drohend, zum Greifen nahe.

Lenni bremste, sein unentschlossener Blick schweifte über die düstere Szenerie.

Berge von Unrat lagen neben der Haustür. Teils in Plastiksäcke gepackt, teils offen gestapelt. Ein rostiger Kühlschrank flankierte den Eingang. An ihm lehnte, groteskerweise auf Hochglanz poliert, ein Mountainbike.

„Ich sehe kein Licht. Sicher ist niemand zu Hause." Verzagt musterte Vivi von ihrer Rückbank aus die im Dämmerlicht lauernde Bruchbude. „Lasst uns lieber umkehren!"

„Ich bin nicht über diese Piste gehoppelt, um mich unverrichteter Dinge wieder davonzuschleichen", grollte Lenni. Entschlossen schaltete er den Motor aus.

Wir hielten den Atem an und rührten uns nicht.

In den zwei Fenstern links und rechts der Haustür spiegelten sich die langen Äste der umstehenden Blautannen. Inzwischen war ein leichter Wind aufgekommen und ihre stechenden Nadeln warfen lebhafte Schatten auf die Glasscheiben, die uns, einem Paar bösartiger Augen gleich, unverwandt anglotzten.

Das untrügliche Gefühl, beobachtet zu werden, schnürte mir den Hals zu. „Da drin ist irgendwas. Etwas, das uns ganz und gar nicht wohlgesinnt ist. Vivi hat recht: Lass uns verschwinden!", krächzte ich heiser.

Ängstlich zupfte ich Lenni am Ärmel.

Der schüttelte meine Hand ab. „Unsinn! Ich geh' da jetzt hin."

Schon hatte er den Wagen verlassen und knallte die Autotür zu. Wie ein Schuss fetzte das Geräusch in meine gereizten Nerven.

Ich drehte mich zu Vivien um, die noch immer auf der Rückbank hinter mir saß.

„Was meinst du? Sollen wir ...?" Im Zwielicht versuchte ich, ihre Miene zu deuten.

Sie rührte sich nicht.

„Vivien?" Ich rüttelte an ihrem Knie. „Was sollen wir tun?" Meine Berührung schien ihre Erstarrung zu lösen. „Ich gehe mit ihm." Forsch öffnete sie die Tür und stieg aus. Widerstrebend folgte ich ihr.

Lenni hatte die Bewegung in seinem Rücken bemerkt und drehte sich zu uns um. „Ich hatte schon befürchtet, die Damen würden unser Kaffeekränzchen in letzter Sekunde absagen." Beherzt schritt er voran.

Die Hälfte des Weges war zurückgelegt, gleich würde er die Haustür erreichen.

Ich fragte mich, was uns am Eingang erwartete. Dass dort jemand war, daran zweifelte ich nicht, wenn die Anzeichen auch dagegen sprachen.

Im besten Fall würde die Tür verschlossen bleiben, hoffte ich.

Ich hatte gerade begonnen, leise das Vaterunser zu murmeln, da zerriss ein Krachen die Stille. Der nächste Donnerschlag folgte prompt.

Lenni fuhr herum. „Weg hier, die knallen uns ab!"

Schon schlugen die ersten Querschläger in den Wagen ein.

Auch Vivi und ich hatten uns herumgeworfen und liefen stolpernd zum Auto zurück.

In schneller Folge pfiffen die Kugeln durch die Luft.

Mühsam das Gleichgewicht haltend, schlitterte Lenni an uns vorbei. Beinahe gleichzeitig erreichten wir den Passat und rissen die Türen auf.

Den Bruchteil einer Sekunde später traf der Schütze unsere Frontscheibe. Um das Einschussloch bildeten sich lange Risse.

„Fahr los!", brüllte ich, als das nächste Geschoss die Windschutzscheibe traf und sich knapp neben Vivien in die Polster des Rücksitzes bohrte.

„Was meinst du, hab ich vor?", schrie Lenni zurück und startete den Wagen. Mit aufheulendem Motor legte er den Rückwärtsgang ein und wendete.

Dann preschte er los.

Wir flogen über Steine und Wurzeln. Wie der Frosch in der Wäscheschleuder auf und nieder hüpfend, versuchte ich, mich zu Vivi umzudrehen. „Alles okay bei dir?", rief ich ihr zu.

„Alles in Ordnung", erwiderte sie mit seltsam ruhiger Stimme. „Lenni, lass die Scheinwerfer aus, damit wir ihm nicht länger als Zielscheibe dienen."

„Was meinst du, hab ich vor?", wiederholte Lenni, der verzweifelt versuchte, in der Dunkelheit nicht vom Weg abzukommen.

Meine Finger krallten sich in den Sicherheitsgurt. Die Todesangst erhöhte meine Atemfrequenz und schickte zu viel Sauerstoff in meine Lunge. Ich begann zu hyperventilieren. „Du musst dich beruhigen", dachte ich panisch, „atme aus! Langsam ausatmen! Atmen, atmen ... ein und aus ..."

Endlich waren wir außer Reichweite der Kugeln.

Mit geschlossenen Augen ließ ich Majas liebes Gesicht vor meinem inneren Auge erstehen. „Du schaffst das, mein Herz", flüsterte sie und ich merkte, wie sich mein Puls und meine Atmung stabilisierten. Die zerstörte Scheibe und das metallische Schleifen, das der Passat beim Touchieren der am Wegesrand aufragenden Baumstämme verursachte, verschwanden vom Radar meiner Wahrnehmung. Ein Gefühl der Unwirklichkeit erfüllte mich. Ich wurde zum Zuschauer einer grotesken Sequenz, die es im wahren Leben nicht gab. Gestern noch fidele Touristen konnten wir unmöglich in eine Situation wie diese geraten sein!

Der Rückweg erschien mir deutlich kürzer als der Hinweg. Die Bäume, die unseren Pfad säumten, wurden bereits lichter. Längst waren wir dem Bewohner der Hütte entronnen, doch

Lenni raste weiter. Die Knöchel seiner Finger, mit denen er das Lenkrad umklammert hielt, schimmerten weiß.

„Wenn du so weiterfährst, bringt uns der Spinner am Ende doch noch um." Weil wir an einem Birkenstamm enden", konstatierte ich gallig und versuchte, das Schlingern des Wagens mit meinem Oberkörper auszubalancieren.

In halsbrecherischer Fahrt hopste das Auto über Stock und Stein.

„Wir haben es fast geschafft. Ich kann da hinten schon den Asphalt sehen!" Stumpf geradeaus stierend hielt er ungebremst auf die Straße zu.

Er hatte recht, die Zivilisation lag unmittelbar vor uns. Wir hatten die Hexe besiegt. Unendliche Erleichterung flutete meinen Körper.

„Wir sind gerettet!", jubelte ich, als unsere Reifen festen Boden berührten.

Einen Herzschlag später riss Lenni das Lenkrad herum und bog mit unvermindertem Tempo auf die Hauptstraße ein.

„Ein Hoch auf meine Fahrkünste!" Euphorisch reckte er seine Faust in die Luft und suchte Viviens Blick im Rückspiegel. Den Kieslaster, der in zügiger Fahrt den nahe gelegenen Steinbruch anpeilte, hatte er übersehen.

Als ich das Ungetüm im Augenwinkel auf uns zuschießen sah, war es bereits zu spät. Vivis markerschütternder Schrei war das Letzte, das in mein Bewusstsein drang. Dann wurde es dunkel.

*

Als Althoff seinen Rollkoffer in den Empfangsbereich des Klinikums rechts der Isar zog, wartete Jule bereits auf ihn.

„Was machst du für Sachen?", murmelte er und schloss sie in seine Arme.

Unsicher blickte sie zu ihm auf und biss sich auf die Unterlippe.

„Weiß auch nicht, wie das passieren konnte ..." Schuldbewusst schlug sie die Augen nieder.

Althoff räusperte sich. „Hast du alle Untersuchungen erledigt?"

Jule nickte. „Ja, ich bin okay. Nur eine leichte Gehirnerschütterung."

„Dann lass uns direkt nach Hause fahren." Langsam führte er sie in Richtung des Ausgangs. „Setz dich da vorne auf einen Stuhl, während ich uns ein Taxi rufe", sagte er und verließ zügig das Gebäude, um einen Fahrer heranzuwinken.

Eigentlich sollte er jetzt bei Birte in Helsinki sein. Stattdessen saß er in seiner Grünwalder Bibliothek und ärgerte sich. Wenn er etwas partout nicht leiden konnte, dann war es, seine Pläne durchkreuzt zu sehen. Doch in diesem Fall musste er sich fügen, schließlich war er sich seiner Verantwortung Jule gegenüber bewusst. Nach ihrer Ankunft hatte sie sich mit einem Migräneanfall sofort ins Schlafzimmer verzogen und ihm blieb nichts anderes übrig, als den Abend allein zu verbringen.

Seine Gedanken begannen ziellos zu schweifen.

Und kehrten zu Jule zurück, dem süßen Häschen, seiner Freundin.

Ganz offiziell, zumindest, was sein Münchener Umfeld anging. Hier lebte sein letzter verbliebener Verwandter, ein Cousin väterlicherseits, dem er sehr zugetan war. Ihm und seiner entzückenden Frau hatte er Jule bereits vorgestellt.

Corinna hatte ihn, Althoff, ebenfalls in ihre Familie eingeführt. Nicht weniger offiziell. Das Ganze begann kompliziert zu werden. Zumal Corinna schon mehrmals darauf gedrängt hatte, ihn in seinem Grünwalder Heim zu besuchen. Nicht auszudenken, was geschehen würde, wenn die beiden Damen in der Villa aufeinandertrafen.

Mord und Totschlag, das war klar. Eine gegen die andere und beide gegen ihn.

Er seufzte und ließ einen Schluck Whiskey durch seine Kehle rinnen. Glenturret 1966. Exquisit und teuer. Wie alles in seinem Leben.

Von Kindheit an hatte er auf der Sonnenseite gestanden. Als Unternehmersohn war er in einem Haus voller Bediensteter aufgewachsen. Seine Mutter hatte ihrem einzigen Kind jeden Wunsch von den Augen abgelesen. Wenn sie einmal nicht zog, was selten genug vorkam, war sein Vater für ihn in die Bresche gesprungen.

Die Schule hatte er mit links gemacht und schon damals, seiner Attraktivität sei Dank, in jedem Arm eine Freundin gehalten. Sorgen waren ihm fremd gewesen. Bis zu jenem Tag, als er durch den Unfalltod seiner Eltern im Alter von neunzehn Jahren alleine zurückblieb.

Ein Sturmtief war über den Starnberger See gefegt und hatte ihre Segeljacht kentern lassen. Seine Eltern ertranken.

Ihre Leichen wurden zwei Tage später bei Possenhofen ans Ufer gespült, mit einem Tau zusammengebunden. So unzertrennlich sie im Leben gewesen waren, blieben die zwei auch im Tod.

Althoff saß in einem der beiden klobigen Ohrensessel am Kamin und ließ den Blick durch seine Bibliothek wandern. Er liebte den Geruch von altem Papier, den Atem philanthropischer Weisheit. Platon, Goethe, Nietzsche, Kant. Kein Klassiker fehlte in seiner Sammlung. Sein ganzer Stolz war die Erstausgabe des *Götz von Berlichingen mit der eisernen Hand*, die er vor einigen Jahren für viel Geld ersteigert hatte.

Cogito ergo sum, zitierte er in Gedanken Descartes. Aber genügte es ihm, zu denken, um zu sein?

„Nein, das reicht nicht", murmelte er und nahm einen weiteren kräftigen Schluck.

Seine Eltern hatten ihn gelehrt, was wirklich im Leben zählte: Es war nicht der Erfolg, nicht der Spaß, nicht die Bildung allein. Es war die Liebe.

Wenn er ehrlich war, hatte er danach immer gesucht. Nach dieser einen, wunderbaren und unvergänglichen Liebe, die seine Eltern verbunden hatte.

Eine endlose Reihe von Frauen war durch sein Leben und seine Betten gezogen. Die eine war nicht dabei gewesen.

Oder hatte er sie nur nicht erkannt? War es möglich, dass er im Rausch des Moments die wahre Liebe verpasst hatte? Sie versehentlich hatte ziehen lassen?

Eine Weile hatte er geglaubt, dass sich mit Birte sein Schicksal erfüllte und sie zusammen in den Hafen der Ehe einlaufen würden.

Doch Birte war anderer Meinung gewesen. Er hatte sich gefügt und fortan keine Gelegenheit ausgelassen, neue Anwärterinnen zu testen. Schließlich galt es, die Eine zu finden, da Birte es offensichtlich nicht war.

Unmengen hübscher Gesichter zogen an seinem inneren Auge vorbei. Keines hatte sich in sein Herz gebrannt. Keine der Frauen hatte ihm das Gefühl vermittelt, ganz ihm zu gehören. Wirklich keine?

Was war mit Jule?

Nachdenklich kratzte er sich am Kinn. Er war sich nicht sicher. Immerhin hatte ihn die Nachricht von ihrem Unfall in helle Aufregung versetzt. Und dabei war es ihm in keiner Sekunde um den Porsche gegangen. Er fühlte, dass die Zeit reif war, eine Entscheidung zu treffen.

Mit dreiundvierzig den Bund fürs Leben zu schließen, war nicht zu früh. Manch einer setzte da bereits zu einer zweiten oder dritten Runde an.

Und Jule war die perfekte Ehefrau. Jung, schön, einigermaßen klug. Nicht sehr gebildet, aber das störte ihn nicht. Wer sie im Cocktailkleid sah, war von ihren Reizen ohnehin zu abgelenkt, um ein tiefsinniges Gespräch über Swapgeschäfte oder griechische Tragödien zu führen. Ja, Jule kam als Ehefrau zweifellos infrage. Die Liebe würde sich irgendwann automatisch einstellen.

Das bedeutete aber, sinnierte er weiter, dass er mit Corinna Schluss machen musste. Der Gedanke gefiel ihm. Geschäftsbeziehungen hin oder her. Bisher hatte ihm die überdrehte Senatorentochter, wie sich beim Bockenheim-Projekt zeigte, sowieso keinen belastbaren Kontakt vermittelt. Auf ihre Connections zur Bussi-Bussi-Gesellschaft konnte er gut und gerne verzichten.

Und Birte? Was sollte aus seiner Beziehung zu ihr werden?

Das war schon schwieriger. Aber sie sahen sich so selten, da würde man sicherlich auch als Ehemann ein Auge zudrücken können. Ganz klar: Birte musste bleiben. Sie bedeutete ihm einfach zu viel.

Wäre da noch Sandrine. Auch kein einfacher Fall.

Die patente Deutschlehrerin war ihm, seit er vor Jahren mit seinem Neunelfer mitten in der Nacht ohne Handyempfang in der Dordogne gestrandet war, und sie ihn aus dieser misslichen Lage gerettet hatte, sehr ans Herz gewachsen. Ihretwegen hatte er vor einiger Zeit ein Bauvorhaben in der französischen Provinz angezettelt. Als Alibi für seine Ausflüge ins Périgord.

Was aus seinem *petit poussin* werden sollte, würde er sich überlegen, wenn er die Tage in Frankreich war.

Für heute hatte er genug entschieden: Er würde Jule heiraten und sich von Corinna trennen. Und auf die eine oder andere Hotelnummer künftig verzichten.

Mit steifen Gliedern erhob er sich aus seinem Sessel und löschte das Licht.

Zeit, zu seiner Zukünftigen ins Bett zu kriechen, um morgen gut ausgeschlafen an seinem Heiratsantrag zu tüfteln.

Am nächsten Morgen war Jule wieder fit. Im Großen und Ganzen.

„Mir brummt der Schädel", jammerte sie, als sie sich im Bett aufsetzte und die Schlafbrille abnahm. Natürlich war der Platz neben ihr leer.

Althoff brauchte nur selten mehr als fünf Stunden Schlaf. Regelmäßig joggte er vor Tau und Tag durch die Isarauen. Bei jedem Wetter. Und das war auch gut so, fand Jule. Schließlich war er zwanzig Jahre älter als sie und musste in Form bleiben.

Etwas wackelig verließ sie das Bett, um sich nach Dusche und Schönheitsmaske eine Kopfschmerztablette zu gönnen.

Mit federndem Schritt lief Althoff die Auffahrt zur Villa hinauf.

Zehn Kilometer lagen hinter ihm, wie üblich hatte er sie locker bewältigt. Und sich dabei den Rahmen für seinen Antrag ausgedacht.

Pfeifend ging er durch das Eingangsportal und öffnete einen Flügel der massiven Haustür.

„Bin wieder da!", rief er fröhlich und warf einen Blick in die großräumige Küche. Keine Jule zu sehen.

Er schnüffelte. Es roch nach Kaffee. Offensichtlich hatte Frau Wanninger das Frühstück bereitet, bevor sie in die Tiefen der Villa getaucht war, um das Silber zu putzen, die Gardinen zu waschen oder den Staubwedel zu schwingen.

Zufrieden zog Althoff weiter ins Esszimmer.

Da saß sein Julchen. Und knabberte an einem Stück Knäckebrot.

Liebevoll gab er ihr einen Begrüßungskuss.

„Wie geht es dir heute, mein Schatz?" Sein Blick streifte ihr Gesicht und suchte das Marmeladensortiment, um an der bitteren Orange hängen zu bleiben. Konfitüre für Männer. Danach war ihm jetzt. Er griff nach dem Glas und setzte sich hin.

„Ganz gut soweit", antwortete Jule, „nur der Kopf schmerzt ein bisschen."

Mitleidig sah Althoff sie an. „Kein Wunder. So eine Gehirnerschütterung fordert ihren Tribut. Du solltest unbedingt ein paar Tage ruhen, bevor du die Arbeit wieder aufnimmst."

Jule legte die Roggenschrotscheibe zur Seite, um mit einem Schluck Wasser eine weitere Tablette hinunterzuspülen. „Das nächste Shooting ist am Dienstag, also in vier Tagen. Genug Zeit, um mich zu erholen."

„Gut so. Ich fliege dann morgen wie geplant nach Wien, um mit Josef über die Finanzierung des Bockenheim Centers zu sprechen."

Jules Miene verdüsterte sich. „Ich dachte, du würdest die Reise verschieben und bei mir bleiben, bis ich wieder gesund bin."

Althoff hatte eine Brötchenhälfte mit Marmelade bestrichen und wollte sie gerade zum Mund führen. Abrupt hielt er inne. „Aber du bist doch gesund."

„Ich habe Kopfschmerzen."

„Das ist keine Krankheit. Dagegen gibt es Pillen. Außerdem ist Ruhe immer noch die beste Medizin."

„Aber ich fürchte mich allein hier im Haus", beharrte sie.

Immer dieses Theater um ihre Angst vor dem Alleinsein! Althoff dachte ernsthaft daran, Jule einen Hund zu kaufen. Über die Rasse konnte er sich mit seinem Freund Siegfried austauschen. Eigentlich Geschäftsführer in einem Nobelbordell, züchtete er in seiner Freizeit Riesenschnauzer. Vielleicht hatte Sigi sogar einen frischen Wurf in petto. Andererseits ... Wenn alles so lief wie geplant, wäre er in Zukunft sowieso mehr daheim. Keine Frage, die Reduzierung seiner Affären würde sich dramatisch auf seine Anwesenheit in der Villa auswirken und die Vorstellung, seine Couch mit einem Schnauzer zu teilen, fand er wenig erbaulich.

„Ich werde versuchen, ab sofort öfter von hier aus zu arbeiten. Aber jetzt musst du die Zähne zusammenbeißen: Die Verabredung in Wien kann ich nicht verschieben – und den Termin im Périgord auch nicht." So war das eben mit Geburtstagen. Sandrine wäre stinksauer, wenn er sie kurzfristig hängen ließe. Und noch war er sich nicht im Klaren darüber, wie es mit ihr nach seiner Eheschließung weitergehen sollte.

Dafür wusste er ganz genau, wie es mit Jule nun weiterging: In der Matterhornsuite des Hotels Riffelalp würde er ihr einen Verlobungsklunker an den zarten Ringfinger stecken. Zweitausendzweihundert Meter über dem Meeresspiegel. Bei Käsefondue und Champagner. Die perfekte Startbahn für seinen Abflug ins Eheglück.

Jule lächelte unsicher. „Ich werde Claudia fragen, ob sie für zwei oder drei Nächte ins Gästezimmer zieht. Dann wird mir die Zeit bis zu deiner Rückkehr nicht so lang ..."

„Gute Idee. Ihr wolltet euch gestern doch sowieso treffen, was sich ja leider erledigt hatte." Althoff biss in sein Brötchen und redete mit vollem Mund weiter. „Ich bin in einer Woche zurück. Dann fahren wir zusammen ins Wallis." Vergnügt zwinkerte er ihr zu. „Mach dich auf was gefasst, dort wartet die Überraschung deines Lebens auf dich!"

Die Tage in Frankreich hatten Althoff so manches gebracht, nur keine Klarheit in Sachen Sandrine. Er konnte die liebenswerte, manchmal etwas zerstreute Französin mit dem schnuckeligen Akzent einfach nicht aufgeben.

Sie war nicht so schön wie Jule, nicht so gescheit wie Birte, nicht so weltgewandt wie Corinna. Dafür hatte sie ein Herz groß wie ein Mühlrad. Sie liebte Kinder und Tiere, ruhte in sich wie der Felsblock im Rhein und kümmerte sich neben ihrer Lehrtätigkeit am Gymnasium um die Pferde, Schafe und Esel auf ihrem Gutshof. Nie hatte sie Althoff um etwas gebeten, das er nicht geben konnte. Und sie stellte keine Fragen. Manchmal hatten sie wochenlang keinen Kontakt, auch das schien sie nicht zu stören.

Eigentlich, so überlegte er, war ihr Verhältnis keine Affäre, sondern eine Freundschaft plus. Damit hatte sich die Frage, wie es nach seiner Heirat mit ihnen weiterging, erübrigt. Eine Freundin zu haben, war schließlich kein Verbrechen. Als solche wollte er Sandrine ungern verlieren. Über das Plus würde er bei Gelegenheit nachdenken.

Im Moment sah er an dieser Front jedenfalls keinen Handlungsbedarf und würde die – wie auch immer geartete – Beziehung erst einmal weiterlaufen lassen.

Sandrine selbst pflegte ihn als „einen Freund" vorzustellen, was darauf schließen ließ, dass sie keinen Anspruch auf die Exklusivität seiner Gefühle erhob.

Wenn er an seine bevorstehende Eheschließung dachte, regte sich trotzdem das schlechte Gewissen in ihm. Diesen bedeutsamen Schritt konnte er ihr unmöglich verschweigen. Das hatte sie nicht verdient.

Aber wann und wie er es ihr beibrachte, musste er jetzt nicht entscheiden. Wo doch alles so glattlief: Mit seinem Beitrag zu ihrer Geburtstagsfeier war Sandrine mehr als zufrieden gewesen, der Bau des Hotels schritt problemlos voran und Josef hatte gemeint, dass er eine Beteiligung am Frankfurter Centerprojekt durchaus in Betracht zog. Am Ende hatte er in Wien noch diesen fantastischen Einkaräter gefunden. Kunstvoll in Weißgold gefasst. Jule würde ausflippen, wenn er ihr den an den Finger steckte.

Seinem theatralischen Auftritt bei Kerzenschein stand somit nichts mehr im Wege.

Jule musste nur „Ja" sagen und die Heiratsmaschinerie konnte anlaufen. Daran, dass sie es tun würde, zweifelte er nicht im Geringsten.

Im September konnte es auf der Riffelalp richtig ungemütlich sein. Doch in diesem Jahr gab der Altweibersommer alles und stülpte dem einzigartigen Bergpanorama eine Föhnglocke über. Die Temperaturen stiegen in sommerliche Höhen und die Sonne prangte am tiefblauen Himmel.

Althoff beschloss, die Gunst der Stunde zu nutzen und für den morgigen Tag einen Ausflug anzusetzen. Am Stellisee sollte Jule das weltbekannte Fotomotiv bewundern: die Spiegelung des Matterhorns auf windstiller Wasserfläche. Durch nichts auf der Welt zu toppen.

Nachdem sie sich sattgesehen hatte, würden sie zur Fluhalp marschieren und dort eine kleine Mahlzeit einnehmen, um danach am Grünsee vorbei wieder zur Riffelalp abzusteigen. Das war nicht sehr anstrengend und atmosphärisch genau das Richtige, um Jule auf den großen Moment einzustimmen.

Das Dinner würde er in der Suite servieren lassen. Mit Champagner und Kaviar. Das Käsefondue hatte er verworfen. Zu rustikal für den Anlass.

Er konnte es kaum erwarten, auf die Knie zu gehen und den Einkaräter aus der Tasche zu ziehen ...

Voller Vorfreude auf den bahnbrechenden Abend zeigte Althoff seiner Verlobten in spe die Wunder der Schweizer Bergwelt. Jetzt zahlte sich seine minutiöse Planung aus: Mit staunenden Blicken und großem Getöse feierte Jule die herrliche Aussicht.

Erfüllt von den Eindrücken kehrten sie ins Hotel zurück. Bis zum Abendessen war noch reichlich Zeit, die es zu überbrücken galt. Sie durchquerten gerade die Lobby, da hatte Althoff eine Idee. „Als würdigen Abschluss unserer Wanderung könnten wir vom Outdoor-Pool aus noch einmal den Blick auf das Matterhorn genießen. Was hältst du davon?", fragte er und küsste Jule verliebt auf den Mund.

„Wasserknutschen? Immer gerne", kicherte sie und legte ihre Hand provozierend auf sein Hinterteil.

Just in diesem Moment bog Corinna um die Ecke.

10

Dunkelheit, nichts als Dunkelheit. Dumpf, undurchdringlich.
Äonen vergehen in Dunkelheit.
Ich schlafe. Ich wache. Ich schlafe. Und schlafe und schlafe und schlafe.

Stimmen. Murmelnd. Schatten durchbrechen die Dunkelheit.
Auf einmal Licht. Grell. Unangenehm.
Ich will zurück in den Schatten. Will weiterschlafen.
Die Geräusche werden lauter.
„Sie wacht auf, oh mein Gott, sie blinzelt!"
Die Stimme kam mir bekannt vor. Ich öffnete die Augen.
„Mariella ...!" Jemand hatte sich über mich gebeugt und sah mir direkt ins Gesicht.
Sterne explodierten in meinem Kopf.
Was war hier los?
„Ella, bitte ... nicht wieder einschlafen!", sagte die Person eindringlich und hielt meine Schultern umklammert.
Immerhin lag ich weich. Das Subjekt über mir redete weiter.
Ich verstand nur Bahnhof. Wo in aller Welt war ich?
„Could somebody help me? She's awake, she's awake ...", schnatterte es aufgeregt.
Die Konturen wurden schärfer.
Das Antlitz vor meiner Nase hatte plötzlich einen Namen.
„Mutter?"
„Mariella, du bist zurück! Mariella ...", die Stimme brach.

Ich versuchte, meine sieben Sinne zu sammeln.

Wo war ich?

Was machte Mutter hier? Und wieso lag ich im Bett?

„Was …"

„Nicht reden, Ella. Nicht reden. Alles wird gut. Alles wird wieder gut!" Mutter schien ziemlich konfus.

Zwei Fremde in Weiß traten neben sie. Die Frau schob Mutter zur Seite. Der Mann zog eine Stablampe aus seiner Brusttasche und leuchtete mir ins Gesicht.

Was fiel dem denn ein? Ich protestierte.

Es schien zu wirken, denn das Licht zog vorüber und die Dunkelheit kehrte zurück.

Nicht so dicht wie zuvor. Eher tröstlich und sanft, beinahe zärtlich.

Ich wollte noch eine Frage stellen. Doch ich verlor den Faden. Meine Gedanken stocherten im Nebel. Keine Worte, keine Fragen. Keine Stimme.

Ich schlief.

„Sie war wach, das weiß ich genau! Schließlich war ich dabei", tönte es entrüstet in meinem Ohr, während dichter Nebel durch meine Gehirnwindungen waberte.

„Das mag sein. Aber in den letzten vierundzwanzig Stunden hat sie ununterbrochen geschlafen", antwortete eine zweite Person.

Beide Stimmen kamen mir bekannt vor. Ich versuchte, mich zu erinnern.

„Und das ist gut so, hat der Doktor gesagt!", meckerte Sprecherin Nummer eins.

Die spröde Sprachmelodie gab es nur einmal. Natürlich gehörte sie Elise. Wie das Knirschen von Sand im Getriebe.

„Der Provinzheini hat doch keine Ahnung. Wir sollten sie nach Helsinki bringen lassen!", sagte die zweite Stimme scharf.

Ich hätte sie unter Tausenden erkannt.

Es war Linda!

Was machte die hier? Und wieso kabbelte sie sich mit Mutter?

Wo waren wir überhaupt? Ich schlug die Augen auf.

„Hallo."

Augenblicklich herrschte Stille. Bis auf das monotone Piepsen einer Apparatur, die sich jenseits meines Gesichtsfeldes befand.

„Mariella ... Schatz! Du bist wieder wach ..." Sacht streichelte Mutter über meine Wange.

„Ella, mein Gott ..." Linda klang irgendwie befangen. So kannte ich sie gar nicht.

„Was ist hier los? Wo ... wo bin ich?" Die paar Worte kosteten mich unendlich viel Kraft.

„Du bist, wir sind ...", begann Mutter und setzte sich zögerlich neben mich.

„Wir sind in Savonlinna", ergänzte Linda von der anderen Seite des Bettes. Vorsichtig nahm sie meine Hand.

„In Savonlinna", murmelte ich.

Wo sollte das denn sein?

„Das liegt in Finnland. Erinnerst du dich?"

Nein, das tat ich nicht. Wie war ich hierhergekommen? Ratlos blickte ich von einer zur anderen.

„Schatz, du hattest einen Unfall und darfst dich nicht aufregen. Bevor wir uns weiter unterhalten, holen wir schnell einen Arzt an dein Bett. In Ordnung?", sagte Mutter beruhigend und nickte Linda zu. Die nickte zurück und verschwand.

Mein löchriges Gehirn bemühte sich, die mageren Informationen zu verarbeiten.

Finnland ... Was in aller Welt wollten wir hier? Und wie war es zu diesem Unfall gekommen? Mein Verstand war ein Mercedes auf zwei Zylindern.

Erschöpft schloss ich die Augen, während meine Gedanken wie flügellahme Enten Richtung Schlaf taumelten.

Als ich erwachte, war ich allein.

Im Dämmerlicht, das durch den geschlossenen Vorhang am Fenster drang, zeichneten sich die Gegenstände im Raum ab: ein kleiner Tisch, zwei Plastikstühle, an der Wand gegenüber ein Fernseher, befestigt auf einer drehbaren Halterung. Daneben ein gerahmtes Bild, Monets Wasserlilien. Ein Farbklecks in der Tristesse. Meine Augen verweilten einen Moment, bevor sich mein Kopf langsam nach rechts bewegte und ich ein zweites Bett ohne Auflagen registrierte. Das monotone Piepsen, das von den Geräten hinter mir ausging, lullte mich ein.

Schläfrig sah ich an mir herab. Kabel lugten unter meiner Bettdecke hervor. In meinem Unterarm steckte ein Schlauch. Neben dem Bett ein Metallständer, daran befestigt ein Tropf. Die Flüssigkeit suchte sich ihren Weg in meine Vene.

Es roch nach Desinfektionsmittel.

Ganz klar, ich lag im Krankenhaus.

Vorsichtig tastete ich mein Gesicht ab und erfühlte einen dicken Verband an der Stirn. Deshalb das Hämmern. Konzentriert ging ich zu Armen und Beinen über. Sie ließen sich bewegen. Ich seufzte erleichtert.

Glücklicherweise auch keine Gipsverbände zu sehen.

Warum lag ich hier?

Ich dachte angestrengt nach. Mein Kopf dröhnte mit unverminderter Intensität. Der Bauch pochte ebenfalls. Ich spürte eine große Mullbinde an meinem Oberkörper und versuchte, mich in eine bequemere Lage zu drehen.

Wie war ich zu diesen Verletzungen gekommen? Meine Gedanken irrlichterten von München nach Basel und wieder zurück.

Mutter war hier gewesen. Da war ich ganz sicher. Und Linda. Was hatte die gesagt? Wir wären in ... Finnland?

Irgendetwas rastete ein. Eine schreckliche Ahnung drängte aus meinem Unterbewusstsein ans Licht.

Finnland ...

Natürlich! Die Olavinlinna.

Sightseeing in der Sonne. Überall Birken, eine große Holzkirche.

Die Hütte am See. Stunden voller Harmonie.

Die reizende Vivi.

Auf einmal Regen und Dunkelheit.

Ein rotes Auto. Drei schwarze Gestalten.

Der finstere Pfad.

Ein Hexenhaus im Wald. Schüsse aus dem Nichts ...

Das rote Auto. Meine Panikattacke.

Knirschende Geräusche, Metall auf Holz.

Das Auto so schnell ...

Der nasse Asphalt.

Ein Lastwagen. Plötzlich da, viel zu nah.

Der Schrei.

Entsetzt rang ich nach Luft und rief um Hilfe.

Etwas atemlos rauschte Mutter ins Zimmer.

„Die Ärztin hat gesagt, dass du wach bist." Achtlos warf sie Mantel und Schal über die Stuhllehne.

Ich setzte mich auf. Durch meinen Kopf raste der Schmerz.

„Mama, was ist mit den anderen?" Vielsagend blickte ich auf das Bett neben mir.

„Jetzt lass dich doch erst mal drücken!" Eine Parfümwolke zog an meiner gebrochenen Nase vorbei und verursachte mir Übelkeit. Ich versuchte, mich aus Mutters Umarmung zu lösen.

„Wo sind Lenni und Vivien?" Eindringlich hielt ich ihren Blick fest.

Seufzend setzte sich Mutter ans Fußende meines Bettes. „Die sind nicht hier."

Ich atmete auf. Dann hatte es wohl nur mich erwischt.

„Du musst ihnen sagen, dass es mir besser geht. Die warten sicher darauf."

Mutter sah mich schweigend an. Ihr Blick gefiel mir nicht.

„Mama?"

„Hm." Sie räusperte sich. „Man hat mir gesagt, dass du heute etwas essen kannst. Das ist eine wirklich gute Nachricht!"

Stumm sahen wir uns an. Mutter war die schlechteste Schauspielerin der Welt. Und ihre Miene sagte mir, dass die Lage alles andere als gut war.

„Was ist hier los?"

Sie holte tief Luft und sagte leise, wie zu sich selbst: „Irgendwann musst du es ja erfahren."

Ich spürte, wie jeder Muskel meines Körpers zu vibrieren begann.

„Ihr hattet einen Unfall."

„Das weiß ich bereits. Und ich erinnere mich sogar daran: Wir sind sehr schnell gefahren und dann ... hat's gekracht."

„Der Arzt meint, es wäre ein gutes Zeichen, wenn die Erinnerung rasch zurückkommt", wich sie aus.

„Wo ist Lenni?", fragte ich ruhig. Meinen Geisteszustand konnten wir später ausloten.

Unwillig schüttelte sie den Kopf. „Du hast mir nicht gesagt, dass es in deinem Leben wieder einen Mann gibt."

Ich zuckte resigniert die Schultern. „Die Beziehung ist noch sehr jung, da schaltet man kein Inserat in der Zeitung."

„Aber seiner Mutter kann man es trotzdem erzählen!"

„Ich hätte es dir nach meiner Rückkehr erzählt. Nun ist es anders gekommen. Das lässt sich nicht ändern."

Die Diskussion begann mich zu ermüden. Vorsichtig ließ ich mich in die Horizontale zurücksinken und schloss die Augen. Wohltuende Stille. Selbst der Apparat hinter meinem Kopf schwieg. Offensichtlich hatte die Schwester ihn abgeschaltet, da man glaubte, er sei für meine Genesung nicht länger notwendig.

Meine Augen öffneten sich wieder, Mutter saß noch immer am Fußende des Bettes. Ob ich eine Minute oder zwei Stunden geschlafen hatte? Ich wusste es nicht.

„Wo ist Lenni?"

Diesmal kam die Antwort prompt. „In München."

Er hatte mich nach dem Unfall also in Finnland zurückgelassen.

Mutter schien meine Gedanken zu erraten und beeilte sich anzufügen: „Du hast eine Woche im Koma gelegen. Wir mussten deinen ... äh ... Freund hier wegschaffen. Seine Mutter hat ihn abgeholt."

Ratlos wickelte ich den Infusionsschlauch um meinen Zeigefinger.

Eine ganze Woche verschlafen. Seltsame Vorstellung. Vermutlich hatte Lenni meinen Anblick nicht mehr ertragen und war deshalb abgereist.

Verärgert stützte ich mich auf.

Wie konnte er mich einfach im Stich lassen? Das war ja unerhört! Dem würde ich was erzählen, wenn ich wieder in München war. Immerhin hatten wir eine Mission zu erfüllen und ich war nicht die Einzige, die seine Hilfe hier brauchte.

„Was ist mit Vivien? Hat sich die Sache mit ihrem Nachbarn geklärt?"

Mutter stand auf, um sich einen Stuhl zu nehmen. Umständlich rückte sie ihn neben meinem Bett zurecht und griff nach meinen Händen.

Sekundenlang sah sie mir in die Augen.

„Vivien ist tot."

Vivien ist tot. In meinem Kopf wiederholte ich die monströsen Worte.

Tot. Die wunderbare einzigartige Vivi, tot.

Ich schluckte.

„Es tut mir so leid, auch wenn ich sie nicht kannte. Was für eine Tragödie." Mutter ließ meine Hände los, um sich die Nase zu schnäuzen.

Stumm fixierte ich das Bild an der Wand gegenüber. Lilien im Wasser.

Trauerblumen. Für die Beerdigung.

Ich zwang mich, meinen Blick auf Mutter zu richten.

„Ist sie ...", ich biss mir auf die Unterlippe, um die aufsteigenden Tränen zurückzudrängen, „ist sie schon ...?"

„Beigesetzt?" Mutter seufzte. „Das ist alles ziemlich kompliziert ..."

Stockend begann sie zu erzählen, was nach der Kollision mit dem Laster geschehen war.

Es hatte uns auf der Beifahrerseite erwischt. Vor allem hinten, wo Vivien saß.

Die Polizei vermutete, dass sie sofort tot war.

Das auslaufende Benzin hatte sich entzündet. Geistesgegenwärtig war Lenni aus dem Auto gesprungen und hatte mich aus dem Wrack gezogen.

Er selbst war beinahe unverletzt geblieben.

„Dein Freund sah seine Schwester verbrennen", sagte Mutter leise, „er ist schwer traumatisiert."

„Deshalb hat seine Mutter ihn nach München gebracht." Apathisch sah ich aus dem Fenster. Der Himmel über Savonlinna. Wolkenverhangen.

Irgendwo da oben würde Vivi jetzt sein. Auf ihrer eigenen kleinen Wolke.

Mutter räusperte sich. „Alina ist kurz nach uns hier eingetroffen. Sie musste sich um so vieles kümmern und hatte kaum Zeit, zu trauern: Viviens sterbliche ...", sie stockte und versuchte, sich wieder zu sammeln, „ihre sterblichen Überreste wurden ... eingeäschert. Die Urne soll nach Rumänien überführt werden. Darum kümmert sich das Beerdigungsinstitut. Und um den ganzen Behördenkram auch."

„Was wird aus den Tieren?"

Ich starrte auf den Kunstdruck. Gottverdammte Lilien.

„Die Ziege wurde zu einem Bauern in der Nähe gebracht und die Katzen hat ein junges Pärchen adoptiert. Die Sache ist landesweit durch die Presse gegangen. Viele Leute haben sich bei der hiesigen Polizei gemeldet und ihre Hilfe angeboten."

Überrascht ließ ich von Monet ab. „Sieh an, die Finnen! In Deutschland würde es so ein Unfall höchstens in den Lokalteil schaffen." „Das ist hier vermutlich genauso", murmelte sie. „Die Aufmerksamkeit resultierte wohl eher aus den Umständen, die das Unglück verursacht haben."

Ich horchte auf. „Was denn für Umstände?"

„Na, der Grund, warum ihr so schnell unterwegs ward ... dieser Mann im Wald. Dein Freund stand unter Schock, als die Polizei am Unfallort eintraf. Bevor er zusammenbrach, hat er den Beamten in seinem Kauderwelschfinnisch noch von den Schüssen erzählt. Kurz darauf ist ein Sondereinsatzkommando angerückt und hat den Schützen dingfest gemacht. Am nächsten Tag war klar, dass der Typ ein von Interpol gesuchter Mörder ist. Brandgefährlich und vollkommen skrupellos."

Der ausgerechnet neben Vivi einen Unterschlupf gefunden hatte.

Und wir waren wie die Lämmer zur Schlachtbank vor seine Haustür gezogen. Das konnte alles nicht wahr sein.

„Ihr hättet nicht allein dort hingehen dürfen."

Ich biss die Zähne zusammen, bis sie knirschten. „Wer sollte denn ahnen, dass nebenan ein Schwerverbrecher haust?" Die Frage war überflüssig. Denn natürlich hatte ich es geahnt. Aber auf die Alarmsignale gepfiffen. *Das Unglück ist nah – und nicht alle werden es überleben …*

„Das konnte wirklich niemand wissen", sagte Mutter beschwichtigend. Das Motiv ihres Einlenkens war klar: Sie wollte meine Kräfte nicht über Gebühr strapazieren.

Aber ich wusste, was ich wusste: die Nägel, der Husky, mein Alptraum. Vielleicht hätte ich das Drama verhindern können.

Sanft drückte Mutter mich in die Kissen zurück. „Du musst dich jetzt ausruhen. Dein Schutzengel hat Schwerstarbeit geleistet. Mein Gott, wenn du das Auto gesehen hättest …"

Verzweifelt schloss ich die Augen. Wo waren Vivis Engel im entscheidenden Moment gewesen? Warum hatte sie keiner beschützt?

Unwillkürlich tastete ich mein Dekolleté ab.

Nichts. Das Amulett war verschwunden.

„Wenn du den Anhänger suchst", Mutter hatte meine Geste richtig gedeutet, „den haben sie dir bei der Erstversorgung abgenommen – und später mit deinen übrigen Sachen in den Schrank da vorne geräumt. Irgendwie hatte ich das Gefühl, dass das ein Talisman ist, deshalb habe ich ihn in die Schublade deines Nachttisches gelegt."

Erschöpft nickte ich ihr zu. „Danke …"

Ich nahm noch wahr, wie sie mir einen Kuss auf die Stirn gab. Dass sie sich wieder ans Fußende meines Bettes setzte, bemerkte ich nicht mehr.

Auch nicht, wie Linda kurze Zeit später ins Zimmer kam.

Gnädige Dunkelheit senkte sich über mich. Abgrundtief und traumlos.

*

„Peter!"

Die Stimme in seinem Rücken riss ihn aus allen Mondschein-sonatenträumen. Wenn es einen Menschen gab, den er gerade ganz und gar nicht zu treffen bereit war, dann die Person, zu der diese Stimme gehörte.

Widerstrebend drehte er sich um. „Corinna?" Verflucht noch eins, was machte die hier? „Solltest du nicht in St. Moritz sein ...?"

„Und solltest *du* nicht in München sein?", konterte sie giftig. „Jedenfalls hast du das am Telefon gestern behauptet." Corinna warf Jule einen verächtlichen Blick zu. „Ich nehme an, Sie sind die Sekretärin?"

Dem Model verschlug es die Sprache.

„Wenn du es genau wissen willst: Das ist meine Freundin." Vorsorglich positionierte Althoff sich zwischen den beiden Frauen. Man konnte nie wissen, wie Corinna auf so eine Nachricht reagierte.

„Ach? Und ich dachte, das wäre mein Job." Ihre Augen blitzten gefährlich. Sie machte einen Schritt zur Seite, um Jule weiter ins Gesicht sehen zu können.

„Wissen Sie, Peetie und ich sind verlobt und verbringen so viel Zeit wie möglich miteinander. In meiner Wohnung in Zürich."

Das war ihm neu. „Augenblick mal, Corinna!" Eindringlich wandte er sich an Jule: „Das ist nicht wahr, bitte glaub ihr kein Wort ..."

Corinna lachte böse. „Schatz, soll ich deiner kleinen Gefährtin etwas über dein Faible für teure Dessous erzählen?" Sie trat Althoff kräftig gegen das Schienbein und ging einen Schritt auf Jule zu. „Welches Märchen erzählt er Ihnen, wenn er zu mir in die Schweiz fährt? Dass er auf Geschäftsreise ist?"

Jules Augen füllten sich mit Tränen. Langsam bewegte sie sich rückwärts.

„Die Frau lügt wie gedruckt! Jule, lass dir nichts einreden ..." Althoff rieb sich die schmerzende Körperstelle und überlegte fieberhaft, wie er seinen Kopf aus der Schlinge bekam. Vor allem musste er versuchen, den Kriegsschauplatz an einen privateren Ort zu verlegen. Es war ihm nicht entgangen, dass die

Leute an der Rezeption völlig ungeniert sein kleines Gipfeltreffen verfolgten.

Corinna und Jule starrten sich immer noch an.

„Ich denke, wir sollten unsere Unterredung woanders weiterführen", sagte er betont gelassen und fasste jede der beiden Damen am Oberarm, um sie aus der Lobby zu führen.

Wütend riss Corinna sich los. „Wo diese Unterredung stattfindet, lasse ich mir von *dir* nicht diktieren!"

Auch Jule rührte sich nicht vom Fleck. Erst jetzt fiel ihm auf, dass sie noch immer kein Wort gesagt hatte.

„Schatz ..." Liebevoll streichelte er ihr über die Wange.

Ruppig stieß sie seine Hand weg. „Spar dir dein Gesülze. Wir wissen beide, dass sie die Wahrheit sagt!"

Vorsichtig trat er noch etwas näher an sie heran. „Ich gebe zu, dass ich das eine oder andere Mal nach Zürich gefahren bin, aber das hatte nichts zu bedeuten. Geliebt habe ich immer nur dich!" Um Vergebung heischend sah er sie an und wünschte die Lauscher ringsum auf den Mond.

Die Ohrfeige von links traf ihn gänzlich unvorbereitet und mit ziemlicher Wucht. „Mistkerl", zischte Corinna. „Wag es ja nicht, dich noch einmal bei mir blicken zu lassen!" Mit einer impulsiven Bewegung warf sie die Haare in den Nacken und stakste erhobenen Hauptes davon.

Unsicher blickte er zu Jule.

Die rührte sich ebenso wenig wie die atemlosen Gaffer, die vergeblich versuchten, sich ihre Neugier nicht anmerken zu lassen.

„Julchen, liebster Schatz, bitte hör mich an ..."

Mit ausdruckslosem Gesicht winkte sie ab. „Danke, ich habe genug gehört. Noch nie hat mich jemand so mies behandelt! Lässt mich in der Villa allein, obwohl du weißt, wie sehr ich mich fürchte – um dich mit einer anderen zu ... zu ... amüsieren! Die grässliche Schweizerin hat recht: Du bist ein Mistkerl. Der fieseste", sie spuckte das Wort förmlich aus, „*Mist-Kerl*, der mir in meinem Leben begegnet ist!"

Der Ausbruch seiner sonst so ausgeglichenen Jule zeigte ihm: Rom war in Not. So kurz vor seiner Eroberung. Althoff konnte sein Pech kaum fassen.

Ihr Gesichtsausdruck ließ keinen Zweifel daran, dass die Party vorbei war, und er sah keinen Grund, sich weiter zum Affen zu machen.

Resigniert wies er in Richtung Aufzug. „Dann lass uns die Sache zu einem friedlichen Ende bringen und unsere Koffer packen."

„Irrtum, mein Lieber", sagte Jule ruhig, „du wirst deinen Koffer packen und ohne ein weiteres Wort verschwinden. Claudia wird sich mit Sicherheit gerne den Mini schnappen und mich hier abholen. Sie konnte dich nämlich nie leiden. Weil du in ihren Augen ein ganz übler Wichser bist." Damit ließ sie ihn stehen.

Fehlte nur, dass das Publikum zu applaudieren begann. Doch das Gegenteil war der Fall: Es herrschte Totenstille.

Nachdem keine weitere Eskalation zu erwarten war, fingen alle gleichzeitig an zu reden und angelegentlich in ihren Taschen zu kramen. Althoff warf einen angewiderten Blick in die Runde und verspürte große Lust, Amok zu laufen. Sowie er hier fertig war, würde er nach München fahren und Claudia umnieten. Die hatte sein Julchen gegen ihn aufgebracht. Zur Hölle mit der Schnepfe.

Seinen halbgaren Versuch, das Ruder noch einmal herumzureißen, hätte er sich sparen können.

Nachdem Jule aus der Halle gestoben war, hatte Althoff den Concierge aufgesucht und hundert rote Rosen geordert. Dann hatte er sich an die Bar gesetzt und gewartet, bis das Blumengebinde geliefert und an der Zimmertür abgegeben worden war. Zehn Minuten später sah er die Zeit gekommen, ins Gefecht zu ziehen.

Vorsichtig öffnete er die Tür zur Matterhornsuite.

Niemand zu sehen. Nur sein Koffer stand, fertig gepackt und verwaist, nebst prallem Kleidersack an der Garderobe. In der Mitte des Wohnzimmers lag ein Teppich aus roten Rosen. Kleingerupft und plattgetreten.

Das Signal war so unmissverständlich, dass er den Zettel, der unter dem Handgriff seines Koffers klemmte, nicht hätte lesen müssen. Er tat es trotzdem.

„Fick dich!", stand dort.

„Wie ich sie liebe, deine vornehme Ausdrucksweise", murmelte er und ließ seinen Blick durch das rustikale Ambiente schweifen. An einem Champagnerkübel neben der moosgrünen Couch blieb er hängen.

Er seufzte. Den Tag hatte er sich wahrhaftig anders vorgestellt. Überdeutlich war er sich plötzlich des Ringes in seiner Brusttasche bewusst. Wo Jule wohl war?

Egal. „Mach's gut, Süße", flüsterte er und schnappte sich sein Gepäck, um in der Lobby auf den Transfer zum Bahnhof zu warten.

11

Zurück unter den Lebenden war meine Genesung rasch vorangeschritten und nach knapp zwei Wochen konnte ich das Krankenhaus mit ein paar gebrochenen Rippen, unzähligen Prellungen und einem schmerzenden Milzriss verlassen. Ich wollte nach Hause, um meine Wunden zu lecken und zu vergessen.

Mutter war bei mir in Savonlinna geblieben und organisierte unsere Rückreise, während Linda schon wieder in Basel weilte und ihren Familienzirkus managte.

Mein Gepäck, das sich noch immer in Viviens Blockhaus befand, ließ ich stehen. Nichts und niemand würde mich je dazu bewegen, diesen schrecklichen Ort noch einmal aufzusuchen.

In den Tagen nach unserer Ankunft in Trudering hüllte Mutter meinen finnischen Alptraum in einen Mantel des Schweigens.

Ihre Koffer waren kaum ausgepackt und die Gästematratze bezogen, da glänzte mein Appartement bereits wie Omas Silberbesteck am Weihnachtstag. Wenig später blubberte eine Hühnersuppe auf meiner alten gusseisernen Herdplatte und Mutter durchwühlte sämtliche Schränke, um sich einen Überblick über meine Vorräte zu verschaffen.

Anstandslos ließ ich sie das Regiment übernehmen und genoss die betriebsame Fürsorge, froh, das Wiedersehen mit Lenni noch aufschieben zu können.

Er hatte sich nicht bei mir gemeldet, obwohl er über das Fortschreiten meiner Genesung informiert sein musste. Traumatisiert oder nicht – ich fand, dass sein Platz an meinem Bett gewesen wäre, als ich bewusstlos im Krankenhaus lag. Schließlich hatte *er* keine sichtbaren Blessuren davongetragen.

Aber eigentlich störte es mich nicht, dass Lenni mich im Stich gelassen hatte. Im Gegenteil, ich war erleichtert, dass Mutter und Linda es waren, die in Finnland mein Händchen hielten. Standhaft hatten sie bei mir gesessen, sichtlich darum bemüht, mir dabei zu helfen, die bittere Wahrheit zu akzeptieren. Den beiden verdankte ich meinen Willen weiterzumachen. Wir redeten lange über Vivien, die – einer Sternschnuppe gleich – durch mein Leben gezogen war, um nach einem Augenblick des Staunens am Firmament zu verglühen. Ich war unendlich traurig, sie verloren zu haben. Und unendlich dankbar, ihr begegnet zu sein.

„The good die young", hatte Linda gesagt und den Nagel damit auf den Kopf getroffen. Vivi verkörperte, was Esoteriker so gern als *reine Seele* bezeichneten: Sie hatte Pflanzen und Tiere geliebt und niemandem je ein Leid zugefügt. Ich versuchte, mich damit zu trösten, dass sie sich an einem Ort befand, der ihrer Entwicklung förderlicher war als die düstere Hütte am See. Wenn es einen Himmel gab – und davon war ich überzeugt –, würde Vivien dort sein und auf uns herabblicken. Jeden Abend zündete ich an meinem Krankenhausfenster eine Kerze an, um sie im Jenseits zu grüßen.

Mein Glaube hatte mir schon über den Tod meines Vaters hinweggeholfen und auch diesmal zog Friede in mein Inneres ein, nachdem der Schock überwunden war.

Schneller als gedacht, war ich in der Lage, stundenweise in den Laden zu gehen. Der Alltag lenkte mich ab und ich freute mich über die kleinen Klatschgeschichten des Viertels, die meine Kunden mir unter dem Siegel der Verschwiegenheit steckten. Ich selbst erzählte niemandem von meinen Erlebnissen in Finnland. Außer Maja natürlich, deren ehrliche und unaufdringliche Liebe die Schatten auf meiner Seele langsam verblassen ließ.

Nach einer Woche fand Mutter, dass ich mich wieder selbst versorgen konnte, und bereitete, umtriebig wie immer, ihre Abreise vor.

„Schade, dass du keine Kühltruhe hast", sagte sie, nachdem sie meine Fugen im Badezimmer mit einer Zahnbürste geschrubbt hatte, „dann könnte ich dir ein paar Eintöpfe kochen."

Träge sah ich von meinem Buch auf. Zwei Hausfrauen auf fünfzig Quadratmetern war eine zu viel. Deshalb verkrümelte ich mich auf meine Matratze, sobald ich daheim war, und überließ Mutter das Feld.

„Dann komme ich eben nach Kassel, wenn mir mal wieder nach Eintopf ist."

„Das dürfte schwierig werden", antwortete sie vergnügt und wandte sich den beiden Herdplatten zu, auf denen irgendwas köchelte, „weil Erich sich nämlich angekündigt hat."

Überrascht setzte ich mich auf. „Ach, sag bloß! Hat es sich endlich ausgebärbelt?"

Mutter holte das Sieb aus dem Schrank, um die Spaghetti abzugießen.

„Und ob es das hat! Kannst du bitte den Tisch decken? Es gibt Bolognese."

Ich gehorchte und setzte mich auf mein Sitzkissen, um den Beginn der Mahlzeit abzuwarten. Mutter werkelte geschäftig vor sich hin.

„Was war denn nun in Freising? Komm schon, Mum, ich platze vor Neugier!"

Zwei dampfende Schüsseln schwebten heran. „Ich sage nur eines: Es ist haargenau so gekommen, wie wir es geplant hatten." Süffisant spitzte sie die Lippen.

„Echt? Also hat Erich die Nase voll von Kindergeschrei und Hausarbeit? Hat er bei Bärbel Urlaub beantragt?"

„Nix Urlaub", eine Riesenportion Spaghetti landete auf meinen Teller, „Ende aus Mickey Maus."

„Heißt das, die beiden haben sich verkracht?" Mit einer Suppenkelle schöpfte ich reichlich Soße auf meine Pasta.

„Aber hallo. Er hat mich eben angerufen, als du im Laden warst. Der schäumt vor Wut."

„Weil das Bärbelkind ihren Haushalt nicht im Griff hat?"

„Wohl auch. Aber da muss noch mehr vorgefallen sein. Erich wollte nicht damit rausrücken. Sie hat offenbar einen Typen kennengelernt und ist für ein paar Tage einfach abgetaucht, während der liebe Opa zu Hause wie ein Brummkreisel rotiert ist."

Ungläubig schüttelte ich den Kopf „Sie hat sich nicht mit ihm abgestimmt?"

„Scheint so."

Ich pfiff durch die Zähne. „Mamma Mia, das ist krass. Wie geht's jetzt weiter?"

Geziert wickelte Mutter ein paar Nudeln um ihre Gabel und strahlte mich an. „Zurück zum süßen Rentnerleben! Wir treffen uns in Kassel, der Rest wird sich zeigen. Wahrscheinlich steuern wir demnächst das Tessin an, um ein paar schöne Herbsttage mitzunehmen."

„Warum fahrt ihr nicht gemeinsam nach Kassel?", überlegte ich, „Erich könnte dich hier abholen. Dann würdest du dir die Zugfahrt sparen."

Mutters Grinsen wurde noch breiter. „Geht leider nicht. Er hat gestern überstürzt seine Sachen gepackt und ist schon in Hamburg. Von dort aus hat er mich vorhin angerufen."

„Da scheint jemand aber sauer zu sein."

„Das kann ich dir sagen. Schön dumm von Bärbel, ihn so zu vergrätzen."

„Irgendwie tut sie mir leid. Erst der treulose Gatte, dann alleinerziehend mit zwei Kindern und kaum hat sie ihre Lebensfreude zurück, ist Matthäi schon wieder am Letzten."

Mutter hatte weniger Verständnis für hormonelle Höhenflüge. „Selbst schuld! Sie hat Erichs Gutmütigkeit über Gebühr strapaziert. Das wäre noch monatelang so weitergegangen, wenn sie es nicht schamlos übertrieben hätte."

Ganz so hart fiel mein Urteil nicht aus. Schließlich hatte ich mich auch schon Hals über Kopf verliebt und dadurch die Verwandtschaft verärgert.

„Jetzt steht sie mit ihren Dötzchen wieder im Regen", sagte ich mitfühlend und kratzte die Reste der leckeren Soße vom Teller.

„Vermutlich. Oder sie hat ihr Gspusi schon so fest im Griff, dass der sich von ihr einspannen lässt. Zutrauen würd ich's der Dame. Bisher hat sie es noch immer geschafft, aus jedem Schlamassel einen Jackpot zu machen."

„Es sei ihr gegönnt", murmelte ich und griff nach den Tellern, um sie zur Spüle zu tragen. „Dann geht es morgen also nach Kassel?", versuchte ich Mutter von Bärbels Fährte zu locken.

Bereitwillig griff sie den Themenwechsel auf. „Jawohl. Nach all den Dramen, die über uns hereingebrochen sind, werden Erich und ich ausgiebig unsere Zweisamkeit genießen. Das kann ich dir sagen: Die Flammen der Leidenschaft mögen bei uns nicht mehr so hoch lodern wie bei euch jungem Gemüse, aber erloschen sind sie noch lange nicht!"

Bestens gelaunt war Elise am Morgen aufgebrochen und in den Zug nach Kassel gestiegen. Ich hatte sie zum Bahnhof begleitet und sah voller Rührung der winkenden Gestalt im anrollenden Waggon hinterher. Unsere kleine Familie mochte sein, wie sie wollte, aber wenn es darauf ankam, hielten wir fest zusammen. Das hatte sich in den letzten Wochen wieder gezeigt. Leider wurde mir dadurch umso stärker bewusst, dass Lenni nicht zu diesem erlauchten Zirkel gehörte – und es auch niemals würde. Er passte einfach nicht ins Bild. Das erleichterte mir den Abschied kolossal. Allerdings musste ich, um einen Schlussstrich zu ziehen, noch einmal persönlich mit ihm sprechen.

„Warum das Unangenehme nicht direkt angehen, einfacher wird's ja nicht", sagte ich mir und machte mich auf den Weg nach Haar. Vielleicht hatte ich Glück und Lenni war zuhause. Am Nachmittag würde ich alleine im Laden sein, weil Maja einen Arzttermin hatte. Da ließ es sich vortrefflich über ein Leben als Single nachdenken.

Etwas nervös steuerte ich meinen kleinen Opel in den Jagdfeldring und suchte nach einem Parkplatz. Vor dem Wohnblock, in dem Lenni lebte, wurde ich fündig.

„Auf in den Kampf!", feuerte ich mich an und ging festen Schrittes zur Haustür. Mehrmals drückte ich die abgewetzte Klingel, doch kein Summen ertönte.

Ich wollte gerade gehen, als eine junge Mutter mit einem Kinderwagen durch die Tür trat. Spontan nutzte ich die Gelegenheit, um ins Treppenhaus zu gelangen.

Normalerweise ging ich die paar Stufen in den dritten Stock zu Fuß, aber weil ich mich nach dem Unfall noch schonen musste, entschied ich, den Aufzug zu nehmen. An Lennis Wohnungstür klingelte ich erneut. Es rührte sich nichts. Ich versuchte es noch einmal, diesmal im Sturmmodus.

Keine Reaktion, die Tür blieb geschlossen.

Dafür öffnete sich die von nebenan. „Grüß Gott, gnädige Frau, kann ich helfen?"

Ein schmächtiger Mann mit schütterem Haar trat auf mich zu und streckte mir leutselig seine Hand entgegen. „Mein Name ist Alfons Leitner. Wollen Sie zum Lenni?"

Einen Moment stutzte ich, dann fiel es mir ein: der Schlüsselalf, natürlich! Erfreut schüttelte ich seine Hand.

„Ja, das wollte ich. Aber scheinbar ist er nicht zuhause. Ich heiße übrigens …"

„Mariella", fiel er mir ins Wort, „Sie müssen die Ella sein! So hübsch und adrett, der Lenni hat mir viel von Ihnen erzählt."

Geschmeichelt lächelte ich ihn an. „Sie wissen nicht zufällig, wo er steckt?"

Herr Leitner wiegte langsam den Kopf. „Doch, das weiß ich schon. Er ist da drin." Betrübt deutete er auf die geschlossene Tür.

„Warum macht er dann nicht auf?" Konsterniert setzte ich zu einer weiteren Klingelattacke an. Der Nachbar winkte ab.

„Das bringt nix. Seitdem er zurückgekommen ist, hat er die Wohnung nicht mehr verlassen. Er sitzt auf dem Sofa und starrt vor sich hin. Sagt nichts, tut nichts. Zieht sich nicht an und isst nur, wenn man ihm etwas hinstellt. Ich versorge ihn mit dem Nötigsten, auch mit Wodka und Bier. Das ist das Einzige, wonach er fragt. Von seiner Mutter hab' ich gehört, was in Finnland passiert ist. Sie hat ihn hierher gebracht und ist nach zwei Tagen wieder verschwunden, stand wohl selber noch unter Schock, die Ärmste." Traurig schüttelte er den Kopf. „Dass er seine Schwester verloren hat ... was für ein Wahnsinn! Ich hab' sie auch gekannt, die Vivi, so ein blitzsauberes Mädel! Viel zu früh musste sie sterben, viel zu früh. Und der Lenni ist alleine zurückgeblieben mit seiner Trauer. Dem Himmel sei Dank, dass Sie nun gekommen sind, um ihn ins Leben zurückzuholen."

Wortlos hatte ich den Redeschwall über mich ergehen lassen. Dass ich ganz und gar nicht gekommen war, um Lenni ins Leben zurückzuholen, sondern um ihm Lebewohl zu sagen, gedachte ich vorerst für mich zu behalten. Zunächst musste ich in die Wohnung gelangen, dann würde man weitersehen.

„Dann macht er Ihnen die Tür auf?"

„Nein. Hier kann klingeln, wer will, da tut sich nichts. Glücklicherweise hab' ich einen Wohnungsschlüssel, sonst wäre der Lenni längst verhungert." Was, wie ich vermutete, genau seine Absicht war.

Ich seufzte. „Würden Sie mir die Tür vielleicht aufschließen?" Der Nachbar nickte eifrig. „Sehr gerne, gnädiges Fräulein! Ich schlage vor, Sie nehmen den Ersatzschlüssel an sich, der liegt auf der Kommode im Flur. Dann können wir ab sofort beide nach ihm sehen. Wäre doch gelacht, wenn wir ihn nicht wieder auf die Beine bekämen!"

Inzwischen hatten wir uns Zutritt zur Wohnung verschafft. Ich drückte den Lichtschalter, um im Zwielicht nicht über die Schuhe am Boden zu stolpern.

Die Glühbirne musste defekt sein, denn es blieb dunkel.

„Immer noch kein Strom", kommentierte der Alfons gleichmütig, „die Rechnung ist nicht bezahlt."

Das war sie schon vor Finnland nicht gewesen. Ich zuckte resigniert die Schultern und ging weiter ins Wohnzimmer. Die Luft roch sauer und abgestanden. Mit angehaltenem Atem schlängelte ich mich durch die am Boden verstreuten Teller und Flaschen zur Balkontür.

Resolut zog ich die Vorhänge zurück, um Tür und Fenster zu öffnen.

Das Tageslicht enthüllte das ganze Ausmaß der Katastrophe: Schmutzige Wäsche und Essensreste lagen überall verstreut auf dem Fußboden, dazwischen zahllose Bierflaschen und Hunderte Kippen in diversen überquellenden Aschenbechern. Vereinzelte Plastiktüten mit fragwürdigem Inhalt ragten aus dem Meer der Verwüstung. Was sich darin befand, wollte ich gar nicht wissen. Ich tippte auf Müll. Über all das hatte sich, quasi als Sahnehäubchen, ein klebriger Film aus dem im Zimmer konservierten Zigarettenqualm gelegt.

Inmitten des Durcheinanders fanden wir Lenni. Wie der von Saruman besetzte König Théoden, mit leerem Blick, in der schlaffen Hand eine halb volle Wodkaflasche, thronte er auf seinem alten speckigen Sofa. Sein Oberkörper war nackt, über die Beine hatte er eine fleckige Decke gebreitet.

Bei seinem Anblick stockte mir der Atem. Die langen Haare hingen ihm in fettigen Strähnen über die Schultern, ein schwarzer Bart verdeckte die hohlen Wangen. Ausdruckslose Augen glotzten mich aus einem geisterhaft bleichen Gesicht an.

Schlagartig hatte ich vergessen, warum ich gekommen war.

Es hätte ohnehin nichts gebracht, ihm in diesem Moment zu sagen, dass unsere Beziehung beendet war. Er hätte meine Worte nicht verstanden.

Langsam ging ich neben ihm in die Hocke. „Lenni ... ich bin wieder da." Als ob er das nicht sehen würde.

„Mar...ella ...", lallte es aus dem Bart.

Hilflos sah ich zum Nachbarn auf, der hinter mich getreten war.

„Wir sollten ihm die Flasche wegnehmen", meinte der schwach.

Ich nickte und versuchte Lenni den Wodka zu entwinden.

„Nei...n", schimpfte er und krallte sich daran fest, „mei... en Wods...ki!"

Unbeirrt riss ich die Flasche an mich und drückte ihn in sein Kissen. Er leistete kaum Widerstand.

„Schlaf jetzt!", sagte ich streng. „Nachher bekommst du sie wieder."

Keine dreißig Sekunden später erfüllte lautes Schnarchen den Raum.

Mechanisch ging ich in die Küche und schüttete den Alkohol in den Ausguss. Was immer Lenni in sich reinkippen würde, wenn er wieder wach wurde, diesen Wodka jedenfalls nicht.

Die kleine Küche sah nicht besser aus als das Wohnzimmer. Ich öffnete die Schränke und fand keinen einzigen sauberen Teller.

Mein Blick auf die Uhr zeigte, dass ich erst in eineinhalb Stunden den Laden aufschließen musste. Genug Zeit, um zumindest den Müll zu entsorgen.

Entschlossen ging ich zurück ins Wohnzimmer, um die Plastiktüten einzusammeln. Nachbar Alfons hatte sich nicht vom Fleck bewegt.

„Herr Leitner, wollen Sie mir helfen, den Abfall nach unten zu bringen? Solange er schläft, können wir in Ruhe aufräumen. Ich denke, das ist der erste Schritt, wenn wir ihn wieder in die Spur ziehen wollen."

Der Rentner lächelte dankbar. „Bitte entschuldigen Sie, dass das hier alles so ... aber ich wusste nicht wie ... und der Lenni hat auch nicht ..."

„Ist schon in Ordnung, zusammen schaffen wir das." Ich nickte ihm aufmunternd zu. Der alte Mann tat mir leid. Er war mit der Situation sichtlich überfordert.

Eine Stunde lang arbeiteten wir zügig und methodisch.

Den Müll sammelten wir in drei großen Abfallsäcken, das schmutzige Geschirr in der Küche, die leeren Flaschen auf dem Balkon und die verstreute Kleidung im Schlafzimmer. Mit dem Kleiderschrank würde ich mich später befassen. Erst waren die Teller dran.

Als ich mich anschickte, die Wohnung zu verlassen, war sie immerhin wieder begehbar und Lenni schnarchte noch immer friedlich und gleichmäßig. Das würde sich vermutlich in den nächsten Stunden nicht ändern.

Ich stellte die Fenster auf kipp und ließ die Vorhänge auf, in der Hoffnung, dass sich der Mief bis zu meiner Rückkehr neutralisierte.

„Kommen Sie nachher noch einmal?", fragte der liebenswürdige Nachbar bang und schulterte einen Müllsack.

„Ja, das werde ich. Gegen halb sieben, wenn das Geschäft geschlossen ist." Ich warf einen letzten Blick in die Runde und schnappte mir die verbliebenen Säcke, um sie im Container vor dem Haus zu versenken.

Das hier würde meinen weiteren Einsatz erfordern, da machte ich mir nichts vor. Beziehungsende hin, Singledasein her – ich konnte Lenni unmöglich seinem Schicksal überlassen. Denn außer dem freundlichen alten Herrn schien sich keine Menschenseele um ihn zu sorgen.

Diese Erkenntnis traf mich beinahe härter als alles, was uns in Finnland passiert war.

*

Der in schlichtes Grau gekleidete Chauffeur des Hotels Riffelalp fuhr Althoff den kurzen Weg zur Station der Gornergrat-Bahn. Von dort aus brachte ihn die elektrische Zahnradbahn zurück ins Tal nach Zermatt.

Hier plante er, den Zug Richtung Zürich zu nehmen, um dann in den Flieger nach München zu steigen. Das allerdings erst morgen, da er Zürich nicht vor dem Abend erreichen würde. Aber eine Nacht im Airport Hilton war unbedingt besser, als zu riskieren, auf der Riffelalp der gehörnten Corinna über den Weg zu laufen. Eine Ohrfeige hatte ihm genügt. Wer konnte wissen, welchen Treffer die hitzköpfige Eidgenossin als Nächstes landen würde!

Beim Verlassen des Hotels hatte er sich verstohlen umgeblickt, schließlich war er ins Taxi gestiegen, ohne Jule nach dem

Eklat in der Lobby noch einmal gesehen zu haben. Wahrscheinlich war es besser so.

Am Bahnhof von Zermatt herrschte reger Betrieb. Viele Wanderer hatten das schöne Wetter für einen Ausflug in die Berge genutzt und strebten nun dem Bahnsteig entgegen, an dem die Züge nach Täsch verkehrten. Um in den autofreien Luftkurort zu gelangen, mussten die Besucher ihre Fahrzeuge in den Parkhäusern vor den Toren der Stadt stehen lassen, sodass sich während der Stoßzeiten nicht selten Menschentrauben am Gleis bildeten. Mit einem Blick auf die Uhr stellte Althoff fest, dass sein Zug nach Zürich erst in einer Stunde abgehen würde. Er hatte gerade überlegt, die Zeit mit einer Tasse Kaffee zu überbrücken, da stürmte eine junge Frau an ihm vorbei, auf das wartende Shuttle zu.

Buchstäblich vor ihrer Nase schlossen sich lautlos die Türen und die Frau, Althoff schätzte sie auf Ende zwanzig, blieb, wie ein Droschkenkutscher auf Hochdeutsch fluchend, am Bahnsteig zurück.

Amüsiert zog er seinen Rollkoffer in ihre Richtung und sprach sie an.

„Kein Grund, sich zu ärgern, der nächste Zug geht schon in zwanzig Minuten."

Die Frau musterte Althoff von Kopf bis Fuß und rümpfte die sommersprossige Nase. „Zwanzig Minuten sind eine lange Zeit, wenn man es eilig hat!"

„Vielleicht tröstet es Sie, zu wissen, dass ich es ebenfalls eilig habe und noch eine Stunde lang warten muss, bis mein Zug kommt."

„Ach ja? Und wohin fährt Ihr Zug?", fragte die Stupsnase gleichgültig und zündete sich eine Zigarette an.

„Nach Zürich. Dort werde ich übernachten. Übrigens herrscht hier Rauchverbot." Schulmeisternd deutete er auf das Hinweisschild.

Demonstrativ wendete die Deutsche sich von ihm ab und rauchte seelenruhig weiter.

Erst jetzt fiel ihm auf, dass sie kein Sportoutfit trug und offenbar ohne Gepäck unterwegs war. Zackig ging er um sie herum, bis er ihr wieder ins Gesicht sah. „Haben Sie Ihren Koffer im Hotel vergessen?", fragte er neugierig, wohlwissend, dass er ihr mit seiner erneuten Ansprache auf die Nerven ging. Aber das nahm er in Kauf, denn etwas an ihr hatte sein Interesse geweckt.

Diskret musterte er die salopp in Jeans und Sweatshirt gekleidete Erscheinung. Er konnte beim besten Willen nicht sagen, was ihn an ihr reizte.

Die Angesprochene musterte ihn unbeeindruckt.

„Alles, was ich brauche, habe ich in meinem Rucksack", sagte sie knapp. Mit anderen Worten: Lass mich in Ruhe!

Althoff dachte gar nicht daran. „Und warum haben Sie es so eilig, von diesem schönen Ort wegzukommen?"

„Das ist ja wohl meine Sache!" Er wurde ihr eindeutig lästig.

Althoff tippte auf Beziehungsfrust als Ursache für ihre Bärbeißigkeit. Auf dem Gebiet war er Experte. „Ich hatte heute auch einen Scheißtag", meinte er jovial und eröffnete seine Therapiesitzung, „meine Verlobte hat mich Knall auf Fall sitzen lassen." Der Brocken musste reichen, um sie zum Reden zu bringen.

Sein Gegenüber horchte auf. Er lag also richtig.

Spontan streckte er ihr seine Hand entgegen. „Darf ich mich Ihnen vorstellen: Peter Althoff."

Etwas zögerlich erwiderte sie den Händedruck. „Bärbel Höhne."

Der erste Schritt war getan, jetzt nicht lockerlassen. „Darf ich fragen, wohin der Weg Sie von Täsch aus führt?"

Nachdenklich sah sie ihn an. „Nach München."

Was für ein Zufall. Er zog die Augenbrauen hoch. „Ach, tatsächlich?"

„Und Ihr Ziel ist Zürich?" Das klang eher höflich denn interessiert. Bei der jungen Dame zu punkten, war offenbar schwieriger als gedacht. Irritiert registrierte Althoff ihre Ablehnung. An eine Reaktion wie diese war er nicht gewöhnt. Selbst bei Frauen, die deutlich jünger waren als er, hatte seine sportliche Figur, gepaart mit guten Manieren und seinem dezent zur Schau getragenen Wohlstand immer gezogen. Was für ein ätzender Tag! Erst der Reinfall mit Jule, nun das. Sein Ego erlitt einen empfindlichen Dämpfer. „In Zürich lege ich einen Zwischenstopp ein. Gezwungenermaßen. Ich wohne in München", sagte er sichtlich frustriert. Endlich kam Leben in ihre Gesichtszüge. „Na so was! Da fährt man quer durch die Schweiz, um einen Oberbayern mit Beziehungsproblemen zu treffen ... wirklich erstaunlich." Ein winziges Lächeln deutete sich in ihren Mundwinkeln an.

„In der Tat! Schön zu wissen, dass man mit seinen Problemen nicht allein auf der Welt ist, hab' ich recht?"

Bärbel hielt seinen Blick und Althoff jubilierte innerlich, denn er fühlte, die junge Frau hatte angebissen.

„Stimmt. Allerdings glaube ich nicht, dass Sie auch nur annähernd ahnen, wie groß meine Probleme tatsächlich sind. Immerhin waren Sie nur verlobt. Bei mir ist die ganze Familienblase geplatzt."

Pippi Langstrumpf so tief in der Patsche? Althoff konnte es kaum glauben. „Ich bin ein guter Zuhörer. Wenn Sie wollen, dürfen Sie mir gerne Ihre Geschichte erzählen."

Die Sommersprossen auf Bärbels Nase hüpften belustigt. „Ich fürchte, ich eigne mich nicht als Geschichtenerzählerin. Außerdem fährt mein Zug in zehn Minuten ab. Die Zeit dürfte kaum für die Einleitung reichen."

„Schade", er bedauerte ehrlich, der sympathischen Münchnerin schon wieder Adieu sagen zu müssen, „aber vielleicht haben Sie ja Lust, mir demnächst bei einem Glas Rotwein Gesellschaft zu leisten? Ich kenne da einen vorzüglichen Italiener ... der eignet sich hervorragend als Kulisse für eine lange Geschichte."

Bärbel schüttelte lachend den rotblonden Bubikopf. „Sie geben wohl niemals auf, oder?"

Oh doch, das tat er. Das letzte Mal heute Nachmittag.

„Ich würde es eher so formulieren: Solange Hoffnung besteht, bleib' ich dran." Er grinste spitzbübisch.

Versonnen betrachtete Bärbel die Menschen ringsum. Wegen der bevorstehenden Abfahrt drängten sie wie Ameisen von allen Seiten ans Gleis.

Schließlich gab sie sich einen Ruck. „Na gut, Herr Althoff. Weil Sie so nett sind, will ich Ihnen ein Angebot machen", sie lächelte entwaffnend. „Ich nehme Sie in meinem Auto nach München mit. Das hat für Sie den Charme, dass Sie auf ihren Zwischenstopp in Zürich verzichten können, und für mich den Vorteil, dass ich die Nachtfahrt nicht alleine durchstehen muss. Nebenbei kann ich Sie acht Stunden als Klagemauer missbrauchen und mir meinen Beziehungsfrust von der Seele reden."

Das Angebot klang verlockend und natürlich würde Althoff es annehmen.

Darauf, die Nacht in einem anonymen Hotelzimmer zu verbringen, insbesondere nach den Vorfällen auf der Riffelalp, konnte er gut verzichten.

Seine Zustimmung signalisierend, deutete er galant eine Verbeugung an und sagte: „Gestatten: die bruchfeste Mauer, gerne zu Ihren Diensten! Wenn nötig die ganze Nacht lang, bis wir zuhause sind."

Im Stillen staunte Althoff darüber, welch eigenartige Wendung der Tag genommen hatte: am Morgen die Verlobung noch fest im Blick, seine amourösen Exkurse in die Schweiz, nach Rumänien und Frankreich in der Hinterhand. Zehn Stunden später die Verlobung geplatzt und sein Schweizer Back-up für immer verloren, stattdessen mit neuer Bekanntschaft auf dem Weg Richtung Heimat, unbekannten Beziehungsufern entgegen.

Obwohl – ganz unbekannt waren die Ufer ja nicht, immerhin hatte der Föhnsturm nur die Hälfte seiner Liebschaften weggefegt. Wie gut, dass er Sandrine nichts von seinen Heiratsplänen erzählt hatte! Nicht auszudenken, wie er sich fühlen würde, wenn sein Beziehungskonto von jetzt auf gleich drei Viertel seines Wertes eingebüßt hätte. Nein, er konnte sich nicht beschweren. Sein Glas war noch immer halb voll.

Das Leben ist trotzdem ein Ponyhof, dachte er. Seinen Lebensmittelpunkt würde er temporär einfach nach Frankreich verlegen.

Außerdem war da noch Birte. Die Sache mit ihr konnte man zwar kaum Beziehung nennen, sinnierte er weiter, aber vielleicht ließe sich, nach zwanzig Jahren im ersten Gang, ein neuer Turboknopf finden. Den Versuch war es wert und er beschloss, Birte auf seine Agenda zu setzen, sobald er wieder in München war. Doch zunächst würde er sich zurücklehnen, um entspannt in den Sonnenuntergang zu fahren – und dabei Bärbels Geschichte lauschen.

Hermann Höhne war schon im Sandkasten ein Ärgernis gewesen: Regelmäßig hatte er seine Bagger und Kipplaster durch die Kuchenreihen der Mädchen gezogen. Was dazu führte, dass nicht nur Bärbel und ihre heulenden Freundinnen, sondern auch deren Mütter wutschnaubend auf ihn losgegangen waren. In der Grundschule hatte sich der Konflikt weiter verschärft, da Hermann unter den Anfeuerungsrufen seiner Kumpels die ehemalige Kuchenfraktion mit dem „Deckel hoch, der Kaffee kocht"-Spielchen nervte. Natürlich war Bärbel sein bevorzugtes Opfer. Irgendwann hatte sie sich geweigert, überhaupt noch Röcke zu tragen. Die Aversion dagegen war ihr bis heute geblieben.

Die Lage besserte sich merklich, als der Sprung ins Gymnasium geschafft war: Auf einmal fühlte Hermann, der Geläuterte, sich zu Höherem berufen und überließ die Mitschülerinnen sich selbst und 'N Sync. Interesse für das weibliche Geschlecht entwickelte er erst ab der neunten Klasse wieder. Dann aber richtig. Binnen eines Jahres legte er die halbe Jahrgangsstufe flach. Am Ende blieb er bei Bärbel hängen.

Fürderhin gingen die beiden Händchen haltend durchs Leben, meisterten ihre Abiturprüfungen, seine Bundeswehrzeit, ihre Banklehre und sein BWL-Studium. Beide waren sechsundzwanzig, als sie heirateten und ihr Sohn Leon das Licht der Welt erblickte. Es folgte Hermanns rascher Aufstieg in der Versicherung, der schicke Neubau in Freising, der durch eine Finanzspritze von Papa Erich gesponsert war, und vor knapp vier Monaten schließlich das zweite Kind, eine Tochter.

„Dann habe ich herausgefunden, dass Hermann mich betrügt", schloss Bärbel das erste Kapitel ihrer Lebensbeichte, „nicht nur während meiner Schwangerschaft, sondern ständig. Hier eine Affäre, da eine Affäre. Sein ganzes schändliches Treiben ist aufgeflogen. Können Sie sich das vorstellen?"

Und ob er das konnte. Althoff räusperte sich unbehaglich. „Und wie hat er sich ... ich meine ... wie sind Sie ihm auf die Schliche gekommen?"

Bärbel lachte spöttisch. „Eine Kartenlegerin hat es mir gesagt." Er hatte ja schon einiges über Pannen beim Fremdgehen gehört. Aber eine Tarot-Tante als Seitensprungkassandra? Das war wirklich allerhand. Er würde diese Art Fallstrick künftig berücksichtigen müssen. Doch im Moment konnte er die Gefahr vernachlässigen, denn Birte wusste ohnehin über seinen Lebenswandel Bescheid und Sandrine war viel zu bodenständig, um sich mit so einem Quatsch abzugeben. Bei Jule hätte ihm eine Enthüllung dieser Art allerdings blühen können.

Wehmütig starrte er in die Dunkelheit jenseits des Straßengrabens. Auch wenn er es sich nur ungern eingestand, er vermisste sein Hoppelhäschen.

Was sie im Moment wohl tat? Er sah auf die Uhr. Halb eins. Vermutlich hatte sie den Champagner geleert, die zertretenen Rosen über die Balkonbrüstung geworfen und schlief nun den Schlaf der Gerechten. Morgen Vormittag würde die gehässige Claudia an seine Tür klopfen, um Jules Habseligkeiten in den Mini zu stopfen und damit nach Zermatt zu brausen. Sollte sie doch, die Kuh.

Er hatte sich vorgenommen, nach vorne zu blicken. Jule war gestern. Schon bald würde die nette Tochter einer anderen Mutter seinen Weg kreuzen. Da war er ganz sicher. Grübelnd betrachtete er Bärbels Profil. Recht hübsch eigentlich. Aber irgendwie ... Nein, als Frau reizte sie ihn nicht.

Trotzdem mochte er sie. Das warf eine grundlegende Frage auf: Konnte man(n) mit einer Frau befreundet sein? Einfach nur so? Platonisch? Ein selten bescheuertes Wort, hatte er immer gefunden. Aber vielleicht nur deshalb, weil er bisher keine Frau getroffen hatte, mit der er den Begriff in Verbindung bringen konnte.

Tatsächlich waren sie schon ein paar Stunden lang unterwegs und er hatte nicht ein einziges Mal darüber nachgedacht, wie sie wohl nackt aussah.

„Deshalb habe ich ihm seinen Koffer in den Vorgarten gestellt und das Türschloss ausgewechselt", sagte Pippilotta Viktualia gerade.

Althoff versuchte, sich wieder auf ihre Geschichte zu konzentrieren. In der Hoffnung, dass sie genug Munition bis Grünwald hatte. Damit er *seine* Geschichte nicht zum Besten geben musste. Wenn Bärbel hörte, warum Jule ihm den Laufpass gegeben hatte, wäre die Freundschaft womöglich beendet, bevor sie richtig begann. Und er würde nie erfahren, wie sich eine platonische Beziehung anfühlte.

„Aber ich dachte, Sie haben Ihrem Gatten in Zermatt die Freundschaft gekündigt", warf er ein.

Ein Fernlicht des Gegenverkehrs streifte Bärbels Gesicht. Sie kniff die Augen zusammen, um nicht geblendet zu werden. Das verlieh ihren Zügen eine leicht biestige Note, wie Althoff sofort bemerkte. Vielleicht war es genau dieser Ausdruck, der ihn von einem Flirt mit ihr abhielt.

„Zermatt hat rein gar nichts mit meinem Ex-Mann zu tun. Das ist eine völlig andere Geschichte."

„Dann verliert sich die Spur von Hermann, dem Sandkastenrowdy, also vor Ihrer Haustür in Freising?"

„So ist es. Er ist in seinem Golf Cabrio mit drei Bücherkisten, den Fendi-Krawatten und Business-Suits längst aus meiner Story gefahren."

„Und die Kinder?"

„Sind bei mir geblieben. Samt der Familienkutsche, wie Sie sehen." Liebevoll streichelte sie über das Lenkrad.

„Was haben Sie dann in der Schweiz gemacht?"

„Wie gesagt: Das ist eine andere Geschichte. Die erzähle ich Ihnen nach einer Tasse Kaffee. Ich brauche eine Pause."

Vor genau fünf Tagen hatte Bärbel mit ihrer Freundin Silke im Münchener *Café Reitschule* gesessen und sich über ihre miserablen Aktien an der Partnerbörse beklagt. Dass der Laden rappelvoll war, störte sie nicht. Die Welt sollte ruhig hören, wie elend man sich als junge Frau mit Tarnkappe fühlte.

„Als alleinerziehende Mutter bist du für Männer praktisch unsichtbar", schloss sie ihr Lamento, „da interessiert sich kein Schwein für dich!" Mit einer heftigen Bewegung griff sie nach ihrem Sektglas. Auf dem Weg zum Mund schwappte der Prosecco beinahe über und Bärbel nahm einen extra großen Schluck, um ihren Frust wegzuspülen. Sofort breitete sich in ihrem Bauch ein tröstliches Kribbeln aus. Sie seufzte.

„Ich bin zwar kein solches, könnte mich aber durchaus für eine Frau begeistern, die so schön ist wie du. Ob mit Kindern oder ohne", hauchte eine sanfte, aber eindeutig männliche Stimme an Bärbels Ohr.

Es hatte Zeiten gegeben, in denen eine derart plumpe Anmache ihr allenfalls ein gequältes Grinsen entlockt hätte. Leider waren diese Zeiten vorbei.

Sie fuhr herum, um der betörenden Stimme auf den Grund zu gehen, und blickte direkt in die knatschblauen Augen eines unverschämt gut aussehenden Mannes. Seine Jacke lässig über die Schulter geworfen, lächelte er sie an.

Blitzartig jagte die Röte in Bärbels Wangen. „Was erlauben Sie sich!"

Der Schöne, Silkes Kennerblick taxierte ihn auf Mitte zwanzig, ließ sich dreist an ihrem Tisch nieder. „Ich darf doch?"

Silke strahlte wie ein historisches Röntgengerät. „Aber natürlich", zwitscherte sie und verpasste Bärbel, die zu einer Absage ansetzte, unter dem Tisch einen Tritt. „Wenn dir zwei biedere Hausfrauen nicht zu langweilig sind ..."

Offenbar waren sie das nicht, denn Kilian, der freche Linguistik-Student, bewies Sitzfleisch und hatte zu jedem Thema – von der fremdsprachlichen Frühförderung bis zur Sterbehilfe – etwas beizutragen. Im Verlauf des Gesprächs outete er sich als

Schweizer Hoteliersohn, der in München zur Uni ging, um seiner drögen Verwandtschaft eins auszuwischen.

„Meinem Vater gehört das Grand Hotel in Zermatt, eines der ersten Hotels am Platze. Mein Onkel ist für die Haute Cuisine zuständig. Natürlich erwartet man von mir, dass ich in ihre Fußstapfen trete und den Betrieb eines Tages übernehme. Allerdings schwebt mir eine ganz andere Laufbahn vor. Die kann ich nur weit weg von Zuhause verwirklichen."

Die Damen nickten verständnisvoll und freuten sich im Stillen, der High Society ein gutes Stück nähergekommen zu sein.

Irgendwann verabschiedete sich Silke mit einem Augenzwinkern.

„Den hast du im Sack, viel Spaß heute Nacht!", raunte sie Bärbel zu und schickte sich an, in ihr Gräfelfinger Reihenhaus zu entschweben.

Etwas unsicher klammerte Bärbel sich an ihr Sektglas. Über Kindern, Küche und Kochrezepten hatte sie längst zu flirten verlernt.

Den eloquenten Studenten schien das nicht zu stören. „Willst du mit auf meine Bude kommen?", fragte er, wenig überraschend, kurze Zeit später.

Natürlich wollte sie.

Von diesem Moment an war Bärbel von der Bildfläche verschwunden. Abgetaucht im Studentenwohnheim. Drei Tage gab sie sich dem Rausch der Freiheit hin, einem Gefühl, das sie so schmerzlich vermisste. Den Verstand schaltete sie ebenso aus wie ihr Handy und sämtliche Versuche, ihre Spur aufzunehmen, verliefen im Sand. Selbst Silke war ratlos. Und ihr Vater, der in Freising die Kinder hütete, kochte vor Wut.

Bärbel ließ es darauf ankommen. Schnell genug würde der Zauber verfliegen und die Realität sie einholen. Aber bis dahin würde sie jede Sekunde mit Kilian genießen und für immer in ihrem Herzen bewahren.

Als sie eines Morgens aus ihren Liebesträumen erwachten, war der Kühlschrank endgültig leer. „Zuckermaus, ich gehe zum Bäcker und hole uns Frühstück. In zehn Minuten bin ich zurück", sagte Kilian und zog sich an.

Bärbel stutzte kurz, als er seine Wäsche einpackte und den Rucksack schulterte. Ganz Hausfrau, war sie gerade dabei, das Federbett aufzuschütteln. Sie erwiderte noch seine fröhliche Kusshand, dann war er weg.

Stundenlang wartete sie auf seine Rückkehr, wunderte sich, schimpfte, sorgte sich. Schließlich beschloss sie, nach Hause zu fahren. Rasch notierte sie ein paar Zeilen auf einem gelben Post-it-Zettel und pinnte die Nachricht an den Bildschirm seines Computers. Zumindest ihre Telefonnummer wollte sie dalassen, denn sie zweifelte nicht daran, dass es für Kilians Verschwinden einen triftigen Grund geben musste.

Sie war gerade fertig, da öffnete sich die Zimmertür und ein Fremder trat ein. In der einen Hand eine Reisetasche, einen Bierkasten in der anderen.

Überrascht blieb er stehen. „Kann ich dir helfen?"

Bärbel maß ihn erstaunt. „Die Frage ist doch, ob ich *dir* helfen kann ... zumindest mit der Auskunft, dass Kilian nicht hier ist."

Ratlos sah der junge Mann sie an. Offensichtlich auch ein Student. In zerrissenen Jeans und Tomorrowland-Shirt. Nicht unattraktiv, wie sie fand, mit seinen schulterlangen Haaren und dem Ziegenbärtchen.

„Wer?"

„Ki-li-an." Dass Akademiker immer so schwer von Kapee waren!

„Ach so. Ich denke, du meinst Kevin." Gelassen stellte er seine Tasche auf den Schreibtisch und beäugte die zerwühlten Laken. „Ist er schon abgefahren?"

Perplex starrte Bärbel ihn an. Wovon redete der Typ?

„Äh, wieso Kevin? Hier muss ein Missverständnis vorliegen!"

Der Ziegenbart seufzte. „Das glaube ich nicht. Kevin nutzt ab und zu meine Bude, wenn ich bei meinen Eltern bin ..."

„Einsachtzig groß, kurze braune Haare, blaue Augen?" Bärbel wollte die Antwort nicht hören.

„Jep."

„Dann weißt du vermutlich, wo er steckt?"

Der Student machte sich daran, den leeren Kühlschrank mit seinen Bierflaschen zu bestücken. „Ich denke, er ist nach Hause gefahren. Zum Arbeiten."

„Nach Zermatt?" Sie hielt die Luft an.

Der junge Mann kauerte noch immer vor seinem Kühlschrank. Langsam erhob er sich und nickte ihr zu. „Ja, das stimmt. Er lebt in Zermatt."

Wenigstens das hatte Casanova nicht erfunden.

In Sekundenschnelle reifte ein Plan in ihr. Sie würde Kilian-Kevin hinterherfahren und zur Rede stellen. Vor den Augen seiner hochwohlgeborenen Familie.

Bärbel spürte, wie ihr die Galle vom Magen in die Speiseröhre stieg.

Es war ungeheuerlich! Tagelang Liebesschwüre zu säuseln, um bei der erstbesten Gelegenheit abzuhauen. Ohne ein Wort des Abschieds. Von wegen Liebe auf den ersten Blick und nie gekannte Gefühle ... so ein Schweinehund!

Mühsam presste sie ein „Danke, dass wir dein Appartement nutzen durften" hervor, schnappte sich ihren Autoschlüssel und sauste davon.

Neun Stunden später, es war bereits dunkel, erreichte sie Zermatt. Das Grand Hotel in der Nähe des Bahnhofs war schnell gefunden.

Siegessicher wetzte sie durch die Lobby zur Rezeption.

„Mein Name ist Bärbel Höhne. Kili... – äh, Kevin erwartet mich, wenn Sie ihm bitte Bescheid geben würden." Verdammt, sie kannte nicht einmal seinen vollständigen Namen.

Die elegante Angestellte auf der anderen Seite des Tresens verzog keine Miene.

„Hätten Sie vielleicht eine Zimmernummer für mich?"

„Kevin ist kein Gast, er arbeitet hier. Um genau zu sein", Bärbel erhob ihre Stimme und blickte sich provozierend um, „ist er der Sohn Ihres Chefs." Nun war es raus und die Show konnte beginnen. Sie freute sich schon tierisch auf Kevins dummes Gesicht, wenn er sie hier, im Allerheiligsten, antraf.

„Aber unser Chef hat keinen Sohn. Erst recht keinen, der hier arbeiten würde", sagte die Rezeptionistin ohne eine erkennbare Regung.

Dafür regte sich in Bärbel umso mehr. Vor allem die Erkenntnis, dass sie einem Hochstapler auf den Leim gegangen war. Sie sackte in sich zusammen. „Und Sie kennen nicht zufällig einen Kevin, der hier im Ort arbeitet?"

Natürlich kannte sie keinen. Mit ihrem Dutt und der Hornbrille sah sie auch nicht aus, als würde sie sich von einem Lügenbaron aufs Kreuz legen lassen. So was passierte nur Frauen wie Bärbel. Verlorenen Seelen auf der verzweifelten Suche nach Liebe. Für ihre Naivität hätte sie sich ohrfeigen können.

„Um es kurz zu machen", sie waren beinahe in München und Bärbel ließ ein herzhaftes Gähnen ertönen, „ich bin noch zwei Tage in Zermatt geblieben und habe jeden Winkel nach Kevin abgesucht. Ich wollte ihm unbedingt sagen, was für ein elender Mistkerl er ist, damit ich an meiner Wut nicht ersticke."

„Aber er war nicht zu finden", sinnierte Althoff. Er fand es sehr interessant, einmal die andere Seite der Medaille zu sehen. Tatsächlich hatte er bei Bärbels Bericht ein schleichendes Unbehagen verspürt. Es war erst zwölf Stunden her, da war er selbst als Mistkerl bezeichnet worden. Und das sogar von zwei Frauen.

Konnte es sein, dass die Damen gar nicht so falsch lagen? Kevin war ein Mistkerl, das stand außer Frage. Schließlich hatte er Bärbel benutzt und belogen.

Und was war mit ihm? Er hatte auch gelogen. Ohne Not und ständig.

Mist-Kerl.

Er war keinen Deut besser als Bärbels Hochstapler. Anders, aber nicht besser. Die Erkenntnis war niederschmetternd.

„Oh doch, ich konnte ihn aufspüren", klinkte Bärbel sich wieder ein. „Kurz bevor wir beide uns kennengelernt haben."

„Das erklärt deinen Unmut, als ich dich ansprach. Aus welchem Loch kam er denn gekrochen?" Das vertrauliche Du, zu dem sie hinter Bregenz übergegangen waren, ging ihm leicht über die Lippen.

„Ich habe die komplette Gastronomie durchkämmt. Bei einem Vegetarier bin ich am Ende fündig geworden: Dort arbeitet er als Kellner."

„Ich nehme an, du hast ihm eine anständige Szene gemacht?" Ein Fressen für die Gaffer. Das hatte es gestern wohl nicht nur auf der Riffelalp gegeben.

„Und ob ich das habe! Als ich mit ihm fertig war, war er so klein mit Hut." Sie streckte ihm Daumen und Zeigefinger entgegen. Dazwischen waren in etwa zwei Zentimeter. Nicht viel für einen erwachsenen Mann.

„Sehr gut, sehr gut." Althoff hüstelte gekünstelt.

Glücklicherweise hatten sie inzwischen Grünwald erreicht und die Frage nach seinem Beziehungsaus würde sich vorerst nicht stellen.

Vorsichtig steuerte Bärbel ihren Ford über die Auffahrt zur Villa.

„Wow, das nenn' ich eine Residenz!" Sie pfiff durch die Zähne.

Althoff überhörte die Beifallsbekundung. „Dann sehen wir uns die Tage?"

„Gerne. Allerdings muss ich erst die Wogen zu Hause glätten. Ich habe meinen Vater von Zermatt aus angerufen. Er ist stocksauer."

Althoff nickte. „Du hast ja meine Nummer. Melde dich einfach, wenn es passt." Gähnend stieg er aus und öffnete die Heckklappe, um sich mit seinem Gepäck zu beladen. Währenddessen ließ Bärbel den Motor laufen. Sie war zu erschöpft, um auszusteigen.

Althoff klemmte sich den Kleidersack unter den Arm und trug den Koffer die Stufen zum Eingangsportal hinauf. Zum Abschied winkte er Bärbel noch einmal zu. Dann schloss er müde die Haustür auf, um auf direktem Weg im Schlafzimmer zu verschwinden. Er sehnte sich nach seinem „Louis XV"-Bett. Zum ersten Mal seit vier Monaten würde er allein darin schlafen.

Er hätte nie gedacht, dass der Gedanke ihn so traurig stimmen könnte.

12

Tagelang hatte ich versucht, Lenni aus seiner Erstarrung zu reißen. Die Wohnung am Jagdfeldring war geputzt, die Stromrechnung bezahlt und der Biervorrat reduziert. Gemeinsam mit Nachbar Alfons sorgte ich dafür, dass der Patient regelmäßig aß, ab und an unter die Dusche stieg und morgens frische Wäsche anzog. Leider hatte sich ansonsten wenig geändert. Noch immer redete Lenni kein Wort. Sein leerer Blick fokussierte sich auf einen Punkt jenseits meiner Wahrnehmung. Vermutlich hoffte er, an diesem fernen Ort seine Schwester zu entdecken. Sein Schmerz war in einer Zeitschleife gefangen, nichts vermochte ihn zu lindern.

Immerhin konnte ich, dank der beglichenen Rechnungen, bei meinen Besuchen jetzt den Fernseher einschalten, was Lennis mentale Abwesenheit weniger gespenstisch wirken ließ.

Ich begann, mir ernsthafte Sorgen um seine Zukunft zu machen. Wie sollte er in diesem Zustand jemals wieder arbeiten? Auf Dauer konnte und wollte ich seinen Lebensunterhalt nicht finanzieren. Strom und Miete hatte ich bezahlt, doch langsam war meine Geduld am Ende. Denn was ich auch tat, um ihn aus seiner Isolation zu locken, von Lenni kam keine Reaktion.

Ich wusste nicht mehr weiter und schüttete Maja bei einer Tasse Kaffee mein Herz aus. „Was soll ich bloß tun? Innerlich habe ich mit ihm abgeschlossen, trotzdem kann ich ihn nicht verrotten lassen." Unglücklich rang ich die Hände.

Maja runzelte die Stirn. „Soll ich ehrlich sein? Ich glaube, du kannst überhaupt nichts tun. Lenni braucht professionelle Hilfe, genauer gesagt, eine Therapie zur Traumabewältigung."

Nachdenklich betrachtete ich die Kaffeetasse in meiner Hand. Die lachende Sonne über dem Schriftzug *Oh happy day* schien irgendwie unpassend. „Mehr als einmal habe ich daran gedacht, in der Psychiatrie anzurufen. Zumal die nicht weit von seiner Wohnung entfernt ist. Aber Alf meint, wir sollen noch warten.

Er denkt, dass Lenni nicht mehr rauskommt, wenn er erst in die Mühlen der Nervenklinik geraten ist."

Mechanisch schob Maja ein paar verstreute Zuckerkörner vom Tisch. „Ich fürchte, damit hat der gute Alfons nicht unrecht." Das Gespräch geriet ins Stocken. Still hingen wir unseren Gedanken nach, während unsere Tassen sich leerten. Ich überlegte, in die Küche zu gehen und Nachschub zu holen. Da hellte Majas Miene sich auf.

„Du hast mir doch von dieser Frau erzählt, die vor eurer Abreise hier im Laden war ..."

Ich zuckte die Schultern. „Keine Ahnung, wen du meinst."

„Na, die mit den Engeln. Du weißt schon ... dein Amulett!"

Eindringlich sah sie mich an.

Reflexartig griff ich nach dem Talisman, den ich unter der Bluse trug. Seit jenem Tag im Krankenhaus hatte ich ihn nicht mehr abgelegt.

„India Fortune", murmelte ich, „natürlich ... die könnte ich anrufen."

Maja nickte eifrig. „Hat sie nicht etwas in der Art gesagt? Von wegen, du sollst dich bei ihr melden, wenn du Probleme hast?"

Das hatte sie in der Tat, ich konnte mich sogar an den genauen Wortlaut erinnern: *Rufen Sie mich an, wenn die Dinge aus dem Ruder laufen oder sich Phänomene zeigen, denen Sie nicht gewachsen sind. Ich werde Ihnen beistehen.*

Plötzlich erschien die Frau in Weiß vor meinem inneren Auge, ihr theatralischer Auftritt, Lennis Ablehnung ... Offensichtlich hatte sie damals die Gefahr, in der wir schwebten, gespürt und versucht, das Schlimmste zu verhindern. Mit einem Schlag war der letzte Zweifel bezüglich ihrer medialen Fähigkeiten verflogen.

Leichtfüßig sprang ich auf, um nach ihrer Visitenkarte zu suchen.

Tatsächlich, da war sie – in einem mit Muscheln beklebten Kistchen im Regal neben der Kasse.

Ich nahm mir vor, noch heute Kontakt zu ihr aufzunehmen. Vielleicht hatte sie ja ein Rezept, um Lennis Panzer zu knacken. Den Versuch war es wert.

Ich hatte die Tür meines Appartements kaum hinter mir geschlossen, da wählte ich schon die Nummer der Hellseherin. India Fortune meldete sich sofort. Ja, sagte sie, sie erinnere sich an Lenni und mich, und auch an das Versprechen, das sie uns gegeben hatte. „Erzählen Sie mir, was passiert ist. Lassen Sie kein Detail aus", fuhr sie mit freundlicher Stimme fort.

In einem großen Bogen schilderte ich, warum wir nach Finnland gefahren waren und welch wundervollen Menschen wir mit Vivien verloren hatten. Stockend ließ ich die Ereignisse jenes verhängnisvollen Tages noch einmal aufleben. Ohne mich zu unterbrechen, lauschte India meinen Ausführungen.

„Lenni ist in einem verheerenden Zustand. Ich fürchte, ich kann es nicht länger verantworten, ihn allein in seiner Wohnung zu lassen, und muss mich an die Behörden wenden", schloss ich meinen Bericht.

Eine Weile war es still in der Leitung. Während ich mindestens eine Minute lang auf ihre Antwort wartete, nahm ich die Geräusche ringsum unangenehm intensiv wahr: das an- und abschwellende Martinshorn auf seinem rasenden Weg Richtung Innenstadt, die streitenden Gören in der Wohnung nebenan, der Fernsehlärm der tauben Frau Maier in der Wohnung über mir. Als India schließlich zu reden begann, schrak ich aus meinen Gedanken auf.

„Ihr Freund scheint eine sehr tiefe Bindung zu seiner Schwester zu haben, was bei Zwillingen nicht ungewöhnlich ist."

„Mein Ex-Freund", verbesserte ich automatisch.

India überging den Einwurf und wollte wissen, was direkt nach dem Unfall geschehen war.

Die Frage war berechtigt. Leider würde ich sie wohl nie aus erster Hand beantworten können. „Daran habe ich keine Erinnerung. Ich kann Ihnen nur sagen, was mir im Krankenhaus zugetragen wurde."

Die Hellseherin blieb stumm. Ich wertete ihr Schweigen als Signal, mit meiner Erzählung fortzufahren. „Vivien war nach der Kollision sofort tot, das Auto fing Feuer und Lenni hat mich vom Beifahrersitz gezogen. Ich war bewusstlos, er beinahe unverletzt. Vivi musste er den Flammen überlassen, für sie reichte die Zeit nicht mehr."

„Dann hat er gesehen, wie seine Schwester verbrannte. Das wiegt schwerer als jede körperliche Verletzung." India seufzte hörbar.

Das war mir inzwischen auch klar. „Aber wie kann man eine so tiefe seelische Wunde heilen? Ich meine, ohne ihn in eine psychiatrische Klinik zu stecken?"

Zum ersten Mal nahm Indias Stimme einen ungeduldigen Klang an. „Das wäre die schlechteste aller Lösungen! Wenn Sie ihn jetzt wegsperren, wird er nie mehr ein eigenständiges Leben führen. Nein, lassen Sie mich einen Moment nachdenken."

Wieder entstand eine längere Pause. Ich stellte mir vor, wie die Frau in Weiß in ihre Kristallkugel starrte, und unterdrückte ein Grinsen. Um mich abzulenken, tauschte ich, das Handy zwischen Ohr und Schulter geklemmt, etwas ungelenk Bluse und Jeans gegen Sweatshirt und Jogginghose. Ich überlegte gerade, was ich zu Abend essen sollte – Alfons hatte die Spätschicht und ich damit frei –, da meldete sich die Lebensberaterin wieder.

„Die genetischen Wurzeln ihres ... äh ... Ex-Freundes liegen nicht in Deutschland, ist das richtig?"

Etwas zerstreut inspizierte ich meinen Vorratsschrank. „Wie meinen Sie das?"

„Ich präzisiere: Aus welchem Land stammen seine Eltern?"

„Ach so, verstehe. Ja, sie liegen richtig: Lenni wurde zwar in Deutschland geboren, aber sein Vater war Finne, er ist seit Jahren tot, und seine Mutter ist Rumänin." Ich schnappte mir eine Packung Spaghetti und zog damit weiter zum Kühlschrank.

„Ein ziemliches Spannungsfeld, in das sich die Kinder da inkarniert haben. Wo lebt seine Mutter heute?"

„Irgendwo in Rumänien." Ich legte Spaghetti, zwei Tomaten und einen Becher Sahne auf der Arbeitsplatte ab und schlurfte zu meinem abgewetzten Sessel. Das Gespräch begann mich zu ermüden.

„Und nach dem Unfall hat sie sich nicht um ihren Sohn ge-
kümmert?"

„Doch. Sie kam nach Savonlinna, um das Nötigste zu regeln.
Danach hat sie Lenni in München abgeliefert und ist in die Heimat zurückgekehrt."
India schnappte nach Luft und ich spürte, wie sie den Kopf
schüttelte. „Wie konnte sie ihr traumatisiertes Kind alleine lassen?" Der angenehme Singsang ihrer Stimme war einer plötzlichen Schärfe gewichen.

„Sie war wohl selbst in einem ziemlich desolaten Zustand."

„Verständlich", ihr Ton wurde weicher. „Was ist aus Viviens
Leiche geworden, ich meine: Wo wurde sie beigesetzt?"

„Soweit ich weiß, hat man ihre Asche nach Rumänien überführt."

„Das bedeutet, die Familie versammelt sich auf dem Balkan."

„Mehr oder weniger. Ich glaube, der Vater ist in finnischer
Erde begraben."

India schien zu überlegen. „Sehen Sie eine Möglichkeit, mit
Lennis Mutter Kontakt aufzunehmen?", fragte sie schließlich.

„Ich habe keine Telefonnummer von Alina, aber ich glaube,
dass meine Mutter sich ihre Adresse notiert hat. Die beiden haben im Krankenhaus ein oder zweimal miteinander gesprochen."

„Okay, gut. Dann gebe ich Ihnen jetzt einen Rat: Bringen
Sie Lenni in das Land seiner Ahnen, das der mütterlichen Seite versteht sich! Dort werden seine tiefen Wunden heilen. Das
Geschehene zu akzeptieren, fordert all seine Kraft und Sie persönlich können ihm dabei nicht helfen. Das kann nur seine leib-
liche Mutter. Außerdem ist es wichtig für ihn, dem Grab seiner
Schwester nahe zu sein. Er wird Zugang zu Viviens Welt finden
und sie in Liebe gehen lassen. Ich spüre ihre starke Präsenz. Sie
versucht, zu ihm durchzudringen. Was ihr aber nicht gelingt, da
sein Schmerz jede Kontaktaufnahme blockiert." Es folgte eine
ihrer typischen Pausen.

Ihre abschließenden Worte ließen meine Ohren klingeln: „Ich
möchte Ihnen nicht vorenthalten, dass der Neuanfang Ihrem Ex-
Freund in Rumänien nicht nur geschäftlichen Erfolg, sondern

auch das private Glück bringen wird, auf das er in Deutschland vergeblich wartet. Ist er erst bei seiner Mutter, endet euer gemeinsamer Weg. Dann ist die Aufgabe erfüllt und ihr seid frei."

India hatte ihr prophetisches Füllhorn über mich gekippt. Ich war überwältigt. Nachdem ich ihr gedankt und das Gespräch beendet hatte, verharrte ich lange Zeit reglos in meinem Sessel. Wie viele Stunden ich so saß und aus meinem Fenster in den Herbsthimmel blickte, konnte ich im Nachhinein nicht mehr sagen.

Das blasse Abendlicht war längst in eine tintige Schwärze übergegangen, als ich mich erhob, um die Zutaten für meine Mahlzeit zurück in den Schrank zu räumen. Eine tiefe Erschöpfung hatte jedes Hungergefühl verdrängt.

Kraftlos putzte ich mir die Zähne und schlüpfte unter mein warmes Federbett, in der Hoffnung, das wild kreisende Gedankenkarussell zum Stillstand zu bringen.

Aber der Schlaf wollte nicht kommen und Indias Worte zogen wie hungrige Geier ihre Bahnen durch meinen Kopf. Die Wahrsagerin hatte recht: Lenni musste zu seiner Mutter und in die Nähe von Vivis letzter Ruhestatt. Nur dort würde er selbst Ruhe finden. Der Erfolg mochte sich für ihn dann einstellen oder nicht – mir konnte es wurscht sein.

Eigentlich klang alles ganz einfach, doch der Teufel steckte im Detail. Zuerst musste ich Alinas genaue Adresse herausfinden, dann galt es zu klären, wie man am besten nach Rumänien kam. Mit einem Zombie im Schlepptau.

Ich war nie auf dem Balkan gewesen und hatte keine Ahnung, wie ich Lenni dort hinschaffen sollte. Mit dem Flieger? Im Reisebus? Mit der Bahn? Oder lieber im Auto? Minutenlang ratterte ich zweiter Klasse durch die ungarische Tiefebene, Lenni zwischen genervte Väter und quäkende Kleinkinder geklemmt. Zu viele neugierige Blicke, zu viele Fragen. Die Szenerie wechselte, wir saßen im Fernbus. In unserem Doppelsitz konnte ich ihn ganz gut abschirmen. Allerdings hatten wir bei einer Entfernung von knapp tausendzweihundert Kilometern mit einer Fahrzeit von zwanzig Stunden zu rechnen. Was für mich keine Option war, da mir bei dem Geschaukel nach kurzer Zeit schlecht wurde. Die Geier umkreisten die nächste Szene. Lenni und ich im Auto. Er starrte stumm aus dem Fenster, zwölf Stunden lang. Nicht zu vergessen, die Rückfahrt, die mir noch bevorstand. Mein alter Corsa ächzte unter der Last der Kilometer. Unwillig schüttelte ich den Kopf.

Vielleicht einen Mietwagen nehmen? Nee, zu teuer. Außerdem bezweifelte ich, dass die Autovermietung eine Reise quer durch Europa guthieß.

Blieb als letzte Option das Fliegen. Die Flugzeit schätzte ich auf eineinhalb Stunden. Ziemlich überschaubar. Ich musste Lenni nur in den Flieger bekommen, der Rest war ein Klacks.

Für einen Augenblick hielt ich das Bild fest und erkannte, dass dies der einzig gangbare Weg war. Der erste Teil unserer Reise war somit geklärt.

Ich seufzte erleichtert und fand endlich eine brauchbare Liegeposition. Schlagartig hörte das Karussell auf, sich zu drehen, und bevor ich den nächsten Gedanken fassen konnte, war ich eingeschlafen.

Am nächsten Morgen rief ich Elise an, um nach Alinas Adresse zu fragen.

„Sie wohnt in Hermannstadt, der rumänische Name ist Sibiu. Das liegt am Fuß der Karpaten", dozierte Mutter. Eine Telefonnummer habe sie nicht notiert, dafür aber die Anschrift. Strada Ocnei. Leider ohne Hausnummer.

Das Problemchen würde ich vor Ort lösen. Zur Not konnte man jede einzelne Klingel in der Straße drücken. Irgendjemand würde uns weiterhelfen.

Brav bedankte ich mich bei Mutter und ließ sie über den Grund meines Anrufs im Unklaren. Glücklicherweise war sie mit der Renaissance ihrer Rentnerliebe so beschäftigt, dass meine kurzangebundene Art keinen Argwohn erregte. Nach allem, was sie von Lenni wusste und in Finnland erlebt hatte, würde sie Himmel und Hölle in Bewegung setzen, um mich davon abzuhalten, eine weitere Reise mit ihm zu unternehmen.

„Du, entschuldige, ich fahre morgen mit Erich ins Tessin und hab' noch so viel zu tun. Ich melde mich aus Lugano bei dir, in Ordnung?", würgte sie unser Gespräch ab.

Gerne griff ich ihren Einstieg zum Ausstieg auf. „Dann genießt die bärbelfreie Zeit und lasst es euch gut gehen! Bis bald", verabschiedete ich mich knapp.

Ich freute mich sehr für die beiden. Mutter mochte eine Krawallmöhne sein, aber sie hatte ein gutes Herz und war immer für Linda und mich da gewesen. Nach Papas Tod hatte sie tapfer gegen die Einsamkeit gekämpft und versucht, das Beste aus der Situation zu machen. Sie verdiente es, noch einmal richtig glücklich zu sein.

Das würde ich auch wieder werden, dachte ich, wenn Lenni erst in Rumänien war. Vielleicht konnte ich, nach meiner Rückkehr, der hellsichtigen India einmal in eigener Sache einen Besuch abstatten ...

Nachdem Alinas Adresse geklärt war, fuhr ich mein Notebook hoch und machte mich daran, die Flüge nach Sibiu zu sondieren. Schnell stellte sich heraus, dass zwei Airlines die Stadt in Siebenbürgen anflogen.

Kurz entschlossen buchte ich uns für übermorgen bei der Lufthansa ein. Auf was sollten wir schließlich warten? Die Würfel waren gefallen, jetzt hieß es, den Plan in die Tat umzusetzen.

Das Rückflugticket für Lenni sparte ich mir und betete, dass Alina ihren Sohn mit offenen Armen empfangen würde. Daran, dass sie sich weigern könnte, ihn bei sich aufzunehmen, wollte ich lieber nicht denken.

Die kurze Reise verlief ohne Zwischenfälle.

Ich hatte Lennis Sachen in einen großen Hartschalenkoffer gestopft, seine Miete für drei Monate im Voraus bezahlt, noch einmal alles durchgeputzt und die Vorräte Alfons übergeben.

Dem alten Mann lief bei unserem Abschied eine Träne über die Wange. „Gell, Mariella, du kommst mich besuchen, wenn du zurück bist?" Treuherzig sah er mich an.

„Versprochen! Montagabend lande ich wieder in München, danach komme ich vorbei und erzähle Ihnen, wie's gelaufen ist." Gemeinsam wuchteten wir den schweren Koffer in das wartende Taxi.

Teilnahmslos setzte Lenni sich auf die Rückbank. Ob er verstanden hatte, dass er für immer fortgehen sollte? Ich vermutete, dass er durchaus mitbekam, was um ihn herum geschah. Es war ihm nur vollkommen egal. Ob die Sonne schien oder nicht, ein Atomkrieg drohte oder es vom Himmel Ostereier regnete: Ein Moment war so gut wie der andere – oder so schlecht. Wenn man es von ihm verlangte, aß er, wenn man ihn zudeckte, schlief er und wenn man ihm sagte, er solle mit zum Flughafen kommen, dann setzte er sich in Bewegung. Im Grunde war der Umgang mit ihm einfach. Trotzdem machte sein Anblick mich traurig, denn jedes Leben war aus seinen Augen gewichen. Eine lebendige Wachsfigur, gefangen im eigenen Horrorfilm.

Überraschenderweise verlief der Gang durch die Security reibungslos. Nicht einmal das Intimpiercing bremste uns aus, denn diesmal piepste nichts, als Lenni durch den Detektor schritt. Vermutlich war das Gerät kaputt.

Seinen Reisepass, wie auch alle übrigen Papiere, verwahrte ich sicherheitshalber in meinem Rucksack. Gestern hatte ich mich durch den einzigen Aktenordner gewühlt, den er im Küchenschrank zwischen ramponierten Tassen und Tellern aufbewahrte. Vom Sozialversicherungsausweis über seine Lohnsteuerkarte bis zum Mietvertrag hatte ich alles eingepackt.

Bürokratische Hürden gab es bei unserer Einreise nicht, da man als EU-Bürger in Rumänien kein Visum mehr brauchte. Zumindest während der ersten drei Monate. Danach würde Lenni sich für einen Wohnort entscheiden müssen. Aber egal, ob Hermannstadt oder München – es würde nicht mehr mein Problem sein. Denn eines war sicher: Wenn mein Flieger am Montag im Erdinger Moos aufsetzte, war ich raus aus der Sache. So oder so.

Die Dämmerung kroch über die nahen Karpaten und ein milchiger Dunst lag über dem Zentrum von Sibiu, als das verbeulte Taxi Lenni und mich an der Strada Ocnei absetzte. Ich fühlte mich nicht weniger zerknautscht und meine anfängliche Zuversicht war einer nervösen Anspannung gewichen.

Mit klopfendem Herzen betrachtete ich die Reihe der alten, aber ordentlich instand gehaltenen Gebäude. Aus vielen Dächern ragten kleine, mandelförmige Luken, die uns misstrauisch musterten. Angesichts der wechselhaften Geschichte des Landes nur allzu verständlich, dachte ich. Im Bordmagazin hatte ich gelesen, dass man die charakteristischen Dachfenster auch *die Augen von Sibiu* nannte.

Zögerlich setzte ich mich in Bewegung.

Kein Fußgänger weit und breit. Würde ich mich am Ende tatsächlich von Tür zu Tür klingeln müssen? Siedend heiß fiel mir ein, dass ich kein Wort Rumänisch sprach und nicht davon ausgehen konnte, dass die Menschen mir auf Deutsch antworteten.

Ratlos wandte ich mich an Lenni. „Warst du schon einmal hier?"

Erstaunlicherweise deutete er ein Nicken an und zeigte auf ein schlichtes, in einem hellen Blauton gestrichenes Einfamilienhaus, das höchstens zwanzig Meter von uns entfernt war.

Seine Reaktion markierte das erste Zeichen einer menschlichen Regung seit unserem Unfall. Scheinbar hatte India uns den richtigen Weg gewiesen!

„Wohnt dort deine Mutter?", fragte ich hoffnungsvoll.

Wieder ein leichtes Nicken.

Ich hätte vor Erleichterung heulen können: weil ich Alina gefunden hatte, weil Lenni aus seiner Versenkung auftauchte, weil mein Leben bald wieder mir gehören würde ... Das Hochgefühl hielt ganze drei Sekunden lang an. Dann erinnerte ich mich daran, dass ich nicht das Geringste über Alina wusste. Hatte sie nach ihrer Scheidung noch einmal geheiratet? War da vielleicht ein Lebensgefährte, dem der Besuch des verlorenen Sohnes missfiel?

Etwas verzagt betrachtete ich Lenni, der teilnahmslos am Straßenrand stand, die langen Haare ordentlich gekämmt, das Hemd unter der Lederjacke gebügelt. Er wirkte immer noch abwesend und die Mühe, ihn zu fragen, was uns an der Tür des blauen Häuschens erwartete, konnte ich mir sparen. In wenigen Augenblicken würde ich es ohnehin herausfinden.

Mit einem Seufzen schulterte ich meine Reisetasche und schnappte mir den Koffer, um ihn vor Alinas Haus, das direkt am Gehsteig lag, zu ziehen. Lenni trottete wie ein Hündchen hinter mir her.

„Lebt deine Mama allein?", wagte ich dann doch einen Vorstoß und warf ihm einen kurzen Blick über meine Schulter zu. Natürlich bekam ich keine Antwort. Lennis Sprechstunde war beendet, bevor sie begonnen hatte.

Inzwischen waren wir am Ziel angelangt. Bei näherer Betrachtung stellte ich fest, dass der Putz des kleinen Stadthauses an einigen Stellen bröckelte und mehrere unschöne Risse sich über die Fassade zogen. Stirnrunzelnd versuchte ich, den krakeligen Schriftzug im Türschild, das neben der alten, aber sauber gestrichenen Holztür angebracht war, zu entziffern. Ein einziger Name war dort zu lesen. Pokalainen.

Alina hatte also nicht wieder geheiratet – und würde sie mit einem Partner zusammenleben, stünde dort vermutlich ein zweiter Name. Ich atmete auf und drückte die Klingel.

Einen Augenblick später stand eine schlanke, dunkelhaarige Frau im Türrahmen und sah mich fragend an. „Da?"

Ich nickte ihr freundlich zu und ihr Blick schweifte weiter zu Lenni.

Schlagartig weiteten sich ihre Augen und mit einem Aufschrei fiel sie ihm um den Hals. „Fiu!"

Lenni rührte sich nicht, während die kleine Frau ganz aus dem Häuschen geriet und sein Gesicht mit wilden Küssen bedeckte. Gleichzeitig prasselte ein rumänischer Wortschwall auf ihn nieder.

Stumm beobachtete ich das ungleiche Paar.

Sollte die explosive Wiedersehensfreude seiner Mutter etwas in ihm auslösen, ließ Lenni es sich nicht anmerken. Steif wie eine Litfaßsäule trotzte er dem Begeisterungssturm.

Nach einer Weile räusperte ich mich, um die Aufmerksamkeit wieder auf mich zu lenken. „Alina?"

Die Wangen gerötet, drehte sie sich halb zu mir um, mit ihren Händen weiter Lennis Gesicht streichelnd. „Da?"

„Mein Name ist Mariella Ewald. Leider spreche ich kein Rumänisch."

Endlich ließ sie von ihrem Sohn ab und wandte sich mir ganz zu.

„Mariella ... Aber ja ... Bitte entschuldige, dass ich dich nicht erkannt habe ..." Etwas unbeholfen setzte sie zu einer Umarmung an. Sie war tatsächlich sehr klein und reichte mir kaum bis zur Schulter. „Wie Vivi", schoss es mir durch den Kopf.

Früher musste sie eine Schönheit gewesen sein. Aber inzwischen, ich schätzte sie auf Anfang sechzig, hatte der Schmerz tiefe Linien in ihr Gesicht gegraben und silberne Fäden durchzogen wie Spinnweben ihr nussbraunes Haar. Sie wirkte verhärmt und vor ihrer Zeit gealtert.

Unsicher blickte sie von mir zu Lenni. „Das ist wirklich eine Überraschung ..." Ihre Stimme brach.

Behutsam legte ich ihr meine Hand auf den Arm. „Dürfen wir reinkommen?"

Erschrocken riss sie die Augen auf. „Meine Güte, was bin ich für eine Mutter! Lasse euch hier vor der Tür stehen. Natürlich dürft ihr eintreten! Ach, dass ihr zu mir kommt ... Was für eine Freude!"

Den Koffer in die kleine Diele bugsierend, folgte ich ihr ins Haus. Ungerührt tappte Lenni hinter uns her. Ich fragte mich, wann Alina wohl merkte, dass mit ihm etwas nicht stimmte.

„Lasst euer Gepäck hier stehen. Wir können es später ins Gästezimmer bringen."

Verstohlen sah ich mich um. Drei Türen führten aus dem Eingangsbereich: die erste, linker Hand, in eine kleine Küche, die zweite, geradeaus, vermutlich ins Wohnzimmer. Durch den

Türspalt konnte ich eine geblümte Couch und einen altmodischen Röhrenfernseher erkennen. Die letzte Tür war geschlossen. Das Ambiente wirkte bescheiden, aber sauber und freundlich. Mein Blick folgte einer engen Holztreppe in den ersten Stock. „Oben befinden sich die beiden Schlafzimmer und ein einfaches Bad. Ich habe das Haus vor ein paar Jahren von meinem Onkel geerbt und es, so gut ich konnte, instand gehalten. Aber wie man sieht, fehlt hier die männliche Hand, die mit Bohrmaschine und Werkzeug umzugehen versteht." Die letzten Worte klangen fast wehmütig.

Was ich bisher nur geahnt hatte, war damit Gewissheit: Alina hatte keinen Partner, der Lenni den Platz an ihrer Seite streitig machen würde. Wahrscheinlich freute sie sich sogar, wenn ihr Sohn für eine Weile hier einzog. Aus unserer Zeit vor dem Unfall wusste ich, dass Lenni handwerklich durchaus begabt war.

Alina war inzwischen in die Küche gegangen und begann, geschäftig zwischen Vorratsschrank und Herd zu hantieren.

„Möchtet ihr etwas trinken? Leider habe ich nur Wasser und Tee im Haus. Ich wusste ja nicht ..."

„Wasser ist fein", antwortete ich schnell und fasste Lenni an der Hand, um ihn ins Wohnzimmer zu ziehen.

Die kleine Couch sah bequem aus und lud zum Verweilen ein. Ich drückte ihn in die Polster und kehrte zu Alina in die Küche zurück. Eine gute Möglichkeit, ein paar Worte mit ihr allein zu wechseln.

Etwas gezwungen lächelte sie mir entgegen, während sie auf einem Tablett eine Wasserflasche, drei Gläser und einen Teller mit Gebäck arrangierte.

Ich atmete tief durch. Vor diesem Moment hatte ich mich seit Tagen gefürchtet. „Alina ... darf ich ‚du' sagen?", begann ich vorsichtig.

Sie hielt inne. „Aber natürlich, meine Liebe. Die Geschehnisse in Finnland haben uns für immer miteinander verbunden. Wir sind nun eine Familie."

Ihre Liebenswürdigkeit machte es mir schwer, das Unvermeidliche auszusprechen.

„Ich glaube auch, dass jene Ereignisse unser Leben verändert und uns ein Stück weit zusammengeschweißt haben. Aber weißt du, Lenni und ich …" Ich stockte.

Forschend sah sie mich an. „Eure Beziehung war nicht stark genug, um die Prüfung zu überstehen, nicht wahr?"

Ich nickte unglücklich. „Wir hatten vorher bereits Probleme und dann passierte der Unfall … sonst wären wir längst getrennt."

„Dann seid ihr noch zusammen?" Ihre braunen Augen schienen direkt in mein Herz zu blicken und nach der Wahrheit zu forschen. Bei jedem anderen hätte ich diesen Moment der Nähe als übergriffig empfunden, doch Alina strahlte eine Wärme aus, die mich tief berührte. Nun verstand ich, warum Lenni hierher kommen sollte, um Frieden zu finden. Wie Vivi schien auch sie die Gabe zu haben, die Essenz der Dinge zu sehen und ihre wahre Natur zu erkennen. Ein überwältigendes Gefühl von Seelenverwandtschaft erfasste mich und ich schaffte es nicht, eine Antwort auf ihre einfache Frage zu geben. Der Kloß in meinem Hals schien jedes aufsteigende Wort zu verschlucken.

Schweigend zog sie mich auf eine schlichte Eckbank und setzte sich zu mir. Als sie ihren Arm um mich legte, als würden wir uns ein Leben lang kennen, löste sich meine Anspannung und ich begann zu weinen.

Durch eine verborgene Schleuse brachen meine verdrängten Gefühle mit der Macht einer seit Langem gestauten Flutwelle hervor und schlugen über mir zusammen: die Trauer um Vivien, die Sorge um Lenni, der Kummer über das Scheitern unserer Beziehung. Sturzbäche rannen über mein Gesicht, während Alina mich wie ein Kind in ihren Armen wiegte.

Leise begann sie eine Melodie zu summen, deren Töne mich forttrugen – an einen Ort jenseits von Kummer und Tod. Unmerklich schien sich der irdische Schleier zu heben und für einen Moment erblickte ich das Paradies.

Ich stand auf einer Wiese, die sich bis zum Horizont erstreckte. Ihr leuchtendes Grün, durchsetzt von zahllosen gelben, orangen, roten und weißen Tupfen, blendete meine Augen. Staunend registrierte ich einen schillernden Regenbogen, der sich über den tiefblauen Himmel spannte. Nicht weit von mir entfernt flatterten ein paar quietschbunte Vögel auf und schraubten sich tirilierend in luftige Höhen. Die riesigen exotischen Blüten zu meinen Füßen verströmten einen berauschenden Duft. Plötzlich begann sich neben mir, in einer Korona aus gleißendem Licht, eine Gestalt abzuzeichnen. Ein hauchzartes weißes Gewand umschmeichelte ihren grazilen Körper, das silberblonde Haar war mit einer Kette aus Gänseblümchen bekränzt. Verwundert rieb ich mir die Augen.

„Vivien?"

„Mariella, wie schön, dich zu sehen!" Das ätherische Wesen lachte übermütig. „Ja, ich bin Vivien – oder auf deinen Kontext bezogen: Ich war es. Aber eigentlich bin ich so viel mehr als diese eine Verkörperung, gefangen in Zeit. Ich bin viele und viele sind ich. Wobei es das Ich im Sinne deiner Definition gar nicht gibt. Verstehst du, was *ich* dir sagen will?" Sie machte eine kurze Pause, um ihre Worte bei mir einsickern zu lassen. Leider verstand ich gar nichts und schüttelte hilflos den Kopf. „Du meinst, dass dein Ich aus einer Vielzahl von Inkarnationen besteht?"

Viviens Gesicht wurde ernst. „Nein, mein Herz, das meine ich nicht. Die Summe aller irdischen und nicht irdischen Inkarnationen ist *Ich*, die vergangenen, die gegenwärtigen und zukünftigen. Sie alle sind Aspekte des Einen. Abermilliarden Zellen, die seinen unendlichen, ewigen Körper bilden."

„Dann bist du also doch nicht Vivien, sondern eine Art neutrales, allumfassendes Bewusstsein?", fragte ich enttäuscht.

„Ich *bin* Vivien", sie seufzte. „Und ich bin du. Und Lenni und Maja und Linda. Verstehst du es jetzt? Wir alle sind Spielarten des universellen Bewusstseins. Wir gehören zusammen wie Sonne und Mond, Reiter und Pferd oder alles und nichts."

Die Tragweite ihrer Antwort ließ mich erschauern. „Ich will aber nicht eins sein mit Hitler, Mussolini und Putin. Dann verzichte ich auf das allumfassende Ich und werde lieber zu n-ichts!" Trotzig verschränkte ich die Arme vor meiner Brust.

„Das ist eine zutiefst menschliche Haltung, in deinem Bezugsrahmen mehr als verständlich. Aber das unendliche Bewusstsein kennt viele Schattierungen, dunkle wie helle." Sie lächelte milde. „Vielleicht einigen wir uns für den Moment darauf, dass Vivien lebt und dass sie euch, die ihr sie liebt, niemals verlassen wird. Hörst du, Mariella? *Ich* bleibe bei euch, solange *ihr* lebt", sie zwinkerte mir vergnügt zu, „und egal, wie lange es dir erscheinen mag, hier ist es nur ein Flügelschlag, bis wir wieder vereint sind. Glaube mir, liebe Ella, nur ein winziger Flügelschlag ..." Wieder ließ sie ihr glockenreines Lachen erklingen.

Überwältigt starrte ich die himmlische Erscheinung an. Vivien wirkte so lebendig, wie man nur sein konnte. Die Intensität des Moments raubte mir den Atem und obwohl ich unendlich viele Fragen hatte, fand ich keine Worte und blieb stumm wie ein Fisch.

Noch einmal zwinkerte Vivi mir zu, dann begann das helle Licht um sie herum zu pulsieren. Verzweifelt streckte ich meine Hände aus, um sie zu berühren, doch einer Fata Morgana gleich, schien ihre Gestalt vor meinen Augen zu schrumpfen. Schließlich war sie verschwunden. Verwirrt blickte ich mich um. Die Szenerie war dieselbe, doch die Farben verloren an Kraft.

Ich wäre so gern noch etwas geblieben, um mich ins kühle Gras zu legen und über Vivis kryptische Botschaft nachzudenken, doch auch die Wiese mit ihren Vögeln und Blumen begann zu verblassen. Stattdessen zeichneten sich andere, weniger glanzvolle Details in meinem Gesichtsfeld ab: ein Küchenbord voller Kaffeetassen, eine Hängelampe, die im Luftzug schaukelte, karierte Vorhänge, die sich vor dem gekippten Fenster bauschten. Während Alina mich noch immer im Arm hielt, zerfiel der betörende Duft der Ewigkeit im Dunst jüngst gebratener Zwiebeln.

„Und?", fragte sie schließlich, „hast du sie gesehen?"

Mühsam kämpfte ich mich zurück in diese farblose, kummervolle Welt.

Meine Welt.

„Das habe ich", sagte ich leise.

„Dann weißt du, warum es keinen Grund gibt, traurig zu sein. Wir weinen um Vivien, weil sie nicht mehr da ist, um unser Leben zu bereichern. Doch wir beide wissen, dass sie uns seit jenem furchtbaren Tag nie verlassen hat – nicht wahr?"

Ich rang mir ein Lächeln ab. „Ist *sie* es, die uns nicht verlassen hat, oder ist es Gott?" Was ich gehört und gesehen hatte, passte nicht in mein Weltbild. „Ich muss das alles erst mal verdauen." Vorsichtig löste ich mich aus ihrer Umarmung.

Alina räusperte sich. „Mariella, ich habe dich im Krankenhaus besucht, um dir einen Weg durch die Dunkelheit zu weisen. Aber es ging über meine Kräfte. Vivien war ein besonderer Mensch, das musst du wissen. Schon als Baby hat sie eine unvergleichliche Aura umgeben. Der Verlust hat mich schwer getroffen, obwohl ich um den Sinn des menschlichen Daseins weiß. Ich habe meine Zeit gebraucht, um wieder zu mir zu kommen. Hier – sieh mal", abrupt beugte sie sich zu mir und zog eine Kette unter ihrem Pulli hervor. Daran befestigt war ein Medaillon. Sie klappte es auf und hielt es mir entgegen.

„Wie schön", murmelte ich.

„Ja, das sind sie, meine zwei Engel. Das hier", sie deutete auf ein verschmitztes Jungengesicht, „ist Lenni. Und die kleine Göre daneben ist Vivien. Sechs Jahre alt. Bald darauf ist Vivi zu ihrem Vater nach Finnland gezogen." Liebevoll streichelte sie über die Porträts und ließ den Anhänger wieder unter ihrem Pullover verschwinden.

„Es muss sehr schwer für dich gewesen sein. Ich meine, dass sie sich entschieden hat, bei ihrem Vater zu leben."

Nachdenklich strich Alina die Tischdecke glatt. „Oh ja, das war es. Vivien wusste immer genau, was sie wollte. Und ich habe mich in das Unvermeidliche gefügt. Für Lenni war es schwieriger: Seine Verbindung zur jenseitigen Welt ist nicht sehr stark. Er hat nie wirklich verstanden, was seine Schwester tat. Trotzdem hat er sie unendlich geliebt."

Ich erinnerte mich an ein Gespräch, das Lenni und ich in unseren Anfängen geführt hatten.

„Er meinte einmal, dass Vivi ihrem Vater sehr ähnlich sei, und erwähnte ihre Melancholie. Sogar von Depressionen war die Rede."

„Man hat ihr vieles nachgesagt", entgegnete Alina bestimmt, „aber wenn Vivien eines nicht war, dann depressiv." Merkwürdig, dass Lenni seine Schwester in diesem Punkt so verkannt hatte. Aber ich musste zugeben, dass ich an ihr in der kurzen Zeit, die uns gemeinsam beschieden war, keine Spur von Schwermut entdeckt hatte. „Vielleicht hat er nach einem Grund gesucht, warum sie ein Leben fernab von ihm wählte und die Ähnlichkeit zum Vater erschien ihm plausibel."

„Eine gewisse Ähnlichkeit war sicherlich vorhanden. Genau wie Valo liebte Vivi die Einsamkeit der finnischen Wälder. Und sie hasste den Lärm der Großstadt. Aber obwohl sie nicht bei uns lebte, waren wir drei immer eng miteinander verbunden."

Alina erhob sich und stellte ein Glas mit Wasser vor mir auf den Tisch. Dankbar nahm ich einen Schluck und atmete tief durch, um die Frage zu stellen, die mich seit Langem schon quälte: Wie konnte es sein, dass Alina trotz der starken Bindung zu ihren Kindern ihren Sohn nach dem Unglück sich selbst überließ?

„Warum bist du nicht bei Lenni geblieben?" Bedrückt schlug ich die Augen nieder.

„Aber er war doch erwachsen, als ich nach Rumänien zurückging …" Ratlos zuckte sie die Schultern.

„Das meine ich nicht. Es geht um die Zeit nach dem Unfall."

Ich sah, wie ihre Hände sich ineinander krampften. Sie senkte den Kopf und seufzte. „Ich war so unglaublich fertig", ihre Stimme war so leise, dass ich mich vorbeugen musste, um sie zu verstehen, „meine Kraft reichte kaum für mich selbst. Geschweige denn für Lenni. Traumatisiert oder nicht, er hat den Unfall verschuldet und Vivien in den Tod gerissen. Bei allem, was ich über das Wesen der Dinge weiß, bin ich trotzdem durch die Hölle gegangen. Ich wollte allein sein, ihm keine Vorwürfe machen. Denn er trägt schwer genug an seiner Schuld. Du musst mir auch nichts über seinen Zustand und eure Beziehung sagen. Ich habe Augen, die sehen, und ein Herz, das fühlt. Ich habe gehofft, dass er hierher kommen würde." Innig drückte sie meine Hand. „Du hast ihn zur richtigen Zeit zu mir gebracht. Ich bin wieder stabil und weiß, was ich dir verdanke. Und glaube mir,

Mariella, ich werde alles tun, um ihn dabei zu unterstützen, seinen Weg zurück ins Leben zu finden."

So viele Szenarien waren mir in den letzten Tagen durch den Kopf gegangen. Mit einem Schlag schienen sich alle Sorgen in Luft aufzulösen.

Plötzlich hatte ich das Bedürfnis, alleine zu sein.

„Ich würde mich gerne ein wenig ausruhen."

Ein gütiges Lächeln huschte über Alinas Gesicht. „Aber natürlich, meine Liebe. Ich beziehe dir rasch das Bett im Gästezimmer. Lenni kann, solange du hier bist, auf der Couch im Wohnzimmer schlafen. Dann hast du Ruhe, um Kraft zu schöpfen. Ich weiß, was du seit deiner Rückkehr aus Finnland geleistet hast, und werde dir das niemals vergessen."

Ruhe haben ... das klang fantastisch. Endlich durfte ich die Verantwortung für Lenni abgeben und mich meinen eigenen Themen widmen. So viele Gedanken wollten gedacht, so viele Fragen gestellt werden.

Aber nicht hier und nicht jetzt. Erst mal wollte ich schlafen und gar nichts mehr denken. Mein neues Leben hatte so lange auf mich gewartet – da kam es auf ein paar Stunden nicht an.

*

Die Jäger waren schon eine Weile hinter ihm her, um ihn zu erledigen. Seine Lunge brannte vom schnellen Lauf und die Erschöpfung begann seine Beine zu lähmen. Auf seinem Kopf befand sich ein gewaltiges Geweih, das die Flucht nicht gerade erleichterte. Strauchelnd hangelte sich Althoff durch das dichte Unterholz, bis die ausufernden Zweige eines riesigen Brombeerbusches ihn festsetzten. Schon konnte er die Verfolger, vier waren es, sehen. Unnatürlich schnell holten sie ihn ein. Und das trotz ihrer grellroten High Heels. Das muss Hexerei sein, dachte Althoff und versuchte verzweifelt, seine gefühllosen Beine aus dem Gestrüpp zu befreien. Im Augenwinkel sah er, wie das Quartett auf ihn anlegte. Sekunden später krachte ein Schuss durch die Stille des Waldes.

Schweißgebadet fuhr er hoch. Es dauerte einen Moment, bis er sich aus dem Dickicht des Albtraums befreit hatte und realisierte, wo er war.

Gottseidank, zuhause ... allein! Die Laken seines Himmelbetts waren zerwühlt, aber weit und breit keine Jäger zu sehen. Glücklicherweise war auch das Gehörn von seinem Schädel verschwunden.

Erleichtert warf er einen Blick auf seinen Wecker. Der kleine Zeiger stand auf der Acht. Das bedeutete, er hatte weniger als drei Stunden geschlafen. Stöhnend ließ er sich in sein Kissen zurücksinken.

Sein geweihloser Kopf hatte kaum die Daunen berührt, da krachte das metallische Hämmern des Türklopfers erneut durchs Haus.

Inzwischen hatte Althoffs Gehirn Fahrt aufgenommen und zog die einzig richtigen Schlüsse aus dem morgendlichen Radau: Er konnte nur von Claudia stammen, die gekommen war, um Jules Sachen zu holen.

Das intrigante Biest würde was erleben!

Wutentbrannt schwang er sich aus dem Bett und rannte in Schlafshirt und Boxershorts den langen Gang entlang zu einem strategisch günstigen Fenster, das direkt über dem Eingang der Villa lag. Mit einem Ruck öffnete er es und schrie: „Verdammt, lass die Tür ganz, ich komme runter!" Er machte sich nicht die Mühe, sich über die Brüstung zu beugen und der impertinenten Person ins Gesicht zu sehen.

Stattdessen wetzte er ins Schlafzimmer zurück und zog seine Laufhose über. Während das Miststück in seinem Wäscheschrank wühlte, würde er joggen gehen. Mit Sicherheit würde er ihr keine Gelegenheit geben, ihren Triumph auszukosten.

Inzwischen war er in der Halle angekommen, schnappte sich mit grimmiger Miene Jules Schlüsselbund von der Garderobenkonsole, klinkte seinen Hausschlüssel aus und riss die Tür auf.

„Da hast du ...", sein Ausbruch endete abrupt. Fast hätte er der Gestalt an der Tür den gut bestückten Schlüsselanhänger an den Kopf geworfen. Zum Glück konnte er noch rechtzeitig innehalten, denn auf seiner Türschwelle stand ...

„Frau Wanninger?" Verblüfft trat er einen Schritt zurück. Was machte die um diese Zeit hier? Noch dazu ohne Hausschlüssel?

„Es ist mir so peinlich", stotterte sie, „mein Franzl hat die Schlüssel vertauscht und ist mit den meinen unterwegs zum Gardasee." Was durchaus nicht ungewöhnlich war, denn der Franzl war Busfahrer. Das mit den Schlüsseln war allerdings blöd.

Althoff atmete hörbar aus. „Und deshalb jagen Sie mich zu dieser Stunde aus dem Bett?" Das klang schärfer, als er beabsichtigt hatte. Der im Gestrüpp zappelnde Zehnender steckte ihm noch in den Knochen.

Frau Wanningers Augen begannen zu schwimmen. Die gute Seele des Hauses war nahe am Wasser gebaut und geriet nun völlig aus dem Konzept.

„Ja, wissen's, gnädiger Herr, i konnt' nicht mehr schlafen, weil i so aufg'regt war ... I muss doch heut' arbeiten – schließlich bezahlen's mich ja dafür ... Und der Schlüssel war weg ... I dacht' Sie san net dahoam ... Wollten Sie net in den Bergen sein mit dem gnädigen Fräulein? Der Josef, der Gärtner ... herrje, der sollt' heut' doch die Hecke schneiden. Der hat ja auch einen Schlüssel ... Und i hab' mir dacht, wenn i a bissel lauter klopf', dann hört der mich vielleicht da hint im Garten ..."

Dem Josef, dem Gärtner, war Althoff noch nicht begegnet. Und er wusste auch nichts von der Hecke. Wahrscheinlich hatte Jule den Beschnitt in Auftrag gegeben. Ergeben schüttelte er den Kopf.

„Schon in Ordnung, Frau Wanninger. Beruhigen Sie sich. Da Sie nun aber hier sind, können Sie etwas für mich erledigen."

Frau Wanninger nickte eifrig, froh der Standpauke ihrer geschätzten Herrschaft zu entgehen.

„Hier wird demnächst eine Frau auftauchen. Ihr Name ist Claudia ...", er überlegte kurz, „Soundso. Sie ist eine Freundin meiner, äh ... Ex-Freundin."

Etwas hölzern legte Frau Wanninger die sommerlich-leichte Funktionsjacke ab und positionierte ihre beige Henkeltasche schnurgerade unter der Garderobe. Bedächtig richtete sie sich wieder auf. „Sie meinen vom gnädigen Fräulein?" Ihre gemessenen Körperbewegungen standen in krassem Gegensatz zu ihren Augen, die nervös zwischen ihrem Brötchengeber und einem auffälligen roten Regenmantel, der seit Tagen den handgefertigten „Louis XV"-Sessel am Eingang zierte, hin und her flogen. Wie hatte sie den nur übersehen können? Normalerweise war gegen ihre Ordnungswut kein Kraut gewachsen.

Althoff seufzte. Er verspürte nicht die geringste Lust, seiner Zugehfrau die vertrackte Situation zu erklären. „Genau. Also: Diese Claudia wird demnächst hier erscheinen, um Fräulein Jules Sachen zu holen. Ihre Kleidung, Schminke und was da sonst noch so rumliegt", er stockte, während sein Blick sich vielsagend an Jules achtlos hingeworfenen Regenschutz heftete. „Wenn die Dame fertig gepackt hat, können Sie ihr bitte diesen Schlüsselbund geben, damit sie alles im Mini Cooper wegschaffen kann?"

Die Augen der Haushälterin waren immer größer geworden. „Dann ist das gnädige Fräulein nicht mehr das gnädige Fräulein?"

Das war bemerkenswert scharf kombiniert. Althoff hätte es nicht treffender sagen können. „So ist es", er nickte nachdrücklich, „wenn Sie der Claudia, sobald sie da ist, vielleicht ein bisschen auf die Finger gucken würden – damit sie in ihrer Raffgier nicht etwas einpackt, das mir gehört."

Frau Wanninger nickte anheischig. Selbstverständlich würde sie die Freundin des Fräuleins im Auge behalten, gar kein Problem.

„Dann kann ich mich ja beruhigt in die Isarauen begeben", murmelte Althoff und nahm sich vor, heute die doppelte Strecke zu joggen. Das würde ihm nicht nur den benebelten Kopf freisprengen, sondern auch verhindern, dass er der Freundin des Fräuleins über den Weg lief.

Sollten die beiden Frauenzimmer doch in den Bergen versauern. Oder noch besser: zum Mond fliegen und im tiefsten aller Krater versinken.

Als Althoff zwei Stunden später schwitzend in seine Auffahrt einlief, war der Mini verschwunden. Damit war der erste Schritt in ein Leben nach Jule getan. Zufrieden rieb er sich mit einem

Handtuch den Schweiß von der Stirn und ging direkt in die Küche, um von Frau Wanninger die Einzelheiten über den Auftritt der Nemesis zu erfahren.

„Alles tipptopp gelaufen!", wusste die zu berichten, „die Frau Claudia ist mit einem Koffer ins Schlafzimmer hoch, ich hinterher. Erst hat sie sich den Schrank vom Fräulein vorgenommen, dann ist sie weiter ins Badezimmer gehetzt, um sämtliche Tiegel und Fläschchen abzuräumen. Am Ende hat sie sich den neuen Regenmantel geschnappt, dann war se weg." Mehr hatte die Haushälterin nicht zu erzählen, während sie mit einem weichen Lappen energisch einen ohnehin sauberen Küchenschrank polierte. Landhausstil in Altweiß, sehr empfindlich und teuer.

Ganz in ihrer Mission aufgehend, die Küche in neuem Glanz erstrahlen zu lassen, waren Frau Wanninger im Moment keine weiteren Details zu entlocken.

Althoff guckte ihrem Treiben eine Zeit lang zu, obwohl er die Hoffnung auf neue Offenbarungen bereits aufgegeben hatte.

Die Küche war das Schmuckstück der Villa und wirklich ein Traum. Den exklusiven Hersteller hatte ihm sein Nachbar, Staranwalt Dr. Hartmann, vor ein paar Jahren empfohlen. Der, wie Althoff argwöhnte, für den fetten Auftrag eine nicht minder fette Provision kassiert hatte.

Plötzlich fiel ihm ein, dass er bei besagtem Nachbarn noch wegen des Bockenheim Centers anklopfen wollte. Schließlich hatte Hartmann beste Verbindungen in die Bayerische Staatskanzlei. Und wenn sich dort niemand fand, der auf die Schnelle ein paar Milliönchen locker machen konnte, wo dann? Eine Hand wusch schließlich die andere.

Auf einmal hatte Althoff es eilig, unter die Dusche zu kommen und endlich das zu tun, was er seit Wochen vernachlässigt hatte: Geld zu machen. In ganz großem Stil, versteht sich.

„Die Frau Claudia hat keine Viertelstunde gebraucht, um die Sachen zusammen zu klauben", nahm Frau Wanninger unverhofft ihren Faden wieder auf, „und ich bin immer dabei geblieben, damit sie nicht auf die Idee kommt, irgendwas mitgehen zu lassen."

„Gut gemacht", lobte Althoff, etwas zerstreut, die Loyalität seiner Zugehfrau, „und jetzt wird hier wieder Ruhe einkehren, nur Sie und ich, so wie früher – ohne Hormonschwankungen und Dauergequassel." Verschwörerisch zwinkernd schnappte er sich einen giftgrünen Apfel aus der übervollen Obstschale und verschwand damit in Richtung Badezimmer.

Die Höschen vom Häschen waren seit Tagen schon fort, doch Althoff wollte es nicht gelingen, seine alte Form wiederzufinden. Hartmann hatte sich gewunden wie ein Aal, als er versuchte, ihm die Namen möglicher Investoren aus der Nase zu ziehen.

„Woaßt scho, die Zeiten san schlecht. Da hält ein jeder sei Sackl gschlossn", hatte er sich, etwas vage, geäußert und selbst nach hartnäckiger Intervention und einer in Aussicht gestellten Sonderzuwendung keine Telefonnummer rausgerückt.

Auch ein Anruf in Wien hatte Althoff nicht weitergebracht. „Geh herst, Pietie, ... i würd liebend gern in Fraankfurt mitspuin ... aber i hob die Steuerfaahndung am Hois ... außadem ... was soll i song? ... die Resi ... es is a Kreiz, aba im Momänt muass i die Fiaß stillhoitn ... und möglichst unauffällig agiern ...", hatte Josef, der Baumagnat, seine Anfrage abgeschmettert.

Althoff ärgerte sich über die neue Schlappe in Sachen Bockenheim und fürchtete, dass der Private-Equity-Markt seine letzte Chance sein könnte. Er konnte die PowerPoint verliebten EBIT-Hengste mit ihrer Lizenz zum Gelddrucken nicht ausstehen und hatte sich bisher erfolgreich gegen jede Einmischung der schlipstragenden Aasgeier gewehrt.

Allerdings gab es Schlimmeres, sinnierte er weiter, wenn einem – wie dem armen Josef zum Beispiel – der Fiskus im Genick hing oder die Ehefrau einen erbitterten Scheidungskrieg anzettelte und die Kinder als Faustpfand missbrauchte. Da lebte er doch lieber allein in seiner Vierhundertquadratmetervilla. Ohne Gattin und Kindergedöns.

Und ohne Verlobte.

Oder etwa nicht? Wie die kapitalistischen Gewinnmaximierer seine persönliche Bilanz wohl bewerten würden? Er wollte es lieber nicht wissen.

Womit er gedanklich wieder bei Jule war.

Ob er es zugab oder nicht, er vermisste seinen Hasen. Ihr ansteckendes Lachen, ihre leuchtenden Braunaugen, die makellose Figur. Vermutlich würde er niemals wieder ein Dessous-Plakat ansehen, ohne Trübsal zu blasen.

Apropos Beziehungsbilanz ... All seine Freunde waren verheiratet, zum ersten Mal oder als Wiederholungstäter. Nebenbei hatten sie sich eifrig reproduziert, innerhalb der Ehe natürlich, und manchmal auch als Folge ihrer diversen Seitensprünge. Immerhin war ihm eine solche Panne erspart geblieben. Nachdenklich kratzte er sich am Kinn – oder vielleicht nicht vergönnt gewesen?

Nein, Babygeschrei war nun wirklich nicht seins!

Inzwischen war die Windelfraktion in seinem Umfeld allerdings herangewachsen und er registrierte, nicht ohne Irritation, eine gewisse Wehmut, wenn Karlheinz vom Kinotag mit seinen drei Mädels oder Hans-Jürgen von den Saufgelagen seiner pubertierenden Zwillinge erzählte.

Irgendwas schien bei ihm schiefgelaufen zu sein. Aber er hatte nun einmal kein Bedürfnis verspürt, sich ernsthaft zu binden! Bis Jule mit ihrem Schminkköfferchen in sein Luxusbad stöckelte. Mit ihr hatte sich alles geändert. Sie wollte er heiraten. Er stutzte.

War Jule wirklich die Eine gewesen? Die große Liebe seines Lebens?

Althoff schenkte sich ein Glas Whiskey ein und ging langsamen Schrittes durch seine Bibliothek. Der Abend war kühl und regnerisch. Er hatte sich einen Pullover angezogen und beschloss, die Kaminsaison zu eröffnen. Seit seiner Kindheit war dies ein festes Ritual, um die dunkle Jahreszeit zu begrüßen.

Sein Vater hatte ihm beigebracht, wie man ein anständiges Feuer entfachte und schon als kleiner Steppke hatte er stolz sein Können bewiesen.

Melancholisch lächelnd schichtete er Reisig, dazwischen etwas Papier, kleinere Zweige und schließlich drei Buchenscheite, die vom Frühjahr noch übrig und sehr trocken waren, aufeinander. Manchmal fehlte ihm sein fürsorglicher Vater, die gutmütigen Ratschläge, sein Geschäftssinn, der ihn nie getrogen hatte. Er fragte sich, woher die plötzliche Schwermut kam. Konnte es das Ritual sein, das ihn an seine Kindheit erinnerte? Unwahrscheinlich, denn er hatte es in den letzten zwanzig Jahren immer allein zelebriert und sich dabei ganz fantastisch gefühlt.

Mechanisch zog er eine Packung Streichhölzer hervor, die zwischen zwei sorgfältig gestapelten Holzscheiten klemmte, und stieß den Zündkopf eines Stäbchens mit einer zackigen Bewegung über die Reibefläche. Die kleine Flamme sprang sofort auf das dürre Reisig über.

Minutenlang beobachtete Althoff, wie sich das Feuer durch Papier und Ästchen fraß und immer wütender an den massiven Scheiten leckte. Er kam nicht umhin, sich einzugestehen, dass er sein Herbstritual heute gerne mit einem Menschen geteilt hätte.

Sein Vater konnte es nicht sein. Er seufzte.

Wenn er nicht als schrulliger alter Mann alleine vor seinem Kamin enden wollte, blieb ihm nichts anderes übrig, als selbst eine Familie zu gründen. Am besten mit einer Frau, zwei Katzen und drei Kindern.

Energisch schüttelte er den Kopf. Was war nur in ihn gefahren? Nein, er brauchte keinen Familienzirkus!

Wie viele schlaflose Nächte hatten seine Kumpels durchlitten, weil den Nachwuchs die Blähungen quälten oder die Zähnchen oder weiß Gott was! Dann kamen die Kinderkrankheiten, ein abendfüllendes Thema. Es folgten die Komplikationen im Kindergarten, die Grundschule mit ihren borniertenen Lehrern, die sich als unfähig erwiesen, die außergewöhnlichen Begabungen ihrer Schüler anzuerkennen und in die richtigen Bahnen zu lenken. Im Gymnasium wurde es noch schlimmer. Was hatte er sich nicht alles angehört!

Und dabei an sein nächstes Schäferstündchen gedacht.

Tatsächlich schienen seine Freunde ihn stets zu beneiden. Um seine Freiheit und die vielen Frauen, die es auf den freien Platz in seinem Porsche abgesehen hatten. In Münchens Schickeria war er ein ebenso bekannter wie begehrter Junggeselle. Er konnte nicht behaupten, diesen Status nicht gebührend gefeiert zu haben.

Bis jetzt.

Was hatte sich nur geändert? Wurde er vielleicht zu alt für die Hasenjagd? Oder war er es einfach leid, selbst als Zielscheibe heiratswütiger Debütantinnen und ihrer ehrgeizigen Mütter zu dienen?

War die Alternative überhaupt tragbar? Schließlich hatte er gesehen, was aus den Ehen mit ihren vom Kindergeheul torpedierten Nächten geworden war: Sie waren samt und sonders vor Gericht gelandet. Und was taten seine Freunde, diese Wahnsinnigen? Stürmten direkt die nächste Bastion, gefolgt von rauschender Hochzeit und neuem Babygeschrei.

Althoff verzog das Gesicht.

Konnte das der Sinn des Lebens sein? Auf dem Altar der Vaterschaft seine Manneskraft, seine Nerven und nicht zuletzt sein Vermögen zu opfern?

Noch vor Kurzem hätte er das entschieden dementiert. Bis er den Beschluss fasste, Jule zu heiraten ...

Weil er sie von ganzem Herzen liebte?

Das konnte er reinen Gewissens nicht behaupten.

Gedankenvoll legte er zwei neue Scheite in die Flammen. Er hatte sich immer als den Inbegriff des einsamen Wolfes verstanden. Warum störte ihn das Alleinsein auf einmal? Was konnte eine Ehe ihm geben, das er alleine nicht hatte?

Jedenfalls nicht die immerwährende, lodernde Leidenschaft, die seine Freunde sich einredeten. Nein, er würde diesem naiven Klischee nicht aufsitzen!

Im Grunde suchte er nach einem Menschen, der seinen Frühstückstisch mit ihm teilte, dem er mittags von seinen Bauvorhaben erzählen und abends den Rücken kraulen durfte. Er suchte die Frau, mit der er Pferde stehlen und seinen Luxus genießen konnte. Kurzzeitig hatte er geglaubt, dass Jule diese Frau war. Und er hatte es vermasselt.

Verdammt!

Aber es brachte ihn nicht weiter, über die Laune des Schicksals zu klagen, das Corinna auf die Riffelalp und direkt in Jules Arme getrieben hatte. Die Runde hatte er verloren. Er musste aufhören, über die geplatzte Verlobung zu lamentieren und endlich aus seinem Stimmungsloch kriechen.

Inzwischen war es in der Bibliothek angenehm warm geworden und er beschloss, sich ein weiteres Gläschen zu gönnen. Hier und jetzt würde er Ordnung in seine verworrene Gefühlswelt bringen und den Weltschmerz hinter sich lassen. Selbst wenn dabei die ganze Flasche draufging!

Vielleicht sollte er vorübergehend alles beim Alten belassen und eine kleine Affäre anzetteln? Immerhin gab es da noch diese Reisebekanntschaft. Unentschlossen wiegte er den Kopf. Bärbel war eigentlich nicht sein Typ. Außerdem wartete er seit Tagen vergeblich auf ihren Anruf. Entweder hatte sich der Rauch über Freising noch nicht verzogen oder sie hatte kein Interesse, eine – wie auch immer geartete – Freundschaft mit ihm zu pflegen.

Eine Alternative war, in die Dordogne zurückzufahren. Sandrine würde sich bestimmt freuen, ihn so schnell wiederzusehen. Oder sollte er lieber nach Rumänien reisen, um auf Birtes Büschchen zu klopfen?

Beide Optionen hatten ihren Reiz. Aber wenn er tief in sein Herz blickte, würde er sich immer für Letztere entscheiden. In diesem Moment der Erkenntnis wurde ihm klar, dass er im Grunde immer nur Birte geliebt hatte. Die anderen waren die ewige Zweitbesetzung geblieben, mehr oder weniger aus der Not geboren.

Von seiner Gefühlswallung überwältigt, entschied Althoff spontan, einen neuen Versuch zu wagen. Birte und er waren getrennte Wege gegangen, ohne sich jemals aus den Augen zu verlieren. Sie war seine Kummertante, Bettgenossin und beste Freundin. Wenn das keine Basis für eine Ehe war!

Ja, er würde noch einmal um ihre Hand anhalten. Der passende Ring lag oben auf der Kommode. Zum Glück hatte er auch Birte nichts von seinen Heiratsplänen mit Jule erzählt.

Mit einem kräftigen Schluck leerte Althoff sein Glas und erhob sich. Sein Gefühl sagte ihm, dass sein Junggesellendasein bald vorüber sein würde.

Von dieser Aussicht beflügelt, schob er den Funkenschutz näher an den Kamin und löschte das Licht. Morgen würde er einen Flug nach Sibiu buchen und Birte mit seinem Besuch überraschen. Ihren Sermon von wegen „heiraten sei etwas für Spießer" konnte sie sich sparen. Derartige Ausflüchte würde er diesmal nicht gelten lassen.

Einen rumänischen Gassenhauer pfeifend, strebte er ins Schlafzimmer, um sich seiner Kleidung zu entledigen und mit einem wohligen Grunzen unter die riesige Bettdecke zu schlüpfen. Die war groß genug für zwei – ach was – für drei, für die ganze Familie!

Kaum war sein Kopf im Kissen versunken, fiel er in einen tiefen Schlaf und begann von Birte mit Einkaräter am Finger und einem halben Dutzend Dötzchen am Rockzipfel zu träumen.

Noch immer sehr falsch, aber fröhlich *Dragosteia din tei* summend, rückte Althoff am nächsten Morgen das Notebook auf seinem Mahagonischreibtisch zurecht und wollte gerade den Browser starten, um einen Flug nach Hermannstadt zu buchen, als sein Handy klingelte.

„Guten Morgen, Herr Althoff. Alim Abu Salama am Apparat. Sie erinnern sich an mich?"

Stirnrunzelnd dachte Althoff nach. Irgendwie kam ihm der Name bekannt vor. Er wusste nur nicht woher.

„Aber natürlich! Hallo Herr Salama ..." Er hüstelte gekünstelt. „Was kann ich für Sie tun?" Er hoffte darauf, dass ihn die Antwort ein Stück weiter brachte.

Leises Lachen am anderen Ende. „Nun, ich denke, ich kann etwas für *Sie* tun. Es geht um das Immobilienprojekt in Frankfurt."

Schlagartig war die Erinnerung zurück. Althoff fasste sich an die Stirn. Wie hatte er den Namen bloß vergessen können? Alim Abu Salama – der Adlatus des Scheichs!

„Da bin ich aber gespannt", antwortete er, um einen gleichgültigen Tonfall bemüht. Sein Anrufer sollte nicht wissen, wie sehr die Kontaktaufnahme ihn aufwühlte. Das würde seine Ausgangsposition für die bevorstehenden Verhandlungen schwächen.

„Seine Exzellenz hat Ihre Unterlagen gesichtet und für interessant befunden. Er ist morgen für ein paar Stunden in Frankfurt und würde die Voraussetzungen einer Kooperation gerne mit Ihnen besprechen. Wäre es Ihnen möglich, gegen fünfzehn Uhr im Frankfurter Hof zu sein?"

Ob es ihm möglich wäre? Althoff unterdrückte ein Jauchzen. Stattdessen blätterte er hektisch in seinem Filofax, jenem Relikt aus vordigitaler Zeit, das er noch immer mit trotzigem Konservatismus pflegte.

Gähnende Leere blickte ihm entgegen.

„Ich denke, das ließe sich machen", antwortete er zögernd, „meinen Termin im Hamburger Hafenclub werde ich auf nächste Woche verschieben ..." Er grinste.

„Großartig! Dann sehen wir uns in Frankfurt. Besten Dank für Ihre Bemühungen. Yaumun saʿīdun – einen schönen Tag noch."

Althoff bedankte sich seinerseits und verabschiedete sich eilig. Schließlich war er ein Geschäftsmann und seine Arbeitszeit Geld. Das jedenfalls galt es zu vermitteln.

Achtlos warf er das Handy auf den Tisch und lief in seinem holzgetäfelten Büro auf und ab. Neben der Bibliothek war dies sein Lieblingszimmer in der Villa. An dem schweren Mahagonitisch hatte bereits sein Großvater gesessen und die Belange der Ziegelei geleitet. Ein einträgliches Geschäft und der Grundstock des stattlichen Familienvermögens, das sein Vater, nicht zuletzt durch sein geschicktes Agieren an der Börse, weiter vermehrt hatte.

Wann immer Althoff die Sorge plagte, in eine geschäftliche Flaute zu segeln, setzte er sich hinter das glänzende Möbelstück und strich mit den Fingern über die samtene, bordeaux-rote Schreibunterlage. In diesen Momenten schienen Großvaters Worte auf magische Weise durch das Gewebe der Zeit zu dringen: „Peter, mein Junge, in dir fließt das Blut derer von Althoff! Wir mögen unseren Titel vor langer Zeit schon verkauft haben, aber unsere Bestimmung wird ewig fortbestehen, denn Adel verpflichtet. Vergiss das niemals! Wir bleiben aufrecht, selbst wenn der Sturm der Geschichte unsere Habe wegbläst oder die Schwindsucht uns die Liebste entreißt. Denk immer daran: Ein echter Althoff ist unbesiegbar, selbst im Tode. Niemand und nichts wird ihn seiner hohen moralischen Werte berauben." An dieser Stelle pflegte August Althoff tief Luft zu holen, um am Ende seiner Rede noch einmal eins draufzusetzen: „Und wenn ein gallischer Hurensohn dir das Knie wegschießt, kämpfe im Schlamm liegend weiter, denn das erwarte ich von dir!" Damit spielte er auf seine Verletzung an, die ihn während der letzten Kriegstage in Verdun ereilt und in einschlägigen Kreisen zur Legende gemacht hatte: Selbst schwer verwundet, hatte er noch drei sterbende Soldaten aus dem Kugelhagel gezogen, bevor die Schlacht zu Ende ging, verlustreich und nach seinem Dafürhalten völlig vergebens.

Althoff lächelte wehmütig. Der Alte war wirklich ein Haudegen gewesen!

Und was tat sein verzärtelter Nachfahr? Lässt sich von einem simpel gestrickten Wüstensohn, anstatt Tacheles zu reden, durch eine grässliche Ausstellung treiben. Von seiner Verlobungspleite gar nicht zu reden.

An dieser Stelle stutzte er. Was der Alte wohl mit hohen moralischen Werten gemeint hatte? Sinnierend kratzte Althoff sich am Kinn. Auf die eheliche Treue konnte der schießwütige Salonlöwe in seinem Sermon nicht abzielen, denn in Münchens besserer Gesellschaft war es zu jener Zeit ein offenes Geheimnis, dass der hinkende August eine unbestimmte Anzahl von Bastarden alimentierte.

Aber Treue hin, Polygynie her – im Moment zählte nur eines: Er war wieder im Rennen! Morgen würde er zuerst Bockenheim klarmachen und dann in die Karpaten fliegen, um Birte den Ring an den Finger zu stecken und sie nach Hause zu holen. Forsch öffnete Althoff eine Tür des großen Chippendale-Schranks. Darin befand sich sein geheimes „Glenturret Signatory Vintage"-Depot. Wenn er heute keinen Grund hatte, sich einen Schluck zu genehmigen, wann dann?

Feierlich füllte er zwei Zentimeter des wertvollen Whiskys in ein Kristallglas und marschierte damit zu dem überdimensionierten Gemälde, das eine ganze Wand des großen Raumes beherrschte. Der Alte in seinen späten Jahren, eine brennende Zigarre in der fleischigen Pranke, in der anderen den unvermeidlichen Gehstock. Ein See-Elefant in Uniform, dekoriert mit einem halben Dutzend Verdienstorden.

„Auf dein Wohl, Großpapa! Du kannst dich auf mich verlassen: Den Scheich kaufe ich mir. Und die Birte dazu, obwohl sie dir deutlich zu keck sein dürfte. Aber ob es dir passt oder nicht, in Zukunft wird die Businesslady das Zepter hier schwingen." Ausgelassen schwenkte er sein Glas in Richtung des Ölschinkens, ließ ein übermütiges „Santé!" ertönen und den schottischen Edeltropfen genussvoll durch seine Kehle rinnen.

Dann ging er zurück an seinen Schreibtisch und machte sich an die Arbeit.

Das Treffen mit Scheich bin Aziz war bis ins i-Tüpfelchen vorbereitet.

Diesmal wollte Althoff nichts dem Zufall überlassen: Die Unterlagen ließ er per Express nach Frankfurt schicken, ebenso das Modell des Einkaufszentrums. Sein Architekt würde heute noch anreisen und harrte weiterer Instruktionen.

Endlich hatte er seinen Investor am Haken und Althoff war nicht gewillt, den hageren Ölprinzen noch einmal ungeschröpft ziehen zu lassen. Ob in die Wüste oder sonst wohin.

Mit frisch gestärktem Selbstbewusstsein trat er dem Scheich am nächsten Tag in Frankfurt entgegen und trug die Eckdaten des Bockenheim-Projektes, unterstützt durch eine 1a-Power-Point-Präsentation, vor.

Zehn Minuten später war das Geschäft per Handschlag besiegelt und Abu Salama übersetzte, dass sein Brötchengeber alles Weitere an seine Anwälte zu übergeben gedenke. Schließlich wären Verträge dazu da, von Spezialisten erstellt zu werden, und seine Lebenszeit sei zu wertvoll, um sie mit Bürokratie zu erschlagen. Gerne würde er demnächst nach Deutschland zurückkehren und seine dreißig Frauen im neuen Einkaufszentrum shoppen lassen. Damit nickte er huldvoll und watschelte, mitsamt Entourage, in Richtung Deluxe-Suite davon.

Althoff packte seine Unterlagen ein, drückte dem Architekten die Hand und beeilte sich, das Hotel zu verlassen, um den nächsten Flug nach Hermannstadt zu erwischen. Allerdings nicht, ohne auf seinem Weg durch die Lobby noch ein Telefonat mit München zu führen: Hartmann, der gerissene Rechtsverdreher, sollte die Vertragsverhandlungen in Sachen Bockenheim leiten. An seinem Geschäftssinn würden selbst die Araber sich die Zähne ausbeißen.

Zufrieden ließ Althoff das Handy in seine Jacketttasche gleiten, lockerte die schmal geschnittene BOSS-Krawatte und winkte ein Taxi heran, um den direkten Weg zum Flughafen einzuschlagen.

Es schien wirklich sein Glückstag zu sein, denn der Tarom-Flieger hatte förmlich darauf gewartet, ihn nach Siebenbürgen zu bringen.

Wenn das kein gutes Omen für seinen Antrag war!

Althoff hatte, kaum am Airport eingetroffen, seine Kreditkarte gezückt und einen Businesssitz ergattert. Nur Augenblicke später war sein Rollkoffer eingecheckt und er auf dem Weg zum Gate. Um acht Uhr Ortszeit würde er in Sibiu landen. Einfach perfekt, um Birte in ein schickes Restaurant in der Altstadt zu führen und beim Dessert den Ring aus der Tasche zu ziehen ...

Voller Vorfreude machte er es sich in seinem Sitz bequem. Das Leben glich neuerdings einer Achterbahnfahrt. Da konnte einem ja schwindlig werden!

Corinna, Jule, Birte, der Scheich ... In seinem Kopf geriet alles durcheinander. Er war froh, noch etwas Zeit zu haben, um sich gedanklich auf seine Ankunft in Rumänien und den großen Moment einzustimmen.

Neblige Dunkelheit lag wie ein blickdichter Umhang über Hermannstadt und den majestätischen Südkarpaten. Auf seinem Fußweg vom Rollfeld zum lächerlich kleinen Terminal nahm Althoff die feuchte Kälte kaum wahr. Gleich würde er seine zukünftige Gattin in die Arme schließen und kein noch so kühler Empfang konnte die Wärme in seinem Herzen vertreiben.

Ohne Probleme passierte er die Zollkontrolle und steuerte das erste Taxi in der langen Schlange vor dem Flughafengebäude an. Etwas pikiert registrierte er zwei fehlende Radkappen und die verschlissenen Sitzpolster. Selbst den am Rückspiegel befestigten und mit Sicherheit bei jeder Bodenwelle wild schaukelnden Rosenkranz nahm er in Kauf, um sich seiner Traumfrau zu Füßen zu werfen.

Glücklicherweise hatte er Birtes Adresse irgendwann einmal notiert, den Zettel hielt er dem Fahrer jetzt unter die Nase, denn mit Englisch oder Deutsch schien man hier nicht weit zu kommen. Von wegen wichtigstes Siedlungsgebiet der Siebenbürger Sachsen! Immerhin konnte sein Chauffeur lesen, nickte diensteifrig und reihte sich flott in den abfließenden Verkehr ein.

Ruhig fuhren sie auf der breiten Einfallstraße dahin und Althoffs Blick heftete sich träumerisch an die im Dunst schwebenden, gelblich schimmernden Lichter der Straßenlaternen, die kilometerlang den Straßenrand säumten.

Über den Hochzeitstermin musste man sich noch einig werden und natürlich über das Reiseziel für die Flitterwochen. Er favorisierte die Seychellen, ganz klar. Hoffentlich machte die bodenständige Birte ihm da keinen Strich durch die Rechnung und plädierte für einen Roadtrip durch Venezuela! Um ihr seine Kompromissbereitschaft zu demonstrieren, würde er sich am Ende auf zwei Wochen Malediven einlassen und ihrer Abenteuerlust im Anschluss mit einer Rundreise von Colombo zu den

Sehenswürdigkeiten von Anuradhapura und Polonnaruwa entgegenkommen. Über der schwierigen Frage, ob erst Strand und dann Abenteuer oder umgekehrt, brütete er noch, als sie das Industriegebiet vor den Toren der Stadt hinter sich gelassen hatten und die Straße merklich schmaler wurde. Schon tauchten die ersten baufälligen Wohnhäuser im Nebel auf.

Schlagartig platzten sämtliche Südseeträume. Lieber Gott, wo war seine Birte denn hier gelandet? Eine bröselnde Bausünde neben der anderen! Aus allen Fenstern drang gedämpftes Licht, also wohnten dort tatsächlich Menschen. Woran man durchaus hätte zweifeln können, denn auf den welligen, asymmetrisch verlaufenden Trottoiren war weit und breit kein Fußgänger zu sehen. Wie die Kulisse eines uninspirierten Horrorfilms, dachte Althoff.

Er würde seine Prinzessin von hier fortbringen, aber schleunigst!

Endlich hatten sie sich durch das Gewusel eines unübersichtlichen Kreisverkehrs, der eher eine Kartoffel denn ein Kreis war, gefädelt und bogen in ein wohltuend normal wirkendes Wohnviertel ein. Der Anblick der weiß getünchten Fassaden und begrünten Balkone versöhnte ihn ein wenig und als er die Stufen der Außentreppe, die zu Birtes modernem Appartement in der Strada Sibiel führte, mit seinem Koffer in der Hand erklomm, war er sich mit jedem Schlag seines Herzens des kostbaren Ringes in seiner Brusttasche bewusst. Diesmal würde es mit der Hochzeit klappen, daran zweifelte er nicht im Geringsten.

Schnaufend wie die Brockenbahn bei Vollbesetzung erreichte er den dritten Stock und blieb vor einer anthrazitfarbenen Wohnungstür stehen. Solider Kunststoff, mit edlen Applikationen und einem Spion in Sichthöhe.

Einen Moment lang verharrte sein Finger über dem akkurat beschrifteten Klingelschild. Birte Seeberger. Bald würde dort Birte Althoff stehen. Oder Birte Seeberger-Althoff. Oder Althoff-Seeberger?

Egal. Sie würde ohnehin nicht hierbleiben.

Mit einem tiefen Atemzug fuhr er sich durchs Haar und straffte die Schultern, dann drückte er den Knopf. Ein sonorer Klingelton erklang.

Nach einer gefühlten Ewigkeit meinte er leise Geräusche aus dem Inneren des Appartements zu hören. Birte war also zu Hause. Er versuchte, dem Grinsen, das sich in seine Züge stahl, einen feierlichen Anstrich zu verpassen.

Voller Ungeduld, die freudige Überraschung in ihrem Gesicht zu sehen, klingelte er erneut, diesmal mit Nachdruck. Sie sollte ruhig wissen, dass hier jemand stand, der wusste, was er wollte. Wieder vernahm er ein Rumoren jenseits der Tür. Wahrscheinlich hatte Birte nach der Arbeit geduscht und zog sich rasch etwas über. Sein Grinsen wurde lüstern. Für vornehme Zurückhaltung war später noch Zeit.

Das Rascheln näherte sich. Aufgeregt presste er ein Ohr an die Tür, die sich mit einem Ruck öffnete.

Erschrocken begann er wild mit den Armen zu rudern, um das Gleichgewicht nicht zu verlieren. *So* nah hatte das Rascheln nun auch nicht geklungen!

Etwas verlegen richtete er sich auf und blickte direkt in die irisierenden grünblauen Augen der grazilen Gestalt im Türrahmen.

Wer immer das war, Birte jedenfalls nicht.

„Da?" Die Schönheit im seidenen Nichts musterte ihn gelassen. Eine Flut pechschwarzer Haare ergoss sich über ihren kurzen Morgenmantel, den sie eher flüchtig als züchtig mit einer Hand über dem Dekolleté zuhielt.

Unsicher wanderte Althoffs Blick zum Klingelschild. „Äh ...?"

Schneewittchen rührte sich nicht. Sie musste glauben, der Spinner mit Rollkoffer wollte ihr die neuste Wikipedia-Ausgabe in Papierform verkaufen.

Er seufzte. „Do you speak English?"

Die Erscheinung nickte. „How can I help you?"

„I'm looking for ... Birte Seeberger." Um sein Anliegen zu bekräftigen, deutete er auf das Türschild.

Die durchdringenden Augen verengten sich zu Schlitzen. „Are you a friend of Birte?"

215

Althoff nickte erleichtert. Offensichtlich war er hier doch richtig. „Yes, that's what I am ... a friend!"

„Wait a minute." Die Tür flog vor seiner Nase zu.

Verdattert blieb Althoff zurück. War das die rumänische Art, Freunde willkommen zu heißen? Und was trieb Megan Fox im Negligé überhaupt in Birtes Wohnung? Wahrscheinlich eine Freundin auf Städtetour, vermutete er. Da ging die Tür wieder auf. Wuscheliger Kurzhaarschnitt, Jogginghose, Wollsocken. Na gottseidank!

„Überraschung!" Freudestrahlend breitete Althoff die Arme aus.

„Peter? Was machst du hier?" Stocksteif blieb Birte jenseits der Türschwelle stehen. Begeisterung fühlte sich irgendwie anders an.

Ernüchtert ließ Althoff seine Arme sinken. „Ich dachte, es sei an der Zeit ... wir haben uns so lange nicht gesehen ... da fand ich, es wäre doch schön ... dich hier zu besuchen", stotterte er.

Birtes Gesichtsausdruck gefiel ihm gar nicht.

Sie trat einen Schritt aus der Wohnung heraus und zog die Tür hinter sich zu.

„Die Überraschung ist dir gelungen." Ruhig sah sie ihn an.

„Es wäre nett gewesen, du hättest vorher angerufen."

Er nickte unglücklich. „Okay, ja. Verstehe, du hast Besuch. Dann gehe ich erst mal ins Hotel. Können wir uns später irgendwo treffen?"

„Ich fürchte, daraus wird nichts." Ihre Ruhe war besorgniserregend.

Althoff versuchte, sich seine Enttäuschung nicht anmerken zu lassen. „Nicht einmal auf ein Gläschen Sekt?", tarockte er nach.

Sie schüttelte den Kopf.

„Oder einen kurzen Spaziergang?", er konnte einfach nicht glauben, dass sie sich so gar nicht freute, ihn zu sehen.

„Nein, Peter. Du hast einen wirklich ungünstigen Augenblick für deinen Besuch gewählt."

Unglücklich dachte er an das Schmuckstück in seiner Tasche. Es würde wieder keinen Antrag geben. Jedenfalls nicht heute. Es war wie verhext.

„Dann treffen wir uns morgen früh?" Hoffnungsvoll zwinkerte er ihr zu. Gab's den Ring halt zum Kaffee.

Birte verzog keine Miene. „Nein, morgen geht auch nicht." Einen Moment hing die Stille zwischen ihnen so kühl wie der schwere Nebel, der durch die engen Straßen von Sibiu waberte. Althoff fühlte eine latente Unnahbarkeit, die er noch nie an Birte wahrgenommen hatte. Unwillkürlich fröstelte er.

Aber er dachte gar nicht daran, beim ersten Widerstand aufzugeben. Das wäre ja noch schöner, schließlich war er ein Althoff und kein Gassenhund, den man einfach so fortjagte! „Willst du mich nicht treffen oder hast du keine Zeit? Wenn es um deinen Besuch geht", er deutete auf die geschlossene Haustür, „ist das gar kein Problem. Wir können gemeinsam etwas essen gehen und uns später allein in mein Hotelzimmer zurückziehen …" Er hüstelte gekünstelt.

Birte seufzte. „Ich glaube nicht, dass meiner Frau das gefallen würde."

Dass ihrer Frau das gefallen würde. Was sollte das denn heißen? Verdattert schüttelte Althoff den Kopf.

„Es tut mir leid, Peter. Ich hätte es dir längst sagen sollen." Schuldbewusst knabberte Birte an ihrem Daumen. Wie damals, als sie in der Schule beim Abschreiben erwischt worden war.

Althoff beobachtete sie stumm. Nachdem sie den abstehenden Hautfetzen endlich abgebissen hatte, blieb eine Wunde zurück, die sofort heftig zu bluten begann. Mechanisch lutschte Birte daran herum, während ihre Worte wie klebrige Spinnweben in der Luft hingen. Die Fragezeichen, die über Althoffs Scheitel aufstiegen, verfingen sich hoffnungslos darin. Zum ersten Mal in seinem Leben war er komplett sprachlos.

In welchen verdammten Film war er hier bloß geraten? Er hatte jeglichen Faden verloren und rührte sich nicht. Was hatte sie eben gesagt?

„Elena ist …", begann Birte stockend, als sie endlich von ihrem Daumen abgelassen hatte, „ich meine, wir sind seit Jahren ein Paar … Anfang Juli haben wir am Starnberger See geheiratet."

Und man hatte es nicht für nötig befunden, ihn einzuladen.

Langsam wurde Althoff die Tragweite ihrer Eröffnung bewusst. Entsetzt riss er die Augen auf.

„Willst du damit etwa sagen, dass ich seit meiner Jugend eine *Lesbe* geliebt habe?" Er schnappte nach Luft und Birte setzte zum Todesstoß an.

„Wenn du so willst, ja. Allerdings war ich mir lange Zeit selbst nicht im Klaren, welchem Lager ich angehöre. Das habe ich erst verstanden, nachdem ich Elena", voller Zärtlichkeit sprach sie den Namen aus, „kennengelernt hatte."

Althoff rang um Fassung. Vor seinen Augen tanzten blutrote Sterne.

Sie hatte ihn jahrzehntelang belogen und betrogen. Noch dazu mit einer Frau.

Das war einfach ... ungeheuerlich!

„Und eines dieser *Lager* habe ich bedient – und dir die Zeit deiner Selbstfindung versüßt. Wie schön. Nun weiß ich auch, warum du mich nie an deinem Leben hast teilhaben lassen! Du hattest Angst, ich würde mich abwenden, wenn ich die Wahrheit über dich und deine ... äh ... Ausrichtung erfahre. Na, herzlichen Dank! Soll ich dir zum Abschied noch sagen, warum ich heute gekommen bin?" Er redete sich immer mehr in Rage. „Ich wollte dir einen Antrag machen! In all den Jahren hatte ich die Hoffnung nie aufgegeben, dass meine Liebe deine Sturheit besiegen würde. Und jetzt das ... Von einer Lesbe als Nebenschauplatz benutzt ... Das ist infam, widerwärtig, ekelerregend ... Mir fehlen die Worte, um das zu beschreiben!" Schwer atmend und mit hochrotem Kopf stützte er sich an der Hauswand ab.

Besänftigend legte Birte ihm die Hand auf den Arm. „Peter, bitte! So ist es nicht gewesen. Ich hatte auch Gefühle für dich, aber ich war so ... unsicher, wohin mein Weg gehen soll."

Althoff widerstand nur mühsam dem Drang, ihre Hand wegzuschlagen und ihr den Hals umzudrehen. „Ha, und anstatt mit mir darüber zu reden, hast du mich glauben lassen, eine Hochzeit sei dir zu spießig. Nun hast du trotzdem geheiratet. Eine *Frau*, Gott im Himmel! Und ich habe dir immer alles erzählt, dir mein Herz, meinen Leib, meinen Wohlstand zu Füßen gelegt ...

Einer Lesbe. Ausgerechnet einer *Lesbe*!" Das letzte Wort hatte er ihr entgegengespuckt wie einen vergammelten Kirschkern.

Erbost zog Birte ihre Hand zurück. „Lesben sind auch Menschen. Was bist du für ein armseliger Dummkopf, wenn du meinst, wir seien weniger wert als ihr … ihr ach so ehrbaren *Heten*!" Birte geriet nun ebenfalls in Rage.

Althoff kniff die Augen zusammen. „Du hast mich belogen und betrogen, so viele Jahre lang." Er konnte es immer noch nicht fassen. Sein wütender Blick saugte sich an ihrer unsäglich unweiblichen Frisur fest. Wenn er ehrlich war, hatte ihm das Unkraut auf ihrem Schädel nie gefallen.

„Und was hast du getan?", konterte Birte gerade. „Bist fröhlich von Bett zu Bett gehüpft und hast dich einen Dreck darum geschert, wie die düpierten Damen sich fühlten!" Zornig deutete sie auf ihn. „Und du glaubst, du seist besser als ich? Nur weil ich dich mit einem gleichgeschlechtlichen Partner betrogen habe? Soll ich dir sagen, was du bist, Peter Althoff? Ein selbstgerechtes Arschloch!"

Damit zeigte sie ihm den Mittelfinger und wendete sich ab. Zitternd vor Wut und noch immer ihren blutenden Daumen haltend, schloss sie die Haustür auf.

Bevor er sich's versah, war sie krachend ins Schloss gefallen.

Wie betäubt blickte Althoff auf die dunkel glänzende Fläche vor seinem Gesicht. Das sorgsam beschriftete Klingelschild grinste ihn hämisch an. Birte Seeberger. Zum Teufel mit ihr!

Wie Frodo, der ehrbare Hobbit im Lande Mordor, spürte er das Gewicht des Ringes in seiner Brusttasche. Auf dem Ding schien ein Fluch zu liegen. Er würde es dem Juwelier zurückbringen. Oder einem Obdachlosen in die Hand drücken. Oder in den Zibin werfen, den er auf dem Weg hierher im Taxi überquert hatte. Was auch immer, im Moment wollte er nur noch eines: weg.

Aufgewühlt hievte Althoff den schweren Koffer die vielen Stufen zurück auf die Straße. Unten angekommen wurde ihm klar, dass er sich für den Abend keinen Plan B zurechtgelegt hatte.

Mehrere Male atmete er tief ein und aus, bis er spürte, dass sein Puls sich langsam normalisierte. Was sollte er jetzt tun?

Ob es in der Nähe ein Hotel gab? Oder sollte er lieber direkt zum Flughafen fahren?

Egal, erst mal Land gewinnen. Er blickte sich nach einem Taxi um.

Gerade fiel ihm ein, dass der nächste Flieger nach München erst morgen in aller Frühe abheben würde, da bog ein gelber Wagen um die Ecke und Althoff begann wild zu winken, um auf sich aufmerksam zu machen.

Es funktionierte, die Limousine wurde langsamer und kam neben ihm zum Stehen.

Dankbar ließ er sich auf den Beifahrersitz fallen, während der Fahrer seinen Koffer verstaute.

„Hotel, please!", rief er ihm durch die offene Fahrertür zu.

Ratlos sah der Chauffeur ihn an und klemmte sich hinter sein Lenkrad. „Which one? There are plenty in Sibiu."

Wenigstens ein Mensch, der ihn verstand. In Sekundenschnelle traf Althoff eine Entscheidung. „Hilton!"

Das gab's in jeder größeren Stadt. In einer europäischen Kulturhauptstadt sowieso.

Erleichtert registrierte Althoff das Nicken des Fahrers.

Damit war klar, wo er sein müdes Haupt zur Ruhe betten würde. Sofern ihm kein sinnbefreiter Kongress die Suppe versalzte und alle Zimmer belegt waren.

Er hatte Glück: Weder Messe noch Großveranstaltung flutete die Hotellerie von Hermannstadt und das Hilton war bei Weitem nicht ausgebucht.

Althoff gönnte sich eine Suite mit Aussicht auf den Dumbrava-Wald. Die konnte er bei Tagesanbruch genießen, falls er da nicht bereits auf dem Weg zum Flughafen war.

Nach drei Fläschchen Glenfiddich aus der Minibar und einem kurzen Telefonat mit der Hotline der Lufthansa fühlte er sich erheblich besser. Morgen Mittag würde er wieder in München sein und diese unerfreuliche Episode vergessen. Den Ring hatte er anstatt im Fluss in den Tiefen seines Koffers versenkt. Über sein endgültiges Schicksal würde er zuhause entscheiden.

Schließlich warf man einen solchen Wert nicht einfach aus dem Fenster. Schon gar nicht wegen Birte, der liederlichen Lesbe! Und wegen Jule, der Jammerliese, auch nicht. Mit Corinna, der zickigen Matz, hatte er ohnehin nie geplant.

Er stellte fest, dass er sich erstaunlich schnell von seinem Schrecken erholt hatte, und nahm sich vor, nach vorne zu blicken. Wie war das mit dem Meeting am Nachmittag gewesen? Ein Riesenerfolg. Pah, wenn das kein Grund zum Feiern war! Grimmig prostete er seinem Spiegelbild zu. Lesbe hin, Jammerliese her – jetzt brauchte er was zu essen.

Das Restaurant im Hotel lockte mit einer internationalen Speisekarte, aber Althoff war nach Behaglichkeit. Die Anonymität des Luxushotels hatte etwas Kaltes, das er heute so gar nicht verputzen konnte. Er brauchte Wärme. Ein paar freundliche Gesichter um sich herum.

Kurz entschlossen schnappte er sich seine gefütterte Wildlederjacke und verließ die Suite.

Nach fünfzig Minuten strammen Marschierens erreichte er die Altstadt. Überrascht blickte Althoff sich um und registrierte liebevoll renovierte Häuser, schmucke Geschäfte und schicke Restaurants.

Sächsische Puppenstubenromantik, dachte er, aber wer weiß, welche Abgründe sich hinter den feinen Mauern auftun! Das Laufen durch die frische Abendluft hatte seinen Kopf geleert, doch die Fassaden gediegener Bürgerlichkeit ließen ihn wieder an die hässliche Szene vor Birtes Appartement denken. Schneewittchen im Schafspelz oder der Untergang des Abendlandes. Er konnte sich einfach nicht vorstellen, dass eine Frau von Elenas Kaliber lieber mit der verzauselten Birte rummachte als mit ihm und schüttelte sich angewidert.

Um die unliebsamen Bilder aus seinem Kopf zu bekommen, konzentrierte er sich auf die reizende Kleinstadtkulisse und stellte fest, dass diese ihm irgendwie bekannt vorkam. Nach einem Moment des Nachdenkens erinnerte er sich woher: aus dem Reiseführer, den er am Flughafen in Frankfurt schnell noch erstanden hatte.

Ausgiebig hatte der sich über die *Augen von Hermannstadt* ausgelassen – die einzigartigen Fledermausgauben, die einige der mittelalterlichen Wohnhäuser, insbesondere um den Piaţa Mica – den kleinen Platz – herum, schmückten. „Dann muss das da vorne die Lügenbrücke sein", murmelte Althoff gallig. Zögernd näherte er sich der gusseisernen Konstruktion. Die älteste Eisenbrücke Rumäniens, rief er sich den Text des Reiseführers in Erinnerung. Ein Wahrzeichen der Stadt. Wie war das noch? Grübelnd blieb er einige Schritte vor der verschwenderisch mit Herbstblühern bestückten Brücke stehen. Sie soll einstürzen, sobald ein Lügner sie betritt? Beherzt schritt er aus und hielt in der Mitte der Konstruktion inne. Vorsichtig verlagerte er sein Gewicht von einem Bein auf das andere.

Die Brücke rührte sich nicht.

Das konnte zweierlei Gründe haben, folgerte er: Entweder die Sage entbehrte jeglicher Grundlage oder er war kein Lügner. Er entschied sich für Variante zwei. Schließlich hatte jede Legende ihren wahren Kern. Im Umkehrschluss hieß das: Er hatte gar nichts verbrochen. Im Großen und Ganzen jedenfalls. Konnte das sein? Richtig wohl fühlte er sich mit seiner Schlussfolgerung nicht.

Versonnen blickte er auf die verlassene Straße, die als dunkel glänzendes Band tief unter der Brücke verschwand. Möglicherweise war die Sache ja komplizierter, grübelte er weiter. Immerhin war er ein belogener Lügner. Vielleicht hatte Birtes Verrat seine Verfehlungen neutralisiert. Ja, so musste es sein. Ihre schamlosen Lügen hatten ihn reingewaschen.

„Ein guter Grund, es in Zukunft besser zu machen", sagte er leise.

Schließlich war er an den unerfreulichen Geschehnissen der letzten Tage nicht ganz unschuldig. Jule wäre niemals gegangen, hätte er sie nicht betrogen. Und Birte? Hätte sie ihn auch dann belogen, wenn er in all den Jahren nicht unablässig um sich selbst gekreiselt wäre? Schwer zu sagen.

Sein Erfolg, sein Geld, seine Frauen ... Vermutlich war sie es leid gewesen, sein Ego weiter zu füttern. Erst jetzt fiel ihm auf, dass sie sich ihm schon lange entzogen hatte. Die unbeantworteten Anrufe, ihre Ausreden wegen Arbeit und Umzug. Dabei hatte er immer gedacht, sie könne es kaum erwarten, mit ihm das Bett zu teilen. Was war er doch für ein Esel gewesen!

Er rechnete kurz nach und resümierte, dass sein selbstsüchtiges Verhalten ihn drei Viertel seines Beziehungsportfolios gekostet hatte.

Was eigentlich gut war. Denn heute begann eine neue Ära. Peter Althoff reloaded. Ab sofort offen und ehrlich.

Er wollte kein Lügner mehr sein. Nie wieder.

„Ich gelobe, ich werde mich ändern", wisperte er, über das kalte Brückengeländer gebeugt, in die substanzlose Dunkelheit, „dieser Ort soll mein Zeuge sein!"

Dreimal atmete er tief ein, dann richtete er sich auf und stellte fest: Sein neues Selbst fühlte sich fantastisch an.

Er hatte Mist gebaut und die Quittung kassiert. Wie er zugab, nicht unverdient. Von seinem Damenquartett war ihm nur Sandrine geblieben. Und die hatte er – wie er sich stolz eingestand – bisher nie belogen. Jedenfalls nicht aktiv. Vielleicht hatte er die eine oder andere Tatsache verschwiegen, was sie ihm gewiss nachsehen würde.

Wenn das kein Fundament für eine gemeinsame Zukunft war!

Er nahm sich vor, in die Dordogne zu reisen, sobald er mit Hartmann das weitere Vorgehen in Sachen Bockenheim abgestimmt hatte.

Den vermaledeiten Ring konnte er vorerst im Koffer lassen. Vielleicht würde der Einkaräter am Ende doch den richtigen Finger finden. Oder sollte er es lieber mit einem anderen Ring versuchen? Das würde er zu gegebener Zeit entscheiden und dann – schon sehr bald – der beste aller Ehemänner werden. Er war bereit, das hier und heute zu schwören.

Er verharrte noch einige Sekunden in der Größe des Augenblicks, dann wandte er sich ab und steuerte das nächstgelegene

Restaurant an. Selbsterkenntnis macht hungrig und das Ausmaß seiner Einsichten war gewaltig. Er warf einen Blick auf die in Englisch gehaltene Speisekarte. Suppe, Salat, Hammelfleisch. Vergnügt rieb er sich die Hände. Das klang nach einem Festmahl. Er hatte es sich verdient.

13

Erschöpft folgte ich Alina in das kleine Gästezimmer im ersten Stock und blieb etwas unentschlossen im Türrahmen stehen, während sie mit flinken Bewegungen die über das Bett gebreitete Tagesdecke zusammenfaltete und das Oberbett frisch bezog. Auch das Kopfkissen bekam einen neuen Bezug und wurde noch einmal kräftig geschüttelt. Dann ließ sie mich mit einem freundlichen „Schlaf schön" allein. Ich schloss die Tür hinter ihr und warf meine Jacke über einen in Reichweite stehenden Korbstuhl, der das Highlight der spartanischen Einrichtung darstellte.

Neben dem klobigen Holzbett, das den schmalen Raum fast erschlug, stand ein antikes Nachtkästchen, darauf eine Flasche Wasser und ein Trinkglas. Zwei schlichte Vorhänge, aus demselben derben Stoff wie die Tagesdecke genäht, umrahmten ein vom Alter fleckiges Fenster, das auf einen dunklen Hinterhof wies. In der Ecke hinter der Tür versteckte sich ein windschiefer Kleiderständer mit drei etwas verloren wirkenden Plastikbügeln. Der einzige Wandschmuck bestand aus einem massiven Holzkreuz, das den gepeinigten Jesus trug, Hände und Füße von Nägeln durchbohrt. Ich war zu müde, um mich über die frömmlerische Barbarei aufzuregen. Indigniert wandte ich mich ab, zog mich unter den traurigen Augen des Heilands bis auf Slip und BH aus und schlüpfte ins Bett. Prompt versank ich in der durchgelegenen Matratze. Immerhin roch die Wäsche angenehm blumig. Ich grub meine Nase tiefer in das dünne Kopfkissen und fühlte mich wie im Himmel. Noch einmal dachte ich an mein surreales Treffen mit Vivi, dann schlief ich ein.

Als ich erwachte, war ich wie neugeboren.

Die Welt hinter meinem Fenster lag in tiefer Dunkelheit. Ich fragte mich, wie lange ich geschlafen hatte. Es konnten zwei Stunden gewesen sein, aber auch zwanzig. Ich hatte jedes Zeitgefühl verloren. Das Leben in diesem Haus schien seiner eigenen seltsamen Logik zu folgen.

Der Blick auf mein Handy zeigte, es war halb zehn. Ich hatte über vier Stunden geschlafen.

Rasch zog ich Jeans und Strickpulli über und huschte nach unten.

Im Wohnzimmer fand ich Alina und Lenni, einträchtig nebeneinander auf dem Sofa sitzend, eine Quizsendung im Fernsehen verfolgend.

„Ella, meine Liebe, hast du gut geschlafen?" Schon war Alina auf den Beinen. „Ich mache dir rasch etwas zu essen. Du hast sicher einen Riesenhunger."

Lenni schwieg und starrte auf die Mattscheibe. Offensichtlich hielt er es nicht für nötig, mich zu begrüßen. Mir war es egal. Ich unterhielt mich ohnehin lieber mit Alina, die mich noch immer erwartungsvoll ansah und auf meine Antwort wartete.

Hatte ich Hunger? Eigentlich nicht. „Das ist nett von dir – aber nein, vielen Dank. Im Moment würde ich lieber etwas spazieren gehen und frische Luft schnappen."

Alina nickte verständnisvoll und ging zu einem kleinen Wandregal, das hinter der Tür angebracht war.

„Guck mal, das ist ein recht brauchbarer Stadtführer, sogar mit Karte. Den hat eine Freundin bei mir vergessen. Nimm ihn mit, damit du dich nicht verläufst."

Umständlich klappte sie die kleine Straßenkarte auf und deutete auf einen Punkt im Liniengewirr. „Wir sind hier. Und dieser Bereich", sie zog mit ihrem Zeigefinger einen Kreis, „ist die Altstadt. Die ist wirklich sehenswert. Auch am Abend."

Interessiert beugte ich mich über den Stadtplan. „Das sind höchstens fünfhundert Meter, wenn ich das richtig verstehe."

Alina nickte. „So ist es. Am besten fängst du mit dem Piaţa Mica an. Dann gehst du weiter zum Piaţa Mare. Der große Platz ist von wunderschönen historischen Gebäuden gesäumt. Er wird dir gefallen!" Strahlend faltete sie die Karte zusammen und drückte sie mir samt Ratgeber in die Hand. „Aber zuerst musst du über die Lügenbrücke laufen … das tun alle Touristen."

„Und wenn man darüber geht, werden alle Lügen zu Staub?", fragte ich amüsiert und bückte mich, um meine Chucks zuzubinden.

„Nicht ganz", kicherte Alina, „wenn ein Lügner sie betritt, zerfällt eher die Brücke zu Staub."

„Okay, dann sollte ich besser einen großen Bogen um sie machen. Wer kann schon von sich behaupten, dass er niemals gelogen hat?", unkte ich. „Ich denke, in einer Stunde bin ich zurück, sofern es dem Brückengeist gefällt."

„Das halte ich für ziemlich wahrscheinlich. Ein braves Mädchen wie du muss ihn nicht fürchten", gluckste sie, um im nächsten Moment eine ernste Miene aufzusetzen und mahnend den Zeigefinger zu heben. „Aber wenn du zurück bist, wird gegessen. Keine Widerrede!"

„Wie könnte ich dir widersprechen?", lachte ich und nickte ihr zum Abschied zu. Dann machte ich mich auf den Weg.

Der Nebel hatte sich aufgelöst, die Luft war sauber und kühl. Nach einigen Metern hielt ich inne und nahm einen tiefen Atemzug. Nach Sibiu zu reisen, war eine gute Entscheidung gewesen. India hatte recht: Nur hier konnte Lenni gesund werden – und ich unser gemeinsames Kapitel schließen. Ich hatte meine Aufgabe erfüllt und durfte weiterziehen, neuen Ufern entgegen.

Eine Welle der Erleichterung durchflutete mich und zackigen Schrittes strebte ich Richtung Altstadt.

Zehn Minuten später hatte ich die Podul Mincinosilor, die Lügenbrücke, erreicht. Ich zückte den Reiseführer und las im Schein einer Laterne die wichtigsten Eckdaten. 1859 in Friedrichshütte gefertigt, hatte die schmiedeeiserne Konstruktion eine sehr viel ältere Holzbrücke ersetzt. Eine Weile betrachtete ich das schön gearbeitete Geländer mit seinem ringförmigen Dekor.

Gedankenverloren strich ich über die Verzierungen und wäre beinahe mit einem gut gekleideten Herrn kollidiert, der seinerseits äußerst abwesend wirkte und in die Schwärze unter der Brücke starrte.

„I'm sorry", murmelte ich und konnte ihm gerade noch ausweichen. Er schien mich nicht wahrzunehmen, und ich ging eilig weiter. Seine tiefe Versunkenheit hatte etwas Unheimliches. Zügig ließ ich die Brücke hinter mir und überquerte den angrenzenden Marktplatz. Trotz wirtschaftlicher Rückschläge war Sibiu eine junge, aufstrebende Stadt. Ich mischte mich unter die abendlichen Spaziergänger und genoss das bunte Treiben zwischen stilvoll restaurierten, historischen Mauern.

Nur ein winziger Flügelschlag ...

Ein Augenblick, eine Generation, ein irdisches Leben. Der Aufstieg und Fall ganzer Völker und Staaten, ihre Spuren versunken im Strudel der Zeit.

Meine Gedanken begannen zu schweifen.

Zeit ...

Wie mochte sie sich jenseits der menschlichen Begrenzung anfühlen?

An dieser Frage waren die größten Denker und Dichter gescheitert. Ich hatte meine Antwort darauf gefunden, mein persönliches Quäntchen Wahrheit: Für mich war sie nur eine Krücke, eine Art Software zur Inszenierung unserer Emotionen, die ihr Wesen aus der Existenz menschlicher Empfindungen zog. Sie war von Natur aus relativ, denn in einer einzigen Sekunde konnte mehr Trauer, Liebe und Schmerz stecken als in einem ganzen Leben. Meine Gefühlswelt hatte in wenigen Wochen eine unfassbare Bandbreite durchlaufen. Wie lange Freude, Glück oder Leid mich beherrschten, war nicht entscheidend. Es zählte nur, all diese Aspekte gelebt zu haben. Die Krönung dieser verrückten Episode war zweifellos mein übernatürlicher Austausch mit Vivien gewesen. Was er wirklich für mich bedeutete, würde ich – vielleicht – eines Tages herausfinden.

Plötzlich war da ein neues Gefühl, grenzenlos und überwältigend intensiv. Eines, das ich so nie gekannt hatte.

Dankbarkeit.

Ich hatte ein Tor durchschritten, das für die meisten Menschen fest verschlossen blieb, und ein Geschenk bekommen, das mir niemand mehr nehmen konnte: Das Wissen, dass jenseits des Schmerzes die Seligkeit wohnt und keine Qual der Erde uns dauerhaft von ihr trennen kann.

Ergriffen blieb ich mitten auf dem Piaţa Mare, dem großen Platz am Rande der Fußgängerzone, stehen. Ich kümmerte mich nicht um die Menschen, die an mir vorbei ihrem Hotel oder Heim entgegenstrebten, und breitete meine Arme aus. Tief aus meinem Inneren stieg unaufhaltsam ein Jauchzen auf und schallte über den weiten Platz, während ich mich mehrmals um meine Achse drehte.

Verwunderte Blicke streiften mich im Licht der Straßenlaternen, es war mir egal. Ich kostete den impulsiven Moment aus und schlenderte langsam in Richtung der Evangelischen Kirche weiter. Dem trutzigen Bau schenkte ich nur einen kurzen Blick, denn inzwischen machte sich mein leerer Magen bemerkbar. Seit unserer Abreise hatte ich nichts gegessen und mein Zuckerspiegel begann SOS zu funken. Entsprechend flott trugen meine Füße mich, an den geheimnisvollen Augen von Sibiu vorbei, in die Strada Ocnei zurück.

Ich freute mich auf das Abendessen – und auf das Wochenende mit Alina. Ein bisschen auch auf die letzten Stunden mit Lenni, was auch immer sie bringen mochten. Eine plüschige Gelassenheit erfüllte mich, vom Kopf bis in die Zehenspitzen. Ich hatte meinen Frieden gemacht: mit dem Schicksal, das so hart zugeschlagen hatte; mit Lenni, der nicht mehr zu mir gehörte; mit mir selbst, die ich – wieder einmal – allein und beziehungslos war.

Ja, ich konnte ihn spüren, diesen fantastischen, grenzenlosen, unglaublich süßen Frieden.

Die Stunden in Sibiu flogen dahin. Ich hatte gerade begonnen, mich in der kleinen Stadt heimisch zu fühlen, da musste ich wieder fort.

Ohne großes Trara hatten Lenni und ich uns getrennt. Wir wussten beide, dass unsere Beziehung hier endete. Als ich nach meinem Rucksack griff, um in das Flughafentaxi zu steigen, schien er nicht sonderlich traurig. Ein kurzes Nicken, ein leises „Ciao" und er hatte sich aus meinem Leben verabschiedet, so lakonisch wie ich mich aus seinem.

Wesentlich emotionaler verliefen die letzten Momente mit Alina. Innig hielt sie mich vor dem Zubettgehen umarmt, da sie am Morgen meines Aufbruchs schon sehr früh zu ihrem Kiosk ans andere Ende der Stadt fahren musste. „Komm jederzeit wieder", hatte sie gesagt und flüsternd hinzugefügt: „Ob ihr zwei ein Paar seid oder nicht, spielt für mich keine Rolle!"

„Das will ich gerne tun und unbedingt Vlad Dracul besuchen. Wer es wagt, über die listige Lügenbrücke zu gehen, den kann auch der fiese Vampir nicht schrecken ...", hatte ich geantwortet und ihr voller Zuneigung zugezwinkert. Ich zweifelte nicht daran, dass wir uns eines Tages wiedersehen würden.

Die Bestimmung hatte Lenni meinen Weg kreuzen lassen, und mit ihm zwei wundervolle Menschen, die ich niemals vergessen würde. Mit Alina wollte ich gern in Kontakt bleiben. Und dass auch Vivien immer bei mir sein würde, daran glaubte ich fest. Ihr Bruder dagegen ... Ich schüttelte den Kopf. Eigentlich war ich ihm nie wirklich nahe gewesen. Er hatte in unserem Drama eine Nebenrolle gespielt, die im Glanz der Hauptdarsteller verblasste. Solange ich mich für ihn verantwortlich fühlte, war er auf meiner Bühne präsent. Doch nun, da sein Part endete, würde ich ihn nicht vermissen. Bleiben würde die Erinnerung an zwei unglaubliche Frauen, die ihre leuchtende Spur durch mein Herz gezogen hatten.

Seltsamerweise deprimierte mich diese Erkenntnis überhaupt nicht. Wahrscheinlich hatten sich die Schmetterlinge in meinem Bauch einfach zu schnell verzogen. Ich nahm mir vor, beim nächsten Mal nicht gleich am ersten Abend ... Ich stutzte. Was wäre mir da fast rausgerutscht? Wie gut, dass Linda meine subversiven Gedanken nicht hören konnte! Nein, meinen Seelenfrieden würde ich keinesfalls dem nächstbesten

Kerl zum Fraß vorwerfen. Diesmal nicht. Lieber Single bleiben. Auch wenn die Versuchung groß war, ich würde standhalten! Hoffentlich ...

Der beste Schutz war vermutlich, mich sofort in mein altes Leben zu stürzen. Was für ein Segen, dass Maja mir den Rücken freigehalten hatte! Ich konnte es kaum erwarten, in meinen Alltag zurückzukehren.

Und so fuhr ich vom Münchener Flughafen direkt in den kleinen Esoterikladen, um nach dem Rechten zu sehen und meiner besten Freundin vom Ausgang der Aktion zu berichten.

„Er ist tatsächlich bei Alina geblieben, als du den Rückweg angetreten hast?" Maja hatte meinen Ausführungen still gelauscht und, nachdem ich fertig war, eine ganze Weile geschwiegen.

Selbstvergessen lehnte ich an der Verkaufstheke und ließ eine Rosenquarzkugel zwischen meinen Händen hin und her rollen. „Du wirst es nicht glauben, aber als ich ging, schien er sogar erleichtert, mich los zu sein."

Maja war, als ich mit Sack und Pack angerauscht kam, gerade dabei gewesen, die Regale und Auslagen abzustauben. Um meiner Erzählung zu folgen, hatte sie ihre Arbeit unterbrochen. Energisch griff sie nun wieder nach ihrem Staubwedel und widmete sich den – ohnehin sauberen – Drachenfiguren.

Ich ließ ihr Zeit, meinen Report zu verdauen.

„Möchtest du meine ehrliche Meinung hören?", fragte sie nach einer Weile und drehte sich zu mir um.

Ich nickte. In Bezug auf Lenni konnte ich so ziemlich alles vertragen. Auch wenn es von Maja kam, die ihn von Anfang an nicht gemocht hatte.

„Die Einzige, die erleichtert sein kann, dass diese unselige Geschichte vorüber ist, bist du!" Sie schnaubte. „Was hat er jemals für dich getan? Nichts! Und erst sein Verhalten nach dem Unfall ... das war schlichtweg inakzeptabel."

Gelassen winkte ich ab. „Lass gut sein, Maja. Er stand unter Schock und konnte sich selbst nicht helfen, geschweige denn mir."

„Stand unter Schock, stand unter Schock! Und was war mit deinem Schock? Und deinen Verletzungen? Wer ist in dieser schweren Zeit für dich da gewesen?"

„Mutter, Linda und du", warf ich ungerührt ein, „meine Familie. Wie sich das gehört."

Der Wedel tanzte aufgeregt weiter und verharrte über einer Gruppe von Elfen. „Genau – deine Familie! Und zu der hat er nie gehört."

Elfen und Einhörner waren staubfrei, Maja widmete sich den Glasphiolen. Ich ging hinter ihr her und legte meinen Arm um sie.

„Ach Mama Maja, nun gräm dich doch nicht. Lenni ist fort. Aber selbst wenn er nach München zurückkäme, was in den nächsten Wochen nicht geschehen wird, würde das an meinen Gefühlen nichts ändern. Ich bin ein für alle Mal fertig mit ihm. Auch er will nichts mehr von mir. Du kannst dich also beruhigen, den Wedel in die Schublade legen und ein Tässchen Kaffee mit mir trinken."

Neckisch strich Maja mit ihrem Putzgerät über meinen Nasenrücken. „Dann bin ich beruhigt. Im Moment jedenfalls. Denn eines ist klar", frotzelte sie, „lange wirst du es ohne Mann nicht aushalten. Und wer weiß, welcher Hansdampf hier als Nächstes aufschlägt!"

„Jetzt klingst du wie Linda", konterte ich in gespielter Entrüstung, „die meckert auch ständig über meinen Männerverschleiß. Von Mutter ganz zu schweigen. Aber eines verspreche ich euch: So schnell kommt mir kein Mann mehr ins Haus. Egal, welche Register er zieht."

Maja schien nicht überzeugt. „Ach ja? Und was willst du tun, wenn die unartigen Schmetterlinge losfliegen?"

Mit düsterem Blick warf ich die Kaffeemaschine an. „Das kann ich dir sagen: Ich werd' sie erschlagen!"

*

An Tag zwei nach seiner dramatischen Selbsterfahrung saß Althoff in Grünwald an Großvaters Schreibtisch und tüftelte an seinem Lebensplan. Es dauerte keine zehn Minuten, dann hatte er den kompletten Ablauf schwarz auf weiß vor sich stehen. Im Einzelnen sah das so aus:

- Hartmann anrufen, Verträge Bockenheim klären.
- Birte anrufen, bei ihr entschuldigen.
- Bärbel anrufen wegen Treffen.
- Sandrine anrufen, Besuch ankündigen. Evtl. neuen Verlobungsring kaufen.
- Für Heiratsantrag Sandrine: Tisch in der Moulin du Roc reservieren.
- Hochzeitsfeierlichkeiten planen. Frankreich oder Deutschland? Evtl. beides?
- Nebengebäude des Landguts zum Büro umbauen.
- Villa vermieten, Immobilienmakler einschalten.
- Bedienstete kündigen.
- Wohnsitz von München in die Dordogne verlegen.
- 3 Kinder zeugen und großziehen.
- Mit Sandrine glücklich sein.
- In Rente gehen und Enkel hüten. Aber nicht zu oft.
- Sterben in Frankreich.
- Begraben werden in München. Verfügung dafür beim Notar hinterlegen.

Zufrieden betrachtete Althoff sein Werk und nahm sich vor, die Aufgaben 1 bis 4 direkt anzugehen.

Punkt eins war schnell erledigt: Rechtsanwalt Hartmann versicherte gelassen, dass die Verträge so gut wie fertig seien. Die Advokaten beider Seiten hätten rund um die Uhr gearbeitet, damit das Geschäft zügig über die Bühne ging. Althoff sollte schon mal eine Flasche seines besten Champagners kaltstellen.

„Das werde ich gerne tun, mein Lieber. Sobald die Tinte trocken ist. Ich habe zu viele Projekte im letzten Moment platzen sehen", entgegnete er.

„Mag sein, aber diesmal läuft's glatt. Darauf verwette ich meine Savinelli!"

Der Anwalt täuschte sich nicht und durfte sein wertvolles Pfeifchen behalten: Keine drei Stunden nach ihrem Telefonat lagen die Verträge in ihrer Endfassung vor und Djamal bin Aziz hatte unterschrieben.

In München knallten die Sektkorken.

Aber nur kurz, denn Althoff wollte den Rückenwind nutzen, um sich dem zweiten Punkt seiner Liste zu widmen: der ruchlosen Birte. Auch wenn sie, wie er fand, sein Einlenken nicht verdiente, durfte es auf diese Weise nicht enden. Hochzeit hin, Lesbe her. Beherzt griff er zum Telefonhörer und ließ es eine ganze Weile klingeln. Er wollte gerade auflegen, als Birte sich dazu durchrang, den Anruf entgegenzunehmen.

„Peter." Die beiden Silben klirrten vor Kälte.

„Hallo Birte. Bitte leg jetzt nicht auf", sagte er hastig.

„Hatte ich nicht vor." Das klang ziemlich arrogant. Althoff stellte sich vor, wie sie die Schultern straffte und das Kinn nach oben reckte, eine Geste, die ihm schon immer missfallen hatte.

Mühsam unterdrückte er den aufsteigenden Ärger. Schließlich war es ihr Verrat gewesen, der den Eklat provoziert hatte!

„Ich ... wollte dir sagen, dass ich ... dass es mir leidtut", presste er hervor.

Stille am anderen Ende. „Birte? Bist du noch dran?"

„Ja, das bin ich. Ich frage mich gerade, was du wohl am meisten bedauerst: dass du ausnahmsweise der Betrogene bist, dass ich lesbisch bin oder du dich wie ein Idiot benommen hast."

Darüber würde er nachdenken müssen. „Ich denke alles. Irgendwie ..."

Plötzlich begann Birte zu lachen. „Wenigstens bist du mal ehrlich."

„Zu dir bin ich immer ehrlich gewesen", erwiderte er beleidigt.

„Mag sein. Ich habe dich auch nicht direkt angelogen. Zumindest hab' ich dir nie Hoffnungen auf eine gemeinsame Zukunft gemacht."

„Aber du hast mir auch nicht gesagt, warum du keine feste Beziehung willst, du hast mir verschwiegen, dass du Frauen liebst!" Die letzten Worte klangen schärfer, als er beabsichtigt hatte.

Althoff begann zu schwitzen. Ein sicheres Zeichen dafür, dass er in Rage geriet. Genau das hatte er vermeiden wollen. Hilflos glitt sein Blick über die Liste auf seinem Schreibtisch. Der übernächste Punkt galt Sandrine. Gleich würde er sie anrufen und alles war gut. Mit Birte hatte er keinen Vertrag mehr. Der Gedanke holte seinen Pulsschlag in den Normbereich zurück.

„Ich habe es selbst nicht gewusst", sagte sie gerade.

„Aber irgendwann hast du's gewusst", konterte er. „Spätestens, als du deine Emilia zum Traualtar geschleppt hast."

„Sie heißt Elena", verbesserte Birte pikiert, „und ich habe sie nicht zum Altar, sondern aufs Standesamt geschleppt."

„Das ist Haarspalterei."

„Ist es nicht. Die Homosexuellenehe ist der herkömmlichen Ehe bei Weitem nicht gleichgestellt. In die Kirche lässt man uns bestenfalls für eine Teufelsaustreibung."

Althoff war das egal. Das Einzige, was ihn interessierte, war seine eigene Hochzeit. Mit Sandrine. Kirche, Kutsche und Tamtam. Der ganz große Bahnhof.

„Wie auch immer. Ich wollte dir Glück für eure gemeinsame Zukunft wünschen und dir versichern, dass du in mir immer einen Freund haben wirst, wenn du einen brauchst." Damit hatte er gesagt, was er sagen wollte.

„Das ... das ist ... wirklich ... wirklich lieb von dir", stotterte Birte.

Offenbar hatte er es geschafft, einen ihrer äußerst seltenen sentimentalen Momente auszulösen. Althoff registrierte es mit Genugtuung.

„Na dann, bis die Tage!" Schwungvoll setzte er einen Haken hinter Punkt zwei der vor ihm liegenden Liste. Eine weitere Aufgabe, die er mit Bravour bewältigt hatte.

„Okay, Peter, wir sehen uns. Danke, dass du angerufen hast!"

Beinahe gleichzeitig kappten sie die Verbindung. Erleichtert lehnte Althoff sich in seinem Chefsessel zurück. Jetzt konnte er sich den passenden Einstieg für das Gespräch mit seiner Reisebekanntschaft überlegen.

In die konzentrierte Stille hinein bimmelte sein Smartphone.

„Hallo Peter, hier ist Bärbel."

Wenn das kein Zufall war!

„Bärbel", begrüßte er sie launig, „das ist ja ein Ding! Ich wollte dich gerade anrufen ..."

„Ehrlich? Ich dachte, du hast mich vergessen." Ihre Stimme klang belegt.

Althoff ließ sich davon nicht beirren. „Ganz und gar nicht. Aber wir hatten doch ausgemacht, dass du dich bei mir meldest, wenn du Zeit hast."

„Ach so, stimmt ja ...", murmelte sie.

„Wie geht's dir?" Die Antwort wusste er, bevor Bärbel sie aussprach.

„Beschissen."

„Hm. Magst du mir beim Italiener erzählen, was passiert ist?"

„Gegenfrage: Magst du mich in Freising besuchen? Ich kann hier nicht weg und könnte ein bisschen Abwechslung vertragen."

„Klar. Soll ich was zu essen mitbringen?"

„Gerne. Hast du einen Stift zur Hand? Dann gebe ich dir die Adresse durch."

Althoff zückte den Kugelschreiber. „In Ordnung, schieß los." Rasch notierte er die Anschrift und versprach, sich spätestens in einer Stunde auf den Weg zu machen.

Bärbel schien sich wirklich auf sein Kommen zu freuen und er war neugierig, wie sie wohl lebte. Ihrer Aufmachung in Zermatt nach eher unkonventionell, dachte er und begann, in seinem Smartphone nach Sandrines Nummer zu scrollen, um auch den letzten Punkt, der für heute auf seiner Liste stand, zu erledigen. Er konnte es kaum erwarten, den betörenden französischen Akzent zu hören, und ließ das Haustelefon in Nontron mindestens zwanzig Mal läuten. Schließlich gab er es auf. Ihr Handy nutzte Sandrine allenfalls an Silvester, den Versuch konnte er sich also sparen.

Wo sie wohl steckte? In der Schule würde sein *petit poussin* um diese Zeit nicht mehr sein, überlegte er. Vermutlich fütterte sie die Tiere. Arbeit gab es ja reichlich auf dem Gut.

Und da Sandrine es nicht lassen konnte, ständig neue Ponys, Esel, Ziegen und Schafe bei sich aufzunehmen, wurde es von Monat zu Monat mehr. Inzwischen dachte sie darüber nach, neben ihrer Haushaltshilfe und dem Gärtner noch eine Art Haus- und Hofverwalter einzustellen. Damit ihre Lehrtätigkeit nicht zu kurz kam.

Glücklicherweise war Geld kein Problem für sie, da sie nach dem Tod ihres Vaters, eines Pariser Großindustriellen, ein Vermögen geerbt hatte. Damit konnte sie sich für die nächsten fünfzig Jahre gut und gerne ein Dutzend Angestellte leisten.

Gerührt dachte Althoff daran, wie bescheiden die Französin trotz ihres Reichtums doch lebte. So sah die perfekte Mutter für seine drei Kinder aus! Wenn es nach ihm ging, zwei Mädchen und ein Junge. Zwei Jungen und ein Mädchen wären auch okay. Er war gespannt, was Sandrine dazu meinte. Irgendwann hatte sie gesagt, dass sie sich ein Leben ohne Kinder nicht vorstellen könne. Die Ausgangsbasis war damit gegeben und an der Geschlechterverteilung sollte es – wie er fand – am Ende nicht scheitern.

Von dieser Aussicht beseelt, malte Althoff ein Herz hinter Punkt vier und nahm sich vor, es morgen noch einmal in Nontron zu versuchen.

Mit einem fröhlich geschmetterten „Schluss für heute!" erhob er sich aus seinem Ledersstuhl und eilte in die Küche, um den Inhalt des Kühlschranks zu inspizieren. Schließlich wollte er Bärbel ein vernünftiges Essen vorsetzen.

Eilig sammelte er Sahne, Lachs und Zwiebeln ein, entnahm dem Vorratsschrank eine Dosensuppe, eine Packung Spaghetti und eine kleine Zitrone, schnappte sich im Vorübergehen ein paar Aprikosen und eine Flasche Weißwein und verließ damit das Haus, um seinen brandneuen Porsche Panamera und sich auf der A9 im Feierabendverkehr langsam nordwärts zu schieben.

Bärbels Haus wirkte nett und modern, war für Althoffs Geschmack aber deutlich zu bürgerlich. Er hasste diese typischen Neubauviertel mit ihrer verkrampften Individualität: hier ein

Vorbau auf Säulen, dort eine Veranda oder ein Erker, Hauptsache ein kleines Extra, das sich von der beinahe identischen Bebauung des Nachbargrundstücks abhob.

Wenigstens hatte Bärbel auf diesen Schnickschnack verzichtet. Family life goes Bauhaus, resümierte er amüsiert. Progressiver Schein trifft spießigen Einheitsbrei. Reichlich anarchisch fand er dagegen das Innere des Wohnwürfels: Um geschmackvolle Kleinmöbel und Bodenvasen knubbelten sich, weit weniger geschmackvoll, Kinderschuhe, Spielzeugautos, ein Bobby-Car, Babyrasseln und unzählige Stofftiere. Auch ein paar volle Windeln konnte er im Durcheinander ausmachen.

Althoff rümpfte die Nase.

„Entschuldige, ich habe es nicht geschafft, aufzuräumen", kommentierte Bärbel seine Blicke und schunkelte weiter ihr weinendes Baby.

Wenn ein Haushalt mit zwei Kindern so aussah, würde er noch einmal über den Umfang seiner Nachkommenschaft nachdenken müssen. Möglicherweise wäre ein Einzelkind doch besser, überlegte er.

Auf einmal zerrte etwas an seinem Hosenbein.

Ungehalten schüttelte er den Störenfried ab. Wütendes Geheul war die Folge.

„Der plöde Onkel iss auf Leons Trecker detreten, jetz isse Reifen paputt", schrie der Hosenmatz zu seinen Füßen.

„Leon! Was fällt dir ein …" Schon hatte Bärbel Sprössling Nummer zwei am Wickel und schüttelte ihn sanft. „Du gehst jetzt ins Bett. Sofort!"

„Leon nich Betti …!" Das Geschrei schraubte sich in unglaubliche Höhen und traf dort, ziemlich unharmonisch, auf das Heulen des Winzlings.

Bärbel schien wenig beeindruckt. „Los jetzt!" Ihr Griff wurde fester. Prompt entlud sich der Unmut der Zwerge in ohrenbetäubendem Gebrüll und wilden Tritten.

Hilflos stand Althoff im Auge des Orkans. Vielleicht würde er auf Nachwuchs doch lieber ganz verzichten. Zum Glück musste er das nicht heute entscheiden.

„Soll ich vielleicht in die Küche gehen? Dann kannst du die Kinder versorgen ...", versuchte er im Tumult zu Bärbel durchzudringen.

Die nickte stoisch. „Gute Idee! Von der Diele aus links – der Eingang ist nicht zu verfehlen", schrie sie zurück und versuchte vergeblich, ihren Ältesten fester zu fassen zu kriegen. Der wand sich wie ein Aal, um dem mütterlichen Klammergriff zu entgehen.

Da Althoff sich nicht traute, aktiv in den Ringkampf einzugreifen, trat er den Rückzug an. Raus aus dem Wohnzimmer, rein in die Küche.

Das Getöse war nur noch gedämpft wahrnehmbar. Er atmete auf.

Bis er den Lichtschalter fand.

„Du lieber Gott, was ist denn hier explodiert?"

Entsetzt versuchte er, das unbeschreibliche Chaos, das sich ihm darbot, zu erfassen: schmutzige Teller, Tassen und Töpfe stapelten sich auf einer unsichtbaren Arbeitsplatte, obenauf, wie Zuckerrosen auf der Geburtstagstorte, ein halbes Dutzend halb volle Babygläschen und mehrere Frühstücksbrettchen. Was auf der Platte keinen Platz gefunden hatte, war auf dem Tisch im Essbereich nebenan gelandet. Selbst die Küchenstühle waren unter mehreren prall gefüllten Plastiktüten verschwunden. Althoff wollte nicht wissen, wie lange die da schon standen.

Ratlos sah er sich um. Wie in aller Welt sollte man hier kochen?

Kurz erwog er, das Fensterbrett leer zu fegen, um seine mitgebrachten Lebensmittel zu deponieren und kommentarlos zu verschwinden. Möglich wäre es gewesen, denn die Karawane der Schreihälse war inzwischen nach oben weitergezogen. Schnell wäre der Panamera gestartet und die Pizza beim Italiener seines Vertrauens bestellt. Und dieser Ort des Schreckens vergessen.

Ja, es wäre ein Leichtes gewesen ... Aber etwas hinderte Althoff daran, die arme Bärbel in diesem Elend alleine zu lassen. Noch einmal warf er einen Blick in die Runde. Dann krempelte er seine Ärmel hoch und räumte die Spüle frei, um mit dem Abwasch der Töpfe zu beginnen.

„Hmmm, ist das lecker!" Bärbels Augen strahlten ihn über den Esstisch hinweg an. Ihre Wangen waren von der Wärme des Feuers gerötet und wahrscheinlich trug auch der Aperitif sein Scherflein zur gesunden Gesichtsfarbe bei.

Während Bärbel die Kinder ins Bett verfrachtet und die Kriegsschauplätze geräumt hatte, war Althoff mit der Kreation seines Gourmetmenüs beschäftigt gewesen: Als Vorspeise gab es Spargelcremesuppe mit Baguette, danach Spaghetti al salmone und zum Dessert gekochte Aprikosen auf Griesbrei. Das Breipulver hatte er beim Ausräumen der Einkaufstaschen gefunden und direkt in sein Menü integriert.

Beim Essen hatte er Bärbel von seinem Reinfall auf der Riffelalp berichtet, die Tatsachen allerdings insofern beschönigt, als er behauptete, Jule nur ein einziges Mal mit Corinna betrogen zu haben. Erwartungsgemäß fand Bärbel Jules Verhalten ausgesprochen kleinlich.

„Da habe ich mit meinem Hermann Schlimmeres erlebt", nuschelte sie zwischen zwei Suppenlöffeln, „der hat mich schon in der Schule betrogen."

Althoff nickte verständnisvoll. „Das hattest du erwähnt." Verstohlen betrachtete er ihr Gesicht. Sie sah müde aus. Und traurig. Keine Spur mehr von der zornigen Bärbel, die er auf dem Bahnsteig in Zermatt kennengelernt und auf diese seltsame Weise anziehend gefunden hatte. Er räusperte sich. „Was war denn los, dass du dich so lang nicht gemeldet hast? Probleme mit deinem Vater?"

„Pro-ble-me? Das ist gar kein Ausdruck." Düster starrte sie in ihr Weinglas. „Mein Vater ist total ausgetickt. Er hat gebrüllt, dass ich so ziemlich das Letzte sei, was ihm in seinem Leben begegnet ist, dann hat er seinen Koffer gepackt und ist nach Hamburg abgehauen."

„Und das bedeutet, dass er dich jetzt im Stich lässt?"

Bärbels Augen füllten sich mit Tränen. „Das bedeutet, dass ich von ihm keine Hilfe mehr zu erwarten habe. Weder finanziell noch in puncto Kinderbetreuung." Was in ihrer Situation wahrscheinlich einer Katastrophe gleichkam, vermutete Althoff.

„Was ist mit deinem Ex-Mann? Der muss doch für dich und die Kinder zahlen."

„Das schon, aber so viel verdient der auch nicht. Auf jeden Fall nicht genug für das hier." Sie blickte sich vielsagend um.

„Das heißt, du musst verkaufen?"

Bärbel nickte unglücklich. „Genau das heißt es."

„Und dann?"

Sie zuckte die Achseln. „Keine Ahnung. Ich werde mir wohl eine Wohnung suchen müssen. Aber du kannst dir vorstellen, wie gut die Chancen für eine alleinerziehende Mutter mit zwei Kindern in München stehen. Vor allem, wenn die Mama keine Arbeit hat."

Eine Weile blickte Althoff in das fröhlich prasselnde Kaminfeuer und überlegte, wie er seiner neuen Freundin unter die Arme greifen konnte, ohne sich über Gebühr einzubringen.

Inzwischen waren sie beim Hauptgang angelangt und Bärbel wickelte eifrig Spaghetti um die Zinken ihrer Gabel.

„Welchen Beruf hast du vor deinem Mutterschutz ausgeübt?", fragte er schließlich.

„Ich habe in der Bank gearbeitet. Im Devisenhandel", sagte sie gleichmütig.

„Kannst du da nicht wieder anfangen?"

„Doch, das könnte ich schon. Aber die Bezahlung ist nicht fürstlich und ich kann mir von dem Gehalt unmöglich eine Tagesmutter für zwei Kleinkinder leisten."

„Eine Krippe auch nicht?"

„Das kannst du vergessen. Die haben ellenlange Wartelisten. Bis ich da durch bin, schreiben die beiden ihr Abi." Mechanisch führte sie ein Stück Lachs zum Mund.

Althoff schüttelte den Kopf. „Und deinem Vater ist das egal? Das kann ich nicht glauben!"

Bärbel blickte von ihrer Pasta auf. „Bei meinem Vater gibt es nur schwarz oder weiß. Entweder tut er alles für dich oder nichts. Für mich gilt ab sofort Letzteres."

Althoff, der sich noch nicht ganz durch seinen Teller gearbeitet hatte, ließ die Gabel sinken. Irgendwie war ihm der Appetit vergangen. Die Zustände im Hause Höhne entsetzten ihn.

„Meine Güte, was hast du Schlimmes verbrochen, dass er sich so verhält? Na schön, du bist fortgefahren, ohne dich abzumelden, aber verdammt, er war doch auch mal jung! Gibt es außer ihm niemanden, an den du dich wenden kannst? Was ist mit deiner Mutter?"

„Meine Mutter ist tot. Nein, ich habe nur meinen Vater. Und den auch nicht mehr." Trübsinnig legte auch sie ihr Besteck nieder. „Ich weiß ehrlich nicht weiter."

Kurz erwog Althoff, der jungen Mutter durch eine Finanzspritze ein wenig Luft zu verschaffen. Da kam ihm eine bessere Idee. „Könntest du dir vorstellen, München zu verlassen?"

Resigniert zuckte Bärbel die Achseln. „Ja, natürlich. Der Plan war ohnehin, zu meinem Vater nach Blankenese zu ziehen. Der hockt dort in einer Villa, die deiner nicht unähnlich ist. Aber das hat sich leider erledigt."

„Und was würdest du davon halten, ins Ausland zu gehen?"

Er schien ihr Interesse geweckt zu haben. „Welches Land könnte das sein?"

„Ich denke da an Frankreich."

Nachdenklich griff Bärbel nach seinem Teller, um ihn in die Küche zu bringen. „Grundsätzlich ... wenn ich die Chance hätte ... warum nicht?"

Inzwischen hatte auch Althoff sich erhoben, um eine weitere Flasche Rotwein aus Bärbels Beständen zu öffnen. Wortlos schenkte er sich einen Schluck ein und betrachtete die Schlieren, die sich am Rand seines Glases bildeten.

Stumm beobachtete Bärbel ihn dabei, die halb leeren Teller in der Hand.

„Es gäbe da vielleicht eine Möglichkeit." Althoff blickte von seinem Glas auf.

Schlagartig kam Leben in Bärbels Züge. „Wirklich?" Gespannt ließ sie die Teller wieder auf den Tisch sinken.

„Ich habe eine Freundin in der Dordogne. Eine sehr gute Freundin, musst du wissen", sagte Althoff langsam, „ihr Name ist Sandrine und sie sucht jemanden, der sich um die Tiere auf ihrem Gut kümmert. Futterbeschaffung, Pflege, vielleicht ein paar leichtere Arbeiten im Haus, etwas in der Art. Der Vorteil ist, dass auf dem Hof noch ein Rentnerehepaar lebt. Der Mann kümmert sich um den Garten, während seine Frau sich im Haus langweilt. Sie ist eine ehemalige Kollegin von Sandrine und kann als Lehrerin vermutlich gut mit Kindern umgehen. Soweit ich weiß, bedauert sie es sehr, keine Enkel zu haben. Umso lieber wird sie sich deiner Rabauken annehmen, denke ich ..."

Bärbels Augen waren während seiner Ausführungen immer größer geworden.

„Das klingt fantastisch!", begeistert klatschte sie in die Hände und setzte sich wieder auf ihren Stuhl. „Und du meinst, deine Freundin würde jemanden wie mich einstellen? Eine Frau mit zwei Wickelkindern am Hals? Und wenn ja: Könnte ich dort auch wohnen?", fuhr sie atemlos fort.

Althoff lächelte über das Leben, das in Bärbels Züge zurückgekehrt war.

„Ad eins: Ich denke, ein Gespräch kann nicht schaden. Ad zwei: Platz ist auf dem Gutshof genug und wenn du den Job bekommst, lässt sich da sicher was finden."

Aufgeregt begann Bärbel auf ihrem Stuhl hin und her zu rutschen.

„Einstellungsvoraussetzungen?"

„Keine. Die einzigen Bedingungen, die Sandrine an einen Bewerber stellt, sind Zuverlässigkeit und Tierliebe. Französische Sprachkenntnisse sind natürlich von Vorteil. Wie sieht es da bei dir aus?"

„Sehr gut! Ich hatte Französisch-Leistungskurs. Und Tiere liebe ich sehr." Bärbel geriet ins Schwärmen. „Mein Gott, das wäre ja Wahnsinn ... sämtliche Probleme zackpeng gelöst."

Althoff nickte langsam. „Dann werde ich Sandrine morgen auf die Stellung ansprechen. Ich wollte sie sowieso anrufen."

„Gibst du mir danach direkt Bescheid?" Aufgekratzt hing Bärbel an seinen Lippen.

„Versprochen. Ich melde mich, sobald ich sie erreicht habe."

Kurz kam ihm der Gedanke, dass sein Plan vielleicht doch nicht so glorreich war, schließlich wollte er in absehbarer Zeit ebenfalls zu Sandrine ziehen. Und eine junge Frau auf dem Hof, selbst wenn sie nicht sein Typ war, konnte sein Blut theoretisch in Wallung bringen. Diese Konstellation war zweifellos explosiv. Andererseits ... Er konnte Bärbel unmöglich im Stich lassen. Allein der Gedanke an die hilflose Mutter mit ihren zwei Babys rief seinen Beschützerinstinkt auf den Plan.

Keine Frage, er würde mit Sandrine reden und die Sache klarmachen. Und sich – falls nötig – warm anziehen. Verlockungen gab's schließlich überall. Außerdem konnte man, mit dem Speck vor der Nase, gut die eigene Selbstbeherrschung trainieren. Womit seine Absicht nicht nur edel, sondern auch sinnvoll war.

Die Rolle des monogamen Wohltäters gefiel ihm ausgezeichnet und das neue Lebensgefühl ließ ihn abermals lächeln. Nein, er war nicht mehr derselbe Mann, der mit dem Verlobungsring in der Hand vor Birtes Appartement gestanden hatte. Konnte das wirklich erst zwei Tage her sein? Es schien beinahe unwirklich, doch etwas Grundlegendes hatte sich verändert. Er hatte sich verändert.

Er fühlte sich geläutert. Jawohl, geläutert. Birtes Verrat hatte ihn rehabilitiert und er durfte noch einmal von vorne anfangen. Nun würde er der Welt beweisen, was für ein großartiger Ehemann in ihm steckte. Und wie viel seine Freundschaft wert war. Sein Lächeln wurde noch breiter, als ihm der passende Reim zum neuen Lebensmotto einfiel: Peter Althoff – Retter in der Not, treu bis in den Tod.

Eine wirklich erhebende Vorstellung.

„Erde an Peter?" Bärbel hatte sich nach vorne gebeugt und rüttelte an seinem Knie. „He, bist du noch da?"

Schlagartig kehrte er von seinem Höhenflug in den Kubus zu Freising zurück. „Klar", sagte er, während er bereits an einer Reimerweiterung bastelte. „Gerät nie aus dem Lot" oder „gibt jedem ein Stück Brot" wären denkbar. Verworfen wurden dagegen „hält sich an kein Gebot" und „geht heute aufs Schafott". Auch die Zeilen „bei Birte sieht er rot" und „ist manchmal ein Idiot" hatte er für ungeeignet befunden.

Aufmerksam studierte Bärbel sein Gesicht. „Sag mal, welcher Film läuft denn bei dir gerade ab? Du siehst aus, als hättest du zu viel Zuckerwatte gegessen."

Nachsichtig lächelte er sie an. „Meine Liebe, nicht süße Watte, sondern süße Zukunft ist die Devise." Verschwörerisch senkte er die Stimme. „Bärbelschatz, du wirst es nicht glauben, aber ich habe gerade einen Blick in meine Kristallkugel geworfen. Und eines kann ich dir sagen: Die Bilder darin sind grandios."

Einfach grandios war auch seine Laune, als er sich am nächsten Morgen hinter den Schreibtisch klemmte, um seinen Frankfurter Bauleiter einzuorden. Der Scheich hatte sein placet gegeben, sie konnten loslegen. Über der Unterredung mit dem Architekten, dem Anstoßen der Ausschreibungen und einem Umtrunk mit Rechtsanwalt Hartmann verging die Zeit wie im Flug.

Es war bereits später Nachmittag, als er endlich eine Möglichkeit fand, Sandrine anzurufen. Diesmal hatte er Glück.

„Oui?", zwitscherte sein Spatz aus Nontron.

Althoff durchflutete ein Gefühl von Zärtlichkeit. Am liebsten hätte er Sandrine hier und jetzt gefragt, ob sie ihn heiraten wolle. Doch damit würde er sie um ihren verdienten Antrag bringen – und um die Erinnerung an einen wundervollen Moment, den sie in ihrem Herzen bewahren konnte.

„Chérie, wie geht es dir?", fragte er stattdessen, um Neutralität bemüht.

„Bien. Même très bien, merci!" Sie lachte ausgelassen. Er vermutete, dass der spontane Ausbruch von Fröhlichkeit aus ihrer Freude über seinen Anruf resultierte. Einen besseren Nährboden für sein Vorhaben hätte er sich nicht wünschen können.

Er beschloss, direkt zur Sache zu kommen. „Mon cœur, du hast doch so furchtbar viel Arbeit mit deinen Tieren. Willst du dir nicht endlich jemanden suchen, der dir dabei zur Hand geht?"

Es knisterte in der Leitung, dann meldete Sandrine sich zurück. „Mais oui, das abe isch vor. Entschüldige bittö, dass isch weiteressö, isch atte kein Mittagpausö. Und als isch nach ause kam, musste isch den Vétérinaire bestellön, weil Antoine sisch in ein Stück Draht vereddert at."

„Das tut mir leid", murmelte Althoff. Er hatte keine Ahnung, wer Antoine war. Vermutlich der Ziegenbock. Der glänzte regelmäßig durch Kamikazeaktionen, die nicht selten mit einem Tierarztbesuch endeten.

„War nischt so schlimm, der Arzt at die Wundö gönät." Vergnügt schmatzte Sandrine in sein Ohr. Althoff ließ sie den Happen hinunterschlucken, dann nahm er den Dialog wieder auf. „Was gibt's denn Feines zum Essen?"

„Müsli mit Apföl und Nüssön."

Althoff schüttelte sich. In Frischmilch schwimmendes Obst. Igitt. Sandrine hatte bisweilen einen erstaunlich bäuerlichen Geschmack. „Na dann: Bon appétit", sagte er halbherzig.

„Merci." Sandrine knabberte sich gut hörbar weiter durch ihre Mahlzeit.

„Also, was ich dir sagen wollte: Ich hätte da vielleicht jemanden, der dir auf dem Hof helfen könnte."

Das Geknabber brach ab. „Ährliesch?"

Für ihre Aussprache hätte er sie küssen mögen. „Ährliesch. Ich habe die junge Dame neulich auf einer Reise kennengelernt. Sie befindet sich in einer etwas ... äh ... prekären ... Situation, eignet sich aber – wie ich glaube – wunderbar für den Job."

„Ça paraît vraiment intéressant. Erzähl mir mehr von iehr."

„Sie heißt Bärbel, ist Ende zwanzig und wohnt in der Nähe von München. Sie hat zwei kleine Kinder und lebt derzeit in Scheidung."

Sandrine hatte ausgeknuspert. „Oh là là, das klingt nischt gut. Allein mit zwei Kindörn ... wie soll man da arbeitön? Welschen Beruf at sie gelärnt?"

„Sie hat in der Bank gearbeitet."

„Dann sie ist nischt dumm."

Althoff hörte ein Feuerzeug klicken. Sandrine hatte sich ihre Dessertzigarette angezündet. „Natürlich ist sie nicht dumm!", sagte er entrüstet. „Sonst würde ich sie dir doch nicht vorschlagen."

„Bien sûr, excuse-moi. Alors, diese – wie eißt sie? – Bär-böl, möschte mit ihrön Kindörn nach Fronkreisch kommön, um zu arbeit. Wie alt sind die Kindör?"

„Die sind noch sehr klein: der Sohn zwei Jahre, die Tochter ein paar Monate alt."

„Oh là là, oh là là – und schon de gros problèmes. Was ist mit ihrem mari, will der die Kindör nischt se-ön?"

„Ihr Mann kümmert sich, soweit ich weiß, kaum um die Kinder. Auf jeden Fall zahlt er zu wenig, als dass Bärbel in München bleiben könnte."

„Und jetzt weiß sie nischt, wo-in sie ge-ön und was sie mit ihren enfants maschön soll, wenn sie arbeit. Je comprends."

„Genau. Sie braucht einen Job, kann sich aber keine Tagesmutter leisten."

„Am bestön sie fragt jemand, der die Kindör niemmt, wenn sie beschäftigt iest. Einfach so, sans argent …"

„Exactement. Leider kennt sie niemanden, der dafür infrage käme. Ich aber schon: deine Freundin Mireille."

„Ja, meine liebe Mireille … Sie mag sischer gern die Kindör ütön." Nachdenklich zog Sandrine an ihrer Zigarette. Althoff spekulierte darauf, ihr das Laster abzugewöhnen, wenn er erst in Frankreich war.

„Für dich hätte es den Charme, dass du die viele Arbeit nicht mehr allein machen musst. Und für Bärbel, dass sie die soziale Leiter nicht hinunterfällt – und ich freue mich darüber, dass alle glücklich sind. Du siehst: Bei diesem Deal wird jeder gewinnen." Je mehr er darüber nachdachte, desto euphorischer wurde er. Der Plan schien tatsächlich nur Vorteile zu haben.

Sandrine sah das ähnlich. „So das klingt wirkliesch gut! Kann isch mit dieser Bär-böl spreschön? Gibst du mir ihr Telfonnümmer?"

„Natürlich. Sehr gern!" Schon nahm Althoff sein Smartphone zur Hand, um nach Bärbels Kontaktdaten zu suchen. Womit das Etappenziel erreicht war und er sich auf das nächste Thema stürzen konnte: seine bevorstehende Frankreichreise.

„Tu sais, die Saschö iest dringönder als du denkst", sagte Sandrine gerade.

Althoff scrollte weiter durch seine Kontakte. Unter welchem Namen hatte er Bärbel bloß abgelegt? Bei B tauchte sie jedenfalls nicht auf.

„Welche Sache meinst du?", fragte er zerstreut.

„Mein Suchö nach ein Verwaltör. Isch abe groß Neuigkeitön, die isch dir ...", setzte Sandrine an.

„Hier ist die Nummer", funkte Althoff dazwischen, „hast du was zu schreiben?"

Im Hintergrund raschelte Papier. „Alors, isch öre." Rasch gab er Bärbels Telefonnummern durch, sowohl Festnetz als auch Handy. Für alle Fälle. „So – und jetzt deine Neuigkeiten bitte!"

Sandrine holte tief Luft für ihre Offenbarung. Dann platzte sie heraus: „Dein Idee kommt vraiment au bon moment. Isch brauchö nämlisch tout de suite jemandön, der die ferme für misch führt. Weil isch nämlisch ... oh Petör, stell dir das vor ... weil isch nämlisch ... ei-ra-tön werdö! Sag, ist das nischt magnifique?"

Absolut mag-ni-fique. Althoff wusste nicht, ob er schreien oder hysterisch loslachen sollte. Er verwarf beide Optionen und versuchte stattdessen, Ruhe zu bewahren.

Das konnte alles nicht wahr sein. Während er noch überlegte, was ihm das Leben mit dieser erneuten Ohrfeige sagen wollte, plauderte Sandrine fröhlich weiter: über ihren Bräutigam, der ein Gestüt in Brive besaß; über den zauberhaften Moment ihrer ersten Begegnung im Mai vor zwei Jahren, auf einem Flohmarkt in Toulouse, wo Laurent ihr einen Stahlstich madig gemacht hatte, um ihn selbst einzuheimsen; über die Phase der Unsicherheit, in der sie sich nicht zu ihm bekennen konnte, weil er noch in seiner Ehe feststeckte; über das Hochgefühl, das sie erfasste, als die gehörnte Ehefrau das Feld räumte und die Scheidung einreichte, weil er sich für ein Leben mit ihr, Sandrine, entschieden hatte; über den *wahnsinnigen* Heiratsantrag, den ihr Liebster ihr neulich, während eines gemeinsamen Ausritts bei Vollmond gemacht hatte; über das unglaubliche Glück, in Brive sofort eine Stellung gefunden zu haben, obwohl das gar nicht wichtig gewesen wäre, da sie sich schnellstmöglich ein Dutzend eigene Kinder wünschten ...

All das war in den letzten zwei Jahren geschehen. Und komplett an ihm vorübergegangen.

„Wie war das an deinem Geburtstag neulich?", fragte er lahm. „Warum ist dein Chéri nicht da gewesen?" „Da at er sein Deckengst nach England zu ein Event begleitöt. Er züschtöt edöl Araberpferdö avec une fameuse Abstammungslignée, tu sais ..." Unglaublich, dachte Althoff bitter. Während er in Deutschland munter von Bett zu Bett gehüpft und sporadisch unter Sandrines Decke gekrochen war, war diese nur deshalb so genügsam gewesen, weil sich ein anderer um ihre körperlichen und seelischen Bedürfnisse kümmerte.

Das war ja unerhört! Wie kaltblütig sie den französischen Deckhengst vor ihm versteckt hatte! Über einen so langen Zeitraum ... einfach schamlos!

Er hatte genug gehört und brauchte dringend eine Kopfschmerztablette.

„Also hätten wir das geklärt. Ich wünsche dir ein gutes Gespräch mit Bärbel", presste er mühsam hervor. „Und viel Glück mit deinem Pferdezüchter!" Auch auf die Gefahr hin, Sandrine vor den Kopf zu stoßen, legte er auf.

So kam es, dass er ihre wortreiche Erwiderung nicht mehr mitbekam: dass sie ihm herzlich für die gemeinsamen Jahre danken wolle und auch für seinen Vorschlag in Sachen Gutshofverwaltung. Und natürlich würde sie sich sehr freuen, wenn er zu ihrer Hochzeit in den Temple de Brive kommen könnte.

Das alles interessierte Althoff nicht die Bohne. Überhaupt würde ihn nie wieder irgendwas interessieren. Frauen nicht. Hochzeiten nicht. Eine feste Beziehung erst recht nicht.

Vielleicht sollte er Siegfried anrufen und ihm einen Riesenschnauzer abkaufen. Dann wusste er wenigstens, woran er war. Auf einen Hund war schließlich Verlass. Der machte kein Theater, wenn Herrchen mal ein fremdes Hündchen verwöhnte. Und so ein Kläffer würde auch nicht auf die Idee kommen, ihn wegen eines anderen Mannes zu verlassen. Ja, ein Leben mit Hund musste fabelhaft sein.

Er würde es ernsthaft in Erwägung ziehen.

Während der gedanklichen Exkursion hatte Althoff in scheinbarer Ruhe seine Schreibtischschublade geöffnet und ein Kuvert hervorgezogen. Er klappte es auf und ließ den Einkaräter in seine Handfläche gleiten. Für einen Moment betrachtete er ihn wie ein außerirdisches Relikt. Diesen elenden Ring, der einfach an keinen Finger wollte. Mit zusammengebissenen Zähnen schloss er die Faust. Dann erhob er sich und durchschritt langsam den Raum. Wie in Trance öffnete er das Fenster, beugte sich in einer schnellen Bewegung nach hinten und holte aus.

Das verfluchte Ding landete im hohen Bogen in der Blumenrabatte jenseits der großen Terrasse. „Wer auch immer dich findet, soll mit dir glücklich werden", blaffte er und schlurfte an seinen Schreibtisch zurück.

Ruhelos wanderten seine Augen über die rote Schreibunterlage und blieben am Chippendale-Schrank auf der anderen Seite des Zimmers hängen. Was sollte er als Nächstes tun? Sich besaufen?

Vielleicht später. Im Moment zog er es vor, im Sessel zu versinken und nüchtern Trübsal zu blasen. Zum ersten Mal seit Urzeiten war er allein. Schlimmer noch: Zum ersten Mal war er überhaupt allein. Schon in der Grundschule hatte er immer eine Freundin gehabt. Meist sogar mehrere. Die endlose Reihe war bis heute nicht abgerissen. Und nun, da er kurz vor seinem vierundvierzigsten Geburtstag stand, war es geschehen: Er hatte niemanden mehr. Ausgerechnet in dem Augenblick, als er sich entschieden hatte, in den Stand der Ehe zu treten.

Das entbehrte nicht einer gewissen Komik.

Was hatte er an sich gearbeitet, um dieses Ziel zu erreichen! War er nicht bereit gewesen, der beste aller Ehemänner zu werden? Wo war dann die beste aller Ehefrauen geblieben? Komplett von seinem Radar verschwunden.

Dabei hatte es so vielversprechende Ansätze gegeben. Die sich samt und sonders, beinahe zeitgleich, in Luft auflösten.

War das zu glauben? Unergründlich sollten die Wege des Herrn sein? Bescheuert wäre wohl passender!

Kurz dachte Althoff darüber nach, ob er nicht einfach das tun sollte, was er immer getan hatte: Das nächste Mädchen im nächsten Städtchen zu daten. Im Grunde keine schlechte Idee ... Wenn er es denn gekonnt hätte.

Leider hatten ihn die Erfahrungen der letzten Wochen verändert. Er hatte keine Lust auf die nächste belanglose Affäre. Die frustrierende Erkenntnis ließ Althoff noch tiefer in seinen Sessel sacken und brachte ihn zurück zu der Frage: Was nun?

Ihm war zum Heulen zumute und er griff vorsichtshalber zu seinem Taschentuch, das er immer in der Hosentasche trug, aber nur selten benutzte. Früher hatte es seinem Opa gehört, die kunstvoll miteinander verwobenen Initialen AA zierten noch immer den leicht verblichenen Stofffetzen. Premiumqualität, made in Germany. So unverwüstlich wie einst sein Träger.

Bevor die Schleusen sich öffneten, entstieg ein tiefer Seufzer seiner Brust und drängte die Tränen zurück. Wie betäubt blickte er auf den Schrank gegenüber.

Verheißungsvoll raunte der Whiskey durch das Chippendale-Geflecht.

Sollte er der Verlockung nachgeben? Nein, das war keine Lösung! So leicht würde er nicht kapitulieren. Nicht auszudenken, was der eiserne August dazu gesagt hätte. Die Vorstellung gab ihm den Rest.

Hochmütig schwenkte der Alte seine Zigarre zum Gruß. Die Farbpigmente triefend vor Verachtung für den saftlosen Enkel.

Der Whiskey wurde lauter.

Althoff schüttelte den Kopf. So ging das nicht weiter. Ablenkung tat not.

Er legte das akkurat gefaltete Nastuch beiseite und klappte sein Notebook auf. Minutenlang verharrte sein Blick auf der Anmeldemaske, während seine Gedanken nach Frankreich schweiften. Und nach Hermannstadt. Und Zermatt ...

Er hatte das Bedürfnis, etwas zu klären. Nicht mit den Damen, sondern mit sich.

Dunkel manifestierte sich in ihm die Ahnung, dass er sich wie ein Trottel benommen hatte. Wie ein anmaßender, selbstverliebter, herzloser Trottel. Ohne zu zögern, hatte er Jule gegen Birte getauscht. Und Birte gegen Sandrine.

Vermutlich hätte er auch Sandrine durch die nächste Kandidatin ersetzt, wenn er noch eine gehabt hätte.

All diese Frauen hatte er getäuscht.

Aber am meisten sich selbst.

Hatte er eine von ihnen aufrichtig geliebt? Er kramte in seinem Gedächtnis.

Wie war das mit Jule gewesen? Nein, die Kleine hatte er nicht ernst genommen.

Und Birte? Nun ja, sie hatte ihm etwas bedeutet. Aber konnte man das Liebe nennen? Wohl kaum, sonst wäre er nach der Schlappe in Helsinki nicht direkt zur nächsten Hochzeitsblume geflattert, der verblüffend lasterhaften Sandrine.

Was hatte er für sie empfunden?

Schonungslos blickte Althoff in sein Herz. Und musste feststellen, dass es leer war.

Bedrückt gab er zu, dass darin bislang nur einer gewohnt hatte: er selbst.

Das zu erkennen, war schlimmer als jede Zurückweisung, die er erfahren hatte. Schlimmer noch als das Gefühl, das er beim Verlust seiner Eltern empfunden hatte.

Ja, es stimmte, er hatte immer nur sich geliebt. Niemand verdiente es, so einen Mann zu heiraten. Offenbar sah das Schicksal es ähnlich und hatte die Damen vor einem Leben mit ihm bewahrt.

Erschüttert legte Althoff den Kopf in die Hände und endlich flossen die Tränen.

Die Tropfenspur, die sich durch seine Finger in den Samt seiner Schreibunterlage fraß, wurde immer länger. Das großväterliche Taschentuch blieb unberührt. In seinem Leid hatte er es völlig vergessen.

Vor seinem inneren Auge materialisierte sich eine entscheidende Frage. So deutlich, als hätte sie jemand in riesigen Lettern auf die weiß getünchte Wand über das alte Sideboard geschrieben: *Was in aller Welt soll ich tun?*

Plötzlich kam ihm Jule in den Sinn. Hatte sie nicht gesagt, das Geheimnis eines glücklichen Lebens läge in der erfolgreichen Kommunikation mit dem Universum?

Konnte das die Antwort sein?

Er hob seinen Kopf und spitzte die Ohren.

Nichts zu hören. Weder drinnen noch draußen. Mit ihm redete das Universum wohl nicht. Jedenfalls nicht heute.

Dann würde er eben auch nicht mit ihm reden. Nie wieder. Überhaupt konnte ihm dieser esoterische Sums gestohlen bleiben!

Er schniefte vernehmlich und auf einmal sah er des Rätsels Lösung vor sich, so klar wie die Alpengipfel bei Föhn. Mit einem Ruck richtete er sich auf.

Zum Teufel, das war es! Es war so naheliegend ... so einfach.

Er sollte nicht reden, sondern schweigen. Um in der Stille seinem Pulsschlag zu lauschen – und sein Herz sprechen zu lassen. Damit es eines Tages nicht nur für ihn, sondern auch für andere schlug. Vielleicht verdiente er es dann, der beste aller Ehemänner zu werden.

Nein, heute würde er sich nicht betrinken oder in den nächsten Strip-Club stürzen, um seinen Frust abzubauen. Im Gegenteil, er würde verstummen, um den Schmerz umso deutlicher spüren zu können. Dann würde auch Jules Universum erkennen, wie ernst es ihm war. Obwohl das eigentlich keine Rolle mehr spielte.

Schlagartig fühlte er sich besser. Ja, genauso würde er es machen.

Aber was bedeutete das, sinnierte er weiter, konkret und im Einzelnen? Wie sollte er sein Vorhaben im Alltag umsetzen? Nachdenklich fuhr er mit dem Zeigefinger die Spur seiner Tränen auf der samtigen Unterlage nach.

In der Villa würde es schwierig werden, denn da regierte die Ruhestörung: das Telefon, Frau Wanninger, der Gärtner,

die Nachbarn. Irgendwer würde ihm immer in seine Schweige-
suppe spucken. Was er brauchte, war Abgeschiedenheit. Nur
in der Stille konnte er in sich gehen. Und ein besserer Mensch
werden.

Entschlossen rückte Althoff sein Notebook zurecht, um das
Internet zurate zu ziehen. Flink tippte er bei Google das Such-
wort ein. Ein Wort, an das er bisher nie gedacht und es noch
weniger buchstabiert hatte. Der Inbegriff der Selbstkasteiung:

S c h w e i g e k l o s t e r

Überrascht stellte er fest, dass es so was tatsächlich gab.

Ohne zu zögern, rief er die erstbeste Homepage auf und
machte sich daran, das Angebot zu sondieren. Nach zwei Stunden intensiver Suche lehnte er sich in seinem Drehstuhl zurück.
Sein Nacken war steif, das Ziel erreicht.

Fernab von Tanzbars und Schickimicki klebte ein schlichter
Konvent auf einem Höhenzug, tausend Meter über dem Meer. Das
war in Ordnung, denn er wollte kein Wellnessprogramm, sondern
die Erfahrung der Stille. Das Schweigekloster von Santa Maria de
Lord schien sämtliche Voraussetzungen für seinen Rückzug zu
erfüllen. Hinter den Klostermauern fristeten vier katalanische
Mönche ihr einfaches Dasein. Genau das Richtige, um seine Sinne neu auszurichten! An diesem Ort würde er mit seinem Inner-
sten in Kontakt treten. Und wenn Gott sich in den Monolog ein-
zuschalten beliebte – *tant mieux*, ihm sollte es recht sein.

Althoff streckte sich gähnend. Müde, aber äußerst zufrieden formulierte er eine letzte Nachricht, dann aktivierte er seine Abwesenheitsnotiz.

*„Ich befinde mich derzeit im Urlaub und werde erst Anfang
Dezember wieder erreichbar sein. Anrufe und E-Mails werden
nicht weitergeleitet. Fragen bezüglich des Bauvorhabens Bo-
ckenheim bitte ich direkt an Herrn Hartmann,
E-Mail: hartmann@rechtsanwalt-hartmann.de,
Telefon: 0177-836012455, zu richten.“*

Seinem Nachbarn und Rechtsbeistand lieferte er über dessen Mailbox noch eine kurze Erklärung, schließlich musste der nach ihrer rauschenden Feier am Morgen aus allen Wolken fallen, wenn er von seiner Abreise erfuhr. Dann ging er nach oben, um seine Koffer zu packen.

Morgen würde er vor Tau und Tag in die Pyrenäen aufbrechen. Ohne Notebook, iPad und Smartphone. Er vertraute darauf, dass die Mönche ihm Einlass in ihre spartanische Klause gewährten. Schließlich handelte es sich bei ihm um einen Notfall. Einen zivilisationsbedingt mentaldefizitären, psychosomatischen Notfall, um das Kind beim Namen zu nennen.

Wie er das den Spaniern klarmachen sollte, war ihm derzeit noch schleierhaft. Sie würden hoffentlich ein paar Brocken Französisch verstehen und alles andere musste sich ergeben.

Mit dem Gefühl, vor dem Abenteuer seines Lebens zu stehen, kroch Althoff ein letztes Mal unter sein fluffiges Federbett. Andächtig lauschte er dem Pfeifen des Herbststurms, der wütend an den Läden der Villa rüttelte. Morgen würde er sein Haupt in einer kargen Zelle auf ein schmales Kopfkissen legen und die Ansprüche auf den Erhalt der Vitalfunktionen beschränken. Hatte er das erst geschafft, war es so weit: Seine Arbeit am offenen Herzen konnte beginnen.

14

Mehr als vier Wochen lag meine Reise nach Rumänien zurück. Der gemächlich plätschernde Alltag ließ Lennis Bild langsam verblassen. Vor ein paar Tagen hatte ich mit Alina telefoniert: Sie war mit der Entwicklung ihres Sohnes zufrieden. Lenni ging ihr im Haushalt zur Hand und traf sich regelmäßig mit einer entfernten Cousine. Er schien auf einem guten Weg zu sein.

Dagegen war es auf meinem Weg ziemlich still geworden. Früher hatte ich die Monotonie der Arbeitstage gehasst, nun war sie mir willkommen. Die Erinnerung an die dramatischen Ereignisse war noch immer präsent und ich brauchte keinen Anstoß von außen, um mich lebendig zu fühlen. Manchmal drohte ich, in ein Loch zu fallen. Doch Maja fing mich jedes Mal auf.

Mit großem Geschick erspürte sie die Momente, in denen die Traurigkeit nach mir griff. Dann gestalteten wir die Schaufensterauslage neu oder gingen nach Ladenschluss spazieren. Meist schlenderten wir über den Ostfriedhof, auf dem wir uns vor einem Jahr kennengelernt hatten.

Konnte es wirklich erst zwölf Monate her sein, dass ich im Nebel über sie gestolpert war? Es fiel mir schwer, das zu glauben. Was war in dieser Zeit alles geschehen!

Die Bilderflut ließ mich schwindeln: Amerika, der Sinnesrausch, die Trennung. Das Konzert in Winterthur. Der begossene Lenni. Unsere amour fou, die so stürmisch begonnen und so schrecklich geendet hatte. Die Tage in Finnland, der kalte Hauch von Unheil und Tod. Die liebliche Vivien, mit der ich mich noch immer verbunden fühlte. Lennis Trauer, unser Abschied in Hermannstadt. Meine mühevolle Rückkehr zur Normalität.

Nein, im Moment brauchte ich wirklich keine Zerstreuung.

Bisweilen ließ Mutter mich an den Sternstunden ihres Rentnerdaseins teilhaben.

Gerade von ihrer Wanderung auf den Monte San Salvatore zurückgekehrt, hatten Erich und sie schon wieder ein Ziel im Visier, wie sie mir am Telefon brühwarm erzählte.

„Du glaubst nicht, was er mir Tolles zum Geburtstag schenkt!" Dramatische Pause. Ich harrte weiterer Erklärungen und konsultierte derweil den Kühlschrank.

Im Eisfach fand ich eine Portion Fertignudeln. In Schinkensahnesoße. Das musste reichen. Ich hatte mich mit Maja nach Ladenschluss verquatscht und keinen Salat mehr besorgen können.

Den Hörer zwischen Unterkiefer und Schulter geklemmt, ließ ich etwas Wasser in einen Kochtopf laufen und lauschte Mutters atemlosen Ausführungen.

„Drei Wochen Bali, stell dir das vor, Ella! Er hat eine Fernreise mit allem Komfort und zurück gebucht ..." Vor Aufregung verschluckte Mutter sich an ihrer eigenen Spucke und bekam einen Hustenanfall.

„Wow", funkte ich, etwas unmotiviert, in das Spektakel. Zu der indonesischen Insel fiel mir primär ihr unsäglicher, ökologisch wenig hilfreicher, Massentourismus ein. Blieb zu hoffen, dass Erich sich abseits der großen Müllberge für ein Feng Shui optimiertes Tiny House in den Bergen entschieden hatte.

„Ist das nicht ... unglaublich ... großzügig?", keuchte Elise, bemüht, ihren Hustenreiz zu unterdrücken.

„Schon."

„Mehr fällt dir dazu nicht ein?"

Ich konnte förmlich sehen, wie Mutter eine Schnute zog. Immerhin schienen sich ihre Atemwege wieder beruhigt zu haben.

„Was soll ich dazu sagen? Ich finde es super. Toll. Wirklich sehr ... großzügig." Gelangweilt bohrte ich kleine Löcher in mein gefrorenes Nudelgericht. Im Geiste ging ich bereits die für morgen angekündigte Bücherlieferung durch.

„Kann es sein, dass es dich gar nicht interessiert, wie Erich und ich unsere Freizeit verbringen?" Das klang einigermaßen beleidigt.

So drastisch hätte ich das nicht ausgedrückt. Allerdings ließen mich die ständigen Durchsagen über ihre Halligalli-Urlaubsaktionen langsam abstumpfen. Freizeit hatten die reiselustigen Rentner nämlich reichlich, um genau zu sein, 24 Stunden am Tag an sieben Tagen die Woche.

„Doch, natürlich interessiert es mich, wo ihr hinfahrt", beschwichtigte ich, „aber ich bin erst vor zehn Minuten heimgekommen und habe einen Mordshunger, weil ich in der Mittagspause die Saisonware für das Weihnachtsgeschäft sortieren musste."

Das Argument zog offensichtlich.

„Ach so. Sag das doch gleich! Dann lass' ich dich in Ruhe. Aber eine Bitte hätte ich noch."

„Und die wäre?" Die Linguini begannen langsam zu blubbern, mir lief das Wasser im Mund zusammen. Wahrscheinlich hätte ich jede Bitte erfüllt, um endlich essen zu können.

„Ich habe damals in Freising meine Sonnenbrille vergessen. Du weißt schon, die teure. Von Dior."

„An das auffällige Teil erinnere ich mich", bestätigte ich vorsichtig und schickte innerlich ein Stoßgebet zum Himmel. Mutters Einleitung konnte nur in den Auftrag münden, das gute Stück mit seiner Eigentümerin zu vereinen.

Ohne Umschweife kam sie zum Punkt. „Würdest du bei Bärbel vorbeifahren und sie abholen?"

Dazu stand mir so gar nicht der Sinn. „Kannst du sie dir nicht schicken lassen?"

„Du kennst doch Bärbel ..."

Nein, eigentlich kannte ich sie nicht.

„Die kriegt es kaum gebacken, ihre Kinder vernünftig anzuziehen. Geschweige denn, sich mit den beiden ins Auto zu setzen und zur Post zu fahren."

Ich kippte das Fertiggericht in einen Suppenteller und trottete damit zum Couchtisch. „Und vermutlich willst du das Ding noch vor deiner Abreise haben?", fragte ich resigniert.

„Das wär' mir egal. Ich hab' ja noch die Ersatzbrille. Aber wenn die Bärbel erst nach Frankreich abgedampft ist, ist das Designerstück futsch. Im Chaos verschüttgegangen."

Ich stutzte. „Sag bloß, was hat Bärbel denn in Frankreich zu tun?"

„Stimmt, das weißt du noch gar nicht. Die allergrößte Neuigkeit ist, dass wir das Madämchen endgültig los sind. Sie wandert aus. In die Dordogne."

Augenblicklich hatte ich meinen Hunger vergessen. Ich kannte Bärbel zwar nur flüchtig, aber *die* Neuigkeit war wirklich interessant. Typisch Elise, sie über ihrem Bali-Projekt zu verdrängen.

Ich musste unbedingt mehr erfahren. „Wie ist sie denn dazu gekommen?"

Mutter, erfreut über mein Interesse, weihte mich gern in die Einzelheiten ein.

„Das ist eine merkwürdige Geschichte. Sie hat mich neulich angerufen, um mir ihre neue Adresse zu geben. Mit Erich redet sie ja nicht. Oder besser – er nicht mit ihr. Also: Offenbar hat sie auf ihrer Irrfahrt durch die Schweiz einen Typen kennengelernt, der eine Freundin in Frankreich hat. Die wiederum sitzt auf einem Landgut mit Dutzenden Tieren, will aber demnächst heiraten und deshalb umziehen. Den Hof möchte sie trotzdem nicht aufgeben. Keine Ahnung warum. Jedenfalls braucht sie jemanden, der den Laden für sie schmeißt."

„Und dieser jemand ist Bärbel?"

„Genau. Die ist natürlich heilfroh, weil sie nicht wusste, wo sie mit sich und den Zwergen hin sollte."

„Dann wird sie auf dem Gut wohnen? Womöglich ganz alleine?" Erinnerungen an ein einsames Haus im Wald stiegen in mir auf. Ich schauderte.

„Sie kann dort wohl wohnen. Aber allein ist sie nicht. Da muss noch ein älteres Ehepaar sein, das sich um Haus und Hof kümmert. Die Frau will sich auch der Kinder annehmen, wenn Bärbel arbeitet."

Das klang ja nicht schlecht. „Scheint, als hätte sie richtig Glück gehabt! Ich setze mal voraus, dass sich Bärbel vor Ort ein Bild über die Wohnsituation und Arbeitsbedingungen gemacht hat."

Mutter schnaubte. „Von wegen. Der westlichste Ort, den sie kennt, dürfte Pasing sein."

Ich schnappte nach Luft. „Dann packt sie demnächst die Umzugskartons und fährt mit ihren Stöpseln ins Blaue? Hat die noch alle Tassen im Schrank?" Ich war ehrlich empört. Wie konnte eine Mutter so leichtsinnig sein?

„So ist es eben, das Bärbelkind. Vertraut immer darauf, dass alles irgendwie gut geht", meinte Elise lapidar.

Wenn ich ehrlich war, hatte ich selbst schon gewagtere Unternehmen gestartet. Allerdings ohne Kleinkinder im Gepäck.

„Dann kann man nur hoffen, dass ihr Optimismus begründet ist. Diese Französin kennt sie wohl auch nicht persönlich?", fragte ich etwas milder.

„Du meinst die Gutsbesitzerin? Was glaubst du denn ... natürlich nicht. Die beiden haben bisher nur telefoniert. Sehr ausgiebig, wie Bärbel betont. Offensichtlich sind die zwei sich sympathisch."

„Na super", murmelte ich, „und was sagt Erich dazu?"
Mutter hüstelte gekünstelt. „Der pendelt zwischen Besorgnis und Ärger. Mal überwiegt das eine, mal das andere."

„Wird er ihr beim Umzug helfen?"

„Ganz sicher nicht! Er findet, dass sie die Suppe selbst auslöffeln muss. Sie hatte ihre Chance. Im Moment macht er keine Anstalten, ihr unter die Arme zu greifen. Weder finanziell noch sonst wie."

„Das ist hart." Diese Seite an ihm war mir neu. Und sie gefiel mir ganz und gar nicht. Ich hoffte, dass Mutter seinen Zorn nicht auch irgendwann zu spüren bekam.

„Das seh' ich genauso. Sein Verhalten ist irgendwie ... blödsinnig", sagte sie nachdenklich. „Bisher konnte Bärbel tun, was sie wollte – er hat zu ihr gehalten. Und ausgerechnet jetzt, wo sie seine Hilfe am nötigsten braucht, lässt er sie fallen."

„Nur weil sie ein paar Tage abgetaucht war."

„Na ja, eine Glanzleistung war das nicht. Aber rechtfertigt das den totalen Bruch? Ich weiß nicht ..."

Wohl kaum, fand ich. „Immerhin hat die Sache einen Vorteil: Du bist Bärbel los."

„Das ist richtig. Aber freuen kann ich mich darüber nicht. Sicher, sie ist mir auf die Nerven gegangen ..."

„Und er dir mit seinem Getue noch mehr", warf ich ein.

„Ich fürchte, da hast du recht. Na ja ...", sie räusperte sich, „ändern kann ich es nicht. Wenn etwas Gras über die Sache gewachsen ist, werde ich versuchen, unsere nächste Urlaubsreise Richtung Dordogne zu lenken."

„Den Versuch ist es wert. Ich meine, irgendwie tut Bärbel mir leid. Ihre Mutter ist tot, Geschwister hat sie keine und vermutlich auch sonst niemanden, der ihr hilft. Da fühle ich mich fast in der Pflicht, einmal nach dem Rechten zu sehen."

„Genau", bekräftigte Mutter, „und das tust du am besten bald – für Samstag hat sie den Umzugswagen bestellt."

„Ist klar, deine Sonnenbrille ...", seufzte ich.

„Die auch. Aber es würde mich tatsächlich interessieren, ob in Freising die Hütte brennt. Offensichtlich gibt es da einen Käufer, der mit den Füßen scharrt."

„Und wenn es brennt, kann sie auf dich zählen?"

Mutter zögerte. Allerdings nur den Bruchteil einer Sekunde.

„Selbstverständlich kann sie das! Wir Ewaldfrauen halten zusammen und durch meine Verbindung zu Erich gehört Bärbel ja auch ... irgendwie ... dazu."

Jede andere Antwort hätte mich in meinen Grundfesten erschüttert. Sollte Erich doch weiterschmollen, Mutter und ich würden zur Stelle sein, wenn unsere Hilfe gefragt war. Aber jetzt erst mal essen. Bärbel hin, Sonnenbrille her.

„Ich fahre morgen Abend nach Freising. Dann sehen wir, ob das Mädel die Sache im Griff hat. Spätestens übermorgen melde ich mich bei dir."

Dem war nichts hinzuzufügen und ich konnte mich endlich den Nudeln widmen, die – wen wundert's – inzwischen kalt geworden waren.

In Bärbels Bauhaus hatte eine Bombe eingeschlagen. Dahin die luxuriöse Behaglichkeit: Der einst so großzügige Eingangsbereich glich einem explodierten Hindernisparcours. Halbvolle Kartons, zerlegte Bücherregale, die abgebaute Garderobe und ein Dutzend Gartenstühle lagen wild neben- und übereinander gestapelt. Dazwischen Topfpflanzen jeglicher Art und Größe.

„Mariella, was für eine Überraschung!", hatte mich Bärbel an der Haustür, in der einen Hand ein Kehrblech, in der anderen den Besen, begrüßt. Mit dem Kopf deutete sie auf einen Scherbenhaufen am Treppenaufgang. „Omas Tafelservice hat eben den Abgang gemacht", klärte sie mich auf. „Aber was soll's? In Frankreich kann ich's eh nicht brauchen."

Ich nickte ihr freundlich zu. „Hab' schon gehört, dass du auswandern willst."

„So ist es. Komm rein." Sie legte Schaufel und Besen zur Seite und führte mich in die Küche. „Kann ich dir eine Tasse Tee anbieten?"

„Sehr gerne."

Neugierig sah ich mich um. Hier schien die Umzugswalze schon durchgerattert zu sein. Zwei Kindertassen standen, etwas verloren, am Fenster. Auf der Arbeitsplatte ein Körbchen mit Besteck und eine Packung Schwarztee. Der Rest war blitzblank.

„Da hast du ganze Arbeit geleistet", sagte ich anerkennend. „Gell?" Sie lächelte spitzbübisch. „Wenn es sein muss, kann ich richtig fleißig sein."

Das schien mir auch so. „Wo hast du denn deine Kiddies versteckt?" Ich reckte den Hals.

„Die zwei sind bei einer Freundin geparkt. Dort bleiben sie, bis wir fahren. Hier ist die Verletzungsgefahr zu groß." Sie griff nach den Tassen und hängte je einen Teebeutel hinein. Der Wasserkocher begann zu rauschen.

„Übrigens: Ich habe im Gästezimmer eine Sonnenbrille gefunden. Ich meine, dass Elise die hier vergessen hat."

Ich hatte erwartet, eine größere Suchaktion starten zu müssen, um meinen Auftrag auszuführen. Umso erfreuter war ich, dass Bärbel von selbst darauf zu sprechen kam. „Dior?", fragte ich hoffnungsvoll.

Bärbel nickte. „Sie liegt an der Garderobe. Oder vielmehr da, wo die Garderobe mal war." Grinsend reichte sie mir eine dampfende Teetasse.

„In dem Wust da draußen?" Erschrocken deutete ich zur Tür. Also doch suchen.

„Am äußeren Rand des Wustes, gleich neben dem Eingang." Womit sich der Zweck meines Besuches erledigt hatte.

Erleichtert lehnte ich mich gegen die Arbeitsplatte und warf einen Blick in die Runde. „Scheint, als wärst du fast fertig."

Bärbel lachte bitter. „Der Schein trügt. Ich muss die obere Etage noch abbauen."

„Du meinst Kleiderschränke, Betten und so?"

Sie nickte. „Jep, einfach alles: Schränke, Betten, Kommoden, Regale. Was man im Schlafbereich so hat."

„Ui. Aber du hast nicht vor, das allein zu versuchen, oder?"

Bekümmert schlug Bärbel die Augen nieder. „Ich fürchte, mir bleibt nichts anderes übrig. Meiner Freundin Silke hab' ich die Kinder aufs Auge gedrückt und die anderen sind abgetaucht. Du weißt ja – in der Uni ist's grad so schlimm ... ach, die vielen Klausuren, da muss man jeden Tag büffeln! Und im Controlling erst … Schon wieder Quartalsabschluss!" In gespielter Verzweiflung fasste sie sich an den Kopf. „Ich kann dir sagen: Das Bankerleben ist hart."

„Quartalsabschluss?", überlegte ich, „der muss doch Anfang Oktober gewesen sein."

„Dann bereiten sie halt den nächsten vor … Auf jeden Fall sind alle mächtig im Stress. Niemand hat Zeit, mir zu helfen."

„Dein Ex-Mann auch nicht?" Ich zog eine Augenbraue hoch.

„Der sowieso nicht. Workshop in Hamburg. Die ganze Woche."

„Wie praktisch."

„Nicht wahr? Fakt ist, dass ich das irgendwie schaffen muss. Und das werde ich auch, darauf kannst du Gift nehmen."

„Natürlich schaffst du das!" Schwungvoll setzte ich meine halb volle Tasse auf die Arbeitsplatte, „aber eines solltest du wissen: Gift versprühe ich lieber, als es zu nehmen." Mit Nachdruck stemmte ich meine Hände in die Hüfte. „Außerdem bin ich der beste Möbelzerleger, den du dir vorstellen kannst. Mit anderen Worten: Allez-y, ab nach oben!"

Wir schraubten und schleppten bis tief in die Nacht. Am Ende waren alle Möbel auseinandergenommen und die Einzelteile lehnten, ordentlich aneinandergereiht, an den Zimmerwänden. Daneben auf dem Boden, in durchsichtigen Beuteln verpackt, die passenden Schrauben, Bolzen, Beschläge und Unmengen undefinierter Metallteile. Wie Bärbel die Schränke wieder zusammensetzen wollte, war mir ein Rätsel.

Sie schien das nicht zu kümmern.

„Runterbringen können wir die Sachen erst, wenn der Umzugswagen da ist. Für heute ist Schluss." Müde richtete ich mich auf. Mein Rücken tat weh und ich hatte ein paar saftige Kratzer kassiert, als sich die Rückwand des Schwebetürenschrankes plötzlich selbstständig machte.

„Der kommt am Samstag …" Bärbel sah mich an. In ihrem Blick lag eine stumme Bitte.

„Heute ist …", überlegte ich.

„Inzwischen dürfte Donnerstag sein." Verstohlen sah sie auf ihre Armbanduhr. „Ja, es ist Donnerstag."

„Die Küche und der erste Stock sind fertig. Wie sieht es mit dem Wohnzimmer aus?"

„Auch fertig."

„Das klingt gut", frohlockte ich.

„Wäre da noch der Keller", seufzte Bärbel.

„Ist der voll?"

„Ich fürchte, ja."

„Dann komme ich morgen wieder. Nach der Arbeit, so gegen sieben."

Spontan nahm sie mich in den Arm. „Danke, Ella! Das vergess' ich dir nie."

„Hey, ist okay." Ich kniff sie in die Wange. „Weißt du, was Elise gesagt hat?"

Sie schüttelte den Kopf.

„Dass wir Ewaldfrauen zusammenhalten müssen."

„Echt? Das hat sie gesagt? Wie lieb von euch, mich dazuzurechnen", murmelte sie.

„Klar doch. Wir schaffen das. Kopf hoch!"

Inzwischen hatte sie mich zur Haustür gebracht.

„Vergiss die Sonnenbrille nicht."

„Du lieber Gott, wie könnte ich das", rief ich theatralisch.

„Mutter würde mich umbringen!"

„Das klingt schon eher nach ihr."

Lachend verabschiedeten wir uns voneinander.

Irgendwie hatte ich das Gefühl, dass wir Bärbel Unrecht getan hatten. Was sie hier leistete, war gewaltig. Selbst Erich würde das zugeben müssen.

Wie hatte sie es nur geschafft, die ganze Familie gegen sich aufzubringen? Gut, dass ich eine Chance bekam, mir mein eigenes Bild zu machen. Und das war verblüffend positiv, denn Bärbel war witzig, humorvoll und intelligent. Kurzum: Ich mochte sie.

Müde fuhr ich über die ausgestorbene A9. Als ich die Stadtgrenze von München erreichte, war es Viertel vor drei. Morgen, oder vielmehr heute, musste ich um acht aus den Federn. Bis Samstag würde ich fix und fertig sein. Aber was machte das schon? Zum ersten Mal seit meiner Reise nach Finnland hatte ich das Gefühl, zu alter Form aufzulaufen. Endlich sprudelte das Leben wieder in meinen Adern.

Ein neues Spiel konnte beginnen ... Übermütig trat ich das Gaspedal durch und zog eine Schlangenlinie über die freie Mittelspur. Mit jeder Kurve fühlte ich mich leichter. Die zermürbende Taubheit, die viel zu lange wie ein verschwitzter Latexanzug an meinem Körper pappte, fiel von mir ab.

Ich lachte übermütig. Ja, ich würde leben. Und irgendwann – vielleicht – ein neues i finden. An der richtigen Stelle versteht sich. Darüber würde ich bei Gelegenheit nachdenken. Oder auch nicht. Denn was immer mein Seelenplan noch in petto hatte, es war mir schnurz. Er machte ohnehin, was er wollte. Sollte er doch. Heute Nacht zählte für mich nur eines: Ich war wieder da!

Die Kelleraktion war weniger schlimm als befürchtet. Bis ich nach Dienstschluss in Freising einlief, hatte Bärbel schon ganze Arbeit geleistet.

„Ich bin heute viermal beim Wertstoffhof gewesen", erzählte sie stolz, „jede Fuhre voll bis zum Dach. Vom Surfbrett bis zur Gaslaterne, alles weg."

„Waaas ... du hast all die schönen Sachen weggeschmissen?", rief ich fassungslos, während ich mich von Karton zu Karton die Treppe herunterhangelte.

Bärbel drehte sich zu mir um. Sie hatte den Fuß der Treppe bereits erreicht. „Nicht weggeschmissen", verbesserte sie mich, „sondern verschenkt. Da gibt es einen gemeinnützigen Verein, der brauchbare Sachen einlagert, um sie zu verkaufen."

„Trotzdem eine Schande, das teure Zeug einfach wegzugeben." Mein Krämerherz blutete. Ich hatte in meinem Leben oft mit sehr wenig Geld auskommen müssen, vermutlich tat ich mich deshalb so schwer, etwas fortzuwerfen. „Hättest du die Sachen nicht für die Kinder aufheben können?"

„Nee, das war alles abgelegter Kram von Hermann. Und den einpacken, um ihn nach Frankreich zu schleifen? Nein danke! Wenn er die Sachen wiederhaben will, soll er zum Wertstoffhof fahren und sie zurückkaufen. Außerdem – wenn er gewollt hätte, hätte er sie längst abgeholt. Schließlich weiß er, dass ich den Laden hier dicht mache."

Das leuchtete mir ein. „Wenn das so ist ... Ich würde sein Zeug auch nicht mitschleppen."

Inzwischen hatte ich sie eingeholt und vor uns standen, in Reih und Glied gegen die Wand gelehnt, etwa zwanzig jungfräuliche Umzugskartons.

„Wenn du magst, packen wir erst mal die Sachen im Hobbyraum ein. Das dürften so zehn bis fünfzehn Kisten werden. Danach gehen wir weiter zum Vorratskeller. Das sind noch mal fünf."

„Und dann sind wir fertig?" Ungläubig folgte ich Bärbel in den großen Partyraum.

Die Wandregale waren abgebaut, auf dem Boden stapelten sich Spielsachen, Brettspiele, jede Menge Bücher und einiger Krimskrams.

„Genau, dann sind wir fertig."

Ich faltete die erste Umzugskiste auseinander. „Das ist ja ein Klacks! Meinst du, wir können einen Teil der Diele freischaufeln, um die Kisten nach oben zu bringen? Dann geht es am Samstag schneller."

„Wir könnten die Sachen von der Diele vielleicht ins Wohnzimmer räumen", überlegte Bärbel.

Eine gute Idee, wie ich fand. „Um dann den Keller zu leeren. Jawohl, so machen wir's!"

Eine Weile arbeiteten wir still vor uns hin, jede in ihre Arbeit vertieft.

Irgendwann sah ich von meinem Bücherstoß auf. „Du sag mal", begann ich, „du hast das Haus doch verkauft, oder?"

„Ja, wieso?"

„Muss da noch irgendwas renoviert werden?"

„Glücklicherweise nicht. Das ist alles irrsinnig schnell gegangen: Fünf Tage, nachdem ich den Makler beauftragt hatte, war die Hütte verkauft. Ehe ich mich versah, saß ich beim Notar. Der Vermittler meinte, so etwas hat er noch nie erlebt. Innerhalb einer Woche war das Geld auf meinem Konto und ich konnte sogar meine Angelegenheiten bei der Bank regeln, bevor ich hier abdampfe. Von wegen Strafzinsen und so …"

Ich nickte verständnisvoll. „Bleibt dir wenigstens was übrig?"

„Nach Abzug der Kosten nicht viel. Aber immerhin das Eigenkapital, das mein Vater damals reingebuttert hat."

„Und das musst du jetzt mit deinem Ex teilen?"

„Den Teufel muss ich!" Empört warf Bärbel zwei Tennisbälle in ihre Kiste. „Der hat wahrlich genug von mir profitiert. Schließlich habe ich während seines Studiums allein unsere Brötchen verdient. Was glaubst du, wer all die Jahre seine Hobbys und Urlaube finanziert und den Grundstock für dieses Haus gelegt hat? Monsieur jedenfalls nicht – der hatte Wichtigeres zu tun."

„Undank ist der Welt Lohn", murmelte ich.

„Alles Geschichte", bekräftigte Bärbel. „Ich bin heilfroh, dass ich den Drecksack los bin und mich vor niemandem mehr ducken muss. Auch wenn es im Moment schwierig ist. Alle halten mich für ein verwöhntes Prinzesschen, das andere für sich arbeiten lässt. Aber glaub mir, so bin ich nicht. Hermann hätte nie gedacht, dass ich gehe, und mein Vater traut mir erst recht nichts zu. Die werden sich wundern! Ich werd' die Sache hier eiskalt durchziehen und eines kann ich dir sagen: Wenn ich das geschafft habe, wirft mich so schnell nichts mehr um!"

Bärbel hatte sich in Rage geredet und ich kam nicht umhin, ihr Respekt zu zollen. Mumm hatte sie, das musste man ihr lassen.

„Also, wann kommt der Käufer, um die Schlüssel zu übernehmen?", versuchte ich, die verbleibende Zeit abzuschätzen.

Bärbel hatte sich wieder beruhigt. „Übermorgen", sagte sie gleichmütig.

„Verstehe, am Tag der Abreise." Ich schloss den letzten Bücherkarton und wandte mich den Spielsachen zu. „Dann kommen die Umzugsleute am Vormittag?", nahm ich den Faden wieder auf.

Bärbel stutzte. „Welche Umzugsleute?"

„Na die, die das ganze Zeug einladen und nach Frankreich befördern."

Bärbel begann schallend zu lachen. „Gestatten?", japste sie und machte eine Verbeugung in meine Richtung, „Spedition Freising-Land, Höhne mein Name."

„Das ist nicht dein Ernst, oder?" Entsetzt setzte ich den vollen Karton wieder ab.

„Doch natürlich. Den Sprinter packe ich selbst."

„Einen *Sprinter*? Wie soll das denn gehen? Dein Hausstand wird da niemals reinpassen!" Mit einer ausladenden Geste versuchte ich die Sinnlosigkeit des Unterfangens und meine berechtigten Zweifel an Bärbels dreidimensionalem Vorstellungsvermögen zu bekräftigen.

Sie beeindruckte das wenig. „Das geht schon. Ich hab' das größte Modell gewählt."

Ihren Optimismus teilte ich nicht, aber schon drängte sich mir die nächste Frage auf. „Das brechendvolle Ding wirst du am Ende nicht selbst fahren, oder?"

Meine Bedenken schienen Bärbel zu amüsieren. „Klar fahre ich selbst. Das habe ich schon mal getan. Ist nicht schwer."

„Im leeren Zustand vielleicht – aber bei der Beladung? Das ist Harakiri!" Energisch hievte ich die schwere Kiste auf den wachsenden Stapel.

Bärbel schwieg.

„Und wie kommen die Kinder in die Dordogne?", bohrte ich weiter.

„Mit mir natürlich. Vorne gibt es drei Sitze. Genug Platz für alle."

Ihr Pragmatismus war wirklich bemerkenswert.

„Wo gibst du den Transporter dann ab? In Frankreich?", wollte ich wissen.

„Nein, den fahre ich nach München zurück. Es ist alles vorbereitet: Leon und Anneli bleiben bei Mireille, während ich mit ihrem Mann die Möbel auslade und sofort zurückfahre. Schließlich ist mein Auto noch hier und ich kann keine zwei Wägen gleichzeitig steuern."

Das konnte ich nachvollziehen, gleichwohl stand sie vor einer Mammutaufgabe. „Wie weit ist es in die Dordogne? Tausend Kilometer?"

„Knapp tausendzweihundert."

„Die Strecke willst du innerhalb von zwei Tagen zwei Mal fahren? Und zwischendurch Kisten und Möbel räumen? Das ist Wahnsinn!"

„Mag sein, aber etwas anderes bleibt mir nicht übrig." Sie zuckte die Achseln.

Blitzschnell traf ich eine Entscheidung. „Da täuschst du dich. Es gibt nämlich noch eine Möglichkeit."

Überrascht sah sie mich an. „Echt? Welche denn? Aber komm mir nicht mit einem Transportunternehmen. Das kann ich mir nicht leisten."

„Hatte ich nicht vor. Der Vorschlag ist: Wir fahren die Strecke gemeinsam. Du im Sprinter und ich mit den Zwergen im Auto."

Perplex starrte Bärbel mich an. „Du willst den Umzug mitmachen? Und dann mit dem Transporter zurückfahren?"

„Und ob ich das will", antwortete ich feierlich, „hier werde ich eh nicht gebraucht."

Der Samstag war da, Sprinter und Auto gepackt, der Käufer zur Stelle.

Zu dritt schritten wir die leeren Räume ab.

„Bevor Sie gehen, notieren wir die Stände der Strom- und Gaszähler – damit es im Nachhinein keine Irritationen gibt", sagte der nette Berliner, der kurzfristig eine gut dotierte Stelle an der TU gefunden und es deshalb so eilig gehabt hatte, ein passendes Dach über seinem Kopf zu finden. „In drei Tagen rollt der Familientross an. Da muss alles fertig sein."

„Für die Malerarbeiten dürfte das knapp werden", gab ich zu bedenken.

„Die Wände sind so weit in Ordnung. Die paar Löcher fülle ich mit Gips und fertig ist der Lack. Wir haben jede Menge Bilder, da fallen ein paar Unebenheiten nicht auf."

Bärbel war derselben Meinung. „Außerdem haben wir hier nicht lange gewohnt. Nach zwei Jahren macht eine Renovierung kaum Sinn."

Wir wechselten noch ein paar Höflichkeitsfloskeln, übergaben Hausschlüssel und Bedienungsanleitungen und machten uns auf den Weg.

Bärbel steuerte ihren bis zum Dach beladenen Transporter. Das Baby schlummerte friedlich neben ihr in der Autoschale. Ich machte es mir am Steuer des geräumigen Fords bequem. Hinter mir brabbelte, bestens gelaunt, Strahlemann Leon.

Langsam setzte sich die Minikarawane in Bewegung. Mir war bewusst, dass wir das Ziel erst am frühen Morgen erreichen würden.

Um während der Fahrt nicht einzuschlafen, hatte ich im Fußraum neben mir eine Palette Energydrinks gebunkert. Die erste Dose musste bereits in Stuttgart dran glauben. Bei Baden-Baden folgte ein Tankstopp mit Pippipause.

„Wie läuft es mit Leon?", fragte Bärbel bei der Gelegenheit.

„Bestens. Der schläft schon seit Augsburg."

Sie lachte. „Das wird er auch weiterhin. Bis er dann kurz vor Limoges erwacht und dir die Hölle heißmacht." Den Reim hatte sie in einen neckischen Singsang gekleidet.

„Dann mache ich dir ein Zeichen und werde vom Steuer weichen", reimte ich weiter, „denn Kindergeschrei im Nacken haut mich aus den Socken."

Kichernd verließen wir die Raststätte und setzten uns hinters Steuer. Zwei Minuten später waren wir wieder auf der Autobahn.

Der Verkehr wurde zunehmend ruhiger.

Hinter Freiburg bogen wir ab und überquerten den Rhein. Ich schickte einen stillen Gruß nach Basel und fragte mich, was Linda wohl trieb. Seit Wochen hatte ich nichts von ihr gehört. Das konnte nur bedeuten, dass etwas im Busch war. Hinter vorgehaltener Hand hatte Mutter mir von einem Buch erzählt. Aber ich dürfe um Gottes willen nichts sagen, denn es sei streng geheim. Ich stellte mich also unwissend und wartete darauf, dass Linda die Katze aus dem Sack ließ.

Allerdings konnte das dauern. Mit einem Ende der Geheimniskrämerei rechnete ich nicht vor Weihnachten. Vermutlich würde sie mich dann in ihre Schreibstube führen und mir das fertige Buch präsentieren.

Bei dem Gedanken daran musste ich lächeln. Manchmal fragte ich mich wirklich, wer von uns den größeren Knall hatte. Inzwischen hatten wir die Grenze nach Frankreich passiert. Erstaunt stellte ich fest, dass die Autobahn in einem bemerkenswert guten Zustand war. Adieu deutsches Baustellenhopping. Dafür ließ ich gern ein paar Münzen an der Mautstation springen.

Mühlhausen, Belfort, Besançon, Dôle – entspannt rollten wir dahin.

Bis Chalon-sur-Saône.

Mit Bedauern stellte ich fest, dass der Transporter vor mir die tadellose Autobahn verließ und wir uns ab jetzt über Nationalstraßen kämpfen mussten. Ein Blick auf das Navi bestätigte den unangenehmen Verdacht: noch fast vierhundertfünfzig Kilometer bis zum Ziel.

Wir hatten knapp die Hälfte der Strecke hinter uns gebracht, als die Rücklichter des Sprinters vor meinen Augen zu tanzen begannen. Ich warf einen Blick auf die Uhr. 2:38. Ob Tag oder Nacht, fit oder nicht: Die leuchtenden Ziffern interessierte das wenig. Mich umso mehr. Ich streckte meine schmerzenden Glieder und griff nach einer weiteren Energydose.

Dabei musste ich das Lenkrad verrissen haben und der Ford wäre beinahe im Graben gelandet. Erschreckt bombardierte ich Bärbel mit einem Fernlichtgewitter.

Die reagierte sofort und fuhr an der nächsten Tankstelle raus.

„Was ist los?", rief sie mir durch das heruntergelassene Fenster zu.

„Ich brauch' eine Pause", schrie ich zurück.

„Es sind nur noch gut zweihundert Kilometer", versuchte sie meine Lebensgeister wieder zu wecken.

Ich schüttelte den Kopf „Ich kann trotzdem nicht mehr."

„Okay, dann lass uns ein bisschen schlafen." Damit kurbelte sie das Fenster hoch und stellte ihre Lehne zurück.

Ich tat es ihr gleich und war kurz darauf eingeschlafen.

Eineinhalb Stunden später waren wir wieder en route. Mit ungeputzten Zähnen, aber bestens gelaunt. Klein-Leon träumte immer noch süß und ich traute mich nicht, Musik anzumachen. Bloß keine schlafenden Hunde wecken. Montluçon, Guéret, Limoges. Das Ende der Fahrt war nah. Und Leon schlief immer noch. Bei Sereilhac verließen wir die Nationalstraße. Der Pimpf wurde wach.

„Leon Hunger", ließ er mich wissen, kaum dass er seine Augen geöffnet hatte.

„Jetzt nicht", sagte ich, eine Spur zu nervös. Bärbels Kehrreim war mir noch gut in Erinnerung.

„Dooooooch Leon setzt esseeen!", brüllte es in meinem Rücken.

„Nein, *jetzt nicht!*", brüllte ich zurück.

Schlagartig herrschte Stille. Offensichtlich war das Kerlchen nicht daran gewöhnt, anständig Paroli zu kriegen.

Mit Tempo 70 schlängelten wir uns durch den urwüchsigen Naturpark Périgord-Limousin. Hinter mir die beleidigte Leberwurst.

Saint Mathieu. Noch zehn Kilometer.

„Leon essen", quengelte es vorsichtig.

„Leon kriegt bald zu essen", antwortete ich versöhnlich. Selbst wenn er jetzt zu Hochform auflief, mir war's egal. Unser Ziel war fast erreicht.

„Leon will seine Mama", das anfänglich verhaltene Schniefen wurde heftiger.

„Gleich." Ungerührt fuhr ich weiter hinter dem Sprinter her. Da endlich, die Auffahrt zum Gutshof.

Erleichtert bog ich in die von Pappeln gesäumte Allee ein. Wir hatten es fast geschafft. „Maaaaama! Leon will seine Mamaaaaa!", kreischte der Knirps.

Ich konzentrierte mich auf den schmalen Asphaltstreifen vor mir und drehte das Radio auf. Wenn ich wollte, konnte ich auch! Als Reaktion auf meine Kriegserklärung schraubte der wütende Wicht sein Geschrei ein paar Oktaven höher. Ich drehte meinerseits am Lautstärkeknopf. Der Tumult im Auto war unbeschreiblich. Nur gut, dass uns hier außer Fuchs und Hase niemand hören konnte, dachte ich. In dem Moment beschrieb der Weg eine Rechtskurve und das Gut kam in Sicht.

*

Am Morgen hatte Althoff seine Fahrt in die Pyrenäen angetreten. Im Gepäck dicke Socken, ein Schafwollpulli und festes Schuhwerk.

Das Handy hatte er in der Wäschekommode versenkt, sein Notebook unter einen Stapel akkurat gefalteter Hemden geschoben. Beides hatte er gut versteckt, damit Frau Wanninger nicht darüber stolperte und ihm die Polizei auf den Hals hetzte, weil sie befürchtete, dass er aus dem Leben zu scheiden gedachte.

Vorsichtshalber hatte er der Guten eine Notiz hinterlassen: In den nächsten Wochen wolle er durch Frankreich reisen, um sich nach neuen Immobilien umzusehen. Da er dort sehr viel zu tun hatte, sei er telefonisch nicht erreichbar. Bei Rückfragen möge sie sich an seinen Nachbarn, Herrn Rechtsanwalt Hartmann, wenden.

Etwas unwohl war ihm bei dem Gedanken, dass er ausgerechnet im Porsche vor die Tore der Enthaltsamkeit rollen würde. Ob die Mönche sein Ansinnen, eine Weile hinter ihren Klostermauern zu verschwinden, angesichts dieser offenkundigen Dekadenz ernst nehmen würden?

Vermutlich werden sie mich für einen Steuerflüchtling halten, dachte er amüsiert. Oder einen Bankier, der seine Kunden betrogen hat. Oder einen Ehemann, dem die Frau in einem deftigen Rosenkrieg gerade das Fell über die Ohren zieht.

Davor hatte das Schicksal ihn immerhin bewahrt.

Althoff stutzte. Konnte es sein, dass es gar keine Katastrophe war, dass all seine Verlobungsanläufe gescheitert waren? Hatte die Vorsehung ihn vielleicht vor größeren Verlusten bewahrt? Langsam staute er sich durch Bregenz, während seine Gedanken weiterratterten. Wenn dem tatsächlich so war, resümierte er, und die vermeintlichen Schläge nur zu seinem Besten geschehen waren, warum sollte er dann auf eine Wallfahrt gehen und sich von allem Weltlichen lossprechen? Warum nicht umkehren, sich Notebook und Handy schnappen und die nächste Wellnessoase ansteuern? Bei Seidenhandschuhmassage und Cranio ließ es sich, wie er wusste, auch ganz hervorragend reflektieren. Und nebenbei noch arbeiten.

Er kratzte sich am Kinn und starrte auf den näher rückenden Grenzübergang. Höchste Zeit, eine Entscheidung zu treffen. Einen kurzen Moment lang zögerte er. Dann nahm er das Zollhäuschen ins Visier.

„Reiß dich zusammen!", schimpfte er laut. „Große Reden schwingen und bei der ersten Gelegenheit einknicken? Kommt gar nicht infrage!" Nein, wenn er eines nicht mochte, dann Drückeberger. Er hatte den Weg in die Einsamkeit gewollt und genau dorthin würde er jetzt gehen. Basta.

Energisch senkte er seinen Fuß aufs Gas, um die Schweizer Grenze zu passieren. In seinem Schwung hätte er beinahe den Zöllner, der ihn heranwinkte, um ihn auf die Autobahnvignette hinzuweisen, umgefahren.

Das kleine Alpenland war zügig durchquert und Althoff freute sich über die gut ausgebaute Mautstrecke in Frankreich. Wie fantastisch das Fahrerlebnis doch ohne ein Tempolimit wäre, dachte er schwärmerisch. Immerhin genehmigte er sich ein Schnäpschen mehr und hielt die digitale Tachoanzeige konstant auf 150.

Inzwischen war es fast drei und er kurz vor Valence. Acht Stunden war er schon unterwegs, nun sah er sich genötigt, eine Pause einzulegen.

Mit großem Appetit aß er einen *Croque Monsieur* und genehmigte sich anstelle des Desserts zwei Tassen Kaffee. Dabei konsultierte er die Straßenkarte, die er an der Kasse erworben hatte.

„Noch sieben Stunden bis Sant Llorenc de Morunys. Dann ist es", murmelte er und warf einen Blick auf seine Breitling, „halb elf, bis ich am Klosterportal stehe."

Versonnen betrachtete er die schnell sinkende Sonne jenseits des Bistrofensters. Sie hatte ihren Herbstzenit längst überschritten. „So spät kann ich unmöglich bei denen aufschlagen", resümierte er. Ganz klar, Plan B musste her.

Eine Weile studierte er die vor ihm liegende Strecke. Vernünftigerweise sollte er noch höchstens vier Stunden fahren. Sein Finger fuhr die E15 entlang. Orange, Nîmes, Montpellier, Narbonne, Perpignan. Dreihundertfünfzig Kilometer. Eine realistische Größe. Da fiel ihm ein, dass er heute Morgen einen Reiseführer aus seiner Bibliothek gezogen hatte. *Les Pyrenées-Orientales*. Über den spanischen Teil des Gebirges hatte er auf die Schnelle nichts finden können.

Eilig ging er zum Auto zurück und kramte im Handschuhfach nach dem Ratgeber. Hinter sein Lenkrad geklemmt glich er die Sehenswürdigkeiten des Roussillon mit der auf seinem Schoß auseinandergefalteten Karte ab.

„Mal sehen, was wir da Nettes im Angebot haben", nahm er das Selbstgespräch wieder auf. Wirklich nett und verkehrstechnisch günstig schien die Katharerburg Quéribus zu liegen. Nur vierzig Kilometer von Perpignan entfernt.

Das Foto der trutzigen Festung in den Corbières gefiel ihm. Auch die unweit gelegenen Gorges de Galamus mit ihren steil abfallenden Felswänden waren ein Highlight. Mit etwas Fantasie konnte man behaupten, dass sie auf seiner Route lagen. Denen würde er sich morgen widmen. Danach konnte er sich entspannt in seine Zelle zurückziehen.

Zufrieden startete er den Motor, um die letzte Etappe des Tages hinter sich zu bringen und im Schatten der Burg nach einer Übernachtungsmöglichkeit zu suchen.

Die war zu dieser Jahreszeit schnell gefunden.

In Cucugnan, einem putzigen Dorf, dessen Häuser sich, nur einen Steinwurf von den Katharerfestungen Quéribus und Peyrepertuse entfernt, auf einer Hügelkuppe drängten, steuerte er das erstbeste Hotel an, um nach einem Zimmer zu fragen. Die Luft war klar und eisig, als Althoff den Wagen verließ und langsam über den gepflasterten Vorhof auf das Anwesen zuging. Für einen Moment hielt er inne und bewunderte die Fassade: Die hellen Kalksteine des einstöckigen Gebäudes waren, dem Stil der Region entsprechend, unverputzt. Himmelblaue Holzläden umrahmten eine Reihe von gleichmäßig angeordneten Fenstern, aus denen warmes Licht nach außen drang. Sein geschultes Auge schätzte das Alter des Hauses auf mindestens zweihundert Jahre.

Wie sich die malerische Herberge wohl in die Landschaft einfügte? Das würde er erst bei Tageslicht feststellen, da es aufgrund des Neumonds in der Umgebung wenig zu sehen gab.

Fröstelnd betrat er die Rezeption.

Die junge Angestellte hinter dem Tresen lächelte ihn, leicht kurzsichtig aber herzlich, durch ihre 60er-Jahre-Brille an.

„Bonsoir Monsieur. Comment est-ce que je peux vous aider?"

In fließendem Französisch trug Althoff sein Anliegen, ein Zimmer für die Nacht zu buchen, vor.

Fünf Minuten später hielt er einen altmodischen Schlüssel in der Hand und sah sich wortreich darüber informiert, dass das Hotel ursprünglich ein Weingut war, wie an den Fässern, die heute der Dekoration des Restaurants dienten, recht gut erkennbar; er wusste außerdem, dass er das Menü des Küchenchefs keinesfalls verpassen durfte, da es ausschließlich aus besten regionalen Produkten bestand, und dass er überhaupt großes Glück hatte, hier einkehren zu können, da die Hotellerie zwischen November und März eigentlich geschlossen war. In diesem Jahr würde nur deshalb eine Ausnahme gemacht, da sich zwei größere Reisegruppen für den Dezember angekündigt hatten. Hinsichtlich möglicher Wanderungen hatte er erfahren, dass man in dieser Gegend auf wild lebende Wölfe, Bären und Wildschweine treffen konnte, was man aber in Kauf nehmen sollte, da die Landschaft, auch im aufziehenden Winter, einfach *extraordinaire* sei.

Durch das Geplapper der mitteilungsfreudigen Dame war Althoff warm geworden und als sie ihren Redefluss kurz unterbrach, um Luft zu holen, nutzte er die Gelegenheit zum Rückzug.

Schnellen Schrittes ging er zu seinem Wagen, griff nach dem Koffer und zog sich auf sein Zimmer zurück. Nach einer ausgiebigen Dusche begab er sich direkt ins Restaurant, um das exzellente Menü zu bestellen. Denn er hatte Hunger. Um nicht zu sagen: Bärenhunger. Amüsiert stellte er fest, dass der Küchenchef ausgerechnet *sanglier* empfahl. Ihm sollte es recht sein. Wenn es sein musste, würde er eine ganze Wildschweinrotte verdrücken. Und danach mit dem Wolf tanzen.

Der Morgen begrüßte Althoff mit strahlendem Sonnenschein und einer steifen Nordwestbrise.

Ein perfekter Tag, um seiner Unternehmungslust freien Lauf zu lassen. Von einer Tasse Milchkaffee, in den er ein buttriges Croissant tunkte, gestärkt, startete er gegen zehn Uhr seine Besichtigungstour.

Zuvor hatte er den Zimmerschlüssel zurückgegeben, denn nach dem Besuch der Katharerburgen und seiner Fahrt durch die Schlucht des Galamus mit ihrer an einer Felswand klebenden Eremitage würde er direkt nach Sant Llorenc de Morunys weiterziehen. Das Navi kalkulierte knapp vier Stunden für die hundertachtzig Kilometer zwischen den *Gorges* und der Heimstatt der Mönche. Althoff lächelte milde. Er ging davon aus, dass er höchstens halb so lang brauchte. Haarnadelkurven hin, Tempolimit her. Mit einem letzten, wehmütigen Blick auf das malerische Hotel und die, wie er fand, nicht minder reizvolle Landschaft, wandte er sich dem nahe gelegenen Gipfel zu, auf dem sein erstes Ziel, die Bergfestung Quéribus, thronte.

Der Abstecher kostete ihn mehr Zeit als gedacht. Bis er vom Parkplatz aus über unzählige Stufen den Felsen erklommen und die Ruine mitsamt ihrer spektakulären Aussicht bestaunt hatte, war es beinahe Mittag. Sein Magen sehnte sich nach einer Zwischenmahlzeit.

So schnell der steile Abstieg es zuließ, lief er zu seinem Auto zurück, um die nächste Katharerburg anzusteuern und dort einen Happen zu essen. Auf dem Weg dorthin bot sich ihm, ganz unerwartet, die Gelegenheit, in einer kleinen Schenke einzukehren. Althoff entdeckte sie zwischen zwei kahlen Weinbergen, in deren Windschatten sie sich, wie eine frierende Schildkröte, duckte. Er parkte den Panamera neben einer Reihe von Lieferwagen und trat in den schlichten Gastraum ein. Im Schummerlicht zählte er ein halbes Dutzend Holztische mit jeweils sechs Stühlen, die fast alle besetzt waren. Ein kleiner Kaminofen sorgte für wohlige Wärme, die einzige Bedienung geriet sichtlich ins Schwitzen. Die meisten Gäste trugen Arbeitskluft, was darauf schließen ließ, dass es sich hier weniger um einen touristischen Hotspot als den lokalen Geheimtipp handelte.

Seine Einschätzung trog ihn nicht, wie Althoff bald feststellte. Er hatte den letzten freien Sitzplatz ergattert und während er sich durch das Tagesmenü futterte, dankte er seinem Schicksal dafür, dass es ihn an diesen Ort elysischer Gaumenfreuden geführt hatte: Als Vorspeise genoss er eine *potage aux poireaux*, eine deftige Lauchcremesuppe, danach einen *salade au chèvre chaud,* ein paar grüne Blättchen mit delikatem Dressing, drapiert um einen überbackenen Ziegenkäse, als Hauptspeise *boulettes d'agneau au gingembre caramélisées*, zwei leckere Lammfrikadellen mit karamellisiertem Ingwer an Kartoffelkroketten. Das Dessert gab ihm den Rest – die gehaltvolle *Crème brûlée* konnte er nur mit Mühe noch unterbringen.

So nahm er den zum Abschluss offerierten Digestif gerne an und erlaubte sich, bei einem starken Espresso, die in viel zu schneller Folge einverleibten Köstlichkeiten in aller Ruhe zu verdauen.

Noch immer pappsatt und zufrieden rollte er nach seiner gut zweistündigen Rast gemächlich weiter nach Duilhac-sous-Peyrepertuse.

Die Besichtigung der gewaltigen Festung kostete ihn zwei weitere Stunden. Als er die Anlage verließ, begann es bereits zu dämmern. Kurz erwog er, den zerklüfteten Galamus sausen zu lassen und direkt ins Reich der Mönche zu reisen. Allerdings nur für einen Moment. Dann ließ er den Motor an und kehrte nach Cucugnan zurück.

Der zweite Morgen in seinem charmanten Hotel fand ihn bei blendender Laune. Wieder versprach es ein sonniger Tag zu werden und wieder hatte er prächtig geschlafen. Man hatte ihm dasselbe Zimmer wie am Vortag zugewiesen – eine kleine Suite auf zwei Ebenen. Das Bett befand sich auf einer weitläufigen Galerie, die er über eine stabile Leiter erreichte. Durch ein in die Dachschräge eingebautes Kippfenster grüßten abwechselnd Sonne und Mond.

Der Wohnbereich war mit Couch, Schreibtisch, Kleiderschrank und Kommode eher spärlich möbliert, doch die vorherrschenden Erdtöne erzeugten ein Gefühl intimer Behaglichkeit. Das gelb gekachelte Badezimmer war einfach, aber sauber.

Plötzlich fiel ihm auf, dass der Fernseher fehlte.

„Dass ich das jetzt erst merke ... kaum zu glauben", murmelte er. Auch sein Handy hatte er bisher nicht vermisst. Das Notebook sowieso nicht. Und nicht ein einziges Mal hatte er an Immobilienprojekte, arabische Investoren oder geplatzte Hochzeiten gedacht.

Etwas an diesem Ort schien richtig zu sein. *Er* schien hier richtig zu sein.

Gedankenvoll beobachtete Althoff, wie sich zwei Spatzen vor seinem Fenster um ein paar Brotkrümel kabbelten. Ein Dunstschleier lag über dem Höhenzug der Corbières, er verfing sich in abgeernteten Rebstöcken und hinterließ kleine Tropfen auf buntem Weinlaub. Der Spätherbst hüllte den kargen Landstrich in ein mystisches Gewand.

Hinter dem Grau de Maury schimmerte die Ruine von Quéribus. Minutenlang ließ Althoff die Szenerie auf sich wirken. Das katharische Paternoster, das er in seinem Reiseführer gelesen hatte, kam ihm in den Sinn.

Payre sant, Dieu dreyturier de bons speritz ...

Heiliger Vater, gerechter Gott der guten Geister ...

Der Gang durch die Festungen hatte Althoff in die Welt der Reinen gezogen. Ihre Geschichte, ihre Ethik und Stärke hatten etwas in ihm zum Klingen gebracht. Etwas, das er nicht greifen konnte, das sein Inneres in eine seltsame Schwingung versetzte. Eine Ahnung bahnte sich ihren Weg durch die Jahrhunderte. Er schloss die Augen.

Frankfurt. Die Ausstellung. Oehmes Prozession im Nebel.

Payre sant, Dieu dreyturier de bons speritz, qui hanc no falhist ni mentist ni errest ni duptest per paor de mort a pendre al mon del dieu estranh ...

Ruckartig kehrte er in die Gegenwart zurück und lächelte der Ruine zu, deren Mauern im Nebel verblassten. „Scheint, als wäre ich angekommen", sagte er leise und sah sich nach seinem Pullover um. Der lag gefaltet im Koffer. Wo auch sonst. Ordnung zu halten, war ein Grundpfeiler seines Lebens. Das galt für sein Äußeres wie für sein Inneres.

Letzteres war in den vergangenen Monaten eindeutig in Unordnung geraten. Aber das würde sich ändern. *Er* würde sich ändern. Nicht weil er es wollte, sondern weil er nicht anders konnte. Was war bloß mit ihm los gewesen? Er schüttelte den Kopf. Andropause vielleicht? Ganz klar, es mussten die Hormone sein. Schließlich kamen auch Männer in die Wechseljahre.

Aber so früh schon? War das möglich?

Nachdenklich setzte Althoff sich wieder hin und strich die Falten aus seinem Pullover. Wie aus dem Ei gepellt, dachte er. Vielleicht musste er einfach lernen, loszulassen. Seufzend lehnte er sich zurück und verharrte lange in der ungewohnten Position, bis er irgendwann spürte, dass die Ordnung in seinen Kopf zurückkehrte. Die vollkommene Stille ließ den Puls in seinen Ohren rauschen und eine nie gekannte Ruhe erfüllte ihn. Um ihn herum versanken die Möbel wie Versatzstücke auf einer Bühnenmaschinerie und sein Geist begann zu schweben, sicher und geborgen, in einer schillernden Blase, jenseits von Raum und Zeit.

Plötzlich war da eine Stimme. Zart, aber dennoch klar durchströmte sie seinen Körper, aus einer anderen Sphäre kommend, einzig für seine Ohren bestimmt. *Ich bin der Springquell des Lichtes. Ich bin die Wahrheit. Ich bin der Geist der Liebe, tief, bedingungslos und für immer ...* Quéribus war hinter Millionen kondensierter Wassertröpfchen verschwunden. Die Stimme erstarb.

Von der übersinnlichen Erfahrung erschüttert, blieb Althoff bewegungslos auf seiner Couch sitzen. Nur langsam fand sein Verstand in das kleine Hotel am Ende der Welt zurück. Er klammerte sich an den ersten profanen Gedanken, der wie ein Stück Treibholz aus der Versenkung nach oben ploppte.

Hunger.

Aber so richtig. Sein Magen knurrte vernehmlich. Er hatte zwölf Stunden lang nichts gegessen und das dringende Bedürfnis, ein ganzes Buffet zu verspeisen.

Leicht zittrig erhob er sich, schnappte sich seinen Zimmerschlüssel und ging in den Frühstücksraum, um genau das zu tun – oder zumindest drei ofenwarme Croissants in einer Tasse Milchkaffee zu ertränken.

15

Die Begrüßung auf Gut La Pâture war ebenso herzlich wie lautstark.

Kaum hatten Bärbel und ich die Motoren abgestellt, liefen die Bewohner, trotz unchristlicher Ankunftszeit, von überallher zusammen: Hausherrin Sandrine kam aus dem Hauptgebäude, Mireille aus dem kleinen Haus nebenan und Pierre, der Gärtner, aus dem Stall.

Während alle wild durcheinanderredeten, Begrüßungsküsschen umherflogen und die Kinder aus vollem Hals schrien, warf ich einen Blick in die Runde.

Der viereckige Hof war hell erleuchtet und auf drei Seiten von Gebäuden begrenzt: Am Kopfende stand das beachtliche Herrenhaus, in meinen Augen eher ein Schloss, dreigeschossig und aus hellem Bruchstein erbaut. Die hohen Fenster lagen hinter makellos gestrichenen, dunkelgrünen Läden verborgen. Herrschaftlich ragten drei große Kamine über den Dachfirst hinaus.

Die Stallungen zur Linken sowie das vermeintliche Kutscherhaus waren aus dem gleichen Bruchstein errichtet und, wie das Haupthaus, mit hellem Quarzsand verfugt. Die Mitte des Hofes markierte ein alter Brunnen, der von einer runden Grasfläche umgeben war. Ich vermutete, dass sich hier im Sommer kleine Tontöpfe mit üppig blühenden Geranien drängten.

Die gesamte Anlage war picobello gepflegt, selbst der Kies im Hof war geharkt. Ich beobachtete, wie Mireille Klein-Leon an die Hand nahm und mit ihm im Nebengebäude verschwand. Vermutlich hatte sie seine Hoffnung auf etwas Essbares geschürt. Pierre, der seine Mistgabel vorübergehend an einer Mauer geparkt hatte, machte sich wieder an die Arbeit und schlurfte zurück in den Stall.

Sandrine hatte ihren Arm freundschaftlich um Bärbels Schultern gelegt und führte sie in ihr neues Heim.

Anneli, des Schreiens müde, war wieder eingeschlafen und ich überlegte, ob ich Bärbel und Sandrine ins Haus folgen sollte. Ich entschied mich dagegen, denn der Moment gehörte den beiden Frauen. Sie sollten sich in Ruhe beschnuppern und ihr erstes Gespräch alleine führen. Die Französin, ich schätzte sie auf Anfang vierzig, war mir auf Anhieb sympathisch.

Ihr Lächeln wirkte warmherzig und aufrichtig, ihre dezente Eleganz bodenständig. Meine Menschenkenntnis trog mich selten und ich war mir sicher: Mit ihrer Anstellung bei Sandrine hatte Bärbel das große Los gezogen.

Ich freute mich sehr für sie. Der märchenhafte Besitz inmitten des Périgord Vert, dem immergrünen Landstrich mit seinen sanften Hügeln und dichten Laubwäldern – konnte man sich einen schöneren Ort vorstellen, um seine Kinder aufwachsen zu sehen?

Ich stellte mich auf die Zehenspitzen, um einen Blick in den Maxi-Cosi auf dem Beifahrersitz des Sprinters zu werfen. Anneli schlummerte selig.

Die Luft war noch immer sehr kühl und ich breitete vorsichtig eine weitere Decke über das schlafende Baby. Dann drückte ich leise die Tür des Transporters zu und holte meine dicke Jacke aus dem Wagen.

Endlich graute der Morgen, es versprach ein sonniger Tag werden.

Gleich würden wir damit beginnen, die Möbel ins Haus zu schaffen, und bald schon musste ich mich auf den Rückweg nach München machen, um die Mietgebühr für den Sprinter so niedrig wie möglich zu halten.

Der Kraftakt erster Teil war bewältigt, was mir bevorstand, würde nicht minder anstrengend werden.

Ich beschloss, für einen Moment die Stille zu genießen und mir die Beine zu vertreten. Anneli hatte nicht den Eindruck gemacht, als würde sie in den nächsten Minuten aufwachen. Ich atmete tief durch und ging langsam den asphaltierten Weg zurück, über den wir gekommen waren.

Zum Gutshof gehörten, wie ich später erfuhr, mehrere Hektar Land, ein Laubwald und ein beachtlicher Weiher, an dessen Ufern eine Gruppe von Biberratten lebte.

Der Zufahrtsweg, der das Gut mit der D 675 verband, die in den Ort Augignac und weiter nach Nontron führte, beschrieb nach etwa fünfhundert Metern eine lang gezogene Linkskurve. Hier bog ich ab und strebte über einen schmalen Feldweg, der sich durch zwei eingezäunte Weiden schlängelte, einem kleinen Wald entgegen.

Das herbstbraune Gras der Wiesen war mit dicken Tautropfen bedeckt. Riesige Spinnennetze, an denen die Wassertropfen wie funkelnde Klunker am Hals einer alternden Diva hingen, erstreckten sich endlos zwischen welkenden Disteln und immergrünen Büschen.

Ein Käuzchen schickte seinen letzten Ruf in die Morgendämmerung, bevor es sich zur Ruhe begab.

Die ländliche Idylle ließ mein Herz vor Freude hüpfen, einzig die Nachtkälte dämpfte die Begeisterung und ich begrüßte dankbar die langsam steigende Sonne, die einen Hauch von Wärme versprach.

Ich hatte den Waldrand fast erreicht, da zeichnete sich im Schatten einer uralten knorrigen Eiche eine verwitterte Holzbank ab. Im Näherkommen sah ich, dass die zerfurchte Sitzfläche noch nachtfeucht war, was mich nicht davon abhielt, mich darauf niederzulassen. Der Blick über Felder, Wiesen und Wälder war einfach zu schön, um weiterzuziehen.

Ich kauerte mich zusammen und rieb meine klammen Hände, um die Kälte zu vertreiben. Nur ein paar Minuten rasten und dann gestärkt an die Arbeit gehen! Für einen Moment schloss ich die Augen.

Plötzlich schlugen Flammen aus der Asche eines nahe gelegenen Steinkreises, in dem verschiedene Grünabfälle verbrannt worden waren.

Erschreckt richtete ich mich auf. Wahrscheinlich hatte Pierre das Feuer am Vortag entzündet und sein Verglimmen dem Nachtfrost überlassen. Gebannt beobachtete ich, wie eine dünne Rauchsäule aufstieg und immer höhere Flammen über verkohlte Zweige leckten.

Eine wellenartige Bewegung in der Glut zog meine Aufmerksamkeit auf sich. Da rührte sich etwas unter der Asche!

Ich stand auf und näherte mich langsam der Feuerstelle. Was konnte das sein? Vermutlich ein Tier ...

Eine Schlange vielleicht? Die mochten Steine. Ganz besonders, wenn sie warm waren. Irgendwo hatte ich gelesen, dass die Bodenkriecher in eine Art Winterstarre fielen. Hatte das auflodernde Feuer das Reptil geweckt?

Wie, um meine Vermutung zu bestätigen, erschien in den Flammen ein dreieckiger Kopf mit zwei schwarzen Glupschaugen, die mich unverwandt ansahen. Das große Maul schnappte nach Luft.

Entsetzt beobachtete ich die Szene. Das Feuer brannte jetzt lichterloh. Wenn das Tier dort sitzen blieb, würde es sterben.

Hatte es sich in einem Draht verfangen? Oder irgendwie verklemmt?

Verzweifelt sah ich mich um. Es musste doch etwas geben, womit sich die rot glühenden Äste verrücken ließen! In wachsender Panik lief ich um die Sitzbank herum. Da war nichts, das ich zur Hilfe nehmen konnte. Mein Blick flog zur Feuerstelle zurück.

„Guten Tag, Mariella."

Jede Zelle meines Körpers fror ein, als ein riesiger Salamander gemächlich den Steinkreis verließ und auf mich zukroch. Vom Kopf bis zur Schwanzspitze mindestens dreißig Zentimeter lang, die schwarz glänzende Haut von gelben Linien durchzogen, fixierte er mich neugierig.

„Hast du deine Sprache verloren?"

Wie hypnotisiert streckte ich meinen Arm aus, um auf ihn zu deuten. „Du ...", sagte ich lahm.

„Ja, ich." Das Tier verharrte, etwa zwei Schritte von mir entfernt. „Aber wer bin ich?" Ein gutturales Glucksen stieg aus seiner Kehle auf.

„Wieso kannst du sprechen?", antwortete ich mit einer Gegenfrage.

Der Feuersalamander legte das Köpfchen schief. „Ja, wieso eigentlich?"

Nachdenklich sah ich ihn an. „Weil du nicht bist, was du zu sein vorgibst."

„Schlaues Kind." Während der Erdmolch die Worte sprach, erschien über seinem Kopf ein Antlitz mit menschlichen Zügen. „Weißt du jetzt, wer ich bin?"

Mir fiel es wie Schuppen von den Augen. Natürlich wusste ich, wer er war! Als Kind hatte ich oft mit ihm gespielt.

„Der Feuerelf", sagte ich ehrfürchtig.

„Richtig." Der Salamander schien zufrieden und das über ihm schwebende Bild verblasste. „Du entschuldigst, dass ich diese Form beibehalte? Ich fühle mich ziemlich wohl darin."

„Oh, natürlich! Tut mir leid, dass ich dich nicht gleich erkannt habe."

„Es sei dir vergeben", sagte er gnädig.

Das Auftauchen der Elementargeister schien langsam zur Gewohnheit zu werden. Ich war mir nicht sicher, ob mir das gefiel. Schließlich war den letzten zwei Treffen nur Kummer und Schmerz gefolgt. „Ich kann dich beruhigen, ich bin der Überbringer der frohen Kunde." Zwei schwarze Augen blinzelten mich belustigt an.

Das war in der Tat beruhigend, trotzdem konnte ich es nicht leiden, wenn jemand in meinem Kopf saß und meine Gedanken las. Schweigend blickte ich den Naturgeist an. Am besten, ich konzentrierte mich auf mein letztes Abendessen mit Maja. Das war am unverfänglichsten.

„Königsberger Klopse mit Reis und Salat. Sehr lecker", konstatierte der Molch ungerührt. Mein Plan war aufgegangen.

„Wieso sprichst du nicht Französisch?", versuchte ich ihn von mir abzulenken.

„Herrje, Mariella! Die Frage ist deiner nicht würdig."

„Okay, okay", murmelte ich, „also lass hören, was du zu sagen hast."

Ich verschränkte meine Hände ineinander und ging in die Hocke, um ihm in die Augen zu sehen. Die funkelten noch immer vergnügt.

„Du weißt, dass ich dich immer gemocht habe", begann er gewichtig.

Ich nickte ungeduldig. „Genau wie Rosenelfe und Nachtalb, bevor sie mich wissen ließen, dass mein Leben den Bach runtergeht."

„Das haben sie nicht getan, um dir zu schaden, sondern um dich zu warnen", sagte der Lurch streng.

„Mag sein", murmelte ich, „aber schön war es nicht."

Feuerelf wandte sich beleidigt ab. „Der Überbringer der Botschaft ist nicht für ihren Inhalt verantwortlich! Willst du jetzt wissen, was ich dir zu sagen habe?"

Wollte ich die nächste Verheißung hören? Ich war mir nicht sicher. Natürlich hatte der Elf meine Neugier geweckt. Aber andererseits ... Ich hatte die Nase voll von neunmalklugen Schimären und höllischen Prophezeiungen. Wenn ich auch zugab, dass die unliebsamen Künder das Unglück nicht verursacht, sondern nur übermittelt hatten.

Kurz erwog ich, sein Angebot abzulehnen, dann entschied ich mich für die Flucht nach vorne. „Also gut, schieß los. Am Ende erstickst du noch daran!"

„Daran ersticke *ich* sicher nicht", antwortete der Salamander gereizt und wich langsam zurück. Fast hatte er den Steinkreis erreicht. Das Feuer war in sich zusammengefallen und weißer Rauch stieg aus seinen verkohlten Resten.

Ich erhob mich und ging auf den Lurch zu. „Nun sei nicht sauer", sagte ich versöhnlich, „ich hab' das nicht so gemeint."

„Hast du wohl." Seine Schwanzspitze berührte die Umrandung der Feuerstelle, gleich würde das Tier in der Asche verschwinden.

„Nein, ehrlich nicht!" Hastig trat ich zu ihm an den Steinkreis. „Ich weiß doch, dass du es gut mit mir meinst ... Bitte entschuldige, dass ich so unfreundlich war!"

„Schön, dass du das begriffen hast", murrte Feuerelf und hielt inne.

Ich schwieg, um ihn nicht zu bedrängen.

Eine Weile sah er mich schweigend an, bis er schließlich fortfuhr: „Dann will ich mal nicht so sein und deine Entschuldigung annehmen. Hier ist meine Nachricht für dich." Wie in Zeitlupe bewegte er sich rückwärts. Aufgeregt beugte ich mich nach vorne, um ihn besser zu verstehen. Was immer seine Botschaft war, jetzt wollte ich sie auch hören!

„Du hast deine Aufgabe tapfer gemeistert", sagte er, „nun wisse, dass Liebe und Glück auf dich warten. Sehr bald schon werden sie an deine Tür klopfen. Hörst du, Mariella, sehr bald schon ..."

Seine letzten Worte schienen aus weiter Ferne zu kommen. Sie verfingen sich in glitzernden Spinnweben, verschmolzen mit winzigen Tautropfen und zerplatzten im Licht der steigenden Sonne.

Mit klopfendem Herzen erwachte ich auf meiner Holzbank.

„Was für ein wunderbarer Traum", flüsterte ich und warf einen verstohlenen Blick auf die Asche im Steinkreis. Sie war kalt und von der nächtlichen Nässe verklebt.

Ich seufzte. „Wäre ja auch zu schön gewesen ..."

Steif erhob ich mich und warf einen Blick auf meine Armbanduhr.

Gleich acht, ich hatte über eine halbe Stunde geschlafen. Mit schlechtem Gewissen machte ich mich auf den Rückweg. Die anderen luden sicher schon Kisten und Möbel aus. In großen Schritten eilte ich der befestigten Straße entgegen. Ich hatte sie fast erreicht, da vernahm ich ein Kichern hinter mir. Ruckartig drehte ich mich um. Der Steinkreis war über hundert Meter entfernt, doch deutlich sah ich Rauch daraus aufsteigen. „Was zum Teufel ...“

„Nein, der hat damit nichts zu tun“, sprach es amüsiert.

Ich reckte den Hals.

Niemand zu sehen.

„Ich bin hier.“ Meine Blicke suchten die Wiese ab. Ich schüttelte den Kopf.

„Na, hier. Direkt neben dir.“

Tatsächlich, zu meinen Füßen saß ein Salamander.

„Ich habe von dir geträumt.“ Hilflos zuckte ich die Schultern. Offensichtlich war ich dabei, den Verstand zu verlieren.

„Dein Kopf ist vollkommen in Ordnung“, konstatierte der Erdmolch. Er rührte sich nicht.

„Dann war das eben kein Traum?“

Zwei dunkle Froschaugen hielten meinen Blick fest. „Ja und nein. Es existiert keine Grenze zwischen eurer sogenannten Realität und der Welt eurer Träume, lediglich eine Art Pufferzone. Manche Menschen sind in dieser Zone ...“, er überlegte kurz, „sagen wir, empfänglicher für Begegnungen als andere.“

„Du meinst, solche Menschen wie ich?“, warf ich ein.

„Genau. Wie du und viele andere. Ihr alle habt diese Erlebnisse im Niemandsland zwischen Wachen und Träumen, doch die meisten von euch vergessen, was sie erfahren haben, sobald sie in ihre Vorstellung von Wirklichkeit zurückkehren. Sie wollen es vergessen, denn sie können es nicht begreifen. Die ätherische Welt macht ihnen Angst. Bei dir ist die Barriere zwischen den wechselnden Zuständen löchrig. Intuitiv weißt du um das wahre Wesen der Dinge. Bewahre dir dieses Wissen, denn es ist eine Kraftquelle. Ein Funke der ewig währenden kosmischen Wahrheit."

Dankbar nickte ich ihm zu. „Ich will es versuchen." Der Salamander schickte sich an, im Gestrüpp am Wegesrand unterzutauchen.

„Feuerelf!", rief ich ihm nach. Die gelben Streifen verharrten. „Ich bin froh, dass es dich gibt." In meinem Kopf erklang ein glockenhelles Lachen.

Für den Bruchteil einer Sekunde schloss ich die Augen. Als ich sie wieder öffnete, war der Salamander verschwunden. Beschwingt verließ ich den Feldweg und bog in die Straße zum Gutshof ein.

Zwei anstrengende Tage lagen vor mir. Es machte mir nichts aus, denn ich fühlte mich unendlich glücklich und leicht.

Mit Pierres Hilfe war der Transporter schnell ausgepackt.

Sandrine hatte Bärbel das obere Stockwerk des Herrenhauses abgetreten. Vier schöne Räume mit Küche und jüngst renoviertem Bad. Für ihre Gäste durfte sie ein weiteres Zimmer im ersten Stock nutzen.

Die frisch gebackene Gutsverwalterin strahlte über sämtliche Backen.

„Wir werden hier wie die Könige leben. Ist das nicht wundervoll, Ella?", fragte sie in einer kurzen Verschnaufpause. Derweil verstopfte ihr Hausrat den Flur und wartete darauf, seiner Bestimmung zugeführt zu werden.

Für heute hatten wir uns die Einrichtung des Kinderzimmers und den Aufbau des Kleiderschranks vorgenommen. Ab morgen musste sie alleine zurechtkommen. Aber allzu schlimm würde es nicht werden, da Pierre ihr seine Hilfe angeboten hatte – und Mireille schon jetzt in ihrer Rolle als Leihoma aufging.

Klein-Leon hatte sie mit einem Schokopudding bestochen und Annezwerg lag friedlich in ihren Armen. Gut eingepackt saßen die drei nun im Garten und Mireille beaufsichtigte Leons Spiel mit den Boccia-Kugeln, während sie das Baby in den Schlaf wiegte.

Versonnen stimmte ich Bärbel zu. „Es ist wirklich traumhaft hier. Aber was ist mit deiner Arbeit? Bist du darüber im Bilde?"

Bärbel griff nach dem Lattenrost des Gitterbettchens, das sie als Nächstes zusammenzusetzen wollte. „Soweit ich das verstanden habe, wird es so schlimm nicht werden. Sandrine möchte mich in den nächsten Tagen ausführlich einweisen – bevor sie nach Brive geht."

Ich schnappte mir eine Tüte mit Schrauben und folgte Bärbel ins Schlafzimmer. „Klingt gut." Zerstreut blickte ich auf die vielen Einzelteile. Nicht zu glauben, dass daraus nur ein einziges Bett werden sollte. „Sag mal, was wird eigentlich aus den übrigen Räumen des Châteaus?", fragte ich beiläufig.

Bärbel zuckte die Schultern. „Keine Ahnung. Die werden wohl leer bleiben. Ich denke, dass Sandrine ab und zu vorbeikommen wird, um nach dem Rechten zu sehen. Dann muss sie schließlich auch irgendwo wohnen."

Das leuchtete mir ein.

„Hast du keine Angst, ich meine, so ganz allein in diesem riesigen Haus?"

Bärbel lächelte amüsiert. „Nö. In München war ich ja auch allein. Außerdem leben Pierre und Mireille nebenan. Wovor sollte ich mich da fürchten?"

Ja, wovor? Auf Anhieb fiel mir nichts ein.

„Übrigens: Mireille hat uns beide zum Mittagessen eingeladen, ist das nicht lieb von ihr?"

Superlieb, fand ich, mir knurrte der Magen. Außer einem Kaffee im Stehen hatten wir bisher nichts zu uns genommen.

Energisch griff ich nach den Seitenteilen des Bettchens. „Dann lass uns Gas geben, damit das Ding vor dem Essen steht."

Die Stunden rasten dahin und außer einer kurzen Pause bei *Quiche Lorraine* und Salat arbeiteten wir ohne Unterlass. Am Abend waren wir fix und fertig, doch die Mühe hatte sich gelohnt: Nicht nur das Kinderzimmer war aufgebaut, sondern auch Bärbels großer Kleiderschrank stand wie eine Eins. Letzterer vor allem deshalb, weil Pierre mit angepackt und die Aufbauarbeiten geleitet hatte.

Gegen elf Uhr lag ich, ziemlich groggy, auf einer Klappcouch im ersten Stock und ließ die Impressionen des Tages an mir vorbeiziehen. Ich hatte die Fensterläden geöffnet, um die Sterne funkeln zu sehen. Meine Gedanken flogen am Brunnen vorbei, die Straße hinab, in den Feldweg hinein, zu der lidschäftigen Holzbank am Waldrand. Vor meinem inneren Auge erschien der Steinkreis.

Darin das Feuer. Der Salamander unter lodernden Ästen.

Die Prophezeiung kam mir in den Sinn.

Wisse, dass Liebe und Glück auf dich warten. Sehr bald schon werden sie an deine Tür klopfen ...

Die dunklen Weissagungen hatten sich erfüllt. Warum sollte nicht auch diese, zur Abwechslung einmal rosige, wahr werden? Mein Herz hüpfte vor Freude, als ich daran dachte.

In den letzten Monaten war viel geschehen.

Ich hatte so ziemlich die ganze Palette menschlicher Emotionen durchlebt. Auf Liebe war Tod gefolgt, auf Leidenschaft Leid. Und nun sollte Glück das Unglück ablösen? Konnte das sein?

Panta rhei, flüsterte die Stimme in meinem Kopf. Alles fließt. So einfach. So unumstößlich. Das Geheimnis des Lebens ist die Verwandlung, hatte jemand gesagt. Ich glaubte, mich zu erinnern, dass es Peter Allmend war.

Ja, ich hatte mich gewandelt: aus der Liebenden in die Entliebte, in die Verliebte, in die Trauernde. Jetzt war ich zurück – und bereit, aufs Neue zu lieben.

Bewegt blickte ich zu den Sternen. Was ist unser Dasein im Angesicht der Unendlichkeit?

Nichts.

Oder vielmehr: ALLES.

Wir kommen und gehen, aber etwas bleibt für immer bestehen: unsere kleinen und großen Gefühle. Aus ihnen ist der Mantel der Ewigkeit gewoben, sie durchdringt unser Sein, vom höchsten Gipfel der Berge bis in die Tiefen des Marianengrabens. Sie ist unsere göttliche Natur, geboren aus jedem Moment, jeder Regung.

Ich hatte meine Aufgabe erfüllt und mich dem Leben gestellt, die Trauer bis an ihr herzzerreißendes Ende getragen. Jetzt konnte ich es kaum erwarten, die Freude in mein Leben zu lassen, und dachte voll Optimismus an die Tage, die vor mir lagen. Ob die Prophezeiung sich erfüllte oder nicht: Das Glück würde nichts und niemand mehr aufhalten, denn es war bereits da.

Nach dem Frühstück unternahm ich einen kurzen Spaziergang und suchte noch einmal den Steinkreis auf. Diesmal blieb alles still. Bis auf den Wind, der kräftig über das Land wehte und an den Bäumen hinter mir rüttelte.

Frierend ging ich zum Hof zurück. Man konnte es spüren, man konnte es riechen: Der Winter stand vor der Tür.

Zum Abschied hatten sich alle um den Transporter versammelt. Mireille und Pierre küssten mich herzlich auf beide Wangen, Sandrine ermahnte mich, vorsichtig zu fahren, und Bärbel umarmte mich stürmisch.

„Komm bald wieder", flüsterte sie in mein Ohr, „und dann sag mir, wie ich dir danken kann." In ihren Augen glitzerten Tränen.

„Am besten, indem du hier glücklich wirst", sagte ich schnell, um keine Rührung aufkommen zu lassen, „denn ob du es glaubst oder nicht: Die Sache hat richtig Spaß gemacht."

Ich drückte sie noch einmal innig, gab Anneli, die bei Mireille auf dem Arm saß, einen Kuss und kniff Leon freundschaftlich in die Backe. Dann schwang ich mich in den Sprinter und stellte den Sitz auf meine Größe ein.

Der Kies knirschte unter meinen Reifen, als ich anfuhr. Ich ließ das Fenster herunter und winkte.

Im Rückspiegel sah ich alle dicht beieinander stehen und zurückwinken. Immer leiser wurden ihre durcheinander tönenden Rufe.

„Au revoir!" „Gute Fahrt!" „A bientôt." „Tüss, Tante Ella! Tüüüüüssssss!"

„Danke! Vielen Dank für alles!" „Bon voyage!" „Ruf an, wenn du da bist."

„Mach' ich", rief ich zurück. Dann kurbelte ich lächelnd das Fenster hoch und konzentrierte mich auf die Straße. Zwölf Stunden Fahrt lagen vor mir, ohne die Pausen gerechnet. Vermutlich würde ich gegen Mitternacht in München sein. Immerhin hatte ich diesmal keine tickende Zeitbombe in Form eines zweijährigen Hungerleiders an Bord und konnte mich nach meinem eigenen Biorhythmus richten. Wenn Hunger, dann essen, wenn müde, dann Stopp. Und ansonsten: fahren. Kilometer um Kilometer. Vorbei an den Hügeln des Limousin, quer durch die liebliche Bourgogne und die Region Franche-Comté bis ins Elsass.

Dann über den Rhein und weiter nach Freiburg.

Noch viereinhalb Stunden.

Ich gönnte mir eine Pause. Inzwischen war es halb neun und ich seit zehn Stunden unterwegs. Unglücklicherweise hatte es heftig zu schneien begonnen.

Ich betete, dass der Transporter über Winterreifen verfügte und setzte mich wieder ans Steuer.

Offenburg, Baden-Baden, Karlsruhe. Ich dachte daran, wie ich mit Linda dieselbe Strecke gefahren war. Nur in die andere Richtung. Drei Monate war es her ...

Ich verließ die A5 und fuhr auf die A8 Richtung Stuttgart. Gerade hatte ich die Abfahrt Pforzheim passiert, da merkte ich, wie das Steuer zu wackeln anfing und der Wagen nach links ausbrach. Das Fahrgeräusch war verdächtig laut.

Verdammt, das fehlte noch!

Vorsichtig bremste ich ab und zog den Sprinter auf den Standstreifen.

Wo hier wohl die Sicherheitswesten waren? Und das Warndreieck? Nein, dass ausgerechnet mir wieder so was passierte! Der Schnee legte sich bereits wie ein Leintuch über die Autobahn. Ich schimpfte wie ein Rohrspatz.

Wenigstens war um diese Zeit nicht viel los. Nach einem Blick in den Rückspiegel stieg ich aus.

Ich musste nicht lange suchen, um die Ursache des Geholpers zu finden: Ein Reifen war platt. Hinten rechts. So platt wie ein Reifen nur sein konnte.

Ratlos betrachtete ich die Bescherung.

Mir war zum Heulen zumute. Wo sollte ich auf die Schnelle einen Pannendienst herkriegen? Ich konnte Bärbel unmöglich um diese Zeit aus dem Bett klingeln. Den ADAC rufen? Hatte der einen 24-Stunden-Service? Und wenn ja: Hatte ich die letzte Beitragsrechnung bezahlt? Ich wusste es nicht. Wie es aussah, würde ich die Nacht in einem eisigen Transporter verbringen. Ohne Decken und zusätzliche Kleidung. Morgen früh würde man meine steif gefrorene Leiche hinter dem Lenkrad finden und der Nachruf würde alle zu Tränen rühren: gestorben allein und verlassen, bei dem Versuch, ihrer Freundin zu helfen.

Meine Verzweiflung wuchs. Während die erste Träne über meine eiskalte Wange rann, sah ich im Augenwinkel, wie hinter mir ein Auto zum Stehen kam.

Ein Porsche, wenn ich mich nicht täuschte. Erleichtert wischte ich mir die Träne aus dem Gesicht, straffte die Schultern und ging meinem Retter entgegen. In der Hoffnung, dass in dem Angeberschlitten ein brauchbarer Pannenhelfer saß.

*

Drei Wochen blieb Althoff in Cucugnan.

Tagsüber wanderte er durch die Corbières und erfreute sich abends an den 5-Gänge-Menüs des Hotels, stets mit einem Schoppen Château Trillol abgerundet.

Nicht eine Sekunde vermisste er seinen kommunikationsintensiven Alltag. Im Übrigen kommunizierte er reichlich: mit sich und seinem neuerdings sehr gesprächigen Selbst. Er spürte eine tiefe Verbundenheit mit den Katharern, jener von der Kirche der Ketzerei bezichtigten Glaubensgemeinschaft, deren Schicksal sich am Montségur erfüllte. Ein Streifzug durch die regionalen Buchhandlungen bescherte Althoff einen Fundus an Informationsmaterial. Bald wusste er alles über Geschichte, Credo und Untergang der Häretiker.

Soweit das Wetter es zuließ, wandelte er auf ihren Spuren. Mehrmals erklomm er den Pog, die eiförmige Bergkuppe in den Pyrenäen, auf welcher der Schlussakkord des katharischen Widerstandes erklang: Die Bewohner des Montségur konnten der Belagerung des Königs nicht standhalten und am 16. März 1244 traten zweihundert Katharer, der Überlieferung nach singend, den Gang in die Flammen der Scheiterhaufen an.

Wann immer Althoff die Ruine verließ, um den Weg ins Dorf einzuschlagen, erfasste ihn eine Welle der Ehrfurcht. Die letzten Katharer waren dieselben Stufen hinabgestiegen. Wohlwissend, dass unten der Tod auf sie wartete. Mehr als einmal hatte er einen dicken Kloß im Hals.

Was hatte es ihnen gebracht, für ihren Glauben zu sterben? Waren sie dem ewigen Leben nähergekommen? Oder nur der Materie, die sie als Teufelswerk ansahen, entflohen? Immerhin war ihnen das gelungen. Für den Moment wenigstens. Denn die Reinen glaubten, dass die Stufen zur Vollkommenheit über die Reinkarnation erklommen werden müssen.

Nachdenklich versuchte Althoff zu ergründen, wofür er sterben würde.

Für seine Villa, sein Gold, seinen Porsche? Sicher nicht. Für seinen Glauben? Wohl kaum. Was unter anderem daran lag, dass er keinen Glauben hatte. Und er hatte auch keine Familie. Nicht einmal eine Freundin. Die Erkenntnis haute ihn um.

Kurz erwog er, nun doch den Weg nach Sant Llorenc de Morunys anzutreten. Um bei den Mönchen nach seinem Glauben zu forschen. Dagegen sprach, dass sein Inneres irgendwo zwischen den Corbières und den Pyrenäen hängengeblieben war. Und was brachte es ihm, mit den Eremiten zu beten, wenn sein Herz zweihundert Kilometer nordöstlich des Klosters schlug?

Nein, er würde in Cucugnan bleiben und sich hier um die Abgründe seiner Seele kümmern. In Sachen Selbstbetrachtung war er immerhin so weit gediehen, dass er zugeben konnte, als Heiratswilliger vollkommen versagt zu haben.

Welche Frau war schon bereit, einem derart herzlosen Mann das Jawort zu geben? Jedenfalls keine, die er kannte. Wenn er sich nur ansatzweise in die Lage seiner Ex-Freundinnen versetzte ... was war er für ein Idiot gewesen! Aber das mit den Lügen und der Fremdgeherei hatte er nun lange genug gewälzt und endlich verstanden. Seine nächste Beziehung würde davon profitieren. Er ließ seine Verflossenen ein letztes Mal Revue passieren und stellte fest, dass er eigentlich nur seinen Umgang mit Jule bereute. Er wünschte ihr aufrichtig, einen liebevollen Mann zu finden. Birte hatte sich selbst versorgt, Sandrine ebenfalls – in Bezug auf die beiden brauchte er kein schlechtes Gewissen zu haben. Wäre da noch Corinna.

Ganz korrekt hatte er sich ihr gegenüber auch nicht verhalten. Schuldgefühle hatte er trotzdem nicht, weil sie ein selten verzogener Fratz war.

Die Bestandsaufnahme zeigte, dass er in puncto Beziehungen alles in seiner Macht Stehende getan hatte, um ehrliche Reue zu zeigen. Er fand, es war an der Zeit, sich anderen, ebenso wichtigen Themen zuzuwenden. Wie Lebensinhalt und Glaube.

Die beiden Stichworte trieben ihn vor sich her.

Dreimal lief er vom Col de Linas zum Gipfel des Bugarach. 563 Höhenmeter hinauf und wieder hinab. Über steile Abhänge und auf steinigen Pfaden hangelte er sich ins Epizentrum der ganz großen Fragen.

Was trieb ihn an, immer größere Projekte anzuzetteln und immer mehr Kapital einzusetzen? Das Geld war es nicht, denn davon hatte er reichlich. Das bloße Streben nach Macht? Nein, er war kein Machtmensch. Es drängte sich ihm die Vermutung auf, dass es die Angst vor der Langeweile war, die ihn antrieb.

Das war bitter: Nicht der Schutz der Familie oder die Rettung der Menschheit war der Grund für sein Wirken, sondern allein die Tatsache, dass er nichts Besseres zu tun hatte. Das war wirklich unglaublich bitter.

Wie besessen hetzte Althoff weiter und rannte durch die Ruinen von Puilaurens, Aguilar und Coustaussa. Je mehr Luft er in seine Lungen pumpte, desto weniger Saft hatte sein Gehirn. Ergo musste er nicht so viel nachdenken und sein Kopf hatte Ruhe. Weil er gerade so schön in der Nähe war, nahm er auch das Dorf Rennes-le-Château noch mit. Der Traum aller Verschwörungsneurotiker. Kurz freute er sich über den Schildbürgerstreich, mit dem ein gewisser Pierre Plantard die Welt genarrt hatte, indem er eine Handvoll leichtgläubiger Journalisten glauben ließ, er sei der Vorsitzende einer jahrtausendealten Geheimgesellschaft und der Hüter des Heiligen Grals. Großartige Geschichte. Die Althoff aber nicht weiterhalf.

Was sollte er nur tun, um seinem Leben einen Sinn zu geben? Auf einem besonders spritzigen Marsch durch die Wälder von Rialsesse ging ihm plötzlich ein Licht auf: Er würde eine Stiftung gründen und einen Teil seines Vermögens wohltätigen Projekten zuführen!

Augenblicklich stellte er das fanatische Wandern ein, denn nun brauchte er wieder die Luft, um sein Hirn zu versorgen. Die nächsten Fragen wollten beantwortet sein ...

In welche Richtung sollte er seine Spendenwut lenken? Ließen sich unter Umständen auch andere für die Stiftung begeistern? Seine Geschäftspartner und Freunde vielleicht?

Beschämt stellte er fest, dass er sich diesem Thema längst hätte stellen müssen.

„Aber besser spät als nie", sagte er sich, als er ins Auto stieg, um nach Cucugnan zurückzufahren und das nächste Sternemenü zu verdrücken. Diesmal mit einem noch größeren Appetit, denn ab heute würde er für jeden Luxus, den er sich gönnte, dieselbe Summe in Euro spenden. Und andere an seinem Glück teilhaben lassen. Der Gedanke versetzte ihn in Hochstimmung.

Zum ersten Mal hatte er das Gefühl, etwas wirklich Sinnvolles zu tun. Das gab seinem Leben eine ganz neue Richtung und verschaffte ihm, was er bisher nicht gekannt hatte: echten Seelenfrieden.

Angesichts des rasanten Fortschritts hinsichtlich der Neuausrichtung seines Lebens schmeckte das Fasanenspiegelei an Räucherlachs doppelt so gut.

Zwei Wochen hatte Althoff schon in seinem Inneren gewühlt und er war, wie er fand, weit gekommen. Am Ende seiner Suche musste er sich der Glaubensfrage stellen. Seine Gedanken kehrten zu den Katharern zurück. Sie hatten an eine Wiedergeburt geglaubt. War das plausibel? Eigentlich nicht, fand er. Obwohl die Menschen seit Urzeiten darauf bauten, dem Tod durch ihre unsterbliche Seele ein Schnippchen zu schlagen und wie durch Zauberhand in einem neuen Körper zu landen. Jule hatte ihm einmal ein Buch geschenkt. *Maskenball der Seele* ... oder so. Das hatte er, wenn er sich richtig erinnerte, in der Seitentasche eines Koffers verschwinden lassen. War das nicht ...? Natürlich, der kleine Koffer, den er als Bordcase benutzte! Das Buch musste noch immer im Seitenfach stecken. Er konnte sein Glück kaum fassen, denn ausgerechnet den Koffer hatte er dabei.

Eilig beendete er sein Dinner und kehrte in sein Zimmer zurück, um zu prüfen, ob die Erinnerung ihn nicht trog.

Das Buch war tatsächlich dort. Althoff ließ sich damit auf der Couch nieder und überflog noch einmal den Covertext.

Hier geht es nicht um Glaubensfragen, sondern ... darum, die immer gleichen Muster der Seele auf der vergrößerten Projektionsfläche vergangener Inkarnationen zu erkennen.

„Was für ein Zufall", murmelte er, „das ist genau, was ich brauche."

Da es inzwischen dunkel geworden war, schaltete er die Stehlampe ein und begann zu lesen.

Eine ganze Woche arbeitete Althoff an seinem Glaubenskonzept, dann fand er, dass es an der Zeit war, in sein altes Leben zurückzukehren. Wobei das so nicht ganz stimmte, schließlich existierte sein altes Leben nicht mehr. Etwas hatte sich verändert – oder besser: Er hatte sich verändert. Ehrlich und nachhaltig. Er war nicht mehr jener Peter Maria Althoff, der unbedingt heiraten wollte, weil ein vermeintlicher Lebensplan es ihm vorgab. Und erst recht nicht der Baulöwe Althoff, der seine Projekte anstieß, um sich die Zeit zu vertreiben.

In den vergangenen Wochen war ihm einiges klar geworden. Nicht nur, dass Liebe und Glück sich nicht planen ließen. Er hatte auch erkannt, dass Salomo mit seinem Spruch mitten ins Schwarze traf, denn *der Mund, so da lüget*, tötete tatsächlich die Seele. Auf den Spuren der Katharer hatte er seine wiedergefunden. Vielleicht stimmte es ja, dass sie den Körper überdauerte. Aber das war nicht entscheidend, denn im Moment zählte für ihn nur das eine: aus seinem Leben im Hier und Jetzt das Beste zu machen.

Erfüllt von einem Gefühl der Freude packte er seinen Koffer und verließ das kleine Hotel im Roussillon.

Bevor er nach München zurückkehrte, wollte er allerdings noch etwas erledigen.

Er musste eine Kerze anzünden. Zum Dank für die wegweisende Erfahrung, die ihm zuteilgeworden war – und für die Gnade seiner Existenz.

Das sollte natürlich keine normale Kerze sein, sondern eine, die mit ihrem Schein einen ganz besonderen Ort erhellte. Für sein Vorhaben wählte er eine Kirche, die wie keine zweite den inneren Weg symbolisierte: die Kathedrale von Chartres.

Vor Ort wollte er das in den Fußboden eingelassene Labyrinth mit seinen vierunddreißig Kehren und elf konzentrischen Kreise ablaufen, ein Sinnbild für den beschwerlichen Weg nach innen. Danach würde er das Licht entzünden.

Für den symbolträchtigen Abschluss seiner Pilgerreise nahm er jeden Umweg gerne in Kauf.

An seinem letzten Morgen in den Corbières richtete Althoff ein kurzes Gebet an die Festung von Quéribus, seine lieb gewonnene Burg, die im Novemberdunst träumte. Dann warf er sein Gepäck ins Auto, schnallte sich gewissenhaft an und startete den Motor, um nach Norden zu brettern.

Am frühen Nachmittag erreichte er Chartres.

In einer kleinen Brasserie am Cloître Notre Dame nahm er eine exzellente Zwiebelsuppe zu sich. Danach widmete er sich fast eine Stunde lang der imposanten Kathedrale und ihrem mystischen Labyrinth.

Gegen vier Uhr zündete er seine Kerze an. Die Zeit der Einkehr war vorüber, der Moment der Rückkehr gekommen. Leichten Herzens zog Althoff weiter. Was das Schicksal wohl für ihn bereithielt? Er war gespannt – und freute sich darauf. Selbst auf die neunstündige Fahrt durch Nieselregen und Schnee.

Gut gelaunt pickte er aus der Mediathek seines Bordcomputers ein Album von Frank Sinatra und drehte die Lautstärke auf. Gegen Mitternacht würde er wieder zu Hause sein. Morgen gemütlich ausschlafen und ein paar Leute anrufen. Und dann seine Stiftung gründen.

16

Eisiger Schnee fiel auf mein Haupt und blieb an meinen Haaren kleben. Zudem musste ich in meiner moosgrünen Jacke und der hellbraunen Hose wie ein Knollenblätterpilz aussehen. Es war mir egal.

Dieser vermaledeite Transporter! Wie konnte er es wagen, so kurz vor dem Ziel einfach aufzugeben?

Der Herr, der hinter mir auf den Standstreifen gerollt war, schaltete gerade seine Warnblinkanlage ein. Das Seitenfenster senkte sich und ein Gesicht tauchte auf. Nicht unattraktiv, soweit ich das sehen konnte.

„Kann ich Ihnen helfen?", rief eine wohlklingende Stimme.

Ich rührte mich nicht vom Fleck. „Mein Reifen ist platt", rief ich zurück.

Das Fenster schloss sich lautlos und der Mann stieg aus. Einsneunzig groß, verwegener Haarschnitt und ausgesprochen attraktiv, wie ich im Scheinwerferlicht seines Wagens feststellte.

„Haben Sie einen Ersatzreifen?", fragte er freundlich, die Hände in seiner gefütterten Lammlederjacke versenkt. Plötzlich wünschte ich mir, nicht wie ein giftiges Waldmännlein auszusehen.

„Er-er-satzreifen?", stotterte ich.

Der Mann lächelte amüsiert. „Sind Sie die Fahrerin des Mietwagens?"

Ich nickte eifrig. „Jawohl."

Die gut aussehende Lederjacke besah sich die Bescherung. „Ehrlich gesagt weiß ich auch nicht, wo die das Ding untergebracht haben. Sollen wir es suchen oder den ADAC anrufen?"

Unentschlossen wiegte ich den Kopf. „Was, glauben Sie, geht schneller? Ich muss noch bis München ..."

„Tatsächlich?" Der Mann musterte mich interessiert. „Ich auch."

Ich wagte einen weiteren Blick und schnappte nach Luft. Der Kerl sah wirklich unverschämt gut aus.

Verunsichert öffnete ich den Laderaum. „Das Rad ist sicher hier hinten versteckt."

Konzentriert begutachtete der Porschefahrer die leere Ladefläche. „Ich denke auch, dass es irgendwo im Heck sein muss. Aber zu erkennen ist nichts."

Resigniert zuckte ich die Schultern. „Dann rufe ich mal besser die Pannenhilfe."

„Den Reifen zu wechseln, wird nicht das Problem sein. Die Frage ist, ob Sie damit bis München kommen. Meistens ist das Reserverad nur für die Fahrt zur Werkstatt geeignet. Und nicht, um im Schnee den Berg hochzupflügen."

Das leuchtete mir ein. „Dann werde ich wohl in Pforzheim nächtigen", sagte ich düster.

„Oder ich nehme Sie mit nach München ..."

Sein Lächeln war unwiderstehlich und ich fühlte mich mehr als geneigt, das Angebot anzunehmen. Aber was wurde dann aus dem Wagen? Der freundliche Herr schien meine Gedanken zu erraten.

„Den Transporter können Sie sicher hier irgendwo abgeben. Ihr Autovermieter sollte in jeder größeren Stadt eine Filiale haben."

Ich seufzte „Um dorthin zu gelangen, brauche ich trotzdem vier Reifen."

„Das ist richtig", räumte er ein. „Also doch der ADAC?"

„Ich denke schon. Hier kann der Wagen schließlich nicht bleiben."

Energisch schloss ich die Türen des Laderaums und schüttelte mir den Schnee von der Jacke.

„Soll ich Ihnen beim Warten Gesellschaft leisten? Dann können Sie sich überlegen, ob Sie mit mir weiterfahren."

Da gab es nichts zu überlegen. Allerdings wollte ich vorher klären, wie das mit den Zusatzkosten bei einer Rückgabe hier vor Ort war. Sofern das überhaupt ging.

„Gerne. Mutterseelenallein bei diesem Wetter am Straßenrand zu stehen, ist nicht so prickelnd." Ich zwinkerte ihm – wie ich hoffte – charmant zu und fuhr fort: „Vielleicht können wir uns ins Auto setzen, um die nächsten Schritte zu überlegen? Da ist es wenigstens trocken ..."

Mein verhinderter Pannenhelfer stimmte zu, offenbar erleichtert, dem Blizzard zu entfliehen.

Ziemlich durchweicht nahmen wir im Transporter Platz. Der Schneefall ließ etwas nach, dafür wurden die Flocken dicker und dicker. Die dreispurige Straße hatte sich bereits in eine Rodelbahn verwandelt.

Hastig durchwühlte ich sämtliche Innenfächer meines Rucksacks nach der ADAC-Mitgliedskarte. Schließlich wurde ich fündig und rief den Kundenservice an. Der freundlichen Reaktion des Callcenter-Agents entnahm ich, dass meine Rechnungen alle bezahlt waren.

„In etwa einer Stunde kommt jemand", fasste ich das Gespräch zusammen.

Der Münchner reagierte erstaunlich gelassen.

„Das verschafft mir die Gelegenheit, Sie besser kennenzulernen." Er lächelte entwaffnend. „Darf ich mich vorstellen? Mein Name ist Peter Althoff."

Ich runzelte die Stirn. Den Namen hatte ich schon mal gehört. Aber wo?

Leicht irritiert nahm Althoff mein Schweigen zur Kenntnis. „Dürfte ich auch den Ihren erfahren?"

Zerstreut reichte ich ihm die Hand. „Mariella Ewald, freut mich."

Althoff betrachtete mich aufmerksam.

Aber natürlich ... auf einmal fiel mir ein, woher ich den Namen kannte.

„Sind Sie mit Bärbel befreundet?", fragte ich geradeheraus.

Überrascht zog er eine Augenbraue hoch. „Meinen Sie Bärbel Höhne? Ja, das bin ich. Sie etwa auch?"

Ich lachte. „Kann man so sagen: Ich habe ihr gerade beim Umzug geholfen. Und wenn ich mich nicht sehr irre, sind Sie derjenige, der ihr die Stelle in Frankreich vermittelt hat."

Althoff verschlug es die Sprache.

„Sie müssen der Freund von Sandrine sein", setzte ich nach.

„Mein Gott, so klein ist die Welt ...", murmelte er.

Neugierig musterte ich sein Gesicht. Was für ein merkwürdiger Zufall.

„Übrigens hat Bärbel vor ihrem Umzug mehrmals versucht, Sie zu erreichen. Sie wollte Ihnen von ihrem Deal mit Sandrine erzählen."

Althoff nickte zögerlich. „Ich hatte kurzfristig beschlossen, Urlaub zu nehmen. Ohne Telefonanschluss und Internet. Ich brauchte ... eine Auszeit."

Seine vermeintliche Schwäche machte ihn noch sympathischer.

„Verstehe", sagte ich mitfühlend.

Forschend sah er mir in die Augen. „Wirklich?"

Sein Blick hatte etwas Grundehrliches, ausgesprochen Intimes. Ich konnte spüren, wie ...

Oh nein, bitte nicht schon wieder!

Ich hüstelte verlegen. Die Situation drohte peinlich zu werden. Hoffentlich ließ der Pannenservice nicht so lange auf sich warten!

„Na, jedenfalls muss ich den Wagen für Bärbel zurückgeben", versuchte ich, die Konversation wieder auf neutrales Terrain zu ziehen.

„Was wir gemeinsam tun werden. Schließlich war es meine Intervention, die Sie in diese Lage gebracht hat."

„Stimmt", frotzelte ich, „wären Sie nicht gewesen, säße Bärbel noch immer in Freising und ich läge in meinem Bettchen, vom nächsten Strandurlaub träumend."

Einen Moment lang starrte er in das Flockengewirr vor unserer Nase.

Dann räusperte er sich und fuhr mit leiser, sympathischer Stimme fort: „Und, was machen Sie so – ich meine tagsüber, wenn gerade kein Strand in der Nähe ist?"

Ich schmunzelte. Es gefiel mir, wie er versuchte, mehr über mich zu erfahren.

„Dann arbeite ich. In meinem Laden in Trudering."

„Tatsächlich? Eine Boutique?", die Ihnen wohl Ihr Mann finanziert, ergänzte ich in Gedanken die beiläufig gestellte Frage.

„Nein, Designerfummel zu verkaufen, kann ich mir nicht leisten. Schließlich muss ich von den Einnahmen leben." Damit sollten alle Unklarheiten beseitigt sein.

Althoff hatte verstanden.

„Ich habe gehört, im VyVu isst man ausgezeichnet ..." Er machte eine Pause und lächelte spitzbübisch. „Würden Sie mir die Ehre erweisen, morgen Abend mit mir dorthin zu gehen? Quasi als kleine Entschädigung für all die Unannehmlichkeiten, die Ihnen durch mein Eingreifen in Bärbels Leben entstanden sind?"

Ob ich ihm die Ehre erweisen wollte? Ich wusste nicht, was ich lieber getan hätte!

Ein Essen mit Mister Wonderful. Und noch dazu asiatisch. Konnte das Leben schöner sein? Ich hätte vor Freude jauchzen mögen, stattdessen nickte ich förmlich und sagte: „Gerne."

Unbefangen plauderten wir weiter. Bis der Rückspiegel zu blinken begann und ich sah, wie ein gelbes Fahrzeug sich langsam an uns heranschob. Gleich würde unser Tête-à-Tête ein Ende haben.

Auch Althoff hatte die Ankunft des Pannenfahrzeugs bemerkt. Er lächelte noch immer. „Was meinen Sie, Mariella – packen wir's an?"

„Na, und ob wir das tun!" Ausgelassen klatschte ich in die Hände.

Der Schnee auf meinem Kopf war geschmolzen und ich musste aussehen wie eine im Abwasserkanal schwimmende Spitzmaus. Es war mir egal. Morgen würde ich Gelegenheit haben, ihm zu zeigen, was für eine Granate ich unter weniger widrigen Umständen war.

Gemeinsam verließen wir den Wagen, um dem Servicetechniker entgegenzugehen.

Das Leben war voller Wunder.

Wenn man es am wenigstens erwartete, schien es am hellsten zu strahlen.

Ich spürte, wie die Schmetterlinge sich leise regten. Unverhofft breiteten sie ihre schillernden Flügel aus und flatterten los.

Mitten in der Nacht, im Schneesturm, auf der A8.

Die Autorin

Dagmar Feldmann wurde 1965 im Sauerland geboren. Nach ihrer Ausbildung zur Bankkauffrau arbeitete sie u. a. als Flugbegleiterin, Controllerin und Coach. Die Freude an der Energiearbeit führte sie zum Feng Shui, das sie fest in ihren Alltag integriert hat. Ihre Freizeit verbringt sie am liebsten in den Bergen und lebt heute mit ihrem Ehemann in Basel. Da sie schon als Kind mit Begeisterung eigene Texte verfasste, entschied sie sich 2010 für ein Fernstudium bei der Freien Journalistenschule Berlin. In dieser Zeit entstand ihr Blog „Heart4Metal", der sie zu ihrem Roman „Heavy Burnout" (2012) inspirierte. Mit „Hexentanz im Himmelbett" kommt nun die Fortsetzung.